Rhys Bowen
Lord Westerhams Töchter

AF196408

TINTE
&
FEDER

Das Buch

Grafschaft Kent, 1939: Die fünf Töchter von Roderick Sutton, Earl of Westerham, führen das idyllische Landleben der britischen Oberschicht, als der Krieg über England hereinbricht. Plötzlich sind Lebensmittel knapp, Freunde werden als vermisst gemeldet und im Wald von Farleigh Place liegt ein toter Soldat. Wer war der Mann und auf wessen Seite stand er? Und vor allem – was wollte er so nah an Farleigh Place?

Die Suche nach Antworten führt den MI5-Mitarbeiter Ben Cresswell, einen Freund der Suttons, auf die Spur von Spionen, Verrätern und Verschwörungen – und in die Nähe seiner großen Liebe Pamela Sutton, die bisher nur Augen für den Kriegshelden Jeremy hatte. Doch auch Pamela spielt nicht mit offenen Karten …

Die Autorin

Rhys Bowen ist die Bestsellerautorin von zwei historischen Krimiserien und dem englischsprachigen Bestsellertitel »In Farleigh Field«. Rhys wurde in Bath, England, geboren und studierte an der Londoner Universität, lebt jetzt aber in Kalifornien und Arizona. Ihre Bücher wurden für jeden bedeutenden Krimipreis nominiert und sie hat bis heute vierzehn davon gewonnen. Wenn sie nicht schreibt, dann verreist sie gern, singt, wandert, malt und spielt die keltische Harfe.

Rhys Bowen

Lord Westerhams Töchter

Roman

Aus dem Englischen von Peter Groth

Die englische Ausgabe erschien 2017 unter dem Titel »In Farleigh Field« bei
Lake Union Publishing, Seattle.

Deutsche Erstveröffentlichung bei
Tinte & Feder, Amazon Media EU S.à r.l.
5 Rue Plaetis, L-2338 Luxembourg
Juli 2018
Copyright © der Originalausgabe 2017
By Rhys Bowen
All rights reserved.
Copyright © der deutschsprachigen Ausgabe 2018
By Peter Groth

Die Übersetzung dieses Buches wurde durch AmazonCrossing ermöglicht.

Umschlaggestaltung: semper smile, München, www.sempersmile.de
Umschlagmotiv: © SPARKLAR / Getty; © irAArt / Shutterstock; © blue
pencil / Shutterstock; © Nejron Photo / Shutterstock; © Ysbrand Cosijn /
Shutterstock; © Ysbrand Cosijn / Shutterstock; © sumroeng chinnapan /
Shutterstock
Lektorat: Judith Zimmer, Hamburg
Korrektorat: Renate Novak/DRSVS
Gedruckt durch:
Amazon Distribution GmbH, Amazonstraße 1, 04347 Leipzig /
Canon Deutschland Business Services GmbH, Ferdinand-Jühlke-Str. 7,
99095 Erfurt /
CPI Books GmbH, Birkstraße 10, 25917 Leck

ISBN: 978-2-919-80146-6

www.tinte-feder.de

Für Meg Ruley, die immer an dieses Buch geglaubt und mir bei der Ausarbeitung geholfen hat. Meg, du bist meine Heldin, und der Tag unseres ersten Treffens war einer der Höhepunkte meines Lebens.

September 1939

Von der Regierung Seiner Majestät
An die Zivilbevölkerung Großbritanniens

Für die Dauer des Kriegs sind folgende sieben Regeln zu berücksichtigen:
1. Verschwenden Sie keine Lebensmittel.
2. Sprechen Sie nicht mit Fremden.
3. Behalten Sie alle wichtigen Informationen für sich.
4. Achten Sie auf Regierungsanweisungen und leisten Sie Folge.
5. Melden Sie alles Verdächtige der Polizei.
6. Verbreiten Sie keine Gerüchte.
7. Sperren Sie alles weg, was dem Feind im Falle einer Invasion helfen könnte.

September 1939

Von der Regierung Seiner Majestät
An die Zivilbevölkerung Großbritanniens

Für die Dauer des Kriegs sind folgende sieben Regeln zu berücksichtigen:

1. Verschwenden Sie keine Lebensmittel.
2. Sprechen Sie nicht mit Fremden.
3. Behalten Sie alle wichtigen Informationen für sich.
4. Achten Sie auf Regierungsanweisungen und leisten Sie Folge.
5. Melden Sie alles Verdächtige der Polizei.
6. Verbreiten Sie keine Gerüchte.
7. Sperren Sie alles weg, was dem Feind im Falle einer Invasion helfen könnte.

HANDELNDE PERSONEN

Roderick Sutton, Earl of Westerham, Besitzer von Farleigh Place, einem Herrensitz in Kent
Lady Esme Sutton, Rodericks Gattin
Lady Olivia »Livvy« Sutton, sechsundzwanzig, die älteste Tochter der Suttons, verheiratet mit Viscount Carrington, Mutter von Charles
Lady Margaret »Margot« Sutton, dreiundzwanzig, die zweite Tochter, jetzt in Paris
Lady Pamela »Pamma« Sutton, einundzwanzig, die dritte Tochter, arbeitet gegenwärtig für eine »Regierungsbehörde«
Lady Diana »Dido« Sutton, neunzehn, die vierte Tochter, eine frustrierte Debütantin
Lady Phoebe »Feebs« Sutton, zwölf, die fünfte Tochter, klüger und aufmerksamer, als ihr guttut

Bedienstete auf Farleigh (Minimalbesetzung)
Soames, Butler
Mrs Mortlock, Köchin
Elsie, Zimmermädchen
Jennie, Hausmädchen
Ruby, Küchenmädchen

Philpott, Lady Esmes Kammerzofe
Nanny, Kindermädchen
Miss Gumble, Gouvernante von Lady Phoebe
Mr Robbins, Wildhüter
Mrs Robbins, Gattin des Wildhüters
Alfie, ein Junge aus London, jetzt aufs Land evakuiert
Jackson, Stallknecht

Die Nachbarn von Farleigh
Reverend Cresswell, Pfarrer der All Saints-Gemeinde
Ben Cresswell, Pfarrerssohn, arbeitet gegenwärtig für eine »Regierungsbehörde«

Auf Nethercote
Sir William Prescott, städtischer Bankier
Lady Prescott, Sir Williams Gattin
Jeremy Prescott, Sohn von Sir William und Lady Prescott, Fliegerass der Royal Air Force

In Elmsleigh
Colonel Huntley, ehemals bei der britischen Armee
Mrs Huntley, die Gattin des Colonels
Miss Hamilton, alte Jungfer
Dr. Sinclair, Arzt
Verschiedene Dorfbewohner, darunter ein Künstlerpaar, ein Bauunternehmer und ein fragwürdiger Österreicher

Offiziere des Royal-West-Kent-Regiments
Colonel Pritchard, befehlshabender Offizier
Captain Hartley, Adjutant
Soldaten

Am Dolphin Square
Maxwell Knight, Leiter eines Spionagerings
Joan Miller, Sekretärin von Knight

In Bletchley Park
Commander Travis, stellvertretender Leiter einer geheimen Regierungsbehörde
Trixie Radcliffe, Debütantin, macht jetzt sinnvolle Arbeit
Froggy Bracewaite, Kryptoanalytiker

Beim MI5
Guy Harcourt, ehemals Playboy, jetzt Kollege von Ben Cresswell
Mike Radison, Abteilungsleiter

Bei der Luftaufklärung
Mavis Pugh, engagierte Mitarbeiterin

In Paris
Madame Gigi Armande, berühmte Modedesignerin
Herr Dinkslager, Offizier der Nazis und ein gefährlicher Mann
Graf Gaston de Varennes, Margots Geliebter

PROLOG

Es war schon den ganzen Sommer über ungewöhnlich heiß. Ben Cresswell spürte, wie die Sonne durch die weiße Krickethose auf seine Schenkel brannte, während er auf der Veranda des Klubhauses saß und darauf wartete, seinen Abschlag zu machen. Colonel Huntley saß neben ihm und wischte sich über das rote verschwitzte Gesicht. Er trug seinen Beinschutz, denn er war der Nächste beim Abschlag. Als Schlagmann war er nicht so gut wie Ben, doch er war der Teamkapitän, und beim Dorfkricket zählte das Dienstalter oft mehr als das Können.

Noch zwei Overs vor dem Tee. Ben hoffte, dass der junge Symmes keinen seiner wilden Schläge machen und bereits vor der Teepause draußen sein würde. Sein Kopf brummte von der Hitze und er hatte einen trockenen Mund. Er schloss die Augen und hörte auf das wohltuende Klatschen des Schlägers gegen den Ball, das Summen der Bienen am Geißblatt hinter dem Klubhaus, das rhythmische Rattern eines Rasenmähers in einem der Vorgärten. Der Geruch des frisch gemähten Grases wurde von der warmen Brise herangeweht und vermischte sich mit dem Rauch verbrannter Blätter eines entfernten Lagerfeuers. *Die Düfte und Geräusche eines englischen Sommersonntags, unverändert seit Jahrhunderten,* dachte Ben.

Höflicher Applaus lenkte seine Aufmerksamkeit zurück zum Spiel, wo zwei weiß gekleidete Gestalten zwischen den Wickets entlangsprinteten, während ein Feldspieler losrannte, um den Ball zu erwischen, und ihn zu spät zurückwarf. Noch ein Run. *Hervorragend,* dachte Ben. Sie würden womöglich endlich einmal gewinnen. Hinter dem perfekt gemähten Spielfeld warf die Spitze der Kirche All Saints, in der sein Vater Pfarrer war, einen Schatten über den Dorfanger. Und an der gegenüberliegenden Seite warf eine alte Eiche einen ähnlichen Schatten über das Denkmal für die Dorfbewohner, die im Großen Krieg gefallen waren. Sechzehn Namen wurden dort genannt. Ben hatte sie gezählt. Sechzehn Männer und Jungen aus einem Dorf mit zweihundert Einwohnern. »Absurd«, murmelte Ben.

»Wo ist denn der junge Prescott?«, unterbrach Colonel Huntley sein Grübeln. »Wir hätten ihn heute gut gebrauchen können. Er kann wie kein anderer mit einem schnellen Ballwerfer umgehen.«

Ben wandte den Blick vom Kricketfeld, um den Colonel anzusehen. Er war ein hochgewachsener Mann, dessen Gesicht von einem langen Arbeitsaufenthalt in Indien und zu viel Scotch eine anhaltende Rotfärbung bekommen hatte. »Er macht seine Flugprüfung, Sir.«

»Seine Flugprüfung? Das treibt der junge Narr also dieser Tage?«

»Ja, Sir. Er hat Flugstunden genommen. Er will bereit sein. Wenn die Kriegserklärung erfolgt ist, wird er sich sofort als Pilot bei der Royal Air Force melden. Er möchte nicht bis zum Hals im Schlamm der Schützengräben stecken wie all die armen Kerle im letzten Krieg.«

Der Colonel nickte. »Das war eine üble Sache. Zu meinem Glück war ich in Britisch-Indien. Hoffen wir nur, dass sie diesmal nicht dieselben verdammten Fehler machen.«

»Ich nehme an, dass der Krieg unvermeidbar ist?«, fragte Ben.

»Aber ja. Absolut. Ganz ohne jeden Zweifel. Dieser Nichtsnutz Hitler wird in Polen einmarschieren, und wir sind moralisch verpflichtet, den Krieg zu erklären. In den nächsten paar Wochen, denke ich.«

Er sprach mit der Aufgeräumtheit eines Mannes, der wusste, dass er zu alt war, um einberufen zu werden. »Wir hatten letzte Woche eines dieser Bürschchen vom Zivilschutz im Haus. Sie wollen, dass ich die Wiese hinterm Haus umgrabe und einen Luftschutzbunker baue. Ich sagte ihm, dass das völlig indiskutabel sei. Auf der Wiese hinterm Haus spielt die Memsahib Krocket. Wir werden schon bei allem anderen rationiert. Man kann nicht von ihr erwarten, dass sie auch noch auf ihr Krocket verzichtet!«

Ben lächelte höflich. »Ja, wir hatten ähnlichen Besuch. Sie brachten eine Menge Wellblech und die Baupläne. Als ob mein Vater jemals in seinem Leben etwas gebaut hätte. Er hat gerade gelernt, das Radio einzuschalten!«

Der Colonel betrachtete Ben prüfend. »Und wie steht's mit dir, junger Freund? Hast du auch vor, Pilot zu werden?«

Ben lächelte ihn entschuldigend an. »Das würde ich gern, Sir, doch ich kann mir im Augenblick die Flugstunden nicht leisten. Ich werde abwarten müssen, ob die RAF mich nimmt.«

Der Colonel hüstelte, als wäre ihm erst jetzt bewusst geworden, dass der Sohn eines Pfarrers, der frisch aus Oxford zurückgekehrt war und jetzt an einer unbedeutenden Privatschule unterrichtete, wohl nicht gerade viel Geld übrig hatte. Im offensichtlichen Bemühen, ein anderes Thema zu finden, blickte er sich um und sagte plötzlich überrascht: »Aber hallo. Da ist ja

Lady Pamela. Ich wusste gar nicht, dass sie sich für Kricket interessiert.«

Ben spürte, wie ihm eine Hitzewelle ins Gesicht schoss, und ärgerte sich über sich selbst. Pamela kam mit ihrer ungezwungenen Anmut auf ihn zu und wirkte dabei lässig und elegant in ihrer pfirsichfarbenen Seide. Eine Strähne aschblondes Haar wehte ihr ins Gesicht, und sie strich sie zurück, als sie Ben erblickte. Die Männer erhoben sich. »Wie schön, dass Sie uns anfeuern wollen, gnädige Frau«, sagte der Colonel und bot ihr seinen Platz auf der Bank an. »Setzen Sie sich doch neben den jungen Cresswell. Ich bin als Nächster dran. Muss sowieso die Blutzirkulation in diesen alten Beinen in die Gänge bekommen.« Pamela warf ihm ein umwerfendes Lächeln zu und setzte sich auf den frei gemachten Platz auf der Bank.

»Hallo, Pamma«, sagte Ben. »Ich habe dich hier gar nicht erwartet. Ich dachte, du wärst mit deiner Schwester in Paris.«

»Das war ich auch. Pah hat mir befohlen, nach Hause zu kommen. Eigentlich hat er angeordnet, dass ich Margot mitbringe. Er ist sich sicher, dass der Krieg jeden Moment ausbrechen kann, und er befürchtet, dass sie dann auf dem Kontinent festsitzt. Doch sie weigert sich, nachzugeben.«

»Ist sie wirklich so versessen darauf, Modedesign zu lernen, dass selbst ein drohender Krieg sie nicht umstimmen kann?«

Pamela hielt seinem Blick mit einem amüsierten Lächeln stand. »Ich glaube eher, dass ein gewisser französischer Graf der Grund dafür ist, weshalb sie nicht wegwill.«

»Donnerwetter!«, sagte Ben und verfluchte sich dafür, dass er wie ein Schuljunge klang. »Deine Schwester hat sich wirklich in einen Franzmann verliebt?«

»Sie sind schon recht attraktiv«, sagte Pamela und hielt seinem Blick noch immer stand. »Sehr aufmerksam. Und sie machen solche Dinge wie Handküsse. Wer kann da widerstehen?«

»Ich hoffe, du konntest es.« Die Worte waren raus, bevor er sie zurückhalten konnte.

»Ich habe es nicht so mit dem gallischen Typ«, sagte Pamela und blickte sich dann um. »Spielt Jeremy heute gar nicht?«

Und Ben traf die Erkenntnis wie ein Schlag in die Magengrube, dass sie überhaupt nicht wegen ihm gekommen war. Es war Jeremy. Natürlich war es der verdammte Jeremy. Unwillkürlich tauchte ein Bild vor Bens innerem Auge auf. Er und Pamela und Jeremy vor langer Zeit an einem Sommernachmittag wie diesem, wie sie die große Eiche in Farleigh Place – dem Anwesen von Pamelas Vater, dem Earl of Westerham – hinaufgeklettert waren. Jeremy war wie gewöhnlich voraus und Pamela dicht hinter ihm. Sie kletterte höher und höher hinauf, bis der Ast, auf dem sie saß, heftig schaukelte. »Kletter nicht höher«, hatte Ben gerufen, doch sie hatte ihm nur ein herausforderndes Lächeln zugeworfen. Dann gab es ein schreckliches Knacken. Das überraschte Gesicht der wie in Zeitlupe an ihnen vorbeifallenden Pamela und dann das dumpfe Geräusch, als sie auf den Boden schlug. Es hatte ewig gedauert, zu ihr hinabzuklettern. Jeremy war zuerst unten und sprang neben ihr auf den Boden. Ben war wie immer der Letzte. Sie lag da und bewegte sich nicht. Plötzlich öffnete sie die Augen, blickte erst in Bens besorgtes Gesicht, dann sah sie Jeremy und ihre Augen strahlten. »Mir geht es gut. Macht kein Theater«, sagte sie. Es ging ihr nicht gut. Sie hatte sich einen Arm gebrochen. Doch das war das erste Mal, dass Ben bemerkte, dass ihr Jeremy wichtig war und nicht er. Er bemerkte ebenfalls, wie sehr sie ihm wichtig war.

So viele Erinnerungen an lange zurückliegende Sommer …

Man hörte ein lautes »Ist er raus?« und ein Stöhnen von den Zuschauern.

»Verdammter junger Narr«, murmelte Colonel Huntley. »Er wird das Wicket erwischen. Wieder sauber getroffen.«

Er ging los, um den ausgeschiedenen Schlagmann abzulösen, doch bevor er noch einen Schritt von der Veranda gemacht hatte, hörte man von oben ein summendes Geräusch. Alle blickten auf, als ein sehr tief fliegendes Flugzeug über den Hügeln auftauchte. Das Summen wurde zu einem Dröhnen. Das Flugzeug sank immer tiefer.

»Er wird doch hier nicht landen wollen?«, rief Colonel Huntley. »Was fällt diesem Narren ein?«

Doch das Flugzeug landete. Es streifte die große Blutbuche, bevor es auf dem Feld aufsetzte, dabei die Kricketspieler auseinandertrieb und nur knapp das ausgewalzte Grün der Kricketpitch verpasste.

Das Flugzeug war leuchtend gelb-schwarz angemalt, wie eine übergroße Wespe. Es holperte über das Gras und kam vor dem Klubhaus zum Stehen. Ben hörte den Colonel murmeln: »Was zum Teufel?«, doch er reagierte nicht darauf. Bevor der Pilot noch seine Brille und den Helm abnahm, wusste Ben, dass es Jeremy war. Jeremy blickte prüfend über die Menge. Er entdeckte Ben und auf seinem Gesicht erschien das vertraute Grinsen, während er wild winkte.

»Ich habe es gerade erst gekauft«, rief er. »Ist es nicht schön? Komm rauf für eine Spritztour.«

Pamela stand auf und lief zum Flugzeug, bevor Ben reagieren konnte. »Darf ich auch mitkommen?«

»Aber hallo, Pamma«, sagte Jeremy. »Ich habe nicht erwartet, dich bei einem Kricketspiel zu sehen. Ich dachte, du seist in Paris. Es tut mir leid. Es ist nur ein Zweisitzer, und du bist nicht gerade passend angezogen, um in ein Cockpit zu klettern, so hübsch du auch aussiehst …« Er ließ den restlichen Satz in der Luft hängen. »Ich komme vielleicht später bei dir vorbei«, fügte er hinzu. »Und wenn du magst, frage ich deinen Pah, ob ich dich in meinem neuen Vogel mitnehmen darf.«

»Schön.« Pamela wandte sich ab und kehrte zurück zum Pavillon, wobei sie in ihrer Verärgerung Ben anstieß. »Letztlich ist es doch immer nur eine Männerwelt, nicht wahr?«, sagte sie. »Meinen Pah fragen, natürlich. Geh nur. Flieg mit ihm. Viel Spaß.«

»Ich will dich nicht allein lassen. Ich bin mir sicher, dass es noch andere …«, murmelte Ben.

»Oh, um Himmels willen. Ich weiß, dass du ganz wild darauf bist, mit einem Flugzeug zu fliegen«, sagte Pamela. »Geh schon. Geh.« Und sie gab ihm einen freundschaftlichen Schubs.

Die Blicke der Dorfbewohner machten Ben verlegen, als er zum Flugzeug ging. Jeremy strahlte vergnügt. Ben hatte diesen Ausdruck schon oft an ihm gesehen – normalerweise dann, wenn Jeremy etwas ausdrücklich Verbotenes getan hatte.

»Ich nehme an, du hast die Prüfung bestanden«, sagte Ben trocken.

»Mit Bravour, alter Junge. Der Kerl meinte, ich sei dafür wie geschaffen. Nun ja, ich habe schließlich einen Falken im Familienwappen, nicht wahr? Komm schon, steh nicht einfach herum. Spring rein.«

Ben kletterte auf den Rücksitz. »Brauche ich keinen Helm oder so etwas?«

Jeremy lachte. »Wenn wir abstürzen, wird dir so ein blöder Helm auch nicht viel helfen. Mach dir keine Sorgen. Ich hatte in fünf Minuten den Bogen raus. Jetzt ist es ein Kinderspiel.«

Der Motor heulte auf. Das Flugzeug holperte über das Gras und wurde schneller, bis es sich schließlich in die Lüfte erhob. Hinter dem Pavillon machten sie eine Kurve und dröhnten erneut über die Kricketpitch. Die große Blutbuche im Pfarrgarten überflogen sie mit ein paar Metern Abstand. Unter ihnen breitete sich das Dorf Elmsleigh aus: in der Mitte der Dorfanger mit dem Kricketfeld, das Denkmal des Großen Krieges an herausragender Stelle auf der einen Seite und die

Kirche All Saints mit ihrem schlanken senkrechten Turm auf der anderen. Unter dem rechten Flügel sah man die gepflegten Gärten von Nethercote, Jeremys Zuhause. Das Flugzeug drehte bei und das Städtchen Sevenoaks kam in den Blick, dann das ganze Shoreham Valley mit dem Höhenzug der North Downs, der in einem Bogen nach Süden verlief. Der Fluss Medway war ein funkelnder Streifen zu ihrer Linken und die Themse strahlte noch heller am fernen Horizont. Der Wind blies Ben durchs Haar. Er fühlte sich wie berauscht.

Jeremy drehte sich zu ihm um. »Das ist das richtige Ticket, was? Ich kann es gar nicht erwarten, dass die große Show endlich losgeht. So stell ich mir den Krieg vor – ein Krieg für Gentlemen. Kämpfer gegen Kämpfer, und der Bessere gewinnt. Du musst dir auch einen Flugschein besorgen, alter Junge, dann können wir uns zusammentun.«

Ben hielt es für überflüssig, zu erwähnen, dass er sich keine Flugstunden leisten konnte. Jeremy hatte noch nie verstanden, dass Geld ein Problem sein konnte. In Oxford hatte er Ben immer zu kostspieligen Ausflügen in Londoner Theater oder Nachtklubs oder sogar zu Wochenendfahrten nach Paris eingeladen. Jeremy hätte liebend gern für beide bezahlt, doch Ben war zu stolz, die Einladung anzunehmen, und erfand immer irgendwelche Aufsätze, die fertig werden mussten. So hatte er sich den Ruf eines Strebers eingehandelt, was er gar nicht war. Und als brillant, was er ebenfalls nicht war. Er hatte einen vollkommen ausreichenden guten Abschluss gemacht. Jeremy war nur knapp durchgekommen, doch bei ihm spielte das keine Rolle. Er war Einzelkind und würde eines Tages den Titel und alles andere, was damit zusammenhing, erben.

»Und, wie findest du es?«, rief Jeremy.

»Einfach umwerfend.«

»Ja, das finde ich auch. Lass uns nach Frankreich fliegen.«

»Hast du genug Benzin?«

»Woher soll ich das wissen? Ich habe das Ding gerade erst gekauft«, sagte Jeremy lachend. Doch er drehte bei und brachte das Flugzeug in einer weiten Kurve zurück in Richtung Dorf. Da lag es unter ihnen, mit den Häuschen an der Hauptstraße zum Dorfanger, umgeben von Hopfenfeldern und Apfelbäumen. So hübsch und grün und typisch englisch. Jeremy beugte sich über die Seite und zeigte auf etwas. »Sieh nur. Da ist Farleigh. Sieht es nicht wohlgeordnet aus von hier oben? Capability Brown hat wirklich Großartiges geleistet, als er damals diese Gärten angelegt hat.« Er schob den Steuerknüppel nach vorn und das Flugzeug verlor an Höhe. Vor ihnen wurde inmitten einer hektargroßen Parklandschaft ein weitläufiges, quadratisches graues Steingebäude mit einer gewundenen Auffahrt zwischen schmückenden Blumenbeeten sichtbar, an der einen Seite ein See und dahinter der Küchengarten: Farleigh Place, bereits seit vor 1600 der Stammsitz von Pamelas Vorfahren.

Jeremy jauchzte begeistert. »Sieh nur, Ben, sie haben Gäste zum Tee. Komm, wir überraschen sie, ja?«

Das Flugzeug neigte sich scharf auf die Seite. Ben hielt sich fest und schloss die Augen, als das Land zum Himmel wurde. Sein Magen vollführte eine zusätzliche Drehung. Das Flugzeug kreiste und sank immer tiefer, bis es über den See mit seiner künstlichen Insel flog, dann über den mit Rosskastanien gesäumten Reitweg, wo sie als Jungen Kastanien gesammelt hatten. Auf dem hinteren Rasen war ein Tennisfeld markiert, daneben saßen einige Gestalten in Weiß an Tischen, während Soames, der Butler, Tee servierte.

»Ich nehme an, dass der Platz ausreicht, um direkt neben ihnen zu landen«, schrie Jeremy. »Zu schade, dass sie nicht die Art Hüte tragen, die gut fliegen, wenn sie vom Kopf geweht werden.«

Sie kamen über dem südlichen Reitweg heran, mit Kastanienbäumen an den Flügelspitzen zu beiden Seiten.

Ben war immer noch zu berauscht, um sich zu fürchten. Der Fluglehrer hatte recht, beschloss er. Jeremy flog wirklich, als wäre er dafür geboren. Die Teegäste waren aufgesprungen, als das Flugzeug zwischen den Bäumen hervorschoss. Sie wichen erschrocken zurück, während die Tischdecken flatterten und die Servietten davonflogen. Das Flugzeug war jetzt nur noch wenige Meter über dem Boden, dann nur noch Zentimeter.

Jeremy bemerkte die Sonnenuhr im selben Moment wie Ben. Sie stand verwittert und vergessen mitten auf dem Rasen. Ben öffnete den Mund und sagte: »Pass auf, da vorne ist eine …«, als Jeremy den Steuerknüppel hart nach rechts riss. Der Flügel senkte sich, grub sich ins Gras und das Flugzeug machte einen Überschlag.

TEIL EINS

Pamela

KAPITEL 1

Bletchley Park – Mai 1941

Lady Pamela Sutton starrte auf die trostlosen Regierungsposter an der Wand ihrer kleinen Arbeitsnische in Baracke 3. Einige enthielten gut gelaunte Ermunterungen, sein Bestes zu geben und unverzagt weiterzumachen, andere waren schreckliche Warnungen, die eigenen Leute nicht im Stich zu lassen. Hinter den Verdunkelungsvorhängen an den Fenstern brach gerade die Morgendämmerung an. Sie konnte den Chor der Vögel in den Bäumen hinter der Baracke hören. Sie zwitscherten noch immer wie wild und so fröhlich, wie sie es schon vor Kriegsbeginn getan hatten und wie sie es nach seinem Ende weiter tun würden – wann immer das auch wäre. Er dauerte bereits viel zu lang, und es war kein Ende in Sicht. Pamela rieb sich die Augen. Es war eine lange Nacht gewesen und die Augen brannten ihr vor Müdigkeit. Die Vorschriften für den Staatsdienst verboten, dass Frauen mit Männern zusammen in der Nachtschicht arbeiteten, falls dadurch ihre Sittlichkeit gefährdet war. Sie hatte sich darüber amüsiert, als der Mangel an männlichen Übersetzern dazu geführt hatte, dass die Mädchen die Nachtschicht übernehmen mussten. »Ehrlich gesagt glaube ich kaum, dass meine Ehre von einem der Jungs hier in Gefahr gebracht wird«, hatte sie gesagt. »Sie sind alle viel mehr an mathematischen Problemen interessiert als an Mädchen.«

Doch seitdem hatte sie ihren Übermut schon oft bedauert. Die Nachtarbeit war anstrengend. Zum Glück war ihre Schicht bald zu Ende und sie konnte schlafen gehen. Auch wenn sie tagsüber mit den an ihrem Fenster vorbeiratternden Zügen nicht besonders gut schlief.

»Verdammter Krieg«, murmelte sie und hauchte in ihre Hände, um etwas Wärme in die Finger zu bekommen. Obwohl es bereits Mai war, waren die Baracken nachts kalt und feucht. Am 1. Mai war die Kokszuteilung eingestellt worden. Das war allerdings nicht nur schlecht, denn der gusseiserne Ofen qualmte fürchterlich und spuckte giftigen Rauch. Im Augenblick war alles einfach schrecklich. Es gab nichts Anständiges zu essen. Die Mahlzeiten bestanden aus Eipulver, Corned Beef in Dosen und Würstchen, die mehr Sägespäne als Fleisch enthielten. Ihre Hauswirtin war offenbar auch vor dem Krieg keine besondere Köchin gewesen, doch was sie jetzt kochte, war häufig schlichtweg ungenießbar. Pamela beneidete die Kollegen der Tagschicht, die wenigstens ihr Mittagessen in der Kantine einnehmen konnten, was recht gut sein sollte. Sie könnte eigentlich vor Dienstende auch hinübergehen und frühstücken, doch sie war immer zu müde, um nach einer langen Nacht noch etwas zu essen.

Bei Kriegsausbruch hatte sie unbedingt etwas Sinnvolles machen wollen. Jeremy hatte sich gleich am ersten Tag freiwillig gemeldet und wurde von der RAF – der Royal Air Force – mit offenen Armen empfangen. In der Luftschlacht um England war er einer der meistdekorierten Piloten, doch dann hatte er sich, typisch Jeremy, zu weit nach Frankreich hineingewagt, als er ein heimkehrendes deutsches Flugzeug verfolgt hatte, und war abgeschossen worden. Jetzt war er in einem »Stalag Luft«, einem Lager für gefangene Piloten irgendwo in Deutschland, und seit Monaten hatte niemand von ihm gehört. Sie wusste nicht einmal, ob er noch lebte oder tot war. Sie schloss fest die Augen, um nicht zu weinen. *Immer die Fassung bewahren,* wiederholte sie für sich – das wurde zurzeit von einem erwartet.

»Wir müssen mit gutem Beispiel vorangehen«, hatte ihr Vater in seiner üblichen donnernden Weise gesagt, wobei er auf den Tisch geschlagen hatte, um seinen Worten Nachdruck zu verleihen. »Zeige niemandem, dass du aufgewühlt oder verängstigt bist. Die Menschen sehen zu uns auf, und wir haben die Verpflichtung, ihnen zu zeigen, wie man sich verhält.«

Aus genau diesem Grunde war sie für diese Aufgabe ausgewählt worden. Ihre Freundin Trixie Radcliffe, die mit ihr zusammen im Frühling 1939 Debütantin gewesen war, hatte sie während der Anfänge des Krieges nach London zum Tee eingeladen, als es noch so zivilisierte Dinge wie Tee in Brown's Hotel gab.

»Ich sag mal, Pamma, dieser Typ, den ich kenne, hat mich einem anderen Typen vorgestellt, der uns vielleicht einen Job gibt«, hatte Trixie in ihrer enthusiastischen Art gesagt. »Er sucht Mädchen wie uns. Aus guten Familien. Bodenständig. Ohne hysterische Neigung.«

»Alle Wetter! Was für eine Arbeit mag das sein – Anstandsunterricht für den Frauenhilfsdienst WAAC und die Frauen bei der Marine?«

Trixie hatte gelacht. »Nichts dergleichen. Ich nehme an, dass es eher etwas Geheimes ist. Er hat mich gefragt, ob ich den Mund halten kann und ob man sich darauf verlassen könne, dass ich nicht tratsche.«

»Meine Güte!« Pamela sah überrascht aus.

Trixie beugte sich vor. »Er glaubt offenbar, dass wir dazu erzogen wurden, das Richtige zu tun, und deshalb unsere eigenen Leuten nicht verraten und keine Geheimnisse preisgeben werden. Er hat mich sogar gefragt, ob ich viel trinke.« Sie lachte. »Ich nehme an, dass Leute zu viel ausplaudern, wenn sie betrunken sind.«

»Und, was hast du ihm gesagt?«

»Dass ich erst kurz vor dem Krieg in die Gesellschaft eingeführt worden bin und wegen der Rationierungen noch keine echte Gelegenheit hatte, zu beweisen, wie viel ich vertrage.«

Pamela lachte jetzt auch, dann wurde sie wieder ernst. »Ich frage mich nur, was er eigentlich von uns will. Schickt er uns als Spione nach Deutschland?«

»Er hat mich tatsächlich gefragt, ob ich Deutsch kann. Genau genommen hat er gesagt: ›ob ich Deutsche gehabt hätte‹, und ich dachte zuerst, er meint, ob ich einen deutschen Freund hätte. Ich fürchte, daraufhin bin ich in Kichern ausgebrochen. Ich habe ihm erzählt, dass wir beide auf dem Mädcheninternat in der Schweiz waren und dass du ein Sprachgenie bist. Er schien übrigens recht interessiert an dir. Er lebte geradezu auf, als ich sagte, dass ich dich kenne.«

»Du meine Güte«, sagte Pamela erneut. »Ich kann mir nicht so recht vorstellen, eine Spionin zu sein und deutsche Offiziere zu umgarnen. Du etwa?«

»Nein, mein Liebes. Ich kann mir nicht vorstellen, wie du Deutsche umgarnst. Du warst immer zu unschuldig. Ich jedoch könnte ganz gut darin sein. Leider hat mein Deutsch einen deutlichen englischen Akzent. Sie würden mich sofort entlarven. Aber ich glaube nicht, dass es um Spionage geht. Dieser Bursche hat mich auch noch gefragt, wie gut ich in Kreuzworträtseln bin.«

»Was für eine seltsame Frage«, erwiderte Pamela.

Trixie beugte sich noch weiter vor, bis sie direkt in Pamelas Ohr flüsterte. »Ich glaube eher, dass es um das Knacken von Codes und solche Dinge geht.«

Und als das hatte es sich auch herausgestellt. Die beiden Mädchen hatten den Zug vom Bahnhof Euston Station nach Bletchley Junction genommen, das eine Stunde nördlich von London lag. Der Bahnhof und die Stadt waren unscheinbar. In der Luft hing eine Dunstglocke vom örtlichen Ziegelwerk. Niemand holte sie ab und so trugen sie ihre Koffer über einen langen Pfad neben den Schienen, bis sie zu einem hohen Maschendrahtzaun mit einer Zaunkrone aus Stacheldraht kamen.

»Donnerwetter!« Diesmal war sogar Trixie beunruhigt. »Es sieht wirklich nicht besonders einladend aus, oder?«

»Wir müssen es nicht tun«, sagte Pamela.

Sie blickten einander an, als wollte jede die andere zum Weglaufen überreden.

»Wir können zumindest herausfinden, was sie von uns wollen, und dann sagen: ›Nein, vielen Dank, aber ich werde lieber ein Landmädchen und züchte Schweine.‹«

Das gab beiden frischen Mut.

»Komm schon, sehen wir es uns mal an.« Trixie schubste ihre Freundin sanft vorwärts und sie gingen zum Haupttor. Die RAF-Wache in dem Wächterhäuschen aus Beton fand ihre Namen auf dem Klemmbrett und schickte sie zum Hauptgebäude, wo sie sich bei Commander Travis melden sollten. Niemand bot ihnen an, ihre Koffer zu tragen, was Pamela mehr als alles andere zeigte, dass sie sich jetzt in einer anderen Welt befanden als der, an die sie gewöhnt war. Die Zufahrt führte an Reihen langer, trostlos aussehender Baracken vorbei, bevor das Hauptgebäude sichtbar wurde. Es war von einer neureichen Familie auf dem Höhepunkt viktorianischer Exzesse erbaut worden und war eine ausufernde Stilmischung mit extravagantem Ziegelwerk, Giebeln und orientalischen Säulen. An einem Ende ragte ein Wintergarten hervor. Neuankömmlinge von weiter unten auf der Gesellschaftsskala waren oft beeindruckt, doch auf Mädchen, die in Herrenhäusern aufgewachsen waren, hatte das Haus den gegenteiligen Effekt.

»Was für eine Monstrosität!«, rief Trixie lachend aus. »Waschraumgotik, oder wie würdest du es nennen?«

»Aber die Aussicht ist hübsch«, sagte Pamela. »Sieh nur, da ist ein See und ein Wäldchen und Felder. Ich frage mich, ob es auch Pferde gibt und man reiten kann.«

»Das ist keine Hausparty, Liebling«, sagte Trixie. »Wir sind zum Arbeiten hier. Komm schon. Bringen wir es hinter uns und finden heraus, worum es geht.«

Sie betraten das Hauptgebäude und befanden sich in der Art von beeindruckendem Interieur, das sie gewohnt waren – Decken mit gemeißelten Verzierungen, getäfelte Wände, bunte Bleiglasfenster und dicke Teppiche. Eine junge Frau mit einem Papierstapel auf dem Arm trat aus einer Seitentür und wirkte nicht überrascht, sie zu sehen. »Oh, ich nehme an, ihr seid die neuste Gruppe Anfängerinnen«, sagte sie, während sie abschätzig Trixies Nerzkragen betrachtete. »Commander Travis ist oben. Die zweite Tür rechts.«

»Das war ja nicht gerade ein herzlicher Empfang«, flüsterte Trixie. Sie ließen ihre Koffer stehen und stiegen eine recht große, geschnitzte Eichentreppe hinauf.

»Glaubst du, dass wir einen schrecklichen Fehler machen?«, flüsterte Pamela.

»Jetzt ist es etwas spät, um noch umzukehren.« Trixie drückte ihr die Hand, dann trat sie vor, um an eine polierte Eichentür zu klopfen. Commander Travis, der stellvertretende Direktor, betrachtete sie mit deutlicher Skepsis.

»Das ist keine Vergnügungsfahrt, meine Damen. Ehrlich gesagt ist es verdammt harte Arbeit. Doch ich hoffe, Sie werden es als lohnende Arbeit betrachten. Sie leisten damit Ihren Beitrag dazu, den Feind aufzuhalten – genauso ein wichtiger Job, wie ihn unsere Jungs in der Armee tun. Und das Wichtigste hier ist die absolute Geheimhaltung. Sie werden eine Erklärung über die Wahrung von Staatsgeheimnissen unterzeichnen müssen. Es ist Ihnen nicht erlaubt, mit irgendwem außerhalb Ihrer Einheit über Ihre Arbeit zu sprechen. Nicht einmal miteinander. Nicht einmal mit Ihren Eltern oder Freunden. Ist das klar?«

Die Mädchen nickten, dann fand Pamela den Mut zu fragen: »Was genau wird denn unsere Arbeit sein? Bisher hat man uns nichts erzählt.«

Er hob eine Hand. »Eins nach dem anderen, junge Dame.« Er zog zwei Blatt Papier und zwei Füllfederhalter hervor. »Erklärung über die Wahrung von Staatsgeheimnissen. Lesen Sie sie und unterschreiben Sie bitte hier.« Er tippte mit einem Finger auf das Papier.

»Sie möchten also, dass wir versprechen, niemals etwas darüber auszuplaudern, was hier geschieht, bevor wir überhaupt wissen, was es ist?«, fragte Trixie.

Commander Travis lachte. »Sie haben Schneid, das gefällt mir. Doch ich muss Ihnen sagen, dass Sie von dem Augenblick an, als Sie durch das Tor getreten sind, zu einem Sicherheitsrisiko für das Land geworden sind. Und ich versichere Ihnen, dass Ihre Arbeit hier eine ganze Menge interessanter und lohnender sein wird als jeder andere Job, den Sie machen könnten.«

Trixie blickte zu Pamela, zuckte die Achseln und sagte: »Warum eigentlich nicht? Was haben wir schon zu verlieren?« Sie nahm den Füller und unterschrieb. Pamela tat es ihr nach. Später, als sie allein war, stellte sich heraus, dass sie in Baracke 3 entschlüsselte deutsche Nachrichten übersetzen würde. Pamela wusste nicht, was Trixie machte, da sie nur mit Mitarbeitern aus ihrer eigenen Baracke Informationen austauschen durften, doch sie wusste, dass Trixie sich ärgerte, weil man ihr keinen anspruchsvolleren und glanzvolleren Job zugewiesen hatte. »In der Registratur Akten sortieren und tippen. Kannst du dir etwas Langweiligeres vorstellen?«, hatte sie gesagt. »Während man Daten sortiert, haben die Männer in den Baracken den ganzen Spaß mit den seltsamen Maschinen. Ich wäre niemals hergekommen, wenn ich gewusst hätte, dass ich so langweilige, simple Sachen machen würde. Wie steht es mit dir? Ist dein Job auch so öde?«

»Aber nein, ich werde täglich mit Herrn Hitler plaudern«, sagte Pamela und brach dann in lautes Lachen aus, als sie den Gesichtsausdruck ihrer Freundin sah. »Ein Scherz, Liebling. Man muss immer seinen Sinn für Humor bewahren. Und ja, ich bin mir sicher, dass auch meine Arbeit ausgesprochen simpel sein wird. Immerhin sind wir ja auch keine Männer, oder?«

Mehr als das hatte sie Trixie nicht gesagt. Die Bedeutung ihrer Arbeit war ihr mehr als bewusst und auch dass ein Auslasser beim Übersetzen oder eine falsche Übersetzung Hunderte Leben kosten konnte. Sie bemerkte, dass sie normalerweise die Entschlüsselungen mit den niedrigsten Wichtigkeitsstufen bekam und dass die wichtigsten abgefangenen Nachrichten an Männer gingen, doch gelegentlich hatte sie die Genugtuung, ein verstecktes Juwel zu entdecken.

Die Aufgabe war zunächst herausfordernd und auf-regend gewesen, doch nach einem ganzen Jahr war sie über-sättigt davon und erschöpft. Es war alles so unwirklich, und die Unannehmlichkeiten und der anhaltende Strom schlechter Nachrichten von den Kriegsschauplätzen forderte selbst von einer fröhlichen Person wie Pamela seinen Tribut. Die Baracken waren schrecklich einfach gebaut, eisig kalt im Winter, ersti-ckend heiß im Sommer, dazu immer düster wegen der unzu-reichenden nackten Glühbirnen an der Decke. Und nach ihren langen Schichten musste sie zu ihrer Unterkunft zurückkehren – ein trostloses Pensionszimmer neben einer Eisenbahnlinie. Wenn sie auf dem uralten Fahrrad, das sie sich angeschafft hatte, zurück in die Stadt fuhr, dachte sie oft an Farleigh im Frühling – Teppiche aus Glockenblumen in den Wäldern in dieser ersten

Maiwoche. Kleine Lämmchen auf den Wiesen. Ausritte mit ihren Schwestern am frühen Morgen. Und sie bemerkte, dass sie sich sehr danach sehnte, ihre Schwestern wiederzusehen. Sie musste sich eingestehen, dass sie ihnen nie wirklich nahegestanden hatte, mit Ausnahme von Margot, die sie aber seit Ewigkeiten nicht gesehen hatte und schrecklich vermisste. Sie waren alle so unterschiedlich – Livvy, fünf Jahre älter als sie, war schon brav und erwachsen auf die Welt gekommen und sagte den anderen immerzu, wie sie sich ordentlich zu benehmen hatten.

Mit Bedauern wurde Pamela klar, dass sie Phoebe, ihre jüngste Schwester, kaum kannte. Sie schien so ein aufgewecktes kleines Mädchen zu sein und hatte die Voraussetzungen für eine brillante Reiterin, doch sie verbrachte die meiste Zeit im Kinderzimmer, getrennt vom Rest der Familie. Dann war da die anstrengende Dido, zwei Jahre jünger als sie, immer wetteifernd und begierig darauf, endlich erwachsen zu werden und in die Gesellschaft eingeführt zu werden – um all das zu bekommen, was Pamela bereits hatte. Dido empfand sie als Rivalin, niemals als Komplizin, wie es zwischen ihr und Margot gewesen war, und sie waren auch nie so vertraut miteinander gewesen.

Pamela konzentrierte sich wieder auf ihre Arbeit, als ein Korb mit neuen Transkripten vor ihr abgestellt wurde. Die frühmorgendlichen Nachrichten trafen ein, was gut war. Es bedeutete nämlich, dass die cleveren Jungs in Baracke 6 die Einstellungen der deutschen Verschlüsselungsmaschine Enigma richtig erkannt hatten und dass die Ausdrucke deshalb in richtigem Deutsch waren, oder zumindest in einem grob verständlichen Deutsch. Sie nahm die erste Karte. Die britische Typex produzierte lange Papierstreifen mit Buchstaben in Fünfergruppen. Das X stand für Punkt, Y für Komma und Eigennamen ging ein J voraus. Sie sah sich den ersten an. WUBY YNULL SEQNU LLNUL LX. Das kam täglich vor.

Wetterbericht. Die morgendlichen Wetteraussichten für Sektor sechs. Und *null* bedeutete, dass nichts Wichtiges vor sich ging. Sie schrieb schnell die Übersetzung auf und legte sie in den Ausgangskorb.

Die nächste Karte war ebenfalls Routine. ABSTI MMSPR UCHYY RESTX OHNEX SINN. Eine Testnachricht von einem deutschen Kommando, um sicherzustellen, dass die Tagescodes funktionierten. »Vielen Dank, Hamburg, sie funktionieren sehr gut«, sagte sie lächelnd, während sie sie in den Korb legte. Die nächste Nachricht war sehr fehlerhaft durchgekommen. Die Hälfte der Buchstaben fehlte. Es kam häufig vor, dass Nachrichten in diesem Zustand abgefangen wurden, und man brauchte Fähigkeiten wie beim Kreuzworträtsellösen sowie eine gute Kenntnis der deutschen Kriegsterminologie. Pamela konnte schließlich erkennen, dass es bei der Nachricht um die 21. Panzerdivision ging, einen Teil von Rommels Wüstenstreitkräften. Doch die nachfolgenden Buchstaben – FF-I-G – verwirrten sie. Waren es zwei Wörter oder sogar drei? Wenn es mehr als ein Wort war, dann konnte das erste ein *auf* sein. Sie starrte angestrengt darauf, bis die Buchstaben in dem schwachen Licht tanzten. Sie sehnte sich danach, die Verdunkelungsvorhänge zu entfernen, doch das durfte nur der Hausmeister zur vorgeschriebenen Stunde tun. Ihr taten die Augen weh. *Ausruhen,* dachte sie. *Ich muss mich ausruhen.*

Dann war sie wieder aufmerksam und lächelte hoffnungsvoll. Sie versuchte verschiedene Buchstaben. *Auffrischung.* Die 21. Panzerdivision musste sich ausruhen und wieder frisch werden!

Sie sprang auf und rannte fast zum Aufsichtsraum. Wilson, der ältere Mann, der die Aufsicht hatte, blickte stirnrunzelnd auf. Er billigte es nicht, dass Frauen in seiner Nachtschicht waren, und ignorierte Pamela weitgehend.

»Ich glaube, ich habe da etwas Interessantes, Sir«, sagte sie. Sie legte ihm den Typex-Ausdruck und ihre Übersetzung vor. Er starrte darauf und runzelte lange die Stirn, bevor er wieder aufsah. »Mit viel gutem Willen, nicht wahr, Lady Pamela?« Er allein bestand darauf, sie mit ihrem Titel anzusprechen. Für alle anderen war sie P.

»Aber es könnte bedeuten, dass sich die 21. Panzerdivision womöglich zurückzieht. Das ist doch wichtig, oder nicht?«

Zwei andere Männer am Tisch beugten sich vor, um zu sehen, worum es ging.

»Sie könnte recht haben, Wilson«, sagte einer von ihnen. »*Auffrischung*. Ein gutes Wort.« Er warf Pamela ein aufmunterndes Lächeln zu.

»Sonst überleg etwas anderes, was einen Sinn ergibt, Wilson«, sagte der andere. »Wir wissen doch alle, dass ihr Deutsch besser ist als unseres.«

»Du solltest es auf jeden Fall ans Armeehauptquartier weiterreichen, nur für den Fall«, sagte der Erste. »Gut gemacht, P.«

Pamela gestattete sich ein Lächeln, während sie zu ihrem Platz zurückkehrte. Sie hatte gerade ihren Eingangskorb geleert, als Stimmen am anderen Ende der Baracke die Ankunft der Frühschicht anzeigten. Pamela nahm ihren Mantel vom Haken.

»Ein wunderbarer Tag da draußen«, sagte einer der jungen Männer, als er auf sie zukam. Er war hochgewachsen und schlaksig und betrachtete die Welt durch dicke Brillengläser. Rodney war der Inbegriff der eifrigen jungen Männer aus Oxford oder Cambridge, die angeworben worden waren, um in Bletchley Park zu arbeiten. »Sei froh, dass du es genießen kannst. Soviel ich weiß, gibt es heute Nachmittag Schlagball. Falls du das magst. Ich bin dabei eine völlige Niete, befürchte ich. Und heute Abend ist Volkstanz, aber dann arbeitest du ja wieder, oder?« Er hielt inne und fuhr sich mit der Hand nervös durch sein widerspenstiges Haar. »Ich nehme mal an, dass du an deinem freien Abend nicht mit mir ins Kino gehen magst, oder?«

»Das ist lieb von dir, Rodney«, sagte sie. »Doch ehrlich gesagt versuche ich an meinem freien Abend lieber, etwas Schlaf nachzuholen.«

»Deine Augen wirken auch ein wenig eingefallen«, stimmte er, der niemals besonders taktvoll war, zu. »Diese Nachtschichten machen einen nach einer Weile fertig, nicht wahr? Doch alles für eine gute Sache, wie man sagt.«

»So sagt man«, wiederholte sie. »Ich wünschte, man könnte sehen, dass wir Fortschritte machen. Das Land, meine ich. Es scheint nur schlechte Nachrichten zu geben. Und die armen Leute in London, die jede Nacht bombardiert werden. Was meinst du, wie lange können wir das noch durchhalten?«

»So lange, wie wir müssen«, sagte Rodney. »So einfach ist das.«

Pamela sah ihm bewundernd nach. In diesem Moment stand er für das Rückgrat Großbritanniens. Ein dünner, ungelenker Bücherwurm, aber entschlossen, so lange weiterzumachen, wie es nötig war, um Hitler abzuwehren. Sie schämte sich wegen ihrer eigenen Niedergeschlagenheit und der fehlenden Zuversicht, als sie ihr Fahrrad nahm und in die Stadt fuhr.

Ihre Unterkunft in der Pension von Mrs Adams befand sich in der Nähe des Bahnhofs und es pfiff gerade ein Zug, der sich dem Bahnsteig näherte. *Wenn meine Eltern sehen würden, wo ich jetzt wohne,* dachte Pamela mit grimmigem Lächeln. Doch sie hatten keine Ahnung, wo sie arbeitete oder was sie tat. Wegen der Erklärung zur Wahrung von Staatsgeheimnissen durfte sie niemandem irgendetwas erzählen. Es war nicht einfach gewesen, ihren Vater zu überreden, sie gehen zu lassen, aber sie war einundzwanzig und in die Gesellschaft eingeführt, deshalb konnte er es ihr kaum verbieten. Und als sie gesagt hatte: »Ich möchte auch meinen Beitrag leisten, Pah. Du hast gesagt, dass wir ein Beispiel geben müssen, und das tue ich jetzt«, da hatte er widerwillig zugestimmt.

Sie stieg vom Fahrrad und schob es über den Bürgersteig. Ihr war schlecht vor Hunger und Müdigkeit, doch sie seufzte bei dem Gedanken, was sie wohl heute für ein Frühstück erwarten würde: mit Wasser zubereiteter klumpiger Haferbrei? Im Bratfett des Hammelgerippes vom letzten Sonntag gebratenes Brot? Wenn sie Glück hatte, dann gab es Toast mit einem Kratzer Margarine und wässrige Marmelade. Dann dachte sie an das reichhaltige Angebot auf dem Frühstückstisch in Farleigh: Nierchen und Speck und Kedgeree und Rühreier. Wie lange würde es noch dauern, bis sie nach Hause konnte? Aber wenn sie erst zu Hause wäre, wie sollte sie sich dann dazu bringen, wieder zurückzukehren?

Vor dem Bahnhof gab es einen Zeitungsstand und eine Schlagzeile lautete: »Held kehrt heim«. Pamela sah nach der Titelseite auf dem Zeitungsstapel. Seit der Krieg begonnen hatte und Papier knapp war, war die Schrift kleiner und enger geworden und die Bilder winzig. Aber dort, ungefähr in der Mitte der Titelseite des *Daily Express,* erblickte sie die körnige Fotografie eines Mannes in RAF-Uniform und erkannte das übermütige Lächeln. Sie zog zwei Pence aus der Tasche und nahm sich eine Zeitung. »Fliegerass Hauptmann der Luftwaffe Jeremy Prescott entkommt unerwartet deutschem Kriegsgefangenenlager. Einziger Überlebender bei Ausbruch.« Bevor sie noch weiterlesen konnte, gaben ihre Beine nach und sie sank zu Boden.

Sofort kamen Menschen herbeigelaufen und halfen ihr auf.

»Immer mit der Ruhe, Liebes. Ich habe Sie«, sagte eine Stimme.

»Bring sie rüber zur Bank, Bert, und jemand soll ins Bahnhofscafé gehen und eine Tasse Tee holen. Sie ist ja kreidebleich.«

Angesichts dieser unerwarteten Freundlichkeit entfuhr Pamela ein tiefes Schluchzen. All die Anspannung, die langen Nächte, die mühevolle Arbeit, die niederschmetternden Nachrichten bahnten sich mit diesem Schluchzer den Weg nach draußen und Tränen liefen ihr über die Wangen.

Sie spürte, wie sie aufgehoben und sanft auf einen Stuhl gesetzt wurde. Da bemerkte sie, dass sie noch immer die Zeitung in der Hand hielt.

»Was war es, Liebes – schlechte Nachrichten?«, fragte die Frau vom Zeitungsstand.

Pamela bebte noch immer von ihren Schluchzern. »Nein, es sind gute Nachrichten«, brachte sie endlich hervor. »Er lebt. Er ist in Sicherheit. Er kommt nach Hause.«

An jenem Nachmittag erhielt sie die Nachricht, dass sie sich bei Commander Travis melden sollte. Ihr blieb das Herz stehen. Was hatte sie nur falsch gemacht? Hatte ihm jemand von dem Vorfall am Bahnhof berichtet? Sie schämte sich zutiefst, ihr Kontrollverlust war ihr peinlich. Pah wäre beschämt und würde sagen, dass sie sich blamiert hatte. Nun war sie besorgt: Hatte sie etwas geäußert, was sie nicht hätte sagen sollen? Sie hatte Gerüchte über Leute gehört, die zu viel gesagt und die Sicherheitsbestimmungen verletzt hatten. Sie verschwanden und wurden nie mehr gesehen. Es gab ängstliche Scherze darüber, wo sie hingekommen waren, aber niemand fand es wirklich witzig. Vielleicht stimmten die Scherze.

Doch man wurde nicht wegen Alltäglichkeiten zum Vizedirektor gerufen. Sie sprang auf ihr Fahrrad und fuhr zurück zum Gelände. Commander Travis blickte von seinen Unterlagen auf, als sie hereinkam. Er zeigte auf einen Stuhl neben seinem Tisch. Sie hockte sich auf die Stuhlkante.

»Wie ich höre, hatten Sie heute ein bisschen Schwierigkeiten, Lady Pamela?«, sagte er. Die Formalität ihres Titels war schon beunruhigend.

»Schwierigkeiten, Sir?«

»Mir ist zu Ohren gekommen, dass Sie auf der Straße vor dem Bahnhof zusammengebrochen sind. Essen Sie nicht genug? Ich weiß, das Essen ist nicht immer besonders appetitlich.«

»Ich esse genug, Sir.«

»Sind es die Nachtschichten? Sie fordern ihren Tribut vom Körper, das weiß ich.«

»Doch wir müssen alle Schichtwechsel machen und unseren Beitrag leisten. Mir gefällt es nicht gerade. Ich bekomme nie ausreichend Schlaf, wenn ich in der Nachtschicht bin. Aber das wird ja allen anderen auch so gehen.«

»Ihnen geht es aber gut?«, fragte er und warf ihr einen wissenden Blick zu. Er wartete einen Moment, bevor er hinzufügte: »Haben Sie eine besondere Nähe mit einem unserer jungen Männer?«

Da musste sie lachen. »Ich bin nicht schwanger, wenn Sie das andeuten wollen.«

»Sie wirken auf mich aber auch nicht wie jemand, der häufig ohnmächtig wird.« Er beugte sich näher über den Schreibtisch zu ihr. »Also, was ist es?«

»Es tut mir leid, Sir. Ich komme mir so dumm vor. Und Sie haben recht. Ich habe nicht die Neigung zu solchen Dingen.«

Er blätterte durch ihre Akte. »Wie lange ist es her, seit Sie Urlaub hatten?«

»Ich bin über Weihnachten ein paar Tage nach Hause gefahren, Sir.«

»Dann sind Sie längst fällig.«

»Aber wir sind unterbesetzt in Baracke 3. Es wäre nicht richtig …«

»Lady Pamela. Ich erwarte, dass unsere Leute erstklassige Arbeit machen. Ich kann mir nicht erlauben, dass sie uns umkippen. Nehmen Sie sich eine Woche frei.«

»Aber es gibt niemanden, der meinen Platz einnehmen kann, und wir können nicht …«

»Wann endet Ihre gegenwärtige Schicht?«

»Zum Ende der Woche.«

»Dann bringen Sie die Schicht zu Ende und fahren dann nach Hause.«

»Oh, aber, Sir …«

»Das ist ein Befehl, Lady Pamela. Fahren Sie nach Hause. Machen Sie sich eine schöne Zeit und kommen Sie erholt zurück.«

»Ja, Sir. Vielen Dank.«

Erst als sie die Freitreppe des großen Hauses herabstieg, wurde ihr die ganze Tragweite bewusst. Sie konnte heim und Jeremy war sicher zurück in Großbritannien. Womöglich war er bereits wieder in Nethercote. Auf einmal war die Welt wieder in Ordnung.

KAPITEL 2

Der Junge, der beim Wildhüter wohnte, hatte ihn zuerst entdeckt. Er war in der Morgendämmerung draußen gewesen, um die Fallen zu überprüfen (wegen der Kriegsrationierung stand Kaninchen auf dem Speiseplan, selbst im großen Haus). Diese Aufgabe hatte er freiwillig übernommen, denn er liebte die Freiheit und Einsamkeit auf dem Land und empfand noch immer tiefe Ehrfurcht angesichts der ganzen Weite und Grüne und des riesigen Himmelsbogens wie ein blassblaues Glas hoch oben. Nach der kleinen Wohnung in Stepney und der Gasse mit dem schmalen Streifen dreckigen Himmels wirkte Farleigh noch immer zu unwirklich, um wahr zu sein.

An diesem Morgen kehrte er mit leeren Händen zurück. Der Wildhüter nahm an, dass sich ein paar Dorfjungen am Kaninchen oder Rebhuhn bedient hatten, und hatte davon gesprochen, auch für sie Fallen aufzustellen. Dieser Gedanke machte die tägliche Aufgabe noch spannender für den Jungen. Er fragte sich, wie es wohl wäre, einen der größeren Dorfburschen in einer Falle stecken zu sehen – die Jungen, die sich einen Spaß daraus machten, ihn zu ärgern und herumzustoßen, weil

41

er so klein und ein Außenseiter war. Er beschleunigte seine Schritte auf dem Weg zum Cottage, denn sein Magen knurrte bei dem Gedanken an Haferbrei und Eier, echte Eier, nicht das Pulverzeug, das nach Pappe schmeckte. Es würde ein warmer und perfekter Frühsommertag werden. Nebelschwaden hingen über den Wiesen und ein Kuckuck rief laut und übertönte den morgendlichen Vogelchor.

Als der Junge aus dem Wald in die Parklandschaft kam, die das große Haus umgab, hielt er vorsichtig nach dem Rudel Hirsche Ausschau, vor dem er sich noch immer etwas fürchtete. Ausladende Eichen, Kastanien und Blutbuchen standen in dem weichen grünen Gras, und dahinter konnte er einen Blick auf das große Haus werfen, das sich wie ein Märchenschloss hinter den Bäumen erhob. Er wollte gerade den Pfad einschlagen, der zum Cottage führte, als er sah, dass etwas im Gras lag – etwas Braunes – und daneben etwas Langes, Leichtes, das ein wenig flatterte, wie ein großer verletzter Vogel. Er hatte keine Ahnung, was es wohl war, und ging deshalb vorsichtig darauf zu, argwöhnisch ob der unbekannten Gefahren, die auf dem Land lauerten. Als er näher kam, erkannte er, dass es ein Mann war, der dort lag. Zumindest war es ein Mann gewesen. Er trug eine Armeeuniform und lag mit dem Gesicht nach unten, seine Glieder waren merkwürdig verdreht. Aus einem Bündel auf seinem Rücken kamen Bänder, die mit etwas verbunden waren, was wie lange Streifen aus weißlichem Stoff aussah. Es dauerte einen Moment, bis ihm klar wurde, dass es ein Fallschirm war – vielmehr das, was von ihm noch übrig war –, denn er lag schlaff und reglos da, zerrissen und erbärmlich im Wind flatternd. Da begriff der Junge, dass der Mann wortwörtlich vom Himmel gefallen war.

Er blieb für einen Moment stehen und überlegte, was er tun sollte. Ihm wurde ein bisschen übel, denn die Leiche war schrecklich mitgenommen und das Gras um sie herum blutverschmiert.

Bevor er sich noch zu etwas entscheiden konnte, hörte er Hufgetrappel auf dem Gras und das Klirren von Zaumzeug. Er blickte auf und sah ein Mädchen auf einem dicken weißen Pony, das auf ihn zugaloppiert kam. Das Mädchen war gut gekleidet mit einer Samtkappe, Reithosen und Reitjacke, und als sie näher kam, erkannte er sie als Lady Phoebe, die jüngste Tochter aus dem großen Haus. Mit Entsetzen begriff er, dass sie geradewegs über den Leichnam reiten würde, wenn er sie nicht aufhielt. Er rannte ihr entgegen und winkte mit den Armen.

»Anhalten!«, rief er.

Das Pony kam rutschend zum Stehen, wieherte, tänzelte und buckelte nervös, doch das Mädchen blieb fest im Sattel.

»Was fällt dir eigentlich ein?«, fuhr sie ihn an. »Bist du verrückt? Du hättest mich zum Stürzen bringen können. Snowball hätte dich niedertrampeln können.«

»Sie dürfen nicht dahin reiten, Miss«, sagte er. »Es hat einen Unfall gegeben. Sie wollen das bestimmt nicht sehen.«

»Was für einen Unfall?«

Er warf einen Blick zurück. »Ein Mann ist vom Himmel gefallen. Er ist ganz zerschlagen. Es ist grauenvoll.«

»Vom Himmel gefallen?« Sie bemühte sich, an ihm vorbeizusehen. »Wie ein Engel, meinst du?«

»Ein Soldat«, sagte er. »Ich glaube, sein Fallschirm hat sich nicht richtig geöffnet.«

»Meine Güte, wie schrecklich! Lass mich mal sehen.« Sie wollte das Pony vorwärtstreiben, doch es schnaubte noch immer und tänzelte unruhig.

Der Junge stellte sich wieder zwischen sie und den Leichnam. »Schauen Sie sich das nicht an, Miss. Solche Dinge wollen Sie nicht sehen.«

»Natürlich will ich das sehen. Ich bin nämlich nicht zimperlich. Ich habe zugesehen, wie die Männer ein Schwein geschlachtet haben. Also, das war wirklich schrecklich. Wie es geschrien hat. Da habe ich beschlossen, niemals mehr Speck zu essen. Doch ich liebe Speck, also hat das nicht lange angehalten.«

Sie trieb das Pony vorwärts, sodass der Junge zur Seite treten musste. Das Pony machte ein paar nervöse Schritte, blieb dann aber stehen, weil es instinktiv spürte, dass es besser wäre, nicht näher heranzutreten. Phoebe stellte sich in den Steigbügeln auf und spähte nach vorn.

»Donnerwetter«, sagte sie. »Wir müssen das jemandem sagen.«

»Wir sollten es den Burschen von der Armee sagen. Ist doch einer von denen, oder?«

»Einer von ihnen«, verbesserte sie ihn. »Wirklich, deine Ausdrucksweise ist ja grauenhaft.«

»Pfeif auf meine Ausdrucksweise, Miss, wenn es Euch nicht stört, dass ich so sage.«

»Es stört mich. Und es heißt nicht ›Miss‹. Ich bin Lady Phoebe Sutton und du solltest mich mit ›Mylady‹ ansprechen.«

»Tut mir leid«, sagte er und schluckte das Wort *Miss* herunter, das gerade herausschlüpfen wollte.

»Wir müssen es meinem Vater sagen«, sagte sie entschieden. »Schließlich ist es sein Land, auch wenn die Armee es im Augenblick benutzt. Es gehört noch immer zu Farleigh. Na los, du kommst besser mit.«

»Zum großen Haus, Miss? Ich meine, Mylady?«

»Natürlich. Pah steht immer früher auf. Die anderen werden wohl noch schlafen.«

Er ging neben dem Pony her.

»Du bist der Junge, der bei unserem Wildhüter wohnt, oder?«, fragte sie.

»Stimmt. Ich heiß' Alfie. Ich bin letzten Winter aus'm Qualm gekommen.«

»Qualm? Was für ein Qualm?«

Da kicherte er. »So sagen wir Cockneys zu London.«

Sie betrachtete ihn kritisch. »Ich habe dich noch nicht so oft auf dem Anwesen gesehen.«

»Ich bin den ganzen Tag in der Dorfschule.«

»Wie gefällt es dir?«

»Es ist in Ordnung. Die Dorfkinder ärgern mich, weil ich so klein für mein Alter bin, und ich habe niemanden, der mich verteidigt.«

»Das ist nicht nett.«

Er sah zu ihrem hochmütigen kleinen Gesicht auf, das so selbstzufrieden wirkte, so sicher. »Falls du es noch nicht bemerkt hast, die Leute sind nicht nett«, sagte er. »Es ist Krieg. Irgendwelche Typen fliegen jede Nacht über London und werfen Bomben und kümmern sich nicht darum, wen sie töten – Frauen, Kinder, alte Leute … Es kümmert sie nicht. Ich habe ein Baby gesehen, nachdem eine Bombe gefallen ist. Es lag auf der Straße und sah aus, als würde ihm nichts fehlen. Also bin ich hin und hab es hochgehoben, und da war es eiskalt und tot. Und ein anderes Mal rannte eine Frau schreiend die Straße entlang und alle ihre Kleider waren von der Explosion abgerissen worden, und weißt du, was sie geschrien hat? Sie schrie: ›Mein kleiner Junge. Er ist unter den Trümmern begraben. So rette doch jemand meinen kleinen Jungen.‹«

Phoebes Ausdruck wurde milder. »Es war vernünftig von dir, herzukommen, weg von dem Qualm«, sagte sie. »Wie alt bist du?«

»Elf, fast zwölf.«

»Ich bin gerade zwölf geworden«, sagte sie stolz. »Ich hatte gehofft, dass sie mich zur Schule schicken, wenn ich dreizehn bin, aber das wird jetzt wohl doch nicht passieren. Nicht, wenn wir im Krieg sind. Meine Schwestern sind zur Schule gegangen, die Glückspilze.«

»Du meinst, du bist bisher nicht zur Schule gegangen?«

»Nein. Ich habe immer eine Gouvernante gehabt. Es ist so langweilig, wenn man allein unterrichtet wird. Für meine Schwestern war es anders, denn sie hatten einander und waren frech und haben die Gouvernante geärgert. Aber ich bin eine Nachzüglerin. Dido meint, ich war ein Unfall.«

»Wer ist Dido?«

»Meine Schwester Diana. Sie ist neunzehn. Sie ist wütend über den Krieg, denn sie hätte im letzten Jahr herauskommen sollen.«

»Wo herauskommen?«

Phoebe lachte, ein ziemlich falsches und überlegenes Haha. »Du weißt wohl überhaupt nichts, was? Mädchen wie wir werden zu einem bestimmten Zeitpunkt am Hof vorgestellt. Wir gehen auf Bälle und sollen einen Mann finden. Aber Dido steckt stattdessen hier fest und stirbt vor Langeweile. Die Älteren hatten alle ihre Saison.«

»Und haben geheiratet?«

»Livvy schon. Doch sie war immer das brave Kind, sagt Dido. Sie hat den langweiligen Edmund Carrington geheiratet und bereits den Erben produziert.«

»Den Herben?«, fragte Alfie und brachte sie erneut zum Lachen.

»Nicht den Herben. Ich meine damit, sie hat den erforderlichen Sohn geboren, der eines Tages den Titel erben wird. Unsere Eltern haben keinen Sohn geschafft, was bedeutet, dass Farleigh an einen entfernten Cousin fällt, wenn Pah stirbt, und wir werden alle hinausgeworfen, sagt Dido. Aber ich glaube, dass sie nur gescherzt hat. So etwas geschieht doch heutzutage nicht, oder? Vor allem nicht im Krieg.«

Sie hielt inne, während Alfie diese Informationen verarbeitete, dann fuhr sie fort: »Aber die anderen haben sich nicht gerade an die Regeln gehalten, sehr zu Pahs Ärger. Margot ist nach Frankreich gezogen, um in Paris Mode zu studieren, und hat einen attraktiven Franzmann kennengelernt. Sie wollte nicht weg, als sie die Gelegenheit hatte, und jetzt steckt sie in Paris fest und wir wissen gar nicht, was mit ihr geschehen ist. Und Pamma – nun, sie ist richtig nett und sehr klug. Sie wollte zur Universität, doch Pah sagte, es sei Zeitverschwendung, Frauen auszubilden. Ich glaube, sie hatte jemanden, den sie heiraten wollte, doch er ging zur RAF und wurde abgeschossen und ist jetzt in einem Gefangenenlager in Deutschland. Also ist das alles ziemlich traurig, oder nicht? Dieser schreckliche Krieg verdirbt allen das Leben.«

Alfie nickte. »Mein Dad ist mit der Armee in Nordafrika«, sagte er. »Wir hören kaum etwas von ihm, und wenn, dann ist es ein winziges Stück Papier, auf dem die meisten Wörter von der Zensur geschwärzt sind. Mum hat beim letzten Mal geweint, als ein Brief kam.«

Alfie ging die Luft aus, da er schnell ging, um mit dem Pony mitzuhalten, und zugleich redete, während sie das weiche Gras der Parklandschaft überquerten, zwischen einer Baumgruppe hindurchgingen und an den Rand der formalen Gartenanlage kamen. Dort standen noch immer perfekte Reihen mit Rosenbüschen und Staudenrabatten, doch die Blumenbeete waren jetzt überwuchert und die Rosen waren nicht gestutzt worden. Auf der einen Seite war der Rasen umgegraben und in einen weiteren Küchengarten verwandelt worden. Und hinter ihnen, auf dem Vorplatz, der einst eine ganze Parade von Kutschen aufgenommen hatte, standen jetzt reihenweise Armeefahrzeuge mit Tarnung.

Alfie war bisher fast nie so nah an das große Haus gekommen. Jetzt betrachtete er es staunend. Er war einmal am Buckingham Palace gewesen. Doch das hier war genauso groß und beeindruckend. Es war aus grauem Stein gebaut, hatte drei Etagen und das Dach war an beiden Seiten mit Türmen verziert. Zwei Seitenflügel ragten an der Vorderseite hervor und bildeten die Form eines E, wobei der beeindruckende zentrale Eingang den mittleren Querstrich des Buchstabens darstellte. Die Säulen an diesem Haupteingang trugen einen Ziergiebel, der mit klassischen Figuren in einer Schlachtszene geschmückt war. Der imposante Eindruck wurde jedoch von einer Gruppe Soldaten ruiniert, die die Marmorstufen herunterschlenderten und dabei lachten und rauchten. Weitere Soldaten standen bei den Militärfahrzeugen unterschiedlichster Formen und Größen, und von der anderen Seite des Hauses hörte man Stiefelgetrampel und die Rufe von Feldwebeln bei der Morgenparade.

Zwei Offiziere tauchten auf und kamen auf sie zu. »Hallo, junge Dame, machen Sie einen Morgenritt?«, sagte einer von ihnen leutselig.

»Das habe ich bereits, vielen Dank«, sagte Phoebe förmlich. »Wir bringen gerade mein Pony zurück zum Stall.«

Als sie an den Soldaten vorbei waren, blickte sie herab zu Alfie. »Erzähle meinem Vater nicht, dass ich allein ausgeritten bin. Er würde sich aufregen. Ich soll ohne den Stallburschen nicht raus. Aber das ist so albern, oder etwa nicht? Ich bin eine wirklich gute Reiterin, und der Stallbursche wird alt und galoppiert nicht gern.«

Alfred nickte. So nah am großen Haus verkrampfte sich sein Magen. Er konnte sich noch zu gut an den Tag erinnern, an dem er hier angekommen war. Als er mit dem Zug aus dem Qualm, wie er es nannte, hergekommen war, war er ein erbärmlich aussehendes kleines Geschöpf gewesen – dürr und klein für sein Alter, in kurzen Hosen, die ihm eine Nummer zu groß waren und seine schorfbedeckten mageren Knie zeigten. Ihm lief die Nase und wenn er sie mit dem Handrücken abwischte, hinterließ er eine Rotzspur auf der Wange. Kein Wunder, dass er das letzte der evakuierten Kinder war, das von jemandem aufgenommen wurde. Am Ende hatte ihn die Quartiermeisterin

Miss Hemp-Hatchett, örtliche Friedensrichterin und Pfadfinderkapitänin, hinten in ihr Morris-Automobil gesteckt und war mit ihm nach Farleigh gefahren.

»Sie müssen ihn nehmen, Lady Westerham«, hatte sie mit einer Stimme gesagt, die Generationen von Pfadfindermädchen Haltung annehmen ließ. »Es gibt sonst niemanden und Sie haben ein größeres Zuhause als wir anderen.«

Dann war sie weggefahren und hatte den Jungen stehen lassen, der ehrfürchtig das Marmorfoyer mit seinen Waffen und Ahnenporträts betrachtete, die ihn mit widerwilligem Blick von oben betrachteten.

»So eine verdammte Frechheit«, explodierte Lord Westerham, als Lady Westerham ihm davon berichtete. »Was glaubt diese verfluchte Frau, wer sie ist, dass sie uns herumkommandiert? Wo denken diese verdammten Leute, dass wir die Göre hintun? Die Armee hat uns bereits zwei Drittel unseres Hauses genommen. Wir haben nur noch einen verdammten Flügel, und es ist überdies ein ziemlich unbequemer Flügel. Denkt sie etwa, ich werde ein Kind aus den Londoner Slums auf einem Feldbett in mein Schlafzimmer stecken? Oder soll er sich bei einer unserer Töchter einquartieren?«

»Jetzt schrei doch nicht so, Roddy«, sagte Lady Westerham in ihrer ruhigen Art, nach dreißig Jahren gewöhnt an die Ausbrüche ihres Mannes. »Dabei treten dir immer auf so unangenehme Weise die Augen aus dem Kopf. Es ist Krieg. Wir müssen unseren Beitrag leisten, und es muss den meisten Leuten so erscheinen, dass wir mehr besitzen als unseren fairen Anteil.«

»Dann sollen wir also einem Slumkind freie Hand in unserem Haus lassen? Herumlaufen und das Silber stibitzen, das würde mich nicht wundern. Das wird nicht geschehen, Esme. Das darf nicht geschehen. Wie soll ich einen Gin Tonic in meinem Studierzimmer genießen, wenn ich die ganze Zeit befürchten muss, von einem Cockney-Kind gestört zu werden?

Sag dieser Hemp-Dingsbums-Frau, dass wir es nicht tun werden, und damit hat es sich.«

»Das arme kleine Würmchen muss irgendwo bleiben, Roddy«, sagte Lady Westerham sanft. »Wir können ihn nicht zurückschicken auf die zerbombten Straßen. Seine Eltern sind womöglich tot. Wie würde es sich für dich anfühlen, von allem weggerissen zu werden, was du kennst?«

»Was ist mit den Pachtbauern?«

»Die haben bereits Kinder aufgenommen.«

»Dann die Arbeiter draußen? Gibt es keine freien Cottages?«

»Du kannst ein Kind nicht in ein leeres Cottage setzen.« Sie machte eine Pause und ein nachdenklicher Ausdruck erschien auf ihrem Gesicht. »Ich habe es. Die Robbins müssten ein freies Zimmer haben, da ihr Sohn einberufen wurde. Robbins ist nicht gerade der freundlichste Mensch, das gebe ich zu. Doch Mrs Robbins ist eine gute Köchin. Das arme kleine Würmchen muss aufgepäppelt werden.«

Alfie hatte das Gespräch mit angehört, während er allein und zitternd im Foyer stand. Sie hatten nicht bemerkt, dass es seine größte Angst war, in einem Haus wie diesem zu wohnen, wo er immerzu Angst davor haben würde, einem Gespenst zu begegnen oder etwas zu zerbrechen. Ein Cottage mit einer guten Köchin darin klang nach einer viel besseren Idee.

»Hier, halte kurz die Zügel, damit ich absteigen kann«, sagte Phoebe und riss ihn aus seinen Gedanken zurück in die Gegenwart. Alfie merkte, dass sie daran gewöhnt war, Befehle zu geben. Er tat, was sie verlangte, auch wenn er nie zuvor ein Pferd berührt hatte. Das Pony stand still und friedlich da, während Phoebe ihre Füße aus den Steigbügeln zog und sich aus dem Sattel schwang. Dann ging sie los in Richtung Stall, sodass Alfie ihr hinterhergehen musste, wobei er noch immer das Pony hielt. Sie waren gerade um die Ecke gebogen, als ein

Stallbursche auf sie zugelaufen kam, rot im Gesicht und mit den Armen winkend.

»Sie hätten nicht ohne mich mit Snowball ausreiten sollen, Eure Ladyschaft. Sie wissen doch, was Seine Lordschaft gesagt hat.«

»Blödsinn, Jackson. Du weißt, dass ich gut reiten kann.« Phoebe warf den Kopf trotzig herum. Das Pony schien ihre Geste nachzuahmen und hätte Alfie dabei fast die Zügel aus der Hand gerissen.

»Ich weiß, dass Sie eine vorzügliche kleine Reiterin sind, Mylady«, sagte er. »Ich glaube, Ihr Dad ist eher besorgt wegen der ganzen Soldaten, die hier herumlungern. Es ist nicht mehr sicher, nicht einmal auf unserem eigenen Grundstück.«

Phoebes Wangen waren rosa, doch sie sagte: »Du kannst Snowball jetzt nehmen. Ich muss meinem Vater etwas Wichtiges mitteilen.«

Der Stallbursche nahm das Pony und Alfie folgte Phoebe, die bereits zum großen Haus ausschritt. Er musste laufen, um zu ihr aufzuschließen, während sie die Freitreppe hinaufging. Für einen Moment war er versucht, sie allein gehen zu lassen – er konnte sich ja zurück zum Cottage des Wildhüters schleichen, wo gewiss das Frühstück auf ihn wartete. Doch in der letzten Sekunde drehte sie sich um und hielt die Tür auf.

»Komm schon, Alfie. Mach voran«, sagte sie ungeduldig.

Die Eingangshalle war so beängstigend, wie er sie in Erinnerung hatte. Der Hall ihrer Schritte auf dem marmorgefliesten Boden tönte bis zum angemalten Deckengewölbe hoch über ihnen. Eine Gruppe Offiziere kam die Haupttreppe herunter.

»Wir könnten es ihnen sagen«, flüsterte Alfie.

»Ich habe dir schon gesagt, es ist das Land meines Vaters. Er muss es zuerst wissen«, sagte Phoebe. Sie ging an den Offizieren vorbei, die ihr zunickten, während sie das Foyer durchquerten, dann wandte sie sich nach links. Die Galerie, die über die gesamte Länge des Gebäudes verlief, war mit Sperrholz verbarrikadiert worden, mit einer neu errichteten Tür darin, auf der »Familienunterkünfte: Privat« stand. Phoebe öffnete die Tür und Alfie trat in die Galerie. Sie war mit Eichenvertäfelungen verkleidet. Die hohe Decke war mit vergoldeten Tudorrosen verziert, und auf ihrer ganzen Länge prangten Tierköpfe als Trophäen und Tapeten mit Jagdszenen. Für Alfie war es ziemlich einschüchternd, doch Phoebe eilte weiter und schien es gar nicht zu bemerken.

Am Ende des Ganges kamen sie zu einem weiteren Foyer mit einer Treppe an der einen Seite, die allerdings nicht so groß war wie die Haupttreppe. Phoebe blickte sich um. »Ich hoffe, er ist schon auf. Ich bin mir sicher, dass er auf sein muss.«

Beim Klang ihrer Stimme tauchte ein Butler auf. »Sind Sie bereits ausgeritten, Mylady? Ein schöner Morgen …«

»Hast du meinen Vater gesehen, Soames?«, fiel ihm Phoebe ins Wort. »Ich muss ihn finden. Es ist wichtig.«

»Ich habe ihn vor ein paar Minuten die Stufen hinunterkommen sehen, Mylady, doch ich bin mir nicht sicher, wo er hingegangen ist. Möchten Sie, dass ich nach ihm suche?«

»Schon gut. Wir werden ihn finden. Komm schon, Alfie«, sagte Phoebe und ging weiter in einen zentralen Gang, der mit Familienporträts gesäumt war. »Pah?«, rief sie. »Pah? Wo bist du?«

Lord Westerham saß am Frühstückstisch und wollte gerade eine große Portion Kedgeree in Angriff nehmen. *Gott sei Dank gibt es Bücklinge,* dachte er. *Eins der wenigen Dinge, die sich noch zu essen lohnen.* Nicht, dass sie häufig beim örtlichen Fischhändler auftauchten, jetzt, wo das Fischen in der Nordsee zu so einer gefährlichen Arbeit geworden war. Doch wenn hin und wieder Bücklinge verfügbar waren, schickte der Fischhändler immer eine Nachricht nach Farleigh und reservierte ein paar hinter der Theke. »Ich weiß, wie sehr Seine Lordschaft Bücklinge mag«, sagte die Frau des Fischhändlers. In den guten alten Zeiten gab es für jeden ein Paar Bücklinge zum Frühstück. Jetzt musste Mrs Mortlock das Beste aus ihnen machen, indem sie sie anstelle des traditionellen geräucherten Schellfischs für das Kedgeree verwendete.

Er hatte gerade einen Bissen zu sich genommen, als er jemanden rufen hörte. Kaum hatte er die Stimme als zu seiner jüngsten Tochter gehörig ausgemacht, da kam sie bereits ins Zimmer geschossen.

»Hast du diesen unschicklichen Radau gemacht?« Lord Westerham blickte sie finster an und schüttelte seine Gabel. »Bringt dir deine Gouvernante nicht die Grundzüge guten Verhaltens bei?«

»Doch, Pah, sie sagt mir immer, dass eine Dame niemals ihre Stimme erhebt, aber es ist ein Notfall. Ich musste dich dringend sehen. Wir haben eine Leiche gefunden. Oder vielmehr Alfie hat sie gefunden und mich davon abgehalten, darüberzureiten.«

»Wie bitte? Was ist los?« Lord Westerham legte seine Gabel hin und starrte Alfie an, wobei er sich zu erinnern versuchte, wer das war und warum ein fremdes Kind in seinem Frühstücksraum stand.

»Eine Leiche, Vater. Auf der hinteren Wiese. Er ist vom Himmel gefallen. Es ist ziemlich schrecklich, aber du musst sofort kommen.«

»Sein Fallschirm hat sich nicht geöffnet«, fügte Alfie hinzu, dann wünschte er sich, er wäre stumm geblieben, als Lord Westerham den Blick auf ihn richtete. Lord Westerhams Blick unter seinen buschigen Augenbrauen war ziemlich beunruhigend, und Alfie schluckte nervös, spähte zur Tür und fragte sich, ob ein Davonlaufen möglich wäre.

»Was hast du auf meinem Land getan? Gewildert, was? Würde mich nicht wundern«, sagte Lord Westerham.

»Nein, Sir. Ich wohne bei Ihrem Wildhüter, erinnern Sie sich?«, sagte Alfie.

»Ach ja. Du bist das.«

»Und er schickt mich los, um am frühen Morgen die Fallen zu überprüfen«, sagte Alfie. »Und ich habe dieses Ding da liegen sehen, und ich wusste nicht, was es war, deshalb bin ich gucken gegangen, und es war dieser Kerl, ganz zerschlagen. Eine ziemliche Schweinerei. Und dann kam Ihre Tochter auf ihn zugaloppiert, deshalb habe ich sie aufgehalten, und sie meinte, dass wir es Ihnen zuerst sagen sollen.«

»Ganz recht, ganz recht.« Lord Westerham legte seine Serviette ab und stand auf. »Nun, ich nehme an, ihr bringt mich besser dorthin und zeigt es mir, nicht wahr?« Er guckte ärgerlich, als zwei englische Setter zur Tür rannten, da sie spürten, dass ihr Herrchen ausgehen wollte. »Und achtet darauf, dass diese verfluchten Hunde nicht mit rauskommen. Ich will nicht, dass sie an einem Leichnam herumschnüffeln.« Er sah zu ihnen hinab, ihre buschigen Schwänze wedelten aufgeregt, die Augen waren fest auf ihn gerichtet, und sein Tonfall wurde auf eine Weise milder, wie es bei seinen Kindern nie der Fall gewesen war. »Tut mir leid, St. John. Tut mir leid, Missie, altes Mädchen. Kann euch jetzt nicht mitnehmen. Aber wir machen das später wieder wett.« Er tätschelte ihnen kurz den Kopf. »Also: Sitz!«, befahl er. Beide Hunde setzten sich und sahen bange aus. Als sie das Ende der langen Galerie erreicht hatten, drehte sich Phoebe noch einmal um und sah, dass die Hunde noch immer in einem Strahl Sonnenlicht saßen.

KAPITEL 3

Farleigh, die Küche – Mai 1941

»Was war das für ein Trubel, Mr Soames?« Mrs Mortlock blickte vom Küchentisch auf, die Arme bis zum Ellbogen im Mehl, als der Butler durch die grün bespannte Tür trat, die in den Dienstbotenbereich führte. »Die kleine Elsie sagte, sie hätte lautes Rufen gehört, als sie das heiße Wasser für Miss Livvy hochgetragen hat.«

»Lady Phoebe schien sehr aufgeregt zu sein«, sagte Mr Soames in seiner ruhigen, gesetzten Weise. »Ich habe nicht die ganze Geschichte gehört, doch ich habe etwas über einen Leichnam aufgeschnappt.«

»Ein Leichnam? Nein, so was! Was kommt als Nächstes?« Mrs Mortlock rieb sich die Hände, sodass eine Mehlwolke um sie aufstieg. »Die arme Lady Phoebe. Sagen Sie nicht, sie hat einen Leichnam gefunden. Ein solcher Schock könnte den Verstand einer sensiblen jungen Dame wie Lady Phoebe aus dem Gleichgewicht bringen.«

Mr Soames lächelte. »Ich glaube eher, dass Lady Phoebe so robust ist wie jeder andere von uns, Mrs Mortlock. Aber Sie haben recht, es ist sehr beunruhigend, an einen Leichnam hier in Farleigh zu denken.«

»Wo hat man ihn denn gefunden, Mr Soames? War es jemand, den wir kennen?«, fragte Mrs Mortlock und ließ ihre Rührschüssel stehen, da sie jetzt wirklich interessiert war.

»Nicht, dass ich wüsste. Nur, dass sie einen Leichnam gefunden hat. Und da sie gerade erst in ihrer Reitkleidung hereingekommen ist, muss man annehmen, dass sie ihn auf dem Anwesen gefunden hat.«

»Das sind diese Soldaten«, kommentierte Ruby, das Küchenmädchen, von der Spüle aus. »Sie sind alle sexhungrig.«

Mrs Mortlock schnappte nach Luft.

»Ruby, wo hast du solche Ausdrücke gehört?«, verlangte Mr Soames zu wissen. »Das ist nichts, was ich von den Angestellten eines Hauses wie diesem zu hören erwarte.«

»Ich habe es von Elsie gehört«, sagte Ruby. »Sie hat es Jenny erzählt. Und die hat es aus den Filmillustrierten. In Hollywood sprechen sie immerzu über Sex. Na ja, jedenfalls sagt Elsie, die Soldaten sind alle sexhungrig. Ein paar von ihnen haben sie eingeladen, mit ihnen in das Pub zu gehen, als sie den Türklopfer poliert hat.«

»Ich hoffe, sie hat sie zurechtgewiesen«, sagte Mrs Mortlock. »Sprechen Sie mit ihr, Mr Soames. Wir können nicht unsere guten Sitten vergessen, nur weil wir im Krieg sind.«

»Ganz sicher werde ich mit ihr sprechen, Mrs Mortlock. Solche Sachen geschehen, wenn es keine Haushälterin und keine älteren Angestellten gibt, die die Dinge überwachen. Dann kommen die jungen Dinger auf Ideen.«

»Wurde denn gesagt, was es für ein Leichnam war?«, fragte Mrs Mortlock.

»Ich wette, sie haben so ein Mädchen aus dem Dorf hergelockt und Sachen mit ihr getrieben und sie ist vor Schreck gestorben«, fuhr Ruby fort.

»Das reicht jetzt, Ruby«, sagte Mr Soames entschieden. »Ich möchte solches Gerede nicht mehr hören.«

»Und zum Glück ist Ruby so mit Spülen und Kartoffelschälen beschäftigt, dass sie kaum einem Soldaten begegnen wird«, sagte Mrs Mortlock und warf Ruby einen warnenden Blick zu. »Und wenn sie nicht langsam voranmacht, werden wir uns mit dem Mittagessen verspäten. Ich weiß nicht, was Seine Lordschaft sagen wird, wenn er herausfindet, dass es wieder Gemüsepastete gibt, weil wir für den Rest des Monats keine Fleischcoupons mehr haben.«

»Es ist nicht fair, dass die Familie ihr eigenes Fleisch nicht essen darf, wo sie einen Bauernhof und die ganzen Viecher haben.«

»Tiere, Ruby. Wirklich, deine Sprache lässt sehr zu wünschen übrig!«, seufzte Mr Soames.

»Ich will mich gar nicht beschweren«, sagte Mrs Mortlock. »Ich weiß ja, dass es uns besser geht als den meisten, und es ist nur richtig, dass diejenigen, die Lebensmittel produzieren, mit denen teilen, die in den Städten wohnen. Aber es ist in der Tat eine Herausforderung, appetitliche Mahlzeiten mit der Ration von einem Viertelpfund Fleisch pro Person und Woche zu zaubern.«

»Und es ist auch nicht fair, dass ich in einer Küche stecke und abwasche, wo ich doch gutes Geld in der Fabrik verdienen könnte«, murmelte Ruby halb zu sich selbst.

»Und welche Fabrik würde dich nehmen?«, wollte Mrs Mortlock wissen. »Du musst klug und geschickt sein, um in einer Fabrik zu arbeiten. Du hast zwei linke Hände. Du würdest keinen Tag überstehen. Nein, mein Mädchen. Du solltest deinem Glücksstern dafür danken, dass Ihre Ladyschaft dich hier aufgenommen hat. Ansonsten wärst du eins von den Landmädchen, die im eiskalten Regen Kartoffeln ausbuddeln.«

»Das würde mich nicht stören. Immerhin wären da Leute zum Reden«, sagte Ruby. »Es ist kein Spaß, wo jetzt alle Diener weg sind und wir nur noch Elsie und Jenny und die Kammerzofe Ihrer Ladyschaft und das Kindermädchen haben.«

»Für uns ist es auch kein Spaß, Ruby«, sagte Mr Soames. »Ich bin nicht begeistert davon, in meinem Alter und bei meiner Dienstzeit bei Tisch aufzuwarten und Dieneraufgaben zu übernehmen. Doch ich mache es stillvergnügt, da ich weiß, wie sehr die Familie von mir abhängt. Vor allem lassen wir die Familie nicht im Stich. Wir versuchen, den Eindruck aufrechtzuerhalten, dass dieses Haus so betrieben wird, wie es das immer wurde. Ist das klar?«

»Ja, Mr Soames«, antwortete Ruby mit pflichtbewusster Stimme.

»Glauben Sie nicht, dass wir Lady Phoebe heiße Schokolade mit Brandy bringen sollten?«, fragte Mrs Mortlock. »Man sagt, Brandy ist das beste Mittel gegen Schock, oder nicht?«

»So wie ich die jungen Leute kenne, nehme ich an, dass Lady Phoebe eher begeistert als schockiert darüber ist, einen Leichnam gefunden zu haben, Mrs Mortlock, und dass sie jetzt bei einem großen und sättigenden Frühstück ordentlich zuschlagen wird.« Mr Soames lächelte, während er zur Tür ging.

Phoebe kam gerade aus ihrem Zimmer, als sich eine Tür etwas weiter den Gang entlang öffnete und jemand mit verschlafenen Augen heraussah. »Warst du das, die bei Tagesanbruch den Flur hinauf- und hinuntergerannt ist und alle aufgeweckt hat?«, fragte Lady Diana Sutton mit verdrießlicher Stimme. Sie trug einen blauen Seidenpyjama und ihr blonder Bob war zerzaust.

»Der Tag ist schon vor Stunden angebrochen, Dido«, sagte Phoebe. »Ich bin bereits reiten gewesen, und du wirst niemals erraten, was ich gefunden habe!«

»Oh, ich kann es gar nicht abwarten. Die Spannung bringt mich noch um.« Lady Diana trat hinaus auf den Flur und lehnte sich in einer Weise gegen den Türrahmen, die gelangweilt und kultiviert wirken sollte. »Könnten es Pilze gewesen sein? Oder vielleicht ein Fuchs?«

»Es war eine Leiche, Dido«, sagte Phoebe.

»Eine Leiche? Von einem Menschen? Tot?«

»Leichen sind das normalerweise. Und dieser hier war wirklich sehr tot. Er war aus einem Flugzeug gefallen.«

»Woher weißt du das?«

»Weil er die Reste eines Fallschirms bei sich hatte, der sich nicht richtig geöffnet hat.«

»Ach du meine Güte.« Plötzlich vergaß Diana all ihre Kultiviertheit. »Hast du es Pah erzählt?«

»Ja, und er ist los, um mit den Leuten von der Armee zu reden.«

»Warte kurz«, bat Diana. »Ich ziehe mir schnell etwas an und du kannst es mir zeigen, bevor sie ihn wegbringen.«

»Ich glaube nicht, dass Pah das gefallen wird«, erwiderte Phoebe. »Nicht, wenn er bei den Armeeleuten ist.«

»Sei nicht so eine Spielverderberin, Feebs«, sagte Diana. »Du weißt, dass ich das Beste aus jeder Abwechslung machen muss, die wir hier bekommen können. Ich weiß nicht, wie es mit dir steht, aber ich sterbe vor Langeweile. Das ist einfach nicht gerecht. Ich sollte meine Saison haben und in die Gesellschaft eingeführt werden. Dann wäre ich vielleicht sogar schon mit einem appetitlichen französischen Grafen verlobt, so wie Margot. Stattdessen gibt es hier nur langweilige Soldaten und alte Bauern, und Pah lässt mich nicht einmal nach London. Er lässt auch nicht zu, dass ich als Landmädchen aushelfe, denn er meint, das Gesinde hat nur eins im Sinn. Weiß er nicht, dass ich völlig begierig bin auf diese eine Sache?«

»Welche Sache denn?«, fragte Phoebe. »Einen Freund?«

»Sex, Liebling. Du verstehst das nicht, doch das wirst du eines Tages.« Sie warf Phoebe einen verzehrenden Blick zu. »Ich hasse diesen blöden Krieg. Und ich werde mir diesen Leichnam anschauen, ob du ihn mir zeigst oder nicht.« Sie drehte sich um und kehrte zurück in ihr Schlafzimmer, wobei sie die Tür so fest zuschlug, dass die Bilder an der Wand gefährlich an ihren Haken schaukelten.

KAPITEL 4

Ein Feld in Farleigh – Mai 1941

»Nun?« Lord Westerham blickte zu dem Offizier, der neben ihm stand. »Ist es einer von Ihnen?« Er war kein bisschen erfreut darüber, dass die Royal West Kents sein Haus übernommen hatten, doch mit Colonel Pritchard, dem befehlshabenden Offizier, kam er leidlich gut zurecht. Er war ein richtiger Gentleman und hatte einiges auf sich genommen, um dafür zu sorgen, dass die Armee eine möglichst geringfügige Belästigung war.

Colonel Pritchard wirkte etwas grün um die Nase, während er auf die Leiche herabblickte. Er war ein untersetzter, eleganter Mann mit einem ordentlichen kleinen Schnurrbart. Ohne Uniform hätte man ihn nicht für einen Soldaten gehalten – vielleicht für einen Herrn aus der Stadt oder einen Bankdirektor. Er zog jetzt langsam seinen Schuh aus dem Bereich des blutverschmierten Grases. »Unsere Jungs springen nicht aus Flugzeugen«, sagte er. »Wir sind reine Infanterie.«

»Aber trägt er nicht Ihre Uniform?«

»Schwer zu sagen. Sieht ein wenig danach aus.« Der Colonel runzelte die Stirn. »Doch wie ich schon sagte, wenn einem der Männer aus meinem Kommando die Genehmigung erteilt worden wäre, aus einem Flugzeug zu springen, dann hätte ich davon erfahren. Außerdem hätte ich ebenfalls Kenntnis davon, wenn nicht alle anwesend wären.«

»Und wie ist jetzt das weitere Vorgehen?«, wollte Lord Westerham wissen. »Wir können ihn nicht hier auf meiner Wiese liegen lassen, wo er meine Rehe erschreckt. Jemand muss ihn entfernen. Sollen wir die örtliche Polizei rufen und ihn zum nächsten Leichenhaus bringen lassen?«

»Das scheint mir nicht angemessen«, sagte Colonel Pritchard. »Der Kerl trägt schließlich Uniform, also ist es eine Armeeangelegenheit. Jemand wird wohl wissen, wer er ist oder vielmehr war. Jemand wird diesen Fallschirmsprung letzte Nacht, der so schiefgegangen ist, angeordnet haben – auch wenn ich Ihnen nicht sagen kann, warum gerade hier.«

»Vielleicht hat der Wind ihn vom Kurs abgetrieben.«

»Letzte Nacht gab es kaum eine Brise«, sagte Colonel Pritchard. »Dem Zustand des Fallschirms nach zu urteilen, ist der Bursche wohl auch nicht viel geschwebt. Ich nehme an, wir sollten einen Blick auf die Erkennungsmarke des armen Kerls werfen. Dann wissen wir immerhin, wer er war und woher er kam.« Bei diesem Gedanken erschauerte er mit höchstem Widerwillen.

Gemeinsam bückten sie sich, um die Leiche umzudrehen. Es war, als würde man einen gefüllten Sack bewegen, als wäre jeder Knochen gebrochen, und diesmal erschauerte auch Lord Westerham. Die Vorderseite der Leiche war eine blutige Angelegenheit und das Gesicht unkenntlich. Der Colonel wandte sich ab, während er den obersten Knopf der Uniform öffnete und die Erkennungsmarken herauszog. Es war kaum noch zu erkennen, dass die eine rot und die andere grün gewesen war, und das Band war klebrig und verkrustet. Fliegen hatten den Leichnam bereits entdeckt und kamen scharenweise, ihr Summen erfüllte die Stille auf der Wiese. Colonel Pritchard zog ein Messer aus der Tasche und schnitt das Band durch, an dem die Marken hingen.

»Ich kann im Moment nichts erkennen. Erst muss das Blut abgewaschen werden.« Er nahm ein gestärktes weißes Taschentuch aus der Tasche und legte die Marken vorsichtig hinein.

»Da haben Sie es. Er war einer der Ihren«, sagte Lord Westerham und zeigte auf den Blitz an der Schulter des Toten. Durch das Blut und den Dreck konnte man so gerade die Worte *Royal West Kents* ausmachen.

»Guter Gott.« Colonel Pritchard starrte darauf. »Was hat er sich dabei gedacht? War das eine Spritztour oder eine Art von Scherz? Hatte er einen Kumpel bei der RAF und wollte uns alle überraschen, indem er beim Morgenappell runterkommt? Hoffen wir nur, dass sein Schicksal alle anderen von solcher Dummheit abhalten wird.«

Diana eilte die Freitreppe hinunter und hinaus aufs Gelände. Sie war sich der verstohlenen Blicke bewusst, die die Soldaten ihr im Vorbeigehen zuwarfen, und gestattete sich ein heimliches Lächeln. Sie trug eine rote Leinenhose und ein weißes Trägerhemd – etwas kühl für diese Tageszeit, dafür sehr modisch. An den Füßen hatte sie Sandalen mit Seilsohlen und Keilabsätzen. Als sie die erste Wiese überquert hatte, waren die Schuhe bereits vom Morgentau feucht und sie bereute, keine Strickjacke angezogen zu haben. Doch diese Gedanken verschwanden, als sie sich der Gruppe Soldaten näherte, die gerade dabei waren, den Leichnam auf eine Trage zu legen. Er war bereits mit einem Laken bedeckt. Daneben stand ein Krankenwagen. Die Männer blickten auf, als Diana auf sie zukam, und sie bemerkte die Verwunderung und Anerkennung auf ihren Gesichtern.

»Sie sollten besser nicht näher kommen, Miss«, sagte einer von ihnen und ging ihr entgegen, um sie aufzuhalten. »Es hat einen hässlichen Unfall gegeben, tut mir leid.«

»Es heißt nicht ›Miss‹. Das ist die Tochter Seiner Lordschaft«, korrigierte ihn ein älterer Mann, der die Streifen eines Feldwebels trug. »Du musst ›Mylady‹ sagen.«

»Es tut mir leid, Mylady«, wiederholte der junge Mann.

»Das macht nichts. Diese albernen Regeln interessieren mich nicht. Mein Name ist Diana. Und ich bin hergekommen, um die Leiche zu sehen.«

»Das wollen Sie wirklich nicht sehen, Lady Diana, glauben Sie mir«, sagte der ältere Mann. »Was für eine Sauerei. Der arme Kerl.«

»Glauben Sie, dass er ein Spion war?«, fragte Diana. »Man hört doch von deutschen Spionen, die mit dem Fallschirm kommen, oder?«

Das brachte die Männer zum Grinsen.

»Wenn er einer war, dann ist er irgendwie an eine unserer Uniformen gekommen«, sagte der Ältere. »Nein, ich nehme an, dass da irgendeine Übungsmission schiefgelaufen ist, armer Mistkerl.« Dann erinnerte er sich, mit wem er sprach, und verzog das Gesicht. »Entschuldigen Sie meine Ausdrucksweise, Eure Ladyschaft.«

»Vielleicht wurde an ihm eine neue Fallschirmart ausprobiert«, stimmte ein anderer Soldat zu. »Es gibt eine ganze Menge, was uns nicht gesagt wird, und man benutzt uns als Versuchskaninchen.«

Seine Freunde nickten zustimmend.

»Er hat einen Ring getragen, verdammte Tunte«, sagte der Jüngere angewidert.

»Nun, dann war er verheiratet, oder nicht?«

»Er war verdammt dumm«, fuhr der Jüngere fort.

»Warum das?«, fragte Diana. »Weil er verheiratet war?«

»Nein, Eure Ladyschaft. Wenn er mit dem Ring beim Sprung hängen geblieben wäre, hätte ihm das den Finger abgerissen.«

Diana erschauerte, weil sie so leichtfertig über solche Dinge sprachen. Aber diese Männer hatten bereits in Frankreich gekämpft und waren aus Dünkirchen entkommen. Sie hatten gesehen, wie ihre Kameraden neben ihnen in die Luft gejagt wurden. Für sie war ein weiterer misslungener Fallschirmsprung nichts Besonderes. Die Trage wurde in den Krankenwagen geladen und weggefahren. Die Männer kehrten zurück zum Haus. Diana ging neben ihnen her.

»Wie lange werden Sie wohl hierbleiben? Wissen Sie das?«

»Die ganze Zeit, was mich betrifft«, sagte der Ältere.

»Ich nicht, Smitty. Ich will Action sehen. Ich hätte nichts dagegen, morgen nach Nordafrika zu fahren und es mit Rommel aufzunehmen«, sagte der junge Soldat, der zuerst mit ihr gesprochen hatte.

»Du bist gerade erst eingerückt, Tom. Wenn du mit uns in Dünkirchen gewesen wärst, dann würdest du das anders sehen. Ich war nie dankbarer in meinem Leben, nach Hause zu kommen. Jene Kerle in ihren kleinen Booten waren wirklich großartig bei der Evakuierung. Ich bin auf einer Privatjacht nach Hause zurückgekommen. Dieser piekfeine Typ hat ganze zwanzig von uns an Bord gezwängt. Schrecklich überladen. Ich dachte, wir würden kentern, sind wir aber nicht. Und als er uns am Strand rausgelassen hatte, drehte er um und fuhr wieder zurück. Dafür braucht man Nerven, wirklich.«

Diana nickte. »Und was machen Sie den ganzen Tag, wenn Sie hier sind?«, fragte sie.

»Exerzieren. Drillen. Vorbereiten auf eine Invasion.«

»Glauben Sie, die Deutschen werden einmarschieren?«

»Ich denke, das ist nur eine Frage der Zeit«, sagte einer von ihnen. »Sie haben eine verdammte großartige Kriegsmaschinerie.

Doch wir werden bereit sein. Ohne Kampf werden sie nicht an uns vorbeikommen.«

»Ich finde, Sie sind alle sehr mutig«, sagte Diana und bemerkte amüsiert, wie sie alle verlegen wurden.

»Sie sollten mal zu einem Tanz im Dorf mitkommen, Lady«, sagte der Mutige. »Das macht viel Spaß.«

»Vielleicht mache ich das«, sagte Diana. Sie fügte nicht hinzu: »Falls mein Vater mich lässt.«

Sie war ein wenig enttäuscht, als sie das Haus erreicht hatten, und sah zu, wie die Männer zu ihren Unterkünften gingen.

Phoebe war in ihr Zimmer gelaufen, um ihre Kleider zu wechseln. Reithosen waren im Speisezimmer nicht erlaubt, auch nicht bei den gelockerten Regeln des Kriegs. Als sie jetzt allein war, merkte sie, dass ihr ziemlich übel war, führte das aber auf die Tatsache zurück, dass sie noch nicht gefrühstückt hatte.

»Bist du reiten gewesen, Phoebe?« Miss Gumble, ihre Gouvernante, kam in den Raum. Sie war groß und schlank und hatte tadellose Manieren. Ihr Gesicht war jetzt recht hager, doch sie musste einmal hübsch gewesen sein. Sie kam selbst aus einer angesehenen Familie und hätte sicher gut heiraten können, doch der Große Krieg hatte ihr die Chance geraubt, einen Ehemann zu finden.

Sie war als Phoebes Gouvernante angestellt worden, als Diana in ein Schweizer Mädcheninternat geschickt worden war. Sie kamen gut miteinander aus. Phoebe war ein aufgewecktes kleines Mädchen und es war ein Vergnügen, sie zu unterrichten, auch wenn das Gewissen an Miss Gumble genagt und sie überlegt hatte, die Stelle aufzugeben und sich als Freiwillige zum Kriegsdienst zu melden. Sie hatte einen wachen Verstand. Sicher konnte sie auf viele Weise nützlich sein.

Phoebe blickte auf. »Oh, hallo, Gumbie. Ich habe dich gar nicht hereinkommen hören. Das wirst du niemals erraten: Ich habe auf der hinteren Wiese eine Leiche gefunden, als ich heute Morgen geritten bin.«

»Eine Leiche? Ach du mein Gott. Hast du es deinem Vater erzählt?«

»Ja, und er und der Armeemann sind gegangen, um es sich anzusehen. Es war ein Mann, dessen Fallschirm sich nicht geöffnet hat, und er muss aus einem Flugzeug gefallen sein. Er war fürchterlich zerschlagen.«

»Wie entsetzlich für dich«, sagte Gumbie.

»Ja, das war es auch«, sagte Phoebe. »Aber du wärst stolz auf mich gewesen. Ich habe niemandem gezeigt, wie aufgeregt ich war. Am schlimmsten war, dass ich fast drübergeritten wäre. Kannst du dir das vorstellen? Zum Glück kam der Junge aus London, der beim Wildhüter wohnt, angelaufen und hat mich zurückgehalten. Er war wirklich sehr tapfer.«

»Schön von ihm.« Gumbie kam näher und stellte sich hinter Phoebe, um die Knöpfe an ihrem Baumwollkleid zu schließen. Da Phoebe erklärt hatte, dass sie jetzt zu alt für ein Kindermädchen sei, hatte ihre Gouvernante diese Aufgaben übernommen. Sie war klug genug zu wissen, dass ein zwölfjähriges Mädchen ein wenig Unterstützung brauchte, selbst wenn es behauptete, dass dem nicht so sei. Die Mutter des Kindes, Lady Esme, war eine freundliche Person, doch sie hatte keine Ahnung, wie man sich um Kinder kümmerte, und überließ sie im Wesentlichen sich selbst. Miss Gumble konnte sich nur wundern, dass sich alle recht gut entwickelt hatten. Sie lächelte Phoebe an.

»Wenn ich du wäre, dann würde ich runtergehen und richtig frühstücken, bevor wir zu arbeiten beginnen. Ich habe immer den Eindruck gehabt, dass Essen das Beste ist, wenn man einen Schock erlitten hat. Essen und ein heißer, süßer Tee. Das kann Wunder bewirken.«

Phoebe öffnete ihre Zöpfe und begann, sich zu kämmen. »Ich frage mich, wer der arme Mann war.«

»Ich nehme an, es war irgendeine nächtliche Übung, die schiefgelaufen ist«, sagte Miss Gumble. »Du weißt schon, Kommandosachen.«

»Es passieren gerade so viele schreckliche Dinge, oder?«, meinte Phoebe, während sie an einem widerspenstigen Knoten in ihrem weizenblonden Haar zerrte. »Alfie sagte, er hat ein totes Baby auf der Straße liegen sehen und eine Frau, der die Kleider von einer Explosion vom Leib gerissen worden sind.«

»Der arme Alfie«, sagte Miss Gumble. »Er ist zu uns geschickt worden, um von solchen verstörenden Anblicken wegzukommen, und jetzt ist der Krieg ihm gefolgt.«

Sie nahm Phoebe die Bürste ab. »Gib mir dein Haargummi. Du kannst nicht runtergehen und aussehen wie Alice im Wunderland.«

Phoebe drehte sich gehorsam und ließ sich von ihrer Gouvernante das Haar nach hinten binden. »Gumbie«, fragte sie. »Wie lange, glaubst du, wird der Krieg noch dauern? Noch eine lange Zeit?«

»Das hoffe ich«, erwiderte Miss Gumble.

Phoebe fuhr erschrocken herum. »Du willst, dass der Krieg noch länger dauert?«

»Das tue ich. Denn wenn er schnell vorbei ist, bedeutet es, dass die Deutschen gesiegt haben.«

»Gesiegt? Du meinst, nach England gekommen sind?«

»Das befürchte ich.«

»Glaubst du, dass das geschehen kann?«

»Ich glaube, all das ist nur zu möglich, Phoebe. Natürlich tun wir unser Bestes. Mister Churchill sagt, dass wir sie an den Stränden und in unseren Hinterhöfen bekämpfen würden, doch ich frage mich, wie viele Menschen das wirklich täten, wenn es so weit käme.«

»Mein Vater würde es tun«, sagte Phoebe.

»Ja, das glaube ich auch«, erwiderte Miss Gumble, »doch es gibt viele Menschen, die nicht kämpfen würden. Wir sind alle bereits kriegsmüde, und wenn es noch lange andauert … Nun, wir würden jeden begrüßen, der das Leben wieder in normale Bahnen lenkt.«

Sie band dem Mädchen das Haar zusammen. »Dann mal los. Geh runter, bevor dein Vater all die guten Sachen aufgegessen hat.«

KAPITEL 5

Farleigh, der Frühstücksraum – Mai 1941

Phoebe gefiel dieser Speiseraum eigentlich besser als der höhlenartige, eichengetäfelte Saal, in dem sie vor dem Krieg ihre Mahlzeiten eingenommen hatten. Der neue Raum war ein ehemaliges Musikzimmer, hellblau angestrichen mit vergoldeter Bordüre und großen bodentiefen Fenstern, die über den See hinausblickten. Sonnenlicht strömte herein. Es fühlte sich warm und geborgen an, denn Phoebe war noch immer kalt. Umsonst hatte sie nach Rührei gesucht und sich gerade einen Teller mit Kedgeree genommen, als ihr Vater hereinkam, gefolgt von den Settern, die aufgeregt um ihn herumsprangen.

»Ich hoffe, du hast mir etwas übrig gelassen, junge Dame«, sagte er und schlenderte zur Anrichte. »Würdet ihr verdammten Tiere endlich einmal verschwinden und mich in Ruhe lassen? Ihr wisst genau, dass ihr keinen Speck bekommt. Wir sind im Krieg.«

»Ich dachte, du hast schon gefrühstückt.« Phoebe nahm einen großzügigen Mundvoll Reis. Leider war er schon fast kalt, doch mit den Bücklingstücken schmeckte er ganz gut.

»Ich wurde mittendrin unterbrochen, wie du dich vielleicht erinnerst.« Lord Westerham nahm den silbernen Deckel vom Rechaud. »Oh, gut. Es ist noch genug da. Ich nehme an, dass sonst noch niemand auf ist, oder?«

»Dido ist auf. Sie wollte, dass ich ihr die Leiche zeige.«

»Mit dieser jungen Dame wird es noch ein böses Ende nehmen, wenn sie nicht vorsichtig ist.« Er blickte auf, als Lady Esme hereinkam und einen Briefumschlag in der Hand hielt. »Hast du gehört, Esme? Deine närrische Tochter wollte den Leichnam eines Mannes sehen, der auf unsere Wiese gefallen ist.« Er nahm seinen Platz am Tischende ein und die Hunde setzten sich erwartungsvoll neben ihn.

Lady Esme wirkte kaum überrascht. »Ich dachte, ich hätte etwas in der Art gehört, als ich meinen Morgentee genommen habe«, sagte sie. »Nun ja, ich nehme an, sie ist recht neugierig. Ich denke, das war ich in ihrem Alter auch. Wessen Leiche war das?«

»Irgendein verdammter Armeebursche, obwohl der Colonel nicht versteht, wie es einer von seinen sein kann. Ein wenig seltsam, wenn du mich fragst.«

»Mummy, ich habe die Leiche gefunden«, sagte Phoebe.

Lady Westerham hatte sich ein Stück Toast genommen und setzte sich neben ihren Mann. »Hast du das, mein Liebes? Das muss aufregend für dich gewesen sein.«

Phoebe blickte sie an. Miss Gumble war einfühlsam genug gewesen, um zu merken, dass Phoebe schockiert war, doch nicht ihre Mutter, die jetzt bedächtig den Umschlag öffnete. »Oh, es ist ein Brief von Clemmie Churchill«, sagte sie und zeigte zum ersten Mal Begeisterung. »Ich habe schon damit gerechnet, von ihr zu hören, wegen der Gartenparty in Chartwell im nächsten Monat.«

»Gartenparty?«, bellte Lord Westerham. »Weiß Clemmie Churchill etwa nicht, dass wir im Krieg sind?«

»Natürlich weiß sie das, doch Winston vermisst Chartwell und muss aufgemuntert werden, deshalb hat sie für ihn diese kleine Gartenparty arrangiert in dem Haus, das er so vermisst«, erklärte sie. »Sei still und lass mich lesen, Roddy.« Sie überflog die Seite. »Das arme Ding«, sagte sie.

»Ich glaube kaum, dass man die Frau des Premierministers als armes Ding bezeichnen kann«, murmelte Lord Westerham zwischen Bissen von seinem Frühstück.

»Sie sagt, dass Winston schrecklich überarbeitet ist, fast keinen Schlaf bekommt und deshalb immer schlecht gelaunt ist.«

Lord Westerham schnaubte. »Winston ist immer schlecht gelaunt, schon seit ich ihn kenne. In dem Augenblick, in dem etwas nicht läuft, wie er es will, geht er in die Luft. Ich kann mir gut vorstellen, dass es jedem aufs Gemüt schlagen würde, wenn man einen Krieg verliert.«

Lady Esme las noch immer. »Du weißt, wie sehr er Chartwell liebt. Ich würde sie einladen, zu uns zu kommen, aber …«

»Esme, wir wohnen so schon wie die Ölsardinen«, sagte Lord Westerham. »Du kannst den Premierminister von England nicht dazu einladen, im Zimmer des Dienstmädchens unterzukommen.« Bei dem Gedanken musste er grinsen.

»Sei nicht albern, Liebling«, sagte Lady Westerham ruhig, ohne von ihrem Brief aufzublicken. »Oh nein«, rief sie aus, als sie weiterlas. »Wie enttäuschend.«

Lord Westerham hob eine Augenbraue.

»Ich hatte dir gesagt, er müsse sowieso herkommen, um an der Zeremonie am Biggin Hill Aerodrome im nächsten Monat teilzunehmen, wo an die tapferen Jungs erinnert wird, die bei der Schlacht um Großbritannien gefallen sind. Clemmie wollte, dass ich ihr bei der Gartenparty in Chartwell helfe, doch Winston hat davon erfahren und ein Machtwort gesprochen. Keine Partys während des Kriegs, sagt er. In diesen Zeiten der

Knappheit müssen wir ein Beispiel geben und das Haus nicht einmal für ein Weekend öffnen. Ist das nicht typisch für ihn?«

»Ekelhafter Amerikanismus, dieses Wort ›Weekend‹«, bemerkte Lord Westerham. Obwohl er Churchill seit vielen Jahren kannte, hatte er ihm noch immer nicht die amerikanische Mutter verziehen.

»Sei still und hör auf, mich zu unterbrechen, Roddy.« Lady Westerham warf ihm über den Tisch einen bösen Blick zu. »Oh, das ist eine vorzügliche Idee. Hör zu, Roddy. Sie überlegt, ob sie nach der Zeremonie für einen Tee auf dem Rasen vorbeikommen. Das wäre eine nette Überraschung für Winston, die alten Nachbarn wiederzusehen, sagt sie.«

»Der Premierminister – bei uns zum Tee? Was gedenkst du ihnen zum Essen zu servieren? Pusteblumen? Werden sie ihre eigenen Rationierungskarten mitbringen?«, wollte Lord Westerham wissen.

»Sei nicht so kompliziert, Roddy. Du weißt, du würdest die Churchills gern wiedersehen. Und wir haben den Küchengarten. Die Erdbeeren müssten reif sein, und es wird doch Gurken und Kresse für die Sandwiches geben. Wir werden es irgendwie hinbekommen. Also schreibe ich ihr zurück und sage, dass es eine vorzügliche Idee ist, ja?«

Bevor Lord Westerham antworten konnte, öffnete sich die Tür und Olivia, die älteste der Sutton-Schwestern, kam herein. Obwohl sie erst sechsundzwanzig war, sah sie langsam wie eine Matrone aus. Sie trug ein marineblaues Kleid mit einem weißen Rundkragen und Biesenfalten, was ihren üppigen Busen betonte. Und sie hatte ihr Haar im Nacken zu einer Spirale aufgedreht, was ihrem runden Gesicht nicht zugutekam.

»Charlie hat leichten Husten«, sagte sie. »Ich hoffe, er hat sich nichts eingefangen. Ist die Post schon gekommen, Pah? Ist irgendwas von Teddy dabei?«

»Nichts als ein paar Rechnungen und ein Brief für deine Mutter von Mrs Churchill«, sagte Lord Westerham. »Deinem Mann geht es wahrscheinlich viel zu gut, um ans Schreiben zu denken.«

»Sag doch so was nicht, Pah. Er tut nur seine Pflicht. Er musste dahin gehen, wohin er geschickt wurde.«

»Und die Bahamas sind nicht unbedingt ein schwieriger Posten.« Lord Westerham blickte zu seiner Frau, die flüchtig lächelte.

»Wie schön für ihn. Ich habe gehört, dass sie dort wunderbare Strände haben.«

Sie blickten alle auf, als Diana hereinkam. Sie hatte Gänsehaut auf ihren nackten Schultern und Armen, doch ihr Gesicht glühte von der frischen Luft draußen. »Meine Güte, der ganze Clan ist hier. Warum bist du schon auf, Mummy? Ich dachte, du hättest mir erzählt, eine der wenigen Annehmlichkeiten einer Ehefrau sei das Frühstück im Bett.«

»Liebling, ich habe mich immer auf mein frisches braunes Ei und dünne Scheiben köstliches frisches Brot gefreut. Bei Toast und Margarine lohnt es sich nicht, im Bett zu bleiben.«

»Ich habe gehört, du bist dir die Leiche ansehen gegangen, Dido«, sagte ihr Vater. Er betrachtete sie kritisch. »Erzähl mir nicht, du bist so nach draußen gegangen. Dir gehört der Kopf untersucht – bei all diesen verdammten Soldaten, die hier herumhängen und viel zu viel Zeit haben. Du wirst noch auf die Nase fallen, mein Mädchen.«

»Die Soldaten waren sehr süß zu mir, Pah. Und außerdem war ich zu spät, um die Leiche zu sehen«, sagte Diana und bediente sich an dem Rest Kedgeree. »Oh, wie gut, ein Hurra auf Mrs Stubbins. Sie hat wieder Bücklinge für uns aufgetrieben.«

»Ich hätte nie gedacht, dass einmal der Tag kommen würde, an dem wir alle wegen Bücklingen frohlocken«, sagte Lord Westerham. »Ich nehme an, dass der reine Geschmack besser ist als gar nichts, doch ich vermisse wirklich mein Paar Bücklinge für mich allein.« Er wandte sich mit drohendem Zeigefinger an seine Tochter. »Doch in Zukunft, Diana, möchte ich nicht, dass du allein über das Grundstück wanderst, vor allem nicht so gekleidet. Es sieht ja aus, als würdest du deinen Pyjama tragen.«

»Das ist die neuste Mode, Pah. Oder zumindest war es das, als es die *Vogue* noch gab. Nicht, dass es irgendeinen Sinn machen würde, modisch gekleidet zu sein, wenn man tief in der Provinz feststeckt.« Sie stellte ihren Teller neben Phoebes, dann beugte sie sich vor, um einem der Setter den Kopf zu tätscheln, bevor sie ihre Serviette nahm. »Wenn du erlauben würdest, dass ich eine Arbeit in London annehme, dann wäre ich dir aus den Augen, Pah. Und ich hätte auch nicht allzu viel Zeit für mich, nicht wahr?«, erwiderte sie verbittert. »Ich sterbe hier vor Langeweile, musst du wissen. Es herrscht Krieg. Viel Aufregung. Ich möchte Teil davon sein.«

»Wir haben das bereits besprochen, Dido«, sagte Lord Westerham. »Du bist zu jung, um allein nach London zu gehen und dort zu arbeiten. Ich habe nichts dagegen, dass du bei den Tieren auf dem Bauernhof aushilfst oder dabei, die Kinder in der Dorfschule zu unterrichten, doch das war es auch schon. Und das ist mein letztes Wort zu diesem Thema. Sprich es nicht mehr an.«

Diana seufzte und nahm ihren Platz am anderen Ende des Tisches ein. Beim Geräusch schwerer, gemessener Schritte blickten alle auf und Soames kam mit einem silbernen Tablett herein.

»Ein Brief für Sie, Mylady«, sagte er. »Persönlich überbracht.«

Lady Esme nahm ihn überrascht entgegen. »Du meine Güte. Was für ein ereignisreicher Morgen. Wer kann mir jetzt schreiben?« Der Rest der Familie wartete, als sie den Umschlag nahm, das Wappen auf der Rückseite bemerkte und lächelte.

»Oh, es ist Lady Prescott. Ich frage mich, was sie wohl will. Ich dachte, wir wären viel zu unelegant und altmodisch für sie.«

»Vielleicht möchte sie sich eine Zuckerdose borgen«, erwiderte Lord Westerham mit einem Schnauben. »Die Zeiten sind für alle im Augenblick schwierig, sogar für die Prescotts.«

»Oh, nicht für die Prescotts, glaube ich«, sagte Livvy. »Jedes Mal, wenn ich Charlie in seinem Kinderwagen ausfahre, scheint ein Lieferwagen vor ihrem Haus zu stehen.«

»Was steht drin, Mah?«, fragte Dido.

Lady Esme blickte mit zufriedenem Lächeln auf und las laut vor:

Liebe Lady Westerham,

ich möchte Sie von unserer freudigen Botschaft in Kenntnis setzen, bevor Sie es durch den Dorftratsch vernehmen. Unser Sohn Jeremy ist wider Erwarten heil zu Hause angekommen. Er ist natürlich geschwächt, erholt sich von einer entzündeten Schusswunde, doch wir haben allen Grund zu hoffen, dass er vollständig genesen wird.

Wenn er wieder bei Kräften ist, freuen wir uns darauf, eine kleine Dinnerparty zu seinen Ehren zu veranstalten, und hoffen, dass Ihre Familie sich dann zu uns gesellen wird.

Hochachtungsvoll
Madeleine Prescott

Sie faltete den Brief zusammen und sah ihre Familie strahlend an. »Ist das nicht wunderbar? Ich muss sofort Pamela schreiben. Sie wird entzückt sein.«

»Warum Pamma mehr als wir anderen?«, wollte Diana wissen. »Oder ist sie jetzt das Lieblingskind?«

»Dido, du weißt, wie zugetan Pamma Jeremy ist. Ehrlich gesagt, wenn es nicht diesen dummen Krieg gäbe, denke ich, dass es bereits eine Bekanntgabe gegeben hätte.« Sie lächelte hintergründig.

»Mah, du bist wirklich versessen darauf, deine Kinder zu verheiraten, oder? Jeremy Prescott kam mir nie wie ein besonders vertrauenswürdiger Typ vor.«

»Ich bin mir sicher, dass sich viele junge Männer die Hörner abstoßen und dann doch sesshaft werden, wenn die Zeit dafür gekommen ist«, sagte Lady Esme. »Wie auch immer, die Hauptsache ist, dass er jetzt zu Hause ist und alles gut wird.« Sie stand auf. »Ich muss Pamma sofort schreiben.«

Diana sah ihr beim Weggehen zu. »Ich weiß nicht, wo ich jemals einen Ehemann finden soll«, sagte sie. »Ich stecke hier auf dem Lande fest, wo es dann wohl ein Schweinebauer werden wird, nehme ich an.«

Das brachte Phoebe zum Kichern. »Er wird schrecklich stinken«, meinte sie. »Aber du wirst immer guten Speck haben.«

»Das war ironisch gemeint, Feebs«, erwiderte Diana. »Ich wollte euch bloß alle daran erinnern, dass ich meine Saison nicht bekommen habe wie meine Schwestern.«

»Ich habe diesen verfluchten Krieg nicht bestellt«, sagte Lord Westerham. »Und du bist noch jung. Es wird noch ausreichend Gelegenheiten für Partys und Tänze geben, wenn der Krieg vorbei ist.«

»Wenn du weißt, wie man deutsche Volkstänze tanzt«, warf Phoebe ein.

Lord Westerhams Gesicht lief rot an. »Das ist nicht witzig, Phoebe. Überhaupt nicht witzig. Die Deutschen werden nicht gewinnen und das steht fest.«

Er feuerte seine Serviette auf den Tisch und verließ das Zimmer.

Später an diesem Morgen suchte der Adjutant des Colonels, Captain Hartley, seinen diensthabenden Offizier auf.

»Wir haben die Erkennungsmarken überprüft, Sir, und sie gehören zu niemandem bei den West Kents. Außerdem waren alle anwesend beim heutigen Morgenappell, abgesehen von Jones, der für zwei Tage freigestellt ist, weil seine Frau ein Baby bekommen hat, und Patterson, der wegen Blinddarmentzündung im Krankenhaus liegt.«

»Also, was sollen wir Ihrer Meinung nach jetzt tun?« Colonel Pritchard kratzte sich am Kopf und schob seine Mütze schräg. »Finden wir heraus, wer dieser Witzbold war und warum er unsere Uniform getragen hat.«

»Man kann die Möglichkeit nicht ausschließen, dass es ein Spion war. Die Uniform der West Kents zu tragen würde ihm einen guten Vorwand dafür geben, in dieser Gegend herumzustreifen, nicht wahr?«

Colonel Pritchard zog hörbar die Luft ein. »Man hört von solchen Dingen, doch sicher sind das alles nur Gerüchte.«

»Oh, ich bin mir ziemlich sicher, dass es hier eine Menge subversiver Elemente gibt.«

»Glauben Sie?« Colonel Pritchard blitzte ihn an. »Engländer, die freiwillig für die Deutschen arbeiten wollen?«

»Ich fürchte ja, Sir. Und wenn man mit ihnen in Kontakt treten müsste, was wäre da besser geeignet, als einen Fallschirmspringer in einer dunklen, mondlosen Nacht abspringen zu lassen?«

Colonel Pritchard blickte an ihm vorbei über die Wiesen. Er konnte kaum glauben, dass dies England war, Blakes grünes und liebliches Land, und dass sie zu Hause nicht länger in Sicherheit waren. Rücksichtslos fielen Bomben herab. Und jetzt gab es womöglich noch Spione unter ihnen.

»Schicken Sie die Marken zum militärischen Geheimdienst. Sie sollen den Leichnam abholen. Es liegt nicht mehr in unseren Händen«, sagte er, dann blickte er auf, als sich ein Soldat mit schnellem Schritt näherte. Er blieb stehen, nahm Haltung an und salutierte.

»Ich bitte um Verzeihung, Colonel, Sir«, sagte er. »Ich war einer der Männer, die heute den Leichnam geborgen haben, und dabei hatte ich den Eindruck, dass etwas nicht stimmte. Mir ist jetzt klar geworden, was es war. Er hatte noch immer seine Mütze im Kragen stecken und das Abzeichen daran war falsch.«

TEIL ZWEI

Ben

Kapitel 6

**Gefängnis von Wormwood Scrubs, Acton, West London –
Mai 1941**

Das Gefängnistor von Wormwood Scrubs schloss sich mit
einem endgültigen Dröhnen hinter Ben Cresswell. Obwohl
er während der vergangenen drei Monate häufig durch dieses
Tor gekommen und gegangen war, verspürte er noch immer
ein ängstliches Schaudern, wenn er eintrat, und ein absurdes
Gefühl von Erleichterung, wenn er sicher wieder draußen war,
als ob er heimlich entkommen wäre.

»Vorzeitig wegen guter Führung entlassen, was?«, fragte ihn
der diensthabende Polizist grinsend. Der Scherz war inzwischen
alt, doch offenbar war der Polizist ihn noch nicht leid geworden.

»Ich? Von wegen. Bin gerade über die Mauer geklettert.
Haben Sie das etwa nicht bemerkt?«, erwiderte Ben mit bemüht
ernstem Gesicht. »Drücken Sie sich etwa vor der Arbeit?«

»Machen Sie, dass Sie wegkommen!« Der Polizist gluckste
und gab Ben einen freundschaftlichen Stups.

Der aus Sicherheitsgründen durchgeführte Umzug des
MI5 nach Wormwood Scrubs hatte völlig geheim geschehen
sollen, doch jeder, der in Verbindung mit dem Gefängnis stand,

schien genau zu wissen, was es mit den Neuankömmlingen auf sich hatte, die einen Gebäudeflügel übernommen hatten. Man hatte sogar von einem Busfahrer gehört, der die Haltestelle mit den Worten angekündigt hatte: »Für MI5 alles aussteigen.« *So viel zum Thema Geheimhaltung,* dachte Ben, während er die Straße zur Bushaltestelle überquerte. Als Hauptquartier einer Abteilung des Geheimdienstes hatte sich das Gefängnis als jämmerlicher Reinfall erwiesen. Die zugeteilten Zellen waren kalt und feucht. Ein paar Türen waren entfernt worden, sodass man leicht mit anhören konnte, was im Nebenraum vor sich ging. Außerdem war es unbequemer und schwieriger zu erreichen als das vorherige Hauptquartier auf der Cromwell Road.

Vor Kurzem war ein Teil der für Gegenspionage zuständigen Abteilung B nach Blenheim Palace in Oxfordshire verlegt worden, und es ging das Gerücht, dass die Unterkünfte dort noch primitiver waren als im Gefängnis, obwohl es ein Herrenhaus war. Trotzdem wünschte sich Ben, er wäre dorthin versetzt worden und würde etwas Sinnvolles zu den Kriegsanstrengungen beitragen. Seit er vor einem Jahr beim MI5 angestellt worden war, hatte sich seine Spionageabwehr darauf beschränkt, Gerüchten und Hinweisen im Großraum London nachzugehen. Das war fast immer reine Zeitverschwendung. Meist war es falscher Alarm oder der Versuch, alte Rechnungen zu begleichen. Eine neugierige alte Frau hatte durch ihren Verdunkelungsvorhang geblickt und gesehen, wie ein Mann verstohlen durch ihren Hinterhof geschlichen war. Er sah ganz entschieden wie ein eindringender Nazi aus. Doch wie sich herausstellte, war es der Geliebte der Dame nebenan, der sich hereinschlich, während der Ehemann weg war. Oder eine Frau verdächtigte ihre Nachbarn, heimliche deutsche Sympathisanten zu sein, weil sie ständig Mozart auf ihrer Musiktruhe spielten. Als Ben darauf hinwies, dass Mozart eigentlich Österreicher war, hatte die Frau verärgert geschnaubt. *Das mache ja wohl keinen Unterschied,* hatte sie gesagt. *War Hitler nicht Österreicher? Und außerdem würden sie immer mit Knoblauch kochen. Man konnte es kilometerweit riechen. Und wenn das nicht verdächtig war, was dann?*

Ben drehte sich um und betrachtete die verzierten rot-weißen Ziegeltürme an den Seiten des Gefängnistores. Die Viktorianer konnten sogar ein Gefängnis beeindruckend aussehen lassen. Dann ging er die Du Cane Road entlang zur UBahnstation East Acton. Er hoffte, dass die UBahn ins Zentrum Londons schneller käme als der Bus, doch man konnte sich nie sicher sein. Eine einzige nächtliche Bombe auf die Strecke und alles würde stecken bleiben. Sein Gang war etwas schief und ruckartig, was an dem Stahlknie in seinem linken Bein lag, doch er kam trotzdem recht schnell voran. Er konnte nur nicht Rugby spielen oder beim Kricket werfen. Ben wollte gerade zur UBahnstation hinübergehen, als ein Mann mit einer Zeitung unter dem Arm aus dem Tabakladen kam, ihn anstarrte und die Stirn runzelte. »Hey, du, Junge. Warum trägst du keine Uniform?«, wollte er wissen und zeigte angriffslustig mit dem Finger auf Ben. »Was bist du, etwa ein verdammter Verweigerer?«

Ben hatte bereits mehrfach ähnliche Angriffe erlebt, seit der Krieg begonnen hatte. »Flugzeugabsturz«, sagte er. »Ein Bein zerquetscht und für niemanden von Nutzen.«

Der Mann wurde rot. »Tut mir leid, Kumpel. Ich wusste nicht, dass du bei der Air Force bist. Ich hätte nicht so mit einem unserer tapferen Jungen reden dürfen. Gott segne dich.«

Ben versuchte nicht mehr, die Leute zu korrigieren. Sollten sie doch annehmen, dass er bei der RAF war. Das wäre er auch, wenn nicht dieser dumme Flugzeugabsturz in Farleigh gewesen wäre. Und wenn? Der Gedanke tanzte in seinem Kopf herum. Über Deutschland abgeschossen und jetzt in einem Stalag Luft schmachten wie Jeremy? Was für einen verdammten Nutzen hätte das für die Kriegsbemühungen? Immerhin tat er mit seiner gegenwärtigen Beschäftigung etwas annähernd Sinnvolles.

Oder würde es tun, wenn sie ihm bloß einen Fall anvertrauten, in den er sich verbeißen könnte.

Ben seufzte. Das Problem war, dass das ganze Land am Abgrund stand und befürchtete, dass jeden Augenblick die Invasion kommen würde. Er löste eine Fahrkarte und ging die Stufen zum Bahnsteig hinauf, da die UBahn so weit außerhalb der Stadt überirdisch fuhr. Der Bahnsteig war überfüllt, also war wohl schon länger keine Bahn eingetroffen. Er schob sich vorwärts bis nah an die Schienen und wartete in der Hoffnung, dass die Bahn schnell kommen und nicht allzu voll sein würde. Er musste dringend ins Zentrum von London. Endlich einmal hatte er etwas, was womöglich ein wichtiger Auftrag war.

»Du wirst von denen da oben verlangt«, hatte ihm sein Zellennachbar Guy Harcourt genüsslich gesagt, als er aus der Mittagspause zurückgekehrt war.

»Die da oben?«, hatte Ben gefragt.

»Der große Zampano Radison persönlich, niemand Geringeres. Ganz entrüstet, weil du die Nerven hattest, zum Mittagessen wegzugehen, anstatt ein Käsesandwich an deinem Schreibtisch zu essen.« Harcourt war die Art gelangweilter und eleganter junger Mann, die man auf einer Landhausparty anzutreffen erwarten würde, Krocket spielend mit Bertie Wooster. Schrecklich spaßig, aber nicht allzu viel im Kopf. Ben dachte für sich, dass er einen exzellenten Spion abgeben würde. Niemand würde ihn jemals verdächtigen. Sie waren zusammen in Oxford gewesen, wo Harcourt niemals zu büffeln schien und es trotzdem schaffte, alle Prüfungen zu bestehen. Sie waren nie Freunde gewesen. Zunächst einmal war Harcourt viel zu reich und aristokratisch, als dass Ben Teil seiner Kreise gewesen wäre, deshalb war Ben überrascht, als Harcourt ihn zu Kriegsbeginn aufgesucht und ihn für etwas angeworben hatte, was sich dann als MI5 herausstellte. Ihnen wurde dieselbe Unterkunft in einem trostlosen privaten Hotel an der Cromwell Road zugewiesen und sie kamen recht gut miteinander aus.

»Ich würde das kaum Mittagessen nennen«, sagte Ben. »Wusstest du, dass sie jetzt Frikadellen aus Pferdefleisch machen? Ich hatte drei Tage nacheinander den Blumenkohl mit Käse, weil die Alternativen zu scheußlich waren.«

»Ich esse niemals dort«, sagte Harcourt. »Ich geh rüber zum *Queen's Head* an der Ecke. Bier ist schließlich auch nahrhaft, oder nicht? Ich plane, die ganze Zeit damit zu überleben. Ich meine, Pferdefleisch? Diese armen Teufel sind sicher niemals in ihrem Leben richtig zur Jagd geritten. Warte nur ab, als Nächstes werden es Hunde und Katzen sein. Man schließt wohl besser seine Labradore gut weg.«

»Hat Radison gesagt, was er wollte?«, fragte Ben.

»Mein lieber Kumpel, wir sollen eine Geheimdienstorganisation sein, nicht wahr?«, antwortete Harcourt grinsend. »Er wird kaum hier hereinkommen und mir erzählen, was er von einem anderen Agenten will. Ein bisschen was Geheimnisvolles muss schon sein.«

»Schien er über mich verärgert zu sein?«

»Warum, hast du dein Schreibheft verschmiert?« Harcourt grinste.

»Nicht, dass ich wüsste. Ich war nur ziemlich kurz ab mit diesem Typen, der seine jüdischen Nachbarn als Nazispione verhaften lassen wollte.«

»Dann beeile dich lieber und finde heraus, was er will, oder? Und wenn du nicht zurückkommst, darf ich dann deinen Stuhl haben? Er ist nicht so wackelig wie meiner.«

»Sehr witzig.« Ben versuchte, unbeschwerter zu klingen, als er sich fühlte. Ihm fiel nichts ein, was er getan haben könnte, doch man wusste nie. Bei Abteilungen wie dieser ging es immer um alte Seilschaften und er verfügte über keine Beziehungen.

Mr Radison betrachtete ihn misstrauisch, nachdem Ben angeklopft hatte und in sein Büro getreten war.

»Zum Mittag draußen gewesen, was?«, fragte er.

»Ich glaube, mir ist eine Mittagspause erlaubt, Sir«, antwortete Ben. »Und ich bin nur in die Kantine gegangen. Pferdefrikadellen.«

Da nickte Radison verständnisvoll. »Ich habe eine Nachricht vom Hauptquartier bekommen. Sie sollen sich bei dieser Adresse am Dolphin Square melden.«

»Dolphin Square?« Er hatte ein paar Gerüchte über ein Büro am Dolphin Square gehört. Und auch hier sollte niemand wissen, dass der MI5 dort ein Büro unterhielt oder wessen Büro das war, doch er war sich ziemlich sicher, dass es einer nebulösen Gestalt gehörte, die als Captain King oder Mr K bekannt war. Jemand außerhalb der üblichen Hierarchien der verschiedenen Abteilungen. Ben verspürte ein Gefühl der Aufregung vermischt mit Besorgnis. Was konnte diese Person von ihm wollen? Sein Bein mochte zwar nicht immer gut funktionieren, doch keine seiner Aufgaben hatte bisher Querfeldeinläufe erforderlich gemacht. So langweilig seine untergeordneten Aufträge auch immer gewesen waren, er hatte sie doch perfekt erfüllt. Er hatte bewiesen, dass er eifrig und bereit war. Deshalb verhieß das hier vielleicht wirklich etwas Gutes – eine Beförderung oder zumindest einen interessanten Auftrag.

KAPITEL 7

London – Mai 1941

Ben wurde aus seinen Gedanken gerissen, als der Lautsprecher die Ankunft der Bahn ankündigte und dazu aufforderte, Abstand zu halten und auf die Lücke zu achten. Die Türen öffneten sich und die Menge drängte vorwärts, wobei sie Ben mit sich riss. Es gelang ihm, eine Stange zu ergreifen, als sich die Türen schlossen und die Bahn losratterte. Er war froh, sich an etwas festhalten zu können. Sein Gleichgewicht war nicht allzu gut und sein krankes Bein neigte dazu, bei unpassenden Gelegenheiten nachzugeben. Doch er schaffte es bis zum Bahnhof Notting Hill Gate und stieg dort um in die Circle Line nach Victoria. Die ganze Fahrt verlief bemerkenswert glatt und er seufzte erleichtert, als er über die Belgrave Street Richtung Fluss ging. Es war ein angenehmer sommerlicher Tag, warm für Mai, und die Londoner, die für ein paar Minuten ihren Büros entkommen konnten, saßen auf jedem verfügbaren kleinen Rasenstück und genossen den Sonnenschein. Vor ihm erhob sich Dolphin Square, ein riesiger rechteckiger Block mit Luxuswohnungen. Ben hatte ihn niemals zuvor gesehen und fragte sich jetzt, wie viele dieser Wohnungen noch immer reichen Leuten gehörten, die eine Zweitwohnung in London brauchten. Er nahm an, dass jeder, der es sich leisten konnte, weit weg blieb von den Bombenangriffen auf die Stadt.

Es waren vier große, moderne Gebäude, die ein zentrales Viereck umgaben. Die Adresse, die man ihm gegeben hatte, lautete 308 Hood House. Er betrachtete die Türklingeln an der Eingangstür und entdeckte überrascht, dass 308 einer Miss Copplestone gehörte. Hatte man ihm die falsche Adresse gegeben? Sollte es ein Scherz sein, ihn zu einer wütenden alten Jungfer zu schicken? Es war die Art von Scherz, wie sie Harcourt machen würde, um einen langweiligen Nachmittag lebendiger zu gestalten, doch die Anweisung war von Radison gekommen und Radison war der Inbegriff eines Beamten ohne jede Spur von Humor. Mit einer bösen Vorahnung drückte Ben auf die Klingel.

»Kann ich Ihnen helfen?«, fragte eine vornehme Stimme. Ben war versucht, schnell wegzulaufen, doch er sagte: »Ich bin mir nicht sicher, ob ich an der richtigen Adresse bin. Mein Name ist Cresswell, und man hat mir gesagt …«

»Ich lasse Sie herein, Mr Cresswell«, sagte die Stimme sachlich. »Nehmen Sie den Lift. Fünfte Etage und dann rechts.«

Immerhin wurde er erwartet. Ein Hauch von Sorge mischte sich mit Aufregung, während der Lift langsam nach oben fuhr. Er stieg in der fünften Etage aus. Der Flur war mit Teppich ausgelegt und roch nach Bohnerwachs, dazu etwas Pfeifentabak. Er fand die Wohnung und sah, dass auch dort »Miss Copplestone« am Türschild stand. Er holte tief Luft und klopfte an. Die Tür wurde von einer attraktiven jungen Frau geöffnet. Ihr gut geschnittenes Kostüm und das vornehme Benehmen verrieten, dass sie in anderen Zeiten und Umständen eine Debütantin gewesen und dann von einem stumpfsinnigen jungen Mann mit makellosem Stammbaum geheiratet worden wäre. Für junge Frauen wie sie hatte der Krieg eine großartige Gelegenheit geboten, dem zu entkommen und zu beweisen, dass sie in allen möglichen Dingen gut waren und viel mehr konnten als Konversation machen und auswendig aufsagen, wo man einen Bischof am Esstisch platzieren musste.

»Mr Cresswell? Mr Knight erwartet Sie bereits. Kommen Sie herein«, sagte sie kurz angebunden mit dem typischen Oberschichtakzent. »Ich sage ihm, dass Sie da sind.«

Ben vernahm leise Stimmen, während er kurz wartete, und wurde dann in ein großes, helles Zimmer mit Fenstern geführt, die über die Themse zum Parlament blickten. Sperrballons schaukelten über den Gebäuden, um Bombenangriffe aus niedriger Höhe zu verhindern. Der Mann, der an einem polierten Eichentisch saß, hatte diesem Anblick den Rücken zugewandt. Er war schlank und sah gesund aus, eindeutig jemand, der viel im Freien war, und zu Bens Überraschung hielt er etwas in der Hand, das Ben ursprünglich für ein Stück Seil hielt, das sich aber dann entrollte und als kleine Schlange entpuppte.

»Ah, Cresswell. Schön, dass Sie gekommen sind.« Er tat die Schlange zurück in eine Tasche und streckte Ben die Hand entgegen. »Ich bin Maxwell Knight. Nehmen Sie Platz.«

Ben setzte sich auf einen gepolsterten Lederstuhl.

»Cambridge?«, fragte Knight.

»Oxford.«

»Schade. Ich finde, Cambridge produziert Männer, die kreativ denken können.«

»Tut mir leid, jetzt kann ich es nicht mehr ändern«, sagte Ben. »Außerdem hat Hertford College mir ein Stipendium angeboten. Cambridge nicht.«

»Ein Stipendienjunge also?«

»Ja, Sir.«

»Und davor?«

»Tonbridge. Auch mit Stipendium.«

»Und trotzdem verkehren Sie offensichtlich mit der Oberschicht. Sie kennen den Earl of Westerham.«

Die Aussage traf Ben vollkommen überraschend. »Lord Westerham?«

»Ja. Man sagte mir, dass Sie gut mit ihm befreundet sind. Ist das richtig?«

»Ich würde es nicht befreundet nennen, Sir. Ich würde mir nicht anmaßen, es als Freundschaft zu bezeichnen, doch er kennt mich recht gut. Mein Vater ist der Pfarrer von All Saints in Elmsleigh, dem Dorf neben Farleigh. Während ich aufgewachsen bin, habe ich mit Lord Westerhams Töchtern gespielt.«

»Mit Lord Westerhams Töchtern gespielt«, wiederholte Max Knight mit dem Hauch eines Lächelns.

Bens Gesicht verriet keine Emotion. »Darf ich fragen, worum es geht, Sir? Hat mein Hintergrund irgendwas mit der Qualität meiner Arbeit hier zu tun?«

»Absolut, im Moment. Wissen Sie, wir brauchen Einblicke, junger Mann. Einen Insider.«

Ben blickte stirnrunzelnd auf. »Einblicke in was?«

Max Knights klare blauen Augen fixierten Ben noch immer. »Vor drei Nächten ist offenbar ein Mann aus einem Flugzeug auf Lord Westerhams Felder gefallen. Sein Fallschirm hat sich nicht geöffnet. Er war in ziemlich üblem Zustand, wie Sie sich denken können. Das Gesicht war zu versehrt, als dass man eine Ahnung davon hatte, wie er ausgesehen hat. Doch er trug eine Uniform der Royal West Kents.«

»Die haben den Großteil des Anwesens von Farleigh übernommen, nicht wahr?«, sagte Ben mit nachdenklichem Blick. »Aber es ist ein Infanterieregiment. Wo kam der Fallschirm her?«

»Das ist die Frage. Ihr Befehlshaber sagt, dass seine Jungs nicht aus Flugzeugen springen und dass nachweislich alle anwesend sind. Die Erkennungsmarke gehörte einem Soldaten, der in Dünkirchen gefallen ist, *und* es stellte sich heraus, dass er ein Mützenabzeichen trug, das das Regiment im Großen Krieg benutzt hat.«

»Also möglicherweise ein Spion?« Ben spürte, wie sich sein Puls beschleunigte.

»Ziemlich gut möglich. Mir wurde auch von einer unserer aufgeweckten jungen Damen, die seine Kleidung durchgegangen sind – was keine beneidenswerte Aufgabe ist, wie Sie sich denken können –, mitgeteilt, dass seine Socken falsch waren.«

»Socken? Falsch?«

»Ja, sie scheint sich mit Stricken auszukennen und sagt, dass die Ferse nicht so ist wie bei den Socken der britischen Armee. Bei weiterer Untersuchung konnte sie die Zahl zweiundvierzig auf ihnen erkennen.«

»Zweiundvierzig?«

»Nach dem metrischen System.«

»Ach so, ich verstehe.« Jetzt nickte Ben. »Also kamen die Socken vom Kontinent.«

»Ich bin froh, dass wir Jungs aus Oxford haben. So schnell von Begriff«, sagte Max Knight. Ben wurde rot.

»Deshalb muss die Frage wohl lauten, was er auf Lord Westerhams Wiese gemacht hat«, fuhr Max Knight fort. »War er absichtlich dort oder zufällig?«

»Gab es in jener Nacht kräftigen Wind? Er könnte vom Kurs abgekommen sein, oder die Fehlfunktion des Fallschirms hat dazu geführt, dass er abgetrieben ist.«

»Das haben wir überprüft. Der Wind war nur zwei Knoten stark. Außerdem treibt man nicht ab, wenn sich der Fallschirm nicht richtig öffnet. Man stürzt geradewegs nach unten.«

»Es kann auch reiner Zufall gewesen sein, dass die Landestelle Lord Westerhams Wiese war«, sagte Ben. »Er war darauf angewiesen, in Reichweite von London oder dem RAF-Posten Biggin Hill zu landen.«

»Warum hat er dann keine RAF-Uniform an, sondern eine des West-Kent-Regiments?« Er holte tief Luft, was fast wie ein Seufzen klang. »Sie erkennen die knifflige Situation, in der wir uns befinden, nicht wahr, Cresswell? Wenn die Landung Absicht war, wenn er ein deutscher Spion war – und wir müssen davon ausgehen, dass genau dies der Fall ist –, dann wurde er geschickt, um mit jemandem in der Nähe Kontakt aufzunehmen, in einem Bereich, wo eine Uniform der West Kents kein Aufsehen erregen würde.«

»Was ist mit seinen Taschen, Sir?«, fragte Ben. »War nichts Hilfreiches in seinen Taschen?«

»Seine Taschen waren vollkommen leer, abgesehen von einem kleinen Schnappschuss in seiner Brusttasche.«

»Ein Schnappschuss?«, fragte Ben, der auf einmal halb neugierig und halb besorgt war.

»Von einer Landschaft. Natürlich war er blutverschmiert, doch das Labor konnte ihn säubern. Wir mussten es übrigens dem Armeegeheimdienst förmlich aus den Händen reißen. Sie waren nicht sehr begierig darauf, ihre Informationen mit uns zu teilen. Das ist niemand derzeit.« Er öffnete eine Schublade und zog eine dünne Akte heraus, die er öffnete und zu Ben drehte. Ben stand auf, um es sich anzusehen. Zunächst einmal war es keine besonders gute Fotografie. Die Art kleiner Schnappschuss, wie ihn ein Tourist in den Sommerferien machen würde, und jetzt, nachdem er zuerst vollgeblutet und dann gereinigt worden war, war er noch undeutlicher. Soweit Ben ausmachen konnte, war es die Ansicht einer englischen Landschaft mit Feldern, die von Hecken unterbrochen waren, und im Hintergrund erhob sich ein steiler Hügel, auf dessen Spitze eine Baumgruppe stand. Zwischen den Bäumen sah man nur die Andeutung eines Dorfes und etwas, das wie der eckige Turm einer Kirche aussah, der über die Waldkiefern hinausragte. Ben sah es sich genau an. »Da ist nichts, was ich schon einmal gesehen habe, und es sieht auch nicht nach unserem Teil von Kent aus«, sagte er. »Es wirkt kahler und steiler und windgepeitscht. Waldkiefern, oder? Mehr wie im West Country, wegen des eckigen Turms. Cornwall vielleicht?«

Max Knight nickte. »Das könnte sein. Aber was tat es in seiner Tasche? Sollte er dorthin? – In welchem Fall die Frage aufkommt, warum man ihn mitten in Kent runterlässt. Sollte er es jemandem überbringen, um ihm die Stelle für irgendein Treffen zu zeigen?«

»Oder vielleicht ist der Name des Dorfes irgendwie bedeutsam?«, schlug Ben vor.

Knight seufzte erneut. »Auch möglich. Sie werden feststellen, dass Zahlen draufgeschrieben sind. Sie sind fast abgewaschen, doch der Stift hat einen Abdruck auf dem Fotopapier hinterlassen.« Er blickte zu Ben. »Sie können es ruhig in die Hand nehmen.«

Ben nahm vorsichtig die Fotografie und hielt sie ans Licht: 1461. »Vierzehn einundsechzig. Hat es in dem Jahr irgendeine bedeutsame Schlacht gegeben?«

Knight blickte ihn lange ernst an. »Das ist es, was Sie herausfinden sollen, mein Junge. Ich werfe Ihnen das in den Schoß. In Berichten über Sie steht, dass Sie schnell und eifrig sind und es nicht mögen, einfach herumzusitzen und Däumchen zu drehen. Normalerweise würde ich so etwas einem erfahrenen Mann geben, doch Sie haben etwas, was sonst niemand in dieser Abteilung hat – Sie sind einer von ihnen.«

KAPITEL 8

Dolphin Square, London – Mai 1941

Ben rutschte unruhig auf seinem Sitz herum. »Entschuldigen Sie, Sir, aber was soll ich tun? Soll ich herausfinden, wo der Schnappschuss aufgenommen wurde?«

»Das kann warten. Im Moment möchte ich, dass Sie für ein paar Tage nach Hause fahren.«

»Aber finden Sie nicht, Sir, dass dies dringend ist? Die Deutschen hätten doch niemanden in Kent auf dem Lande abspringen lassen, wenn es keine dringende Mission gewesen wäre.«

»Der Nachrichtenüberbringer ist tot, Cresswell. Und mit ihm vermutlich auch die Nachricht, die er bei sich trug. Sie werden sich neu organisieren und es aufs Neue versuchen, wahrscheinlich diesmal auf andere Art, da sie annehmen werden, dass wir nach Fallschirmspringern Ausschau halten. Wir müssen nun herausfinden, für wen die Botschaft beabsichtigt war. An diesem Punkt kommen Sie ins Spiel. Fahren Sie nach Hause. Machen Sie es nicht zu offensichtlich, aber stellen Sie Fragen.«

»Was für Fragen?«

Maxwell Knight blickte auf Ben, als wäre der ein wenig begriffsstutzig. »Ich bin mir sicher, in der Nachbarschaft wird man noch über den Leichnam reden. Irgendwer wird sicherlich annehmen, dass es ein deutscher Spion war. Beobachten Sie die Reaktionen.«

»Was genau meinen Sie?«, fragte Ben vorsichtig.

»Wir müssen davon ausgehen, dass der Mann mit dem Fallschirm nicht zufällig auf diesem Feld gelandet ist. Wenn er ein deutscher Spion war, wovon wir ausgehen müssen, warum landete er dann auf Lord Westerhams Grundstück?«

»Vielleicht, weil es ein geeignetes freies Gelände in relativer Nähe von London ist.«

»Warum war dann kein Geld in seinen Taschen? Er wäre nicht weit gekommen. Er hat keine Papiere bei sich getragen, weshalb es so aussieht, dass er plante, persönlich jemandem in der Nähe eine Nachricht zu überbringen. Oder zu einem sicheren Unterschlupf in der Nähe zu gehen. Und es gab keine Anzeichen eines Funkgerätes oder anderer Kommunikationsmittel, um mit seinem Stützpunkt in Kontakt zu treten. Meine Vermutung ist, dass er vorhatte, diese Fotografie zu überbringen. Die Frage ist jetzt: Wem?«

Beunruhigt lächelte Ben. »Sie nehmen doch nicht an, dass Lord Westerham oder einer seiner Nachbarn für die Deutschen arbeitet?«

Max Knight sah ihn lange an. »Sie sind sich doch bewusst, dass es bei bestimmten Mitgliedern der Aristokratie prodeutsche Empfindungen gibt. Der Herzog von Windsor ist ein erstklassiges Beispiel. Er konnte es nicht erwarten, Hitler in dessen Lager zu besuchen. Was glauben Sie, warum er ausgeschifft wurde, um Gouverneur der Bahamas zu sein? Damit die Amerikaner ein Auge auf ihn haben können, um jede Verschwörung zu vereiteln, ihn hier als Marionettenkönig an die Macht zu bringen.«

»Donnerwetter!«, sagte Ben. »Aber Verbindungen zu Deutschen oder sogar Sympathien für sie zu haben bedeutet nicht unbedingt, dass ein Engländer aktiv daran arbeitet, Deutschland zu helfen, oder? Auch der Herzog von Windsor würde doch das Richtige tun, wenn Hitlers Emissäre auf ihn zukämen. Er würde niemals zustimmen, seinen Bruder vom Thron zu stürzen …«

»Würde er wirklich das Richtige tun?« Max Knight hielt Bens Blick stand. »Das steht zu hoffen, doch er hat bereits Schwäche gezeigt und eine gewisse Anfälligkeit dafür, sich verführen zu lassen, oder etwa nicht? Er hat seine Pflicht für eine Frau aufgegeben – obendrein für eine Frau von zweifelhafter Moral. Unser gegenwärtiger König hat vielleicht nicht den Charme seines Bruders, doch zumindest hat er Rückgrat. Wenn uns jemand da durchlotsen kann, dann er.«

»Also möchten Sie, dass ich nach Farleigh fahre und versuche, prodeutsche Stimmungen aufzuspüren?«

»Fahren Sie nach Hause und halten Sie Augen und Ohren offen, das ist alles. Lord Westerham und seine Nachbarn. Ziehen Sie einen Radius von, sagen wir, zehn Kilometern. Wer findet sich dort?«

»Einschließlich der zwei oder drei Dörfer?«

»Möglicherweise. Obwohl ich mir sicher bin, dass Ihnen die Dorfbewohner nur zu gern berichten werden, wer neu in der Gegend ist, wer sich seltsam benimmt, wer einmal in die Ferien nach Deutschland, Österreich oder in die Schweiz gefahren ist, oder sogar wer Beethoven mag. Nein, ich interessiere mich für die größeren Fische, mein Junge. Jemand, der in der Lage ist, echten Schaden anzurichten. Wer genau lebt zurzeit in Farleigh?«

Ben lachte. »Zunächst einmal eine ganze Brigade des Royal-West-Kent-Regiments.«

Max Knight lachte auch. »Mit denen beschäftigt sich der Militärgeheimdienst. Bisher haben sie noch keine Spuren entdeckt. Das ganze West-Kent-Regiment hat schlafend in den Betten gesteckt, als unser Mann vom Himmel gefallen ist. Und laut ihrem Befehlshaber haben sie vor dem Krieg alle recht einfache und langweilige Existenzen geführt. Das Salz der Erde. Das Rückgrat des Landes. Der Metzger, der Bäcker, Hinz und Kunz. Nein, ich meinte die Familie.«

»Wer im Moment dort ist?« Ben machte eine Pause und dachte nach. »Na ja, Lord und Lady Westerham. Ihre älteste Tochter Olivia und zwei jüngere Töchter, Diana und Phoebe. Olivia ist verheiratet, aber sie ist mit ihrem Baby nach Farleigh zurückgekehrt, während ihr Mann mit der Armee in Übersee ist.«

»Hat Lord Westerham noch andere Kinder?«

»Zwei weitere Töchter. Margot war in Paris, als ich das letzte Mal von ihr gehört habe. Sie steckt dort für die Zeit des Krieges fest, weil sie ihren französischen Freund nicht verlassen wollte.«

»Was macht sie in Paris? Mädcheninternat?«

»Oh nein. Sie war bereits in die Gesellschaft eingeführt. Sie wollte Modedesign studieren und ging bei Gigi Armande in die Lehre. Sie macht sich wohl recht gut, hört man.«

Max Knight notierte etwas auf einem Block. »Und die andere Tochter?«

»Pamela. Sie leistet irgendwelchen Kriegsdienst in London. Sekretariatsarbeit, nehme ich an.«

Ben bemerkte, dass Max Knight ihn lange und intensiv ansah. Der Mann hatte einen durchdringenden Blick, fast so, als könnte er Gedanken lesen, und Ben merkte, wie ihm die Röte in die Wangen stieg. Doch dann sah Max Knight weg.

»Das klingt alles bewundernswert, oder nicht? Die exemplarische englische Familie und ihre Bediensteten. Keine neuen

Dienstmädchen vom Kontinent oder Butler aus der Schweiz, wie ich annehme?«

Ben grinste. »Sie haben nur noch eine Grundbesetzung, wie mein Vater mir sagte. Alle Bediensteten sind im Krieg. Und natürlich ist es der Familie nur gestattet, einen einzigen Flügel zu bewohnen, weshalb sie nicht so viele Bedienstete benötigen. Die Köchin und Soames, der Butler, sind schon seit Ewigkeiten bei ihnen.«

»Und was ist mit den Nachbarn?«

»Ich nehme an, Sie meinen die Nachbarn aus der Oberschicht, nicht die örtlichen Bauern.«

Max Knight zeigte die Andeutung eines Lächelns. »Sagen wir einmal, ich bin mehr an den Nachbarn aus der Oberschicht interessiert.«

»Der nächste Nachbar ist mein Vater«, sagte Ben. »Seine Kirche grenzt an das Farleigh-Grundstück. Und ich kann Ihnen versichern, dass mein Vater niemals andere Interessen hatte als Geschichte und Vögel.«

»Vögel?«

»Er ist leidenschaftlicher Vogelbeobachter. Er ist ein typischer Landpfarrer – stinklangweilig, dabei ein herzensguter, alter Kerl. Meine Mutter starb, als ich ein Baby war. Sie hat 1920 die spanische Grippe erwischt und seitdem ist mein Vater allein.«

»Und andere Nachbarn?« Max Knight hatte Bens Vater in Gedanken als unbedeutend entlassen.

»Da sind Colonel und Mrs Huntley auf dem Gutshof. Sie sind Mitte der Dreißigerjahre aus Indien zurückgekehrt. Er ist so stramm konservativ, wie es nur geht. Außerdem gibt es noch eine ältere Dame, Miss Hamilton. Und dann sind da noch die Prescotts, Sir William und seine Frau. Sie haben ein Grundstück in der Nähe. Nethercote. Er ist ein hohes Tier in der Stadt, wie Sie vielleicht wissen.«

»Und sie haben einen Sohn.«

Ben nickte. »Jeremy. Er und ich waren zusammen in Oxford. Er war bei der RAF. Abgeschossen über Frankreich und jetzt in einem deutschen Kriegsgefangenenlager.«

»So ein Pech«, sagte Max Knight. Da lag etwas in seinem Ausdruck, was Ben nicht entschlüsseln konnte. Fast wie ein privater Scherz, den er genoss. Ben wurde rot, als Knight ihn plötzlich fragte: »Sie selbst hatten kein Interesse, sich der RAF anzuschließen?«

»Das hätte ich sehr gerne, Sir. Leider war ich vor dem Krieg Opfer eines Flugzeugabsturzes und mein linkes Bein ist übel verletzt worden. Es lässt sich nicht mehr ausreichend beugen, um einfach in ein Flugzeug ein- oder auszusteigen.«

»Das ist Pech.« Max Knight nickte mitfühlend. »Doch immerhin leisten Sie hier sinnvolle Arbeit, nicht wahr? Die genauso wichtig ist.«

»Wenn Sie das sagen, Sir.« Bens Gesicht war ausdruckslos.

»Bis jetzt hat es noch nicht so wichtig ausgesehen?«, fragte Max Knight mit der Andeutung eines Grinsens.

Ben fragte sich, wie diese Information in seine Akte gekommen war und was da sonst noch über ihn stand. Er blickte auf. »Wäre das alles, Sir?«

»Für den Moment ja. Ich werde Mike Radison eine Nachricht zukommen lassen, dass ich Sie für eine Weile ausborge. Ab jetzt berichten Sie nur noch mir. Ist das klar? Und ich muss Sie nicht daran erinnern, dass nichts von dem, was hier gesagt wurde, diesen Raum verlässt.«

»Natürlich nicht, Sir.«

»Und dass es von allerhöchster Wichtigkeit ist, dass Ihre Nachbarn unten in Kent keine Ahnung davon haben, warum Sie dort sind oder was Sie tun.«

»Ich bin mir sicher, das sie nichts ahnen werden, Sir. Sie denken, ich habe ein kaputtes Bein und stecke in einem Schreibtischjob bei einem Ministerium.«

»Dann wollen wir sie das weiterhin denken lassen, nicht wahr? Sie könnten sogar andeuten, dass Ihnen die Arbeit etwas viel geworden ist und man Ihnen geraten hat, eine Pause zu machen.«

»Sie wollen, dass ich sowohl psychisch anfällig als auch körperlich unfähig erscheine?« Auf einmal hatte Bens Stimme einen scharfen Unterton.

Max Knight grinste. »Wenn es unseren Zwecken dient. Sie wären überrascht, was für Tarnungen sich manche ausdenken, die ich anwerbe.«

Da erinnerte sich Ben an die Gerüchte über einen gewissen Captain King oder Mr K, Chef eines Spionagerings, der in Dolphin Square wohnte, und ein Anflug von Begeisterung durchfuhr ihn, weil er gerade als Spion rekrutiert worden war, wenn auch nur an der Heimatfront.

Ben stand auf. Max Knight streckte seine Hand aus. »Es war schön, Sie kennenzulernen, Cresswell. Ich glaube, Sie sind genau der richtige Mann für diese Aufgabe.«

Sie schüttelten sich die Hand. Ben erinnerte sich an die Schlange in Knights Tasche. »Sir, diese Schlange, ist das eine Art Haustier? Ein Talisman?«

»Ich bin ein Naturliebhaber, Cresswell. Ein Tierliebhaber. Ich habe diesen armen Kerl gefunden, als ein paar Dorfkinder ihn umbringen wollten, also habe ich ihn gerettet. Er scheint sich in meinem Büro ganz wohlzufühlen.«

»Machen Sie sich niemals Sorgen, dass er aus Ihrer Tasche entkommt?«

»Wenn er das tut, dann viel Glück für ihn. Doch ich glaube, dass er weiß, was gut für ihn ist. Ich schlage vor, Sie nehmen sich ein Beispiel daran.«

Ben zögerte. »Entschuldigen Sie, Sir, aber wie kann ich Sie kontaktieren?«

»Sie kommen her oder schicken mir ein Telegramm mit einer Nummer, unter der Sie erreicht werden können. Aus naheliegenden Gründen benutzen wir nie das Telefonnetz.«

Als Ben zur Tür ging, sagte Max Knight: »Dieser Flugzeugabsturz. Jeremy Prescott war der Pilot, oder? Er kam ohne einen Kratzer davon. Ich hoffe, Sie tragen ihm nichts nach.«

Ben wandte sich um. »Ich bin lieber hier als in einem deutschen Lager, Sir. Und wer weiß, wie angeschlagen er ist, nachdem er mit dem Schleudersitz aus einem Flugzeug raus ist.« Er machte eine Pause. »Es war ein Unfall. Schlicht und ergreifend. Wir waren immer die besten Kumpel.«

Dann ging er. Erst als er im Lift stand und nach unten fuhr, fiel ihm auf, dass Maxwell Knight alle Einzelheiten über seine Freunde und Nachbarn gekannt hatte. Er, Ben, war untersucht und getestet worden.

Zurück im Gefängnis von Wormwood Scrubs hatte Ben gerade seinen Platz eingenommen, als Harcourt hereingeschneit kam. »Du bist zurück. Nicht auf der Stelle entlassen mit einem barschen ›Überschreiten Sie niemals mehr unsere Schwelle!‹.«

»So sieht es aus«, erwiderte Ben.

»Verdammt. Also bekomme ich deinen Stuhl nicht? Meiner hat angefangen, auf die fürchterlichste Art zu quietschen und zu schaukeln.«

»Du kannst ihn für die nächste Woche oder so benutzen, wenn du magst. Mir wurde gesagt, dass ich mir eine Zeit freinehmen soll.«

»Freinehmen? Wofür?«

»Offenbar habe ich es übertrieben.« Ben verzog angewidert das Gesicht und fand es schwer, die Worte auszusprechen.

»Grundgütiger. Du hast mir kein bisschen den Eindruck gemacht, als wärst du kurz vorm Durchdrehen«, sagte Harcourt. Er kam herum, um sich auf Bens Tisch zu setzen, und blickte auf ihn hinunter. »Das tut mir aufrichtig leid, alter Kumpel.«

»Ich werde nicht verrückt oder so etwas«, erwiderte Ben. Er wollte ihm sagen, dass mit ihm alles in Ordnung war. »Es ist nur, dass der Quacksalber meinte, ich soll mir ein paar Wochen freinehmen, das ist alles.«

»Ich wünschte, mein Arzt würde mir dasselbe verschreiben«, sagte Harcourt. »Ich sehne mich so nach Erdbeeren, Tee mit Sahne und einem guten Kricketspiel auf dem Lande.«

»Ich glaube nicht, dass du zu Hause noch genügend Männer finden würdest, um ein Kricketteam zusammenzustellen«, sagte Ben.

»Wahrscheinlich nicht.«

»Ich habe ja nie gefragt«, sagte Ben, nachdem er entschieden hatte, dass Angriff die beste Art der Verteidigung war, »aber warum bist du eigentlich nicht in Uniform?«

»Streng vertraulich zwischen uns beiden: Es sind Plattfüße, alter Kumpel. Schrecklich peinlich, ich weiß. Ich sage den Leuten normalerweise, dass ich ein kaputtes Herz habe. Fühle mich gesund wie ein Fisch im Wasser, doch der örtliche Arzt hat mich ausgemustert. Ehrlich gesagt würde ich lieber irgendwo kämpfen, wo es exotisch und ausländisch ist. Statt mich jedem Tom, Dick und Harry zu erklären, dem ich auf der Straße begegne.«

»Ich weiß. Das ist ganz schön blöd, oder?«, stimmte Ben zu.

»Du kannst wenigstens die Hose hochziehen und ihnen dein Bein zeigen«, sagte Harcourt. »Mir glauben sie das mit dem Herzen nicht, sie würden mir das mit den Füßen erst recht nicht abnehmen.«

Es folgte eine unbehagliche Stille. »Du fährst also für eine Weile nach Hause?«, sagte Harcourt.

»Nur für eine Weile.«

»Nett. Kent im Spätfrühling. Apfelblüten. Glockenblumen. Du Glückspilz. Was dagegen, wenn ich mal auf Besuch vorbeischaue? Meine Leute sind in Yorkshire. Zu weit für einen Wochenendabstecher.«

Ben war überrascht. »Natürlich nicht. Du bist jederzeit willkommen. Mein Vater hat sogar eine ziemlich gute Köchin. Kein Pferdefleisch auf der Speisekarte, dafür kann ich garantieren.«

»Du fährst dann heute ab?« Harcourt blickte wieder zu ihm hinab. »Räumst deinen Schreibtisch aus?«

»Es ist doch nicht wie am Semesterende. Und ich lasse nichts Vertrauliches zurück. Nur ein paar Stifte und so.«

»Ich habe nur gehört, dass wir vielleicht bald nach Blenheim Palace umziehen, um uns dem Rest der Abteilung B anzuschließen. Und in diesem Falle …«

»In diesem Falle wirst du wahrscheinlich einen neuen Stuhl bekommen«, sagte Ben.

Harcourt stand mit seiner ungezwungenen Anmut wieder auf und wollte gehen, wandte sich aber noch einmal um. »Dann hatte es also nichts mit Dolphin Square zu tun?«

Ben sah ihn überrascht an. »Dolphin Square?«

»Ja, dein kleiner Ausflug heute.«

»Ist das nicht der große, hässliche Wohnblock, wo reiche Leute ihre Londoner Zweitwohnung haben?«

»Ganz genau. Aber man hört auch …« Harcourt zuckte die Schultern. »Ach, vergiss es. Ich habe es wahrscheinlich wieder in den falschen Hals bekommen.«

»Weshalb hast du gedacht, ich würde zum Dolphin Square fahren?«, fragte Ben.

»Es ist nur, na ja, ich bin gerade vorbeigegangen – und du weißt ja, wie gut man durch diese verdammten Trennwände hören kann –, als Radison gesagt hat: ›Sie wollen ihn am Dolphin Square? Sofort?‹ Und dann kam er in den Flur hinaus und hat nach dir gesucht. Also habe ich, als jemand, der eine schnelle Auffassungsgabe hat, zwei und zwei zusammengerechnet.«

»Und hast fünf daraus gemacht, befürchte ich«, sagte Ben. »Also, was läuft da am Dolphin Square? Ist das eine Tarnung für irgendeine Art von Sonderoperationen?«

»Woher soll ich das wissen?«, sagte Harcourt. »Ich bin nur ein einfacher Arbeitssklave wie du. Es ist nur …« Er ging hinüber zur Tür und schloss sie. »Man hört, dass es einen bestimmten Typen gibt, der verschiedene Namen trägt und von dort aus arbeitet. Und er ist niemandem Rechenschaft schuldig, außer wahrscheinlich Churchill und dem König.«

»Meine Güte«, sagte Ben. »Ist er auf unserer Seite?«

»Das will ich hoffen. Es scheint, als könne er eine Menge Schaden anrichten, wenn er es nicht wäre.«

»Dann ist es ein Glück, dass wir für den guten alten, schwerfälligen, aber zuverlässigen Radison arbeiten, oder?«, sagte Ben. Er sammelte ein paar Stifte und ein liniertes Schulheft von seinem Schreibtisch, dazu ein paar Rowntree-Fruchtgummis, die inzwischen hart geworden waren, und einen UBahn-Plan und ließ alles in seine Aktentasche fallen.

»Ich hoffe, ich sehe dich in ein paar Wochen wieder. Pass auf dich auf.«

»Du auch, alter Kumpel. Werde schnell wieder gesund.« Und sehr zu Bens Überraschung schüttelte Harcourt ihm die Hand.

KAPITEL 9

Bletchley Park, Mai 1941

»Du fährst in Urlaub?«, fragte Trixie. »Wann denn?«

Pamela hatte sie in ihrem gemeinsamen Zimmer angetroffen, wo sie die letzten Striche Make-up auflegte, bevor sie zur Spätschicht um vier aufbrach. Während andere Mädchen bei der Arbeit zweckmäßige zweiteilige Kostüme oder Baumwollkleider trugen, sah Trixie immer aus, als würde sie zu einem noblen Essen gehen. Heute war es ein geblümtes seidenes Teekleid.

»Ende der Woche«, sagte Pamela.

»Das ist aber nicht gerecht.« Trixie schüttelte verärgert den Kopf, sodass ihre Locken wippten. Sie trug ihr dunkelbraunes Haar eng gelockt wie Shirley Temple, im Unterschied zu Pamelas aschblondem Pagenkopf. »Ich habe letzte Woche Urlaub beantragt und er wurde abgelehnt. Mir wurde gesagt, dass ich schon zu Weihnachten eine ganze Woche genommen hatte und nun mindestens bis Juli warten müsse, bis ich wieder wegdarf.«

»Offensichtlich bist du viel wichtiger als ich«, sagte Pamela.

»Gibt es einen Grund für diesen plötzlichen Aufbruch?«, fragte Trixie. »Ich hoffe, es gab keine schlechten Nachrichten, wegen denen du zu deiner Familie musst.«

»Na ja, auf gewisse Weise«, sagte Pamela. »Ich habe erfahren, dass ein Freund von mir es nach Hause geschafft hat, nachdem er aus einem deutschen Kriegsgefangenenlager entkommen ist. Wir hatten ewig nichts mehr von ihm gehört. Wir wussten gar nicht, ob er noch lebte oder schon tot war. Als ich davon erfahren habe, bin ich vor dem Bahnhof zusammengebrochen. So etwas Dummes ist mir mein ganzes Leben noch nicht passiert – na ja, ein oder zwei Mal bin ich ohnmächtig geworden, als ich ohne Frühstück frühmorgens zum Gottesdienst gegangen bin. Ich hatte eine ziemlich religiöse Phase in meiner Teenagerzeit.«

»Mein Gott«, sagte Trixie. »So etwas ist mir ganz sicher noch nie passiert. Aber das Umkippen ist ganz verständlich. Wenn ich in der Nachtschicht bin, fühle ich mich immer schrecklich. Man bekommt nie anständig Schlaf. Und das Lesen bei diesem schwachen Licht macht einem Kopfschmerzen, oder?« Sie kam näher und legte einen Arm um Pamelas Schulter. »Aber das war ganz schön clever von dir. Du wirst ohnmächtig und lässt sie glauben, dass du kurz vor dem Zusammenbrechen bist und eine Pause brauchst, womit du genau das bekommst, was du willst – du kannst geradewegs nach Hause gehen, um deinen Kerl zu sehen.«

»Ich weiß gar nicht, ob er wirklich mein Kerl ist«, erwiderte Pamela und wurde rot. »Wir sind zusammen aufgewachsen. Wir sind ein paarmal zusammen tanzen gewesen und solche Dinge, doch es war nie etwas Ernstes. Er hat mich nie danach gefragt, sein Mädchen zu werden, bevor er zur RAF ging. Er hat kaum einmal geschrieben. Und ich bin mir sicher, dass ich nicht die Einzige in seinem Leben war. Er sieht furchtbar gut aus und ist sehr reich.«

»Meine Liebe, ich werde wohl ins tiefste Kent aufs Land kommen müssen, um dich zu besuchen«, sagte Trixie mit einem verruchten Grinsen. »Gut aussehend und reich. Wer kann da widerstehen?«

»Finger weg«, rief Pamela lachend. »Er gehört mir. Zumindest hoffe ich, dass er mir gehört. Das werden wir in ein paar Tagen sehen.« Sie hob die Hände vors Gesicht. »Mein Gott, wie aufregend. Ich kann es kaum erwarten.«

»Du solltest dich auf einen Schock vorbereiten, altes Mädchen«, sagte Trixie leise. »Ich meine, wenn er abgestürzt ist oder aus dem Flugzeug gesprungen, dann ist er vielleicht schwer verletzt. Verunstaltet, weißt du.«

Daran hatte Pamela noch gar nicht gedacht. Sie machte eine Pause, dann sagte sie entschlossen: »Er war stark genug, um aus einem Gefangenenlager zu entkommen, und hat es den ganzen Weg durch Frankreich bis nach Hause geschafft. Ich finde, das war ziemlich tapfer von ihm.«

»Oder dumm«, sagte Trixie. »Wenn ich in einem halbwegs anständigen Kriegsgefangenenlager wäre, ich glaube, dann würde ich stillhalten und den Krieg beim Kartenspiel aussitzen, anstatt zurück in den Kampf geschickt zu werden.«

»Es ist etwas anderes, wenn du ein Kampfpilot bist«, sagte Pamela. »Für sie ist es wie ein großes Spiel. Wie Schach in der Luft. Jeremy hat es geliebt.«

»Jeremy? Reden wir über Jeremy Prescott?«

»Ja. Kennst du ihn etwa?«

Trixies Augen leuchteten. »Meine Liebe, er war das Thema aller Debütantinnen während unserer Saison. Heiratswürdiger Junggeselle Nummer eins. Du Glückliche, wenn du ihn dir schnappst.«

»Das habe ich auf jeden Fall vor«, sagte Pamela. Sie bückte sich, um den Koffer unter dem Bett hervorzuholen, und öffnete ihn, um mit dem Packen zu beginnen.

Der Zug aus Bletchley schien eine Ewigkeit zu brauchen. Er wurde mehrmals auf Nebengleise rangiert, um Güter und Truppenzüge vorbeifahren zu lassen. Als er London erreichte, wurden die jüngsten Bombenschäden sichtbar. Geschwärzte Gebäudegerippe, ein Haus, an dem eine ganze Wand fehlte und den Blick freigab auf ein vollständiges, noch intaktes Schlafzimmer mit einem Messinggestellbett, einer Steppdecke mit rosa Rosen darauf und einem Porzellanwaschbecken in der Ecke. In der nächsten Straße war eine ganze Häuserreihe zertrümmert worden, doch ein Fish-and-Chips-Laden stand unversehrt inmitten der Zerstörung mit einem Schild an der Tür: »Weiterhin geöffnet«. Pamela schloss die Augen und zwang die Bilder, zu verschwinden. Sie war entsetzlich müde, da sie direkt von der Arbeit gekommen war, doch selbst das rhythmische Rattern des Zuges konnte sie nicht in den Schlaf wiegen. Sie war ausgesprochen nervös, denn in der Nacht zuvor hatte sie ein Gespräch mit angehört.

Die lange Baracke, in der sie arbeitete, war zu beiden Seiten eines zentralen Korridors in kleine Räume unterteilt. Mitten in ihrer Schicht hatte sie dem Ruf der Natur folgen müssen. Um zur Damentoilette am anderen Ende zu gelangen, musste sie durch die ganze Baracke gehen. Fast hatte sie schon die Tür erreicht, als ihr einfiel, dass sie ihre Taschenlampe vergessen hatte. Bei der Verdunkelung würde sie die Toiletten ohne ihre Lampe nicht finden. Als sie zurückkehrte, hörte sie zwei männliche Stimmen, die sich leise unterhielten.

»Also wirst du es ihr sagen, bevor sie in Urlaub fährt?«

»Auf gar keinen Fall. Wenn du es genau wissen willst, ich glaube noch immer, dass es ein Fehler ist. Ich werde versuchen, es dem alten Mann auszureden.«

»Aber sie ist verdammt gut. Du weißt es genauso wie ich. Die richtige Person für die Aufgabe.«

»Ist sie das wirklich? Immerhin ist sie eine von ihnen.«

»Sie könnte sich in ihrer Position als nützlich erweisen.«

»Das hängt davon ab, wo ihre Loyalitäten liegen – bei uns oder bei ihnen. Ich glaube nicht, dass wir das Risiko eingehen sollten, alter Knabe.«

Dann machte einer von ihnen ein paar Schritte und schloss die Tür. Und Pamela war sich völlig sicher, dass das Gespräch nicht für ihre Ohren bestimmt war und dass sie von ihr sprachen. *Aber was konnte das nur bedeuten?,* fragte sie sich. Hatten sie irgendeinen Grund, an ihrer Loyalität zu zweifeln? Und wem gegenüber sollte sie sonst loyal sein? Sie konnten doch nicht wirklich annehmen, sie würde für die Deutschen spionieren? Ungeduldig wartete sie darauf, dass der Zug im Bahnhof Euston Station anhielt.

Auf dem Bahnhof Charing Cross war wie üblich das Chaos ausgebrochen, als Pamela von der UBahn hochkam, die sie von Euston quer durch London gebracht hatte: Soldaten der verschiedensten Abteilungen marschierten vorbei, auf dem Weg zu einem neuen Einsatz oder in den Heimaturlaub, bevor sie nach Afrika oder in den Fernen Osten verschifft wurden. Kleine Kinder mit Schildern um den Hals warteten in einer Gruppe, bereit zur Evakuierung, während ihre Mütter ängstlich hinter der Absperrung standen. Der Zug am angrenzenden Bahnsteig war kurz vor der Abfahrt. Aus fast jedem Fenster beugte sich ein Soldat heraus und verabschiedete sich von seiner Freundin oder Mutter. Ein Mädchen stellte sich auf die Zehenspitzen, um ihren Schatz zu küssen. »Pass auf dich auf, Joe«, sagte sie.

»Mach dir um mich keine Sorgen. Ich komme schon zurecht«, antwortete er. »Ich bin wie eine Katze mit neun Leben, wirklich.«

Pamela betrachtete sie mitleidig und sehnsüchtig. Wie viele junge Männer hatten dasselbe gesagt und waren nie zurückgekehrt? Und dennoch beneidete sie sie darum, wie sie einander anblickten, als würde sonst niemand auf der ganzen Welt existieren. Ihr Zug stand bereits am Bahnsteig und sie kämpfte sich mit dem Rest der wartenden Menge hinein. Sie hatte einen Abteilwagen mit Seitengang gewählt und drückte sich an Soldaten mit ihren Tornistern vorbei, die bereits ihren Platz eingenommen hatten, plauderten und rauchten, als wäre es ein Sonntagsausflug.

Einige von ihnen riefen harmlose Flirtereien, als sie vorbeiging. »Setz dich hierhin, Liebling.« Einer tätschelte seinen Tornister. »Wir werden dich während der Reise unterhalten. Lust auf eine Woodbine-Zigarette?«

Sie wies sie gutmütig ab, wohl wissend, dass die Angeberei notwendig war und dass ein Lächeln von einem hübschen Mädchen genau das war, was sie jetzt brauchten. Als sie ein Abteil mit einem freien Platz gefunden hatte, setzte sie sich dankbar hin. Dort saßen bereits eine Mutter mit einem Kleinkind, das stillvergnügt auf ihrem Schoß am Daumen lutschte, eine junge »Wren« – also eine weibliche Angehörige der britischen Marine – in Uniform und zwei korpulente mittelalte Damen, die sich bitter darüber beschwerten, dass die Eisenbahn keine reinen Damenabteile mehr hatte. »Es ist eine Schande, dass man sich an diesen Männern vorbeidrängen muss«, sagte die Pummeligere. »Wissen Sie, dass einer von ihnen gesagt hat: ›Immer mit der Ruhe, Mutter. Du machst mich nicht so sehr an.‹«

»Schockierend. Die Welt ist verrückt geworden.«

Sie blickten Pamela mitfühlend an. »Ich hoffe, sie haben Sie nicht behelligt, Liebste?«

»Nichts, womit ich nicht umgehen konnte.« Pamela lächelte.

Ein Pfiff ertönte. Man hörte eilige Schritte und schlagende Türen, als der Zug langsam vorwärts ruckte und aus dem Bahnhof fuhr. Die frisch Zugestiegenen kamen den Gang entlang und gingen vorbei. Pamela wandte sich ab und blickte aus dem Fenster, während der Zug die Eisenbahnbrücke über die Themse überquerte und die Londoner Innenstadt sichtbar wurde, mit dem Dom von St. Paul's, der sich tapfer zwischen den Ruinen erhob. Als sie in die Waterloo Station am Südufer einfuhren, bemerkte sie, dass sich jemand gegen die Tür ihres Abteils lehnte – ein junger Mann in einer Tweedjacke. Da war etwas entschieden Vertrautes an der Art, wie sich das dunkle Haar um seinen Kragen wellte. Sie riss die Abteiltür auf, sodass der Mann eilig wegtrat und sich umdrehte.

»Ben? Ach, du liebe Zeit. Du bist es«, sagte sie und strahlte. »Ich dachte doch, ich hätte deinen Hinterkopf wiedererkannt.«

»Pamela?« Er blickte sie ungläubig an. »Was machst du denn hier?«

»Dasselbe wie du, nehme ich an. Ich fahre für ein paar Tage nach Hause. Komm rein. Hier ist noch Platz für eine Person.«

»Wirklich? Ich dachte, es wäre nur für Damen. Wenn es die anderen Damen nicht stört …«

»Natürlich nicht.« Pamela klopfte auf den Platz ihr gegenüber und Ben hob seine Tasche ins Gepäcknetz.

»Was für ein Zufall, dass wir zur selben Zeit nach Hause fahren«, sagte sie und lächelte ihn weiter an. »Es ist so schön, dich zu sehen. Es ist schon Jahre her.«

»Ich habe dich letztes Weihnachten kurz in der Kirche gesehen«, sagte er. »Du siehst schrecklich gut aus.«

»Und du auch. Also arbeitest du nicht zu schwer?«

»Eine Menge langweiliger Sachen. Ziemlich monoton, aber notwendig, nehme ich an«, erwiderte er mit einem bescheidenen Lächeln.

»Du bist in einem Ministerium, oder?«

»Angegliedert an eines. Forschung. Überprüfen von haufenweise nutzlosen Informationen. Machst du nicht auch so etwas?«

»Ähnlich. Bürokram. Schrecklich langweiliges Aktenablegen und so. Aber jemand muss es tun.«

»Bist du direkt in London?«, fragte er.

»Nein, meine Abteilung ist raus nach Berkshire evakuiert worden. Wir müssen die Unterlagen vor den Bomben schützen. Was ist mit dir?«

»Ich war bisher in London, aber ich weiß nicht genau, wo ich als Nächstes hingeschickt werde. Offenbar schicken sie derzeit alle raus aufs Land.«

Für einen Moment herrschte Stille. Sie lächelten einander zu.

Ben räusperte sich. »Weißt du irgendwas über Jeremy?«

Pamela strahlte. »Hast du es noch nicht gehört? Anscheinend hast du in letzter Zeit keine Zeitung gelesen.«

»Ich lese sie nie. Immer nur schlechte Nachrichten.«

Sie beugte sich über den Gang zu ihm. »Er ist zu Hause, Ben. Er ist aus einem Lager entkommen und hat es den ganzen Weg durch Frankreich geschafft. Ist das nicht wunderbar?«

»Erstaunlich«, sagte Ben. »Na ja, wenn es irgendwer schafft, aus einem Gefangenenlager zu entfliehen und durch halb Europa zu kommen, ohne erwischt zu werden, dann kann das nur Jeremy sein.«

»Stimmt.« Sie seufzte. »Ich konnte es kaum glauben, als ich es in der Zeitung gelesen habe, doch ich habe meine Familie angerufen und er ist wirklich zurück in Nethercote und erholt sich von seiner Tortur. Du musst mit mir kommen, ihn besuchen.«

»Bist du dir sicher, dass du mich mitschleppen willst?«

»Natürlich. Jeremy wird dich so sehr sehen wollen wie mich. Und wenn er … du weißt schon … angeschlagen ist oder so … na ja, dann hätte ich dich gern bei mir.«

»In Ordnung«, sagte er. »Ich komme mit dir.«

»Du musst zu uns kommen, sobald du deinem Vater Hallo gesagt hast. Sie werden dich bestimmt alle sehen wollen.«

»Wie geht es ihnen denn?«

»Ich bin seit Weihnachten nicht mehr zu Hause gewesen, doch soweit ich aus Mahs Briefen schließen kann, ist Pah ständig verärgert, in so beengten Umständen leben zu müssen – als ob ein Flügel von Farleigh wirklich beengt wäre.« Sie lachte. »Er ist auch verärgert, dass er zu alt ist, um seinen Beitrag zu leisten, wie er es nennt. Er ist zwar in der örtlichen Bürgerwehr dabei, aber ich vermute, dass er für sie eher eine zusätzliche Last darstellt, weil er doch immer die Befehle geben will. Mah macht einfach auf ihre liebenswerte Art weiter, sie ignoriert einfach alles andere. Livvy hat die obere Etage als Kinderzimmer für den kleinen Charles übernommen. Sie ist sehr mütterlich und langweilig geworden.«

»Irgendwelche Neuigkeiten über deine Schwester Margot?« Pamelas Gesicht verdüsterte sich. »Seit Jahren nicht mehr. Es ist schrecklich besorgniserregend. Wir hoffen, dass sie irgendwo mit ihrem französischen Grafen versteckt ist, doch man hört auch fürchterliche Dinge darüber, was derzeit in Frankreich los ist.«

»Und die zwei Jüngeren sind noch zu Hause? Oder hat Dido eine Arbeit gefunden?«

»Das würde sie gern, doch Pah meint, dass neunzehn zu jung ist, um von zu Hause wegzugehen. Sie platzt vor Frust. Du kennst doch Dido – sie ist niemand, der zu Hause sitzt und Klavierspielen übt. Ich kann sie gut verstehen. Es ist unfair, dass sie keine Saison bekommt, so wie wir anderen. Keine Bälle. Keine Möglichkeit, passende Männer zu treffen. Das letzte Mal, als ich sie gesehen habe, hat sie davon gesprochen, davonzulaufen und in einer Fabrik zu arbeiten.«

»Ich bin mir sicher, dass sie eine weniger drastische Arbeit finden könnte«, sagte Ben. »Kann sie nicht da angestellt werden, wo du arbeitest? Mädchen für Büroarbeiten scheinen ja immer gebraucht zu werden, oder? Dann könnte sie ja bei dir unterkommen.«

»Leider teile ich mir das Zimmer bereits mit einem Mädchen«, sagte sie. »Was ist denn mit deinem Ministerium? Könntest du nicht etwas für sie tun? Sie könnte ja sogar täglich den Zug nach London nehmen, wenn sie dort eine Arbeit hätte. Dagegen dürfte Pah nichts einzuwenden haben.«

»Wir arbeiten in Schichten, das ist das Problem. Sie würde mitten in der Nacht keinen Zug nach London bekommen, und deinem Vater würde es sicher nicht gefallen, wenn sie in der Dunkelheit herumläuft. Es ist schon für mich schwer genug, und ich muss einfach nur bis zur nächsten UBahnstation kommen.«

Pamela verzog das Gesicht. »Ja, ich weiß. Ich arbeite auch im Schichtdienst. Das ist abscheulich, oder? Mein Körper gewöhnt sich einfach nie an die Nachtschichten und ich fühle mich scheußlich ohne Schlaf.«

»Du sprichst mir aus der Seele«, sagte Ben. »Ehrlich gesagt ist das auch der Grund, weshalb ich so glücklich bin, dass ich etwas Urlaub bekommen habe. Meine Vorgesetzten haben gemeint, dass ich es ein wenig übertrieben habe.«

Von einer der älteren Frauen am Fenster kam ein Schnauben. »Es übertrieben«, sagte sie und blickte zu Ben. »Sie sollten mal versuchen, draußen in der Wüste zu sein wie mein Enkelsohn. Gegen Rommel kämpfen, das macht er nämlich. Der sitzt nicht bequem in einem Büro in London herum.«

»Still, Tessie.« Die andere Frau legte eine Hand auf die ihrer Freundin. Sie blickte rüber zu Ben und Pamela. »Sie hat einen Schock erlitten. Ihr Sohn ist gerade einberufen worden – mit neunundreißig. Sie hat nur den einen Sohn.«

»Das tut mir leid«, sagte Ben, »aber …«

»Mr Cresswell hat einen sehr schlimmen Flugzeugabsturz überlebt«, zischte Pamela wütend. »Zeig ihnen dein Bein, Ben.«

Die erste Frau wurde feuerrot im Gesicht. »Oh, das tut mir leid. Das war völlig unpassend. Ich bin so mitgenommen, müssen Sie wissen. Dieser Krieg macht uns alle nervös, die ganze Zeit.«

Im Abteil herrschte verlegene Stille.

»Die Jungs bei meiner Arbeit erleben das auch immer wieder«, murmelte Pamela zu Ben. »Das ist so ungerecht. Nicht jeder muss eine Waffe tragen. Kriege können ohne die richtige Art von Unterstützung nicht gewonnen werden.«

»Manchmal bin ich versucht, mir eine Uniform zu kaufen«, sagte er. »Das würde die Dinge sicherlich einfacher machen.«

»Bis sie dich auffordern, deine Erkennungsmarken zu zeigen, und du hast keine.«

Erkennungsmarken, dachte Ben. Dieser Fallschirmspringer wäre aufgefallen, sobald ihn ein Militärpolizist angehalten und nach seiner Marke gefragt hätte. Also hatte er sicherlich nicht vor, besonders weit zu gehen. Max Knight hatte recht. Sein Kontakt musste in der unmittelbaren Nachbarschaft sein.

In Sevenoaks stiegen sie aus und warteten auf den Regionalzug, der sie eine Haltestelle weiter nach Hildenborough bringen sollte.

»Derzeit ist es ein ziemlich weiter Weg vom Bahnhof«, sagte Ben. »Zu blöd, dass die Züge nicht mehr in Farleigh halten.«

Pamela lachte. »Wir können im Krieg nicht erwarten, dass die Züge nur für uns anhalten, Ben. Im Moment bedeutet es gar nichts, ein Aristokrat zu sein, und das ist auch richtig so. Auf einmal sind wir alle gleich.«

»Kommt jemand, um dich abzuholen?« Ben sah sich nach einem wartenden Auto um.

Pamela schüttelte den Kopf. »Ich habe nicht Bescheid gesagt, dass ich komme. Ich dachte, ich überrasche sie. Jeder

117

braucht gelegentlich mal eine nette Überraschung, findest du nicht?«

»Ich habe meinem Vater auch nicht erzählt, dass ich komme. Na, dann laufen wir die paar Kilometer. Ich kann deinen Koffer tragen, wenn du magst.«

»Du hast deine eigene Tasche«, sagte sie. »Und ich bin fit genug. Wir fahren auf der Arbeit viel mit dem Fahrrad, um herumzukommen. Es ist ein herrlicher Tag, oder nicht? Ein Spaziergang durch die Natur ist genau das, was der Arzt verschrieben hat.«

»Es ist auf jeden Fall schön, wieder gesunde, frische Luft einzuatmen«, sagte Ben, als sie losgingen. »Die Luft in London ist immer voller Rauch und Staub von den Bomben.«

»Da habe ich mehr Glück. Ich bin auf dem Land und habe Felder und Bäume um mich herum.«

»Wo, hast du gesagt, ist das?«, fragte er.

»Ungefähr eine Stunde nördlich von London. Wir haben ein großes Anwesen übernommen. Allerdings nicht so schön wie Farleigh.«

»Ein paar unserer Jungs sind raus nach Blenheim Palace versetzt worden.«

»Meine Güte. Das ist für die meisten Leute ein ziemlicher Aufstieg, oder?«

Ben lachte. »Aus den Berichten habe ich erfahren, dass es nicht gerade komfortabel ist. Die Räume sind in schreckliche Arbeitskabinen aus Sperrholz eingeteilt, es gibt keine Heizung und Fledermäuse bewohnen die oberste Etage.«

»Klingt nett.« Sie blickte zu ihm auf und sein Blick hielt ihren für einen Moment fest. *Er hat schrecklich schöne Augen,* dachte sie plötzlich. Dieses tiefe Grünblau, als würde man in den Ozean blicken. Seltsam, dass es ihr bisher nicht aufgefallen war. »Ich bin so froh, dich wiederzusehen«, sagte sie schließlich.

»Du veränderst dich nie. Ich habe das Gefühl, als seist du der liebe Ben, fest wie ein Fels. Immer für mich da.«

»Tja, das bin ich. Der gute alte Ben«, sagte er und bedauerte seinen Sarkasmus sofort. »Aber ja, ich bin immer da, wenn du mich brauchst.«

Sie beugte sich zu ihm und legte ihre Hand in seine. Schweigend gingen sie nebeneinander her, während sich Lerchen aus den Wiesen erhoben und über ihnen sangen und der Duft der Apfelblüten süß in der Luft lag.

»Gehst du heute Nachmittag mit mir zu Jeremy?«, fragte sie schließlich und durchbrach den Zauber.

»Ich hab doch schon gesagt, dass ich mitkomme. Warum gehen wir nicht beide bei meinem Vater vorbei, trinken etwas, und dann trage ich dir den Koffer den restlichen Weg nach Farleigh.«

»Wunderbar.« Erneut warf sie ihm dieses umwerfende Lächeln zu.

KAPITEL 10

Pfarrhaus All Saints, Elmsleigh, Kent – Mai 1941

Das Pfarrhaus war ein großes viktorianisches Gebäude aus roten Ziegeln am Rande des Kirchhofs. Sie gingen an den verwitterten Grabsteinen vorbei und Ben öffnete die Haustür, um sie einzulassen. Die Tür war nie abgeschlossen.

»Nein, so was, Mr Ben!« Mrs Finch warf überrascht die Arme in die Luft. Sie war beim Geräusch der Tür aus der Küche gekommen. Dann verwandelte sich ihr überraschter Ausdruck in Erstaunen. »Und auch Lady Pamela. Es ist schön, Sie zu sehen, Eure Ladyschaft.«

»Wie geht es Ihnen, Mrs Finch?«, fragte Pamela.

»Kann mich nicht beklagen, Eure Ladyschaft. Wir kommen so gut zurecht, wie zu erwarten ist. Wesentlich besser als die armen Teufel in London, die jede Nacht bombardiert werden. Und mit dem Essen stehen wir auch nicht so schlecht da. Ich habe einen netten kleinen Küchengarten da hinten, und die zwei Hühner versorgen uns mit Eiern, wenn nicht die Ratten oder Füchse schneller sind. Außerdem mögen alle den Pfarrer und wir finden immer mal wieder ein Stück Fleisch oder Fisch auf der Vordertreppe. Es würde mich nicht überraschen, wenn diese Gaben illegal oder vom Schwarzmarkt sind, aber das erzähle ich dem Pfarrer natürlich nicht. Was er nicht weiß, macht ihn nicht heiß.«

Und dann kicherte sie. »Sie haben heute Glück, wie es der Zufall so will. Gestern haben wir ein Paar Tauben bekommen und ich habe Taubenpastete gemacht. Ich bin gerade dabei, dem Pfarrer das Dinner zu bereiten, also warum bleiben Sie nicht bei uns, Eure Ladyschaft?«

Sie nannte es noch immer Dinner, obwohl der Pfarrer ihr seit Jahren beizubringen versuchte, dass die Arbeiterklasse ihr Dinner mittags einnahm, wo die Oberschicht zu Mittag aß.

»Ich sollte wirklich nach Hause gehen. Die Familie wird auf mich warten«, sagte Pamela.

Ohne nachzudenken, legte Ben seine Hand auf ihre. »Bleib doch«, sagte er. »Wenn das Zeug, das du so zu essen bekommen hast, der Pampe in unserer Kantine ähnelt, dann kann ich dir versichern, dass Mrs Finchs Taubenpastete wie Manna aus dem Himmel schmeckt.«

Pamela zog die Hand nicht zurück. Stattdessen lächelte sie. »Nach einer solchen Reklame, wie könnte ich da widerstehen? Vielen Dank, Mrs Finch.« Sie sah sich die abgewetzten Möbel an, die seit Jahren von Mrs Finch und den Haushälterinnen vor ihr auf Hochglanz poliert worden waren. Dann wanderte ihr Blick aus dem Fenster über die Felder bis dahin, wo sie die Umrisse von Farleigh über den Bäumen erahnen konnte. Und sie dachte: *Hier fühle ich mich sicher.*

Mrs Finch deckte gerade den Tisch, als Reverend Cresswell von der Kirche zum Haus kam. Ein Lächeln huschte über sein müdes Gesicht. »Nun, das ist ja eine nette Überraschung, mein Junge. Wir hatten keine Ahnung, dass du kommst.«

»Es war alles in letzter Minute«, sagte Ben und kam näher, um seinem Vater die Hand zu geben. »Jemand hat beschlossen, dass ich reif sei für ein paar Urlaubstage, und da bin ich nun.«

121

»Und Pamela ebenfalls.« Er wandte sich lächelnd zu ihr, dann betrachtete er sie kritisch. »Du siehst ein wenig blass aus, meine Liebe.«

»Das sind die Nachtschichten. Anscheinend finde ich tagsüber nicht genug Schlaf.«

»Natürlich nicht. Doch nach ein paar Tagen hier wirst du wieder auf dem Damm sein. Gutes Essen. Landluft. Du kannst den Krieg für ein paar Tage vergessen. Es ist so, wie es hier draußen immer war.«

»Abgesehen von einem Armeeregiment, das in meinem Haus wohnt«, erinnerte ihn Pamela.

»Und dieser Leiche auf Ihrem Grundstück«, sagte Mrs Finch, als sie die Pastete auf einem Tablett auf den Esstisch stellte.

»Eine Leiche? Auf unserem Grundstück?«, fragte Pamela.

»Ein Fallschirmspringer, dessen Fallschirm sich nicht geöffnet hat«, sagte Mrs Finch genüsslich. »Sie sagen, er war völlig zerschmettert.«

»Wie schrecklich für ihn. Wer war er?«

Mrs Finch beugte sich vor. »Er trug eine Armeeuniform, aber ich glaube, dass er einer dieser deutschen Spione war. Alle sagen, dass sie derzeit überall sind. Verkleiden sich sogar als Nonnen, wenn Sie sich das vorstellen können.«

»Mrs Finch, was habe ich Ihnen über Tratsch gesagt?«, sagte Reverend Cresswell. »Denken Sie an die Regeln auf dem Poster: Unbesonnenes Reden kostet Leben. Wir haben keinen Grund, anzunehmen, dass dieser arme Mann mehr war als das Opfer einer misslungenen Übung. Ich habe protestiert, als man ihn weggebracht hat. Ich hätte ihm gern ein anständiges Begräbnis gegeben.«

Er lehnte sich vor, um die Pastetenkruste einzuschneiden, und zeigte deutlich, dass er mit dem Thema fertig war. Ein reichhaltiger Duft stieg von der Pastete auf und er nickte befriedigt. »Also, das nenne ich mal ein anständiges Essen. Gib mir deinen Teller, junge Dame, und du wirst zum ersten Mal seit Jahren wieder etwas Richtiges zu essen bekommen.«

Sie aßen, bis sie satt waren. Der blättrige Teig bedeckte eine wohlschmeckende Portion des jungen Vogels in reicher, gut gewürzter Bratensoße und wurde begleitet von Blumenkohl mit weißer Soße, gefolgt von Apfelkompott und Vanillesoße.

»Ich sollte jetzt wirklich nach Hause gehen.« Pamela stand auf. »Aber ich sehne mich danach, Jeremy zu sehen. Ich glaube nicht, dass es die Familie sehr stört, wenn ich zuerst rüber nach Nethercote gehe. Ich habe ihnen ja nicht gesagt, dass ich komme. Und du hast gesagt, du würdest mitkommen, Ben.« Sie sah ihn bittend an.

»Wenn du möchtest.« Er stand ebenfalls auf und legte seine Serviette auf den Tisch. »Ist das für dich in Ordnung, Vater, wenn ich Pamma rüber nach Nethercote begleite?«

»Du musst mich nicht um Erlaubnis fragen, mein Sohn. Du bist jetzt ein erwachsener Mann. Wenn Pamela möchte, dass du sie begleitest, wenn sie geht, um ihren jungen Mann zu besuchen, dann mach das unbedingt.«

Ben empfand die Worte *ihren jungen Mann* wie einen Schlag in die Magengrube. Er wusste natürlich, dass sie richtig waren. Sie waren die ganze Zeit richtig gewesen. Doch er hatte immer Hoffnung gehabt, vor allem, als Jeremy als vermisst gemeldet wurde. Und jetzt war es seine Aufgabe, Pamela zurück an seinen Rivalen zu liefern. Er fragte sich, ob sie etwas merkte, ob sie irgendeine Ahnung davon hatte, wie er empfand.

Sie gingen durchs Dorf. Die einzige Straße war wie immer fast ohne ein Anzeichen von Leben. Eine Glocke bimmelte, als eine Frau mit einem Korb am Arm aus Markhams Gemischtwarenladen und Postamt heraustrat. Sie grüßte mit höflichem Nicken. »Lady Pamela. Mr Ben. Angenehmes Wetter für diese Jahreszeit, nicht wahr?« Und ging weiter ihres Weges, als wäre ihre plötzliche Rückkehr nichts Außergewöhnliches. London und andere Orte jenseits von Sevenoaks waren außerhalb ihrer Sphäre und deshalb nicht interessant. Von der Schule kam das Geräusch von Kinderstimmen, die das Einmaleins aufsagten. Ein Bauernkarren kam mit einer Mistladung vorbei. Seit sie das Pfarrhaus verlassen hatten, hatten sie nicht mehr miteinander gesprochen. Jetzt wandte sich Pamela zu ihm.

»Hier verändert sich gar nichts, oder? Es ist genauso, wie es immer war.«

»Außer dass es keine jungen Männer mehr gibt«, sagte er.

Sie nickte.

Sie ließen das Dorf hinter sich zurück und die Straße verengte sich zu einem Weg, zu dessen Seiten ein wildes Blumenmeer wuchs. Als sie zu den imposanten schmiedeeisernen Toren am Eingang von Nethercote, dem Anwesen der Prescotts, kamen, erstarrte Pamela plötzlich.

»Ich hoffe, dass es in Ordnung ist, uneingeladen zu kommen. Hätten wir zuerst anrufen und sie wissen lassen sollen, dass wir kommen?«

»Wann haben wir jemals eine Einladung gebraucht?« Ben musste lachen.

»Aber jetzt sind die Dinge anders«, sagte sie und legte die Stirn besorgt in Falten. »Jeremy ist aus einem Gefangenenlager zurück. Er will uns vielleicht … nicht sehen.«

Ben holte tief Luft. »Es ist meine Überzeugung, dass er seit dem Tag, als er in jenem Flugzeug weggeflogen ist, davon träumt, dich zu sehen«, sagte er.

Sie warf ihm ein nervöses Lächeln zu.

»Und wenn man uns sagt, dass er für Besucher nicht bereit ist, dann gehen wir eben.«

»Ben, ich bin so froh, dass du hier bist«, sagte sie. »Ich hätte es vermasselt und wäre wie ein verschreckter Hase davongerannt.«

»Du bist niemals wie ein verschreckter Hase, Pamma. Du bist die Stärkste von uns allen. Komm schon. Gehen wir und überraschen Jeremy.«

Sie gingen durch das Tor und die breite, gekieste Auffahrt hinauf. Das elegante georgianische Haus stand vor ihnen, rote Ziegel mit weißer Bordüre, perfekt proportioniert, mit symmetrischen Gärten zu beiden Seiten der Auffahrt. Die Beete waren ein Meer aus Tulpen, und Glyzinien hingen von Spalieren herab. Der Rasen war perfekt gestutzt. Es war deutlich zu sehen, dass hier die Gärtner noch arbeiteten, Krieg oder nicht.

Während sie sich dem Haus näherten, bemerkten sie ein altes Fahrrad, das neben der Freitreppe stand und in der ansonsten perfekten Szene fehl am Platz wirkte. Ben wollte es gerade kommentieren, als sich die Haustür öffnete und Lady Diana Sutton herauskam.

»Das werde ich natürlich tun. Vielen Dank. Bye«, rief sie und winkte zu einer unsichtbaren Person im Innern, während sie die Freitreppe hinunterlief.

Dann bemerkte sie Pamela und Ben. »Hallo, ihr zwei. Was für eine Überraschung!«

»Was machst du denn hier, Dido?«, fragte Pamela mit schneidender Stimme.

»Nun, das nenne ich mal ein warmes Willkommen«, sagte Dido. »Wie wäre es mit ›Es ist so schön, dich nach so langer Zeit wiederzusehen, liebe Schwester‹?«

»Na ja, natürlich freue ich mich, dich zu sehen.« Pamela klang noch immer verwirrt. »Es ist nur, dass …«

»Wenn du es unbedingt wissen willst, ich habe die Familie vertreten und Jeremy besucht, um ihn aufzumuntern.« Sie nahm das Fahrrad. »Irgendwer musste es tun.«

Dann fuhr sie ohne ein weiteres Wort davon und die Reifen knirschten auf dem Kies.

TEIL DREI

MARGOT

KAPITEL 11

Paris – Mai 1941

Sie hatte gar nicht gewusst, dass Angst einen eigenen Geruch hatte. Man hatte ihr immer erzählt, dass Hunde Angst riechen konnten, doch über Menschen hatte sie das nie gehört. Dennoch nahm sie es jetzt wahr – süß und aufdringlich –, während sie in einem dunklen Raum auf dem Stuhl saß. Sie war sich nicht sicher, ob die Angst aus ihren eigenen Poren kam oder ob sie Teil des Gebäudes war und aus den Wänden quoll, wo so viele Menschen bereits Schrecken und Verzweiflung empfunden hatten. Man hatte ihr im Auto die Augen verbunden, als sie hergebracht wurde, aber niemand musste ihr erst sagen, wo sie sich befand. Sie war im Hauptquartier der Gestapo und man hatte sie allein in der Dunkelheit gelassen, um ihren Willen zu brechen.

Lady Margot Sutton saß auf dem geraden Holzstuhl, bewegte sich nicht und blickte in die Finsternis. Sie hatte keine Ahnung, wie lange sie schon so saß oder ob es draußen bereits hell war. Der Raum hatte offenbar kein Fenster, denn selbst mit Verdunkelungsvorhängen gab es immer Lichtspalten. Mitten

in der Nacht waren sie gekommen – zwei Männer, die nur
»Kommen Sie bitte mit uns« auf Englisch sagten.

Ihre Erziehung hatte sich bemerkbar gemacht. »Was meinen Sie damit? Warum sollte ich mit Ihnen kommen? Ich
mache solche Dinge nicht. Es ist mitten in der Nacht und ich
habe geschlafen.«

Da sagte einer von ihnen: »Sie kommen jetzt mit uns,
Fräulein. Wir geben Ihnen eine Minute, um sich etwas anzu-
ziehen.« Er betrachtete mit Abscheu ihren spitzenbesetzten
Bademantel.

Das Wort *Fräulein* war entscheidend. Sie trugen keine
Uniform, doch sie waren Deutsche. Das konnte nur eins bedeu-
ten: Gestapo. Und der Gestapo widersetzte man sich nicht.
Zugleich wollte sie ihnen nicht zeigen, dass sie Angst hatte.
Ihre aristokratische englische Herkunft war in diesem Moment
ihr einziger Trumpf. Die Deutschen respektierten die englische
Aristokratie, da sie ihre eigene aufgegeben hatten.

»Das ist höchst ungebührlich«, sagte sie und ihre Stimme
glich der von Queen Victoria, wenn sie *not amused* war. »In wessen Auftrag sind Sie hier? Was wollen Sie überhaupt von mir?«

»Wir befolgen nur unsere Anweisungen, Fräulein«, sagte er.
»Sie werden bald genug erfahren, wer mit Ihnen zu sprechen
wünscht.«

»Ich bin kein ›Fräulein‹«, sagte sie. »Ich bin Lady Margaret
Sutton, Tochter von Lord Westerham.«

»Wir wissen sehr gut, wer Sie sind.« Das Gesicht des
Mannes war ausdruckslos. »Eine Minute, Lady Margaret, oder
wir sind gezwungen, Sie in Nachtwäsche mitzunehmen.«

Sie flüchtete zurück in ihr Schlafzimmer, die Gedanken
rasten in ihrem Kopf. Was sollte sie mitnehmen? Die Pistole,
die Gaston ihr gegeben hatte? Nein, ihre beste Chance war es,
Unwissenheit und Empörung vorzugeben. *Schließlich bin ich ja*

unschuldig, sagte sie sich. *Ich weiß nichts. Ich kann ihnen nichts erzählen.*

So bestärkt griff sie nach einem schwarzen Kostüm, das ihr vom Hause Armande geschickt worden war, und zog dazu eine weiße Bluse und ihre Perlenkette an. Diese Mistkerle würden von ihr auf keinen Fall Angst zu sehen bekommen. Dann kam ihr ein Gedanke: *Was ist, wenn Gaston zur Wohnung zurückkommt und ich bin nicht hier?* Wie konnte sie ihn wissen lassen, wo sie war?

»Lady Margaret?«, rief eine Stimme vor der Tür.

»Ich kämme mich noch«, rief sie zurück. »Muss ich eine Zahnbürste mitnehmen oder werde ich gleich wieder nach Hause zurückkehren?«

»Ich denke, das liegt an Ihnen«, sagte die Stimme.

Während sie Lippenstift auftrug, bemerkte sie Madame Armandes Karte auf ihrer Frisierkommode. Mit dem Lippenstift schrieb sie in Druckbuchstaben »RUF SIE AN« auf die Rückseite der Karte und ließ sie dort liegen. Gaston hatte eine schnelle Auffassung und Madame Armande kannte jeden in Paris. Sie würde wissen, wie man eine vermisste Engländerin aufspüren konnte. *Wenn ich dann noch lebe,* dachte Margot.

Es war kalt und feucht in dem dunklen Raum, in den sie sie gebracht hatten, und sie verspürte das dringende Bedürfnis zu pinkeln. Doch sie zwang sich, es zu unterdrücken. Es gab das Gerücht, dass manche königliche Angehörige ihren Körper so trainiert hatten, dass sie den ganzen Tag ohne Toilette auskamen, wenn sie unterwegs waren. Margot hatte den Eindruck, in der Ferne einen Ruf zu hören. Oder war es ein Schrei? Sie konnte nicht sagen, ob es von außerhalb des Gebäudes kam oder von drinnen. Sie erstarrte, als sie Schritte näher kommen hörte – schwere Schritte mit Stiefeln. Sie kamen sehr nah, dann gingen sie weiter, und sie gab ein leises Seufzen der Erleichterung von sich, als sie in der Ferne verschwanden. Sie lenkte ihre Gedanken auf andere Dinge: Farleigh im Sommer. Tennis auf dem Rasen. Erdbeeren mit Schlagsahne. Pah mit rotem Gesicht und diesem albernen weißen Schlapphut. Mah, die immer gefasst und beherrscht wirkte, was auch immer ihr Nachwuchs anstellte. »Farleigh«, flüsterte sie. »Ich will nach Hause.«

Sie zuckte zusammen, als eine Tür geöffnet wurde und einen Lichtstrahl hereinließ. Ein Mann trat ein – hochgewachsen und in einer deutschen Offiziersuniform. Mit einem Klick betätigte er einen Schalter und Margot blinzelte in dem plötzlichen aufgeflammten Licht. Zum ersten Mal sah sie, dass sie in einem nichtssagenden Raum von ungefähr zweieinhalb mal drei Metern war. In der Ecke stand ein Eimer, den sie hätte benutzen können, wenn sie davon gewusst hätte. Der Offizier nahm sich einen zweiten Stuhl und setzte sich ihr gegenüber.

»Lady Margaret, ich muss mich für die grobe und unhöfliche Art entschuldigen, wie Sie hergebracht wurden. Es tut mir leid, wenn meine Anordnung, jemanden zur Befragung zu holen, manchmal missinterpretiert wird. Möchten Sie einen Kaffee?«

Kaffee sah man derzeit selten in Paris. Sie hörte sich sagen: »Ja, bitte, das wäre sehr nett«, bevor sie Zeit hatte, darüber nachzudenken, ob sie nicht besser distanziert und trotzig bleiben sollte. *Vielleicht lese ich zu viel hinein,* dachte sie. *Vielleicht wollen sie mir nur ein paar kleine Fragen stellen, weshalb ich noch hier bin.* Der Kaffee wurde gebracht, mit Milch und Zucker. Es kam ihr vor, als hätte sie nie etwas Köstlicheres probiert. »Danke schön«, sagte sie. »Sie sind sehr freundlich.«

Der Offizier nickte. »Mein Name ist Dinkslager. Baron von Dinkslager. Sie sehen, wir sind gesellschaftlich ebenbürtig. Wir müssen Ihnen nur ein paar Fragen stellen, dann können Sie nach Hause zurückkehren.« Sein Englisch war exzellent, mit nur einem winzigen Hauch von Akzent. Und er sah sehr gut aus, hatte fast die Gestalt eines Filmstars und dazu die Arroganz eines deutschen Offiziers. »Sie sind Lady Margaret Sutton, Tochter von Lord Westerham, ist das richtig?«

»Das ist korrekt.«

»Und würden Sie uns sagen, warum Sie noch immer in Paris sind? Warum sind Sie nicht vor der Besatzung nach Hause gegangen, als Sie das noch konnten?«

»Ich habe bei Madame Armande Modedesign studiert«, sagte sie. »Ich denke, ich war naiv, doch ich dachte, dass das Leben in Paris wie gewöhnlich weitergehen würde.«

»Aber das tut es doch«, sagte er.

»Kaum. Niemand hat genug zu essen. Wir haben solchen Kaffee seit Monaten nicht mehr gesehen.«

»Geben Sie dafür den englischen Bombern die Schuld. Und der Résistance. Wenn sie die Nachschublinien zerstören, ist es nicht unsere Schuld, wenn die Pariser nicht genug zu essen haben.«

Er schlug die Beine übereinander. Seine hohen schwarzen Stiefel waren perfekt poliert. »Also war Modedesign der einzige Grund, weshalb Sie sich zum Bleiben entschlossen haben.«

»Nein«, gestand sie ein, da sie keinen Grund zum Lügen sah. »Ich habe mich in einen Franzosen verliebt.«

»Den Grafen von Varennes. Ebenfalls ein Aristokrat«, sagte er.

Sie nickte. »Das stimmt.«

»Und wo ist der Graf von Varennes jetzt?«

»Ich weiß es nicht. Ich habe ihn seit Monaten nicht mehr gesehen.«

»Wann haben Sie ihn das letzte Mal gesehen?«

»Direkt nach Weihnachten. Er sagte mir, dass er Paris verlassen müsste.«

»Hat er gesagt, warum?«

»Er hat Grundstücke in Südfrankreich, die seine Aufmerksamkeit erforderten. Außerdem war seine Großmutter auf dem Château immer gebrechlicher geworden, und er wollte sehen, ob er etwas für sie tun konnte.«

»Seine Großmutter.« Ein Lächeln ging über Dinkslagers Lippen. »Entweder sind Sie sehr naiv oder eine sehr gute Lügnerin, Lady Margaret. Seine Großmutter ist seit fünf Jahren tot.«

»Dann bin ich offensichtlich sehr naiv«, erwiderte sie. »Unser Kindermädchen hat uns den Mund mit Seife ausgewaschen, wenn wir gelogen haben. Die Drohung mit der Seife ist hängen geblieben.«

»Ist Ihnen nie in den Sinn gekommen, dass Ihr Geliebter für die Résistance arbeiten könnte?«

»Doch, das ist es«, sagte sie trotzig, »doch Gaston hat mir nichts erzählt. Er sagte, so sei es besser. Damit ich im Falle einer Befragung aufrichtig sagen könnte, dass ich von nichts weiß.«

»Und Sie haben ihn seit Weihnachten nicht mehr gesehen?«

»Nein.«

»Würde es Sie überraschen, zu erfahren, dass er seitdem mehrere Male in Paris gewesen ist?«

Margot kämpfte darum, einen neutralen Gesichtsausdruck zu bewahren. »Ja, das würde mich überraschen. Vielleicht wollte er mich keinem Risiko aussetzen. Er ist ein sehr bedachtsamer Mann.«

»Oder vielleicht hat er eine neue Liebe gefunden?« Die Andeutung eines Grinsens huschte über Dinkslagers Lippen.

»Vielleicht hat er das. Er ist auch ein sehr attraktiver Mann.«

»Und falls er eine neue Liebe gefunden hat?«

»Dann würde ich wohl mit meinem Leben fortfahren müssen, zurück zu meinem Modedesign, und lernen, ohne ihn weiterzuleben.«

Jetzt grinste er. »Ich bewundere die Briten, Lady Margaret. Ein französisches Mädchen, das seinen Geliebten verliert, würde jammern und sich an die Brust schlagen.«

»Dann sollten wir froh sein, dass ich keine Französin bin. So viel einfacher zu handhaben.«

Er lächelte noch immer. »Ich mag Sie, Lady Margaret. Ich mag Ihren Esprit. Ich stamme ebenfalls aus einer angesehenen Familie. Wir verstehen einander recht gut.«

»Dann werden Sie auch verstehen, dass ich die Wahrheit sage, wenn ich erkläre, dass ich Ihnen nichts zu erzählen habe. Ich führe in Paris ein einfaches Leben. Ich gehe ins Atelier. Ich tue, was Madame Armande mir aufträgt. Ich gehe zurück zu meiner kleinen Wohnung im Neunten. Ich esse ein einfaches Abendessen und gehe zu Bett.«

»Sie würden ohne Zweifel jetzt gern nach Hause nach England fahren, wenn Sie die Gelegenheit hätten.«

Sie zögerte. *Natürlich würde ich gern nach Hause, du Idiot,* wollte sie schreien. Doch stattdessen sagte sie: »Ich habe gehört, dass das Leben in England gegenwärtig nicht angenehmer ist als das Leben in Paris, mit ständigen Bombardierungen und der Bedrohung einer bevorstehenden Invasion.«

Er stellte seine Beine wieder nebeneinander und kippte den Holzstuhl etwas nach hinten, als er sie anblickte. »Sie haben seit Monaten nichts mehr von Gaston de Varennes gehört. Ist das korrekt?«

»Das ist es.«

»Würde es Sie dann überraschen, zu erfahren, dass wir ihn derzeit in unserem Gewahrsam haben?«

Das erschütterte sie tatsächlich. Er bemerkte es in ihren Augen, das plötzliche Aufflackern der Besorgnis, bevor sie sagte: »Ja. Das überrascht mich.«

»Und beunruhigt Sie das?«

»Natürlich beunruhigt es mich.« Ihre Stimme bekam plötzlich einen schneidenden Unterton. »Herr Baron, ich liebe Gaston de Varennes, ob er mich liebt oder nicht.«

»Und Sie unterstützen seine Arbeit bei der Résistance?«

»Wie ich Ihnen sagte, hatte ich bis jetzt keine Ahnung, dass er bei der Résistance ist. Doch er ist ein Franzose. Ich kann seinen Wunsch verstehen, Eindringlinge aus seinem Land zu vertreiben. Wenn die Deutschen Großbritannien eroberten, würde ich von meiner Familie dasselbe erwarten.«

Er ließ die Stuhlbeine mit einem plötzlichen Klappern auf den Boden schlagen und neigte sich zu ihr. »Gaston de Varennes erweist sich als sehr widerspenstig, Lady Margaret. Sie werden verstehen, dass sein Leben nicht *so viel*« – er schnippte mit den Fingern und es klang überraschend laut in dem beengten Raum – »wert ist, außer er sagt uns, was er weiß.«

»Sie wollen, dass ich ihn dazu überrede, zu sprechen? Das ist lächerlich, Baron. Ich bin geschmeichelt, dass Sie annehmen, ich hätte so großen Einfluss auf ihn, doch ich kann Ihnen versichern, dass dem nicht so ist.«

»Ihnen ist aber bewusst, Mylady, dass Sie, wenn ich jetzt mit den Fingern schnippe, die Treppen hinuntergezerrt werden zu einem wesentlich unschöneren Raum als diesem hier, und da unten würde man Sie dazu bringen, jedes kleinste Detail Ihres Lebens preiszugeben.«

Erneut zwang sie sich, einen gefassten Ausdruck zu bewahren. »Ich habe von solchen Dingen gehört, doch ich versichere Ihnen aufs Neue, Baron von Dinkslager, dass ich nichts zu erzählen habe, was Sie im Entferntesten interessant fänden.«

»Vertrauen Sie mir, Lady Margaret, wenn Sie in einen solchen Raum gebracht werden, würden Sie sich wünschen, etwas zu erzählen zu haben. Sie würden Dinge erfinden. Sie würden Ihren Geliebten verraten, Ihre Mutter, alles, um lebendig dort herauszukommen.«

Margaret blickte ihn kalt an. »Wenn Sie mich töten wollen, dann bitte, tun Sie es jetzt und bringen Sie es hinter sich. Ich sehe, dass Sie einen Revolver tragen. Erschießen Sie mich jetzt.«

»Ich habe kein Verlangen, Sie zu erschießen. Sie sind lebendig viel wertvoller für mich als tot. Aber ich bin überrascht. Würden Sie Ihren Geliebten in den Tod gehen lassen, ohne für ihn zu kämpfen? Wahrlich, die Briten sind so kalt.«

»Ich versichere Ihnen, dass ich nicht kalt bin, und ich will auch nicht, dass Gaston stirbt. Doch ich nehme an, dass ich nichts sagen kann, damit Sie Ihre Meinung ändern.« Dann dämmerte es ihr plötzlich. »Jetzt verstehe ich. Sie glauben gar nicht, dass ich Ihnen etwas Wichtiges sagen kann. Ich bin der Köder, nicht wahr? Sie wollen mich nutzen, um ihn zum Reden zu bringen.«

»Ich denke, das hängt davon ab, wie wertvoll Sie für ihn sind und ob er Sie über sein Land stellt. Wir werden sehen, oder?« Er brach ab und blickte überrascht auf. Laute Stimmen drangen durch die Tür, eine von ihnen weiblich. Dinkslager war gerade aufgestanden, als die Tür aufflog und Gigi Armande hereinstürmte. Sie trug einen schwarzen Pelz, den sie sich achtlos über die Schultern geworfen hatte, und ihr Gesicht war perfekt geschminkt. Selbst wenn Margot sie nicht gekannt hätte, war es doch unzweifelhaft, wer sie war.

»Was soll das?«, rief der deutsche Offizier auf Französisch. »Wer hat Sie hereingelassen?«

»*Ma pauvre petite*«, sagte sie, wobei sie ihn völlig ignorierte und zu Margot trat, um ihr auf beide Wangen einen Kuss zu geben. »Was haben die sich nur dabei gedacht, Sie an einen solchen Ort zu bringen? Sie sollten sich schämen, Baron, so ein unschuldiges Kind einzuschüchtern. Eine junge britische Aristokratin, nicht weniger, die ein absolut tadelloses Leben führt und sich abschuftet, um mir Kleider zu machen. Ich bin Madame Armande, falls Sie die einzige Person in Paris sein sollten, die mich nicht kennt. Ich versichere Ihnen, dass mich die höchstgestellten Offiziere in Ihrer deutschen Armee gut kennen und mir gestatten, im Ritz zu wohnen.«

»Madame Armande«, sagte er. »Ich bin mir bestens bewusst, wer Sie sind. Diese unschuldige junge Dame ist die Geliebte eines Anführers der Résistance. Wir haben ihn als Gefangenen genommen, doch er weigert sich, zu kooperieren. Wir hoffen, dass diese junge Dame ihn dazu bringt, Verstand anzunehmen.«

»Ich kann die junge Dame verstehen«, sagte Madame Armande und legte Margot einen schützenden Arm um die Schulter. »Wenn er redet, werden Sie ihn sowieso töten, oder nicht? Und wenn er redet und Sie ihn nicht töten, dann werden seine Gefährten in der Résistance das für Sie erledigen.«

»Wir können eine Vereinbarung treffen, Madame. Sehen Sie, diese junge Dame könnte sich als wesentlich wertvoller erweisen als ein gefangener Kämpfer der Résistance.«

»Auf welche Weise?«

Er wandte sich wieder zu Margot. »Sie bewegt sich in den höchsten Kreisen Englands. Ihre Familie kennt die Churchills, richtig? Und den Herzog von Westminster. Und Mitglieder des House of Lords.«

»Ja, das stimmt. Aber ich sehe nicht …«

»Ich mache Ihnen einen Vorschlag. Ich werde den Grafen von Varennes freilassen, wenn Sie sich bereit erklären, uns einen kleinen Gefallen zu tun.«

Sie blickte ihn misstrauisch an. »Was für einen Gefallen? Und welche Garantie habe ich, dass er entlassen wird? Dass er nicht bereits tot ist?«

»Sie haben keine Garantie.« Er machte eine Pause, spreizte die Hände in einer Geste der Vergeblichkeit, dann fügte er hinzu: »Doch Sie haben eine Gelegenheit, ihn zu retten. Besser, als hundertprozentig sicher zu sein, dass er eines schmerzhaften Todes stirbt und Sie ihm folgen könnten.«

»Sprechen Sie nicht so mit ihr«, sagte Madame Armande. »Ich nehme sie jetzt mit. Sie wird bei mir im Ritz bleiben, unter meinem Schutz, und ich werde bei Ihren obersten Generälen Protest dagegen einlegen, wie sie behandelt wurde.«

Dinkslager zuckte die Schultern. »Sie sind Pragmatikerin, Madame. Davon haben wir gehört. Nehmen Sie sie also mit sich. Damit sind Sie für sie verantwortlich. Aber bringen Sie sie zu Verstand. Wenn sie zustimmt, uns einen kleinen Gefallen zu tun, werde ich persönlich dafür garantieren, dass sie nach Hause nach England kommt.« Er wandte sich zu Margot. »Sie können gehen, für den Augenblick, doch wir werden in Kürze ein weiteres kleines Gespräch führen. Denken Sie über meinen Vorschlag nach. Aber denken Sie nicht zu lange darüber nach. Ich kann Varennes nicht unbegrenzt am Leben halten. Oder Sie in Freiheit. Versuchen Sie bitte nicht, irgendwelche dummen Dinge zu tun, wie Paris zu verlassen. Sie werden unter Beobachtung stehen. Und danken Sie Madame, dass sie sich für Sie eingesetzt hat.«

Steif vom langen Sitzen stand Margot auf und wurde von ihrer Arbeitgeberin aus dem Raum geleitet. Als sie die Tür erreichte, drehte sich Madame Armande noch einmal zurück zu dem deutschen Offizier und sie tauschten ein Lächeln.

KAPITEL 12

Jeremy saß auf Kissen gestützt auf einer Chaiselongue im Wintergarten, eine weiße Chenilledecke über den Knien. Der Wintergarten befand sich an der Rückseite des Hauses, es war ein Glaskuppelanbau am Salon mit weißen Korbmöbeln und tropischen Pflanzen. Überall wuchsen Orchideen und der süße Duft von Jasmin lag in der Luft. Die Fenster blickten hinaus auf den Rasen mit dem Tennisplatz dahinter. Weiße Wolken zogen über den Himmel und trieben Schatten über das gestutzte Gras. Ein gewölbter Laubengang war mit frühen Rosen bedeckt und Rosen rankten auch an der Ziegelmauer, die den Küchengarten verbarg.

Jeremy wandte sich beim Geräusch ihrer Schritte um. Er strahlte, als sie näher kamen.

»Mein Gott. Meine zwei Lieblingsmenschen. Fantastisch.«

»Du siehst wunderbar aus, Jeremy«, sagte Pamela. In Wahrheit wirkte er blass und war schrecklich mager. Er trug ein offenes weißes Pyjamaoberteil. Mit den eingefallenen Wangen und dunklen Locken gegen die Weiße von Hemd und Decke sah er aus wie ein romantischer Dichter – Lord Byron auf seinem Sterbebett, vielleicht. Pamela überquerte den gekachelten Boden und kam zu ihm.

»Ich konnte es gar nicht glauben, als sie mir sagten, du würdest nach Hause kommen. Es ist wie ein Wunder.«

»Jetzt mach es nicht so dramatisch, Pamma«, sagte er. »Komm lieber her und gib mir einen Kuss.«

Ben blieb zurück, während sie sich über Jeremy beugte und ihn auf die Stirn küsste.

»Ich hatte etwas weniger Keusches erwartet«, sagte Jeremy lachend. »Aber nicht, wenn Ben zusieht. Wie geht es dir, alter Junge? Es ist schön, dich wiederzusehen.«

Er streckte die Hand aus und Ben schüttelte sie. Jeremys Augen leuchteten mit aufrichtiger Wärme, während er die Hand seines Freundes hielt.

»Willkommen zu Hause, alter Kumpel«, sagte Ben. »Und ich muss Pamma zustimmen. Es ist ein Wunder, dass du hier bist.«

»Eigentlich war es wirklich wundersam, wenn man es sich vorstellt«, sagte Jeremy. »Ich habe es wirklich entgegen aller Wahrscheinlichkeit geschafft.«

»Erzähl uns alle Einzelheiten«, sagte Pamma. »Ich weiß nur das, was ich in der Zeitung gelesen habe.«

»Da gibt es wirklich nicht viel mehr zu erzählen.« Jeremy wirkte etwas verlegen. »Wir hatten einen Ausbruch aus dem verdammten Lager geplant. Jemand muss uns verpfiffen haben, denn sie warteten am Ende des Tunnels im Wald auf uns. Sie eröffneten das Feuer und mähten uns alle um.«

»Meine Güte!« Pamela tauschte einen Blick mit Ben. »Wurdest du auch angeschossen?«

»Ich habe Glück gehabt. Der Schuss ging glatt durch meine Schulter. Ich warf mich in den Bach und bin dort liegen geblieben, als sei ich tot. Ich ließ mich von der Strömung treiben, dann versteckte ich mich zwischen dem Schilf am Ufer. Ich hörte, wie sie lachend davongingen. Dann bin ich so lange weitergeschwommen, wie ich konnte. Ich fand ein Stück Treibholz und ließ mich darauf eine Weile mittreiben. Dann mündete mein Bach in einen Fluss und an der Mündung waren Boote festgemacht. Irgendwann mitten in der Nacht schaffte ich es, mich auf eine Schute – einen der flachen Kähne, die den Fluss hinauffuhren – zu ziehen. Und kannst du dir mein Glück vorstellen? Sie transportierte Gemüse. Ich versteckte mich zwischen den Kohlköpfen. Es wäre alles gut gewesen, aber die Wunde in meiner Schulter hatte sich infiziert. Ich glaube, ich war die meiste Zeit halb im Delirium.«

»Du Ärmster.« Pamela berührte vorsichtig seine Schulter.

»Es war nicht sehr lustig, das kann ich dir sagen. Wir fuhren ein paar Tage den Fluss hinauf, dann hörte ich jemanden Französisch reden. Ich schloss daraus, dass wir entweder in Frankreich oder in Belgien waren. Beides war besser als Deutschland. Deshalb sprang ich mitten in der Nacht ab und ging nach Westen. Dann gab es ein paarmal ein knappes Entkommen, doch am Ende hielt mein Glück. Ich traf auf einen Kerl, der bei der Résistance war. Er schickte Nachrichten aus und ich wurde durch Frankreich zu einem wartenden Boot gebracht.« Jeremy blickte von Pamelas Gesicht zu Ben.

»Ein ganz schönes Abenteuer«, sagte Ben.

»Keins, das ich wiederholen möchte«, meinte Jeremy. »Doch Angst ist eine großartige Motivation. Ich wusste, wenn sie mich erwischen, würden sie mich erschießen.«

»Und was willst du jetzt machen? Wirst du wieder fliegen?«, fragte Ben.

»Ich habe einen Schreibtischjob bekommen, bis ich wieder für flugtauglich erklärt werde«, sagte Jeremy. »Die Kugel hat einen Muskel in meinem rechten Arm beschädigt, und ich bin nur Haut und Knochen. Ich muss erst wieder zu Kräften kommen, aber das wird hier schnell geschehen. Mutter verhätschelt mich, wie ihr euch vorstellen könnt, und Mrs Treadwell ist eine wunderbare Köchin. Mein Gott. Wie oft habe ich von diesen Mahlzeiten geträumt, wenn wir unsere Scheibe Schwarzbrot und wässrige Suppe bekommen haben.«

Er blickte an ihnen vorbei aus den Fenstern. »Ich nehme an, dass ich nicht zu ungeduldig sein darf, zurück an die Arbeit zu kommen. Es wird eine Weile dauern. Ich kann nicht aufhören, an die anderen Kameraden zu denken, die mit mir aus dem Lager ausgebrochen sind. Alle in einem Kugelhagel niedergemäht. Und ihre Familien fragen sich, wie es ihnen geht. Ohne zu wissen, dass sie tot sind.«

Er drehte sich zurück und versuchte ein strahlendes Lächeln. »Aber hier bin ich. Genau da, wo ich mich hingeträumt habe. Und sieh dich nur an, Pamma. Gott, du bist schöner, als ich dich in Erinnerung hatte. Erwachsener.«

»Ich bin zwei Jahre älter«, sagte Pamma. »Und ich hatte meinen Einundzwanzigsten, somit bin ich jetzt offiziell eine Erwachsene.«

Ben verlagerte bei dem langen Blick, den sie wechselten, unbehaglich das Gewicht. »Ich sollte gehen und euch zwei in Ruhe lassen«, sagte er.

»Würdest du das, alter Kumpel?«, sagte Jeremy. »Ich sehne mich danach, sie zu küssen, weißt du.«

»Natürlich«, antwortete Ben und versuchte, unbeschwert zu klingen. »Ich komme bald wieder vorbei und besuche dich.«

»Mach das. Das wäre prächtig. Ich bin neugierig zu hören, was du so gemacht hast. Begierig darauf, wieder zurück zur Normalität zu kommen. Das letzte Jahr war wie ein schlechter Traum, und jetzt bin ich aufgewacht.«

»Ich habe nichts Aufregendes getan, befürchte ich«, sagte Ben. »Schön, dass du wieder zu Hause bist.«

»Ben, du musst nicht …«, rief Pamela hinter ihm her, doch er ging bereits zurück in die Dunkelheit des angrenzenden Zimmers und verließ allein das Haus.

Jeremy blickte zu Pamma und rutschte zur Seite, um neben sich Platz auf der Chaiselongue zu machen.

»Komm her, du reizendes Geschöpf«, sagte er.

»Welche ist deine kranke Schulter?«, frage Pamela, als sie sich neben ihn setzte. »Ich möchte nicht riskieren, dir wehzutun.«

»Alles wohlverpackt und gut heilend, danke«, sagte er. »Hier.« Er schob seinen Arm um ihren Hals und zog sie zu sich. »Gott, wie oft habe ich von diesem Augenblick geträumt«, sagte er. Sein Kuss war intensiv und verlangend, seine Lippen drückten so fest gegen ihre, dass sie fast vor Schmerz geschrien hätte. Er schob ihr die Zunge in den Mund und fummelte mit der Hand an den Knöpfen ihrer Bluse. Einer riss von seinem hartnäckigen Zerren ab und sprang über den gefliesten Boden. Er drängte eine Hand in ihre Bluse und schlängelte sich mit den Fingern in ihren Büstenhalter, um ihre Brust zu bedecken. Als sie seine Finger auf ihrer warmen Haut nach ihrer Brustwarze suchen spürte, wandte sie sich von ihm ab.

»Jeremy, nicht hier! Jeder kann uns sehen.« Sie lachte nervös. »Ich will genauso sehr wie du da weitermachen, wo wir aufgehört haben, aber …«

Er sah sie noch immer begierig an. »Die einzigen Leute, die uns vielleicht sehen könnten, arbeiten für meinen Vater und werden gut dafür bezahlt, dass sie den Mund halten.«

Sie setzte sich auf. »Es tut mir leid. Es ist ein bisschen zu viel für mich, Jeremy, und zu schnell. Ich bin so froh, dich wiederzusehen, aber wir sind noch nie so weit gegangen, nicht wahr? Und es ist schon so lange her …«

»Verdammt, Pamma«, sagte er. »Ich bin nur ein Mensch, verstehst du? Weißt du, wie oft ich davon geträumt habe, das zu tun, während ich in diesem elenden Dreckloch steckte?«

»Es tut mir leid. Du hast mich einfach überrumpelt, das ist alles.«

»Ich muss wohl lernen, mich zu kontrollieren, nicht wahr? Mich wieder wie ein guter Junge benehmen.« Er warf ihr einen verruchten Blick zu. »Sobald ich nicht mehr an diesen Stuhl gefesselt bin, werde ich dich entführen. Wir werden zusammen davonrennen.«

»Du meinst durchbrennen? Nach Gretna Green, um heimlich zu heiraten?« Pamma war nicht sicher, ob sie sich freuen oder fürchten sollte.

Jeremy betrachtete sie amüsiert. »Mein liebes süßes Mädchen, du bist wirklich noch immer eine romantische Unschuld, nicht wahr? Wer denkt im Krieg daran, zu heiraten? Ich will dich in ein diskretes Hotel in London entführen. Ich will mit dir ins Bett gehen.«

»Oh.« Pamela spürte, wie ihr die Wangen brannten.

»Wie du gerade gesagt hast, mein Liebling. Du bist jetzt eine Erwachsene.« Er schaute sie neckend an. »Oder ist da jemand anderes, von dem ich nichts weiß? Ich würde verstehen, wenn dem so wäre. Ich bin lange Zeit weg gewesen, und ich kann nicht davon ausgehen, dass du überhaupt wusstest, ob ich lebendig oder tot bin.«

»Da ist niemand anderes, Jeremy«, sagte sie. »Da bist nur du. Da warst immer nur du.«

Er sah sie zufrieden an. »Nun, dann ist es ja gut.«

Sie holte tief Luft, bevor sie ihn darauf ansprach. »Ich habe gehört, dass meine kleine Schwester zu Besuch gekommen ist.«

»Ja. Ein unterhaltsames kleines Ding, nicht wahr? Ein wirklich nettes Kind.«

Pamela verspürte eine Welle der Erleichterung.

Als Ben zur Haustür heraustrat, hielt gerade ein Rolls-Royce. Die Fahrertür wurde geöffnet und Sir William Prescott stieg aus und glättete seine Anzugjacke für den Fall, dass sie während der Fahrt Falten bekommen hatte. Er sah immer tadellos aus. Perfekt gepflegt, das Haar mit der richtigen Menge Grau darin, und ein maßgeschneiderter Anzug aus der Savile Row. Vor dem Krieg hatte es einmal das Gerücht gegeben, dass er für das Parlament zu kandidieren gedachte. Doch der Krieg hatte solchen Bestrebungen ein Ende bereitet, falls sie jemals mehr als nur ein Gerücht gewesen waren. Er ging um das Auto herum und öffnete die Beifahrertür.

Während Ben noch darüber sinnierte, dass in den Tagen vor dem Krieg ein Bediensteter herangelaufen wäre, um das zu tun, stieg Lady Prescott aus. Auch sie war immer elegant gekleidet, aber auf eine ländliche Art. Wo das Äußere von Sir William deutlich für Stadt, Hochfinanz, Bankwesen stand, ließ das seiner Frau eher an das Züchten preisgekrönter Rosen für die Blumenausstellung, an Kirchenbasare und Wohltätigkeitsveranstaltungen denken. Sie erblickte Ben zuerst. Auf ihrem Gesicht erschien ein hübsches Lächeln. »Ben, wie absolut entzückend, dich zu sehen. Wir wussten gar nicht, dass du herkommst. Du hast also von Jeremy gehört. Ist das nicht einfach wunderbar? Es gab Zeiten, als ich glaubte, ihn niemals wiederzusehen. Und dann haben wir das Telegramm erhalten. Wie ein Wunder.«

Sir William streckte die Hand aus. »Schön, dich zu sehen, junger Cresswell. Wie geht es dir? Halten sie dich beschäftigt?«

»Beschäftigt genug, Sir. Wie geht es Ihnen?«

»Es steht uns bis zum Hals, alter Junge«, sagte er. »Versuchen gerade, mit den Amis einen Deal zu vereinbaren. Sie wollen sich diesmal eigentlich aus dem Krieg raushalten, aber wir brauchen ihre finanzielle Unterstützung. Churchill ist der Einzige, der sie überreden kann. Wenn wir ihr Geld nicht bekommen, sind wir geliefert.«

»Die Amerikaner werden uns Geld geben?«

Sir William lachte kurz und spröde. »Leihen, mein Junge. Leihen. Und zu Konditionen, die für sie ziemlich günstig sind. Doch wir brauchen dringend Hilfe – Geld und Ausrüstung. Alles rückzahlbar, falls wir jemals diesen verdammten Krieg gewinnen.«

Lady Prescott war nicht so sehr an dem amerikanischen Leihgeschäft interessiert. »Du bist gekommen, um Jeremy zu besuchen, stimmt's? Er ist so schrecklich dünn. Ich kann mir gar nicht vorstellen, wie er all die Wochen überlebt hat, als er sich durch das feindliche Gebiet durchgeschlagen hat. Manchmal tagelang ohne Essen, wie er gesagt hat. Und mit dieser schrecklich entzündeten Wunde. Wie wirkt er auf dich?«

»Deutlich auf dem Weg der Besserung«, sagte Ben und erinnerte sich an den schmachtenden Blick, den er Pamela zugeworfen hatte. Er war versucht, ihre Anwesenheit nicht zu erwähnen, damit sie erwischt würden, doch stattdessen räusperte er sich. »Pamela ist jetzt bei ihm.«

»Pamela? Wie entzückend.« Lady Prescott strahlte. »Ich nehme an, dass ihre Mutter ihr die Neuigkeit am Telefon mitgeteilt hat, und sie ist direkt vorbeigekommen. Wie geht es ihr? Wir haben sie sehr vermisst.«

»Ihr geht es gut«, sagte Ben. »Sie sieht ein wenig müde aus, aber wir alle arbeiten zu viel, mit den Nachtschichten und den verpflichtenden Feuerwachen.«

»Ihr leistet euren Teil. Das ist es, was zählt«, sagte Sir William herzlich.

»Bleibst du eine Weile hier, Ben?«, fragte Lady Prescott.

»Bin mir noch nicht sicher. Vielleicht eine Woche.«

»Du musst einmal zum Abendessen kommen, bevor du zurückkehrst. Es ist schon viel zu lange her, seit wir eine Dinnerparty hatten. Das habe ich auch schon Lord Westerhams Familie gesagt. Und deinem Vater, natürlich.«

»Sie sind sehr freundlich« Ben nickte ernst. »Ich sollte jetzt zurück nach Hause gehen.«

»Schön, dich wiederzusehen, mein Junge«, wiederholte Sir William noch einmal und nahm den Arm seiner Frau, als sie ins Haus gingen.

Auf dem Weg zum Pfarrhaus kämpfte Ben gegen seinen wachsenden Ärger. Er hätte überhaupt gar nicht hingehen sollen. Jeremy und Pamela hatten ihn ganz offensichtlich nicht dabeihaben wollen, konnten es gar nicht erwarten, ihn loszuwerden. Und zu sehen, wie sie einander betrachteten … Ben blinzelte, um die Erinnerung daran auszusperren.

Du bist so ein Narr, sagte er sich. *Wenn du sie wolltest, hättest du handeln sollen, als er vermisst und für tot gehalten wurde. Du hättest sie trösten und beruhigen können und sie hätte vielleicht Halt bei dir gesucht, und dann vielleicht …*

Er verbot sich diesen Gedanken, da er wusste, dass er Jeremy niemals hintergangen hätte. Pamela war vielleicht diejenige, nach der er sich sehnte, doch Jeremy war sein Freund. Und jetzt nahm er an, dass sie heiraten und glücklich sein würden. Er beschloss, Pamela aus seinem Kopf zu verdrängen und sein eigenes Leben zu leben.

KAPITEL 13

Pfarrhaus All Saints, Elmsleigh – Mai 1941

Reverend Cresswell saß in seinem Arbeitszimmer und blickte ausdruckslos aus dem Fenster, wo eine Amsel auf dem Weidenzaun saß. Er wurde aus seiner Trance gerissen, als Ben höflich anklopfte und ins Zimmer trat.

»Entschuldige, dass ich dich störe, Vater«, sagte er.

»Was sagst du, mein Junge? Oh nein, du störst nicht. Überhaupt nicht. Ich versuche, mir ein Thema für die Sonntagspredigt zu überlegen.« Er seufzte. »Das ist derzeit so schwierig. Man kann kein Fegefeuer mehr predigen. Die Leute kennen die Hölle nur zu gut. Also muss es ermunternd und erbaulich sein. Aber wie kannst du verkünden, dass Gott auf unserer Seite ist, wenn die Deutschen dasselbe hören? Ich denke an Daniel in der Löwengrube. Gott gegen alle Wahrscheinlichkeit zu vertrauen. Was meinst du dazu?«

Ben nickte. Seit er aus Oxford zurückgekehrt war, fand er es immer schwerer, an die Gottesversion seines Vaters zu glauben. Natürlich hatte er es seinem alten Herrn nie gesagt, doch seit dem Unfall und dem Kriegsausbruch hatte er sich öfter gefragt, ob Gott überhaupt existierte.

»Hast du immer noch eine Generalstabskarte der Region?«

»Ja, die müsste irgendwo sein. Versuch mal die zweite Schublade im Schreibtisch.« Er sah zu, wie Ben die Schublade öffnete, die voller Unterlagen war. »Möchtest du ein wenig die Wanderpfade entlangspazieren, während du hier bist?«

»Vielleicht.« Ben warf das Durcheinander von Papieren auf den Tisch. »Wirklich, Vater, die müssten mal aussortiert werden. Soll ich das für dich machen, solange ich zu Hause bin?«

»Danke. Das wäre eine Hilfe«, sagte Reverend Cresswell. »Offenbar finde ich nie die Zeit, mich darum zu kümmern. Mrs Finch würde natürlich liebend gern Hand an mein Arbeitszimmer legen, doch das ist völlig ausgeschlossen, abgesehen davon, dass ich ihr gestatte, mit dem Teppichroller über den Boden zu fahren. Wenn ich sie ließe, würde sie alles hier drin ordentlich und alphabetisch sortieren, und ich würde nichts mehr wiederfinden.«

Ben lächelte. Er legte eine Broschüre zur Vorbereitung auf die Konfirmation beiseite, eine zur Kirchenfeier des letzten Jahres, ein Programm für eine komische »Gilbert und Sullivan«-Oper von der D'Oyly-Carte-Theatergruppe und verschiedene Briefe, bevor er eine Karte von Frankreich entdeckte, eine von der Schweiz und dann die, welche er gesucht hatte. »Ah, gut. Da ist sie ja«, sagte er. »Ich werde diese Sachen später für dich sortieren, doch die hier will ich mir jetzt ausleihen, wenn es dich nicht stört.«

»Wenn du wandern willst, dann frag mich vorher. Manches hat sich verändert. Neue Leute haben das alte Malzhaus hinter Broadbents Farm gekauft. Künstler aus London, sagt man. Überflüssig, zu erwähnen, dass sie nicht einmal in der Nähe der Kirche waren.« Er lächelte. »Aber ich habe gehört, dass sie versucht haben, den Fußweg abzusperren, der über ihr Gelände führt. Man hat ihnen gesagt, dass sie das nicht machen können. Altes Wegerecht vom Dorf nach Hildenborough. Aber ich glaube nicht, dass das viel gebracht hat. Und im Krieg wird sich niemand mit einer Gerichtsklage beschäftigen.«

»Das macht nichts, Vater«, sagte Ben. »Es gibt genügend andere Ecken zum Wandern. Und hast du die neuen Leute schon kennengelernt?«

»Das kann ich nicht gerade sagen. Ich habe gehört, dass sie gelegentlich in das Pub gehen. Zwei Männer aus London. Einer von ihnen ist ein bekannter Künstler. Dr. Sinclair meinte, dass er auf einen Sherry bei ihnen war und die Malereien fürchterlich sind. Alles nur rote und schwarze Schmierereien, sagte er. Einer von ihnen ist Däne. Hansen. Aber der andere ist der berühmte. Irgendein russischer Name. Strawinski? Etwas in der Art.«

Während sein Vater redete, breitete Ben die Karte auf dem Tisch aus. Er nahm ein Lineal und ließ es in einem Radius von zehn Kilometern kreisen. In Richtung Tonbridge gab es ein breites Stück flaches Land. Viele Felder, die sich für eine Landung eigneten. Wenn der Fallschirmspringer also wirklich Lord Westerhams Feld ausgewählt hatte, dann musste sein Kontakt gewiss innerhalb einer fußläufigen Entfernung liegen. Dazu gehörte das Farleigh-Anwesen, die Cottages im Dorf und die größeren Häuser am Dorfanger: das Pfarrhaus seines Vaters, Dr. Sinclair, Miss Hamilton, Colonel Huntley. Ein paar Bauernhöfe waren ebenfalls innerhalb des Radius: Highcroft und Broadbent. Und dann Nethercote, das Anwesen der Prescotts, einen knappen Kilometer vom Dorf entfernt. Das war alles.

Ben seufzte. Die Menschen im Dorf kannte er schon sein ganzes Leben, wenn es nicht noch weitere Neuankömmlinge neben den Männern im Malzhaus gab. Der Colonel und die Leute von Nethercote und Farleigh – sie waren alle so konservativ und britisch, wie es nur ging. Niemand von ihnen würde den Deutschen helfen wollen. Er kam zu dem Schluss, dass seine Vorgesetzten es falsch interpretiert hatten. Der Mann, der vom

Himmel gefallen war, war kein Spion, der einer Kontaktperson eine Nachricht überbringen wollte. Es musste ein Zufall gewesen sein: ein Mann, der aus Versehen aus einem Flugzeug gefallen war, am falschen Ort.

Aber er war von einem mächtigen und erfahrenen Mann beauftragt worden, Untersuchungen anzustellen. Deshalb musste er den Auftrag ausführen, und zwar ordentlich. Er faltete die Karte wieder zusammen. »Ich behalte sie für eine Weile, wenn es dich nicht stört.«

Reverend Cresswell sah auf und nickte. »Was? Ach so. Ja, behalte sie einfach.« Er sah seinen Sohn an. »Warum bist du eigentlich zu Hause?«

»Wieso? Freust du dich nicht, mich zu sehen?«

»Doch, natürlich. Ich fragte mich nur, ob dein Bein womöglich ein zu großes Hindernis war und ob du …«

»Du willst wissen, ob sie mich rausgeschmissen haben? Von einem Bürojob? Im Krieg?« Bens Stimme klang scharf. »Wirklich, Vater. Trotz allem, was du vielleicht denken magst, bin ich doch kein Krüppel. Ich kann sehr gut gehen. Pamela und ich sind mit Gepäck vom Bahnhof aus zu Fuß gekommen. Ich habe nur ein verdammtes Knie, das sich nicht beugen will, das ist alles. Also stelle mich besser nicht als Wicketkeeper auf, wenn wir ein Kricketspiel im Dorf haben.«

Sein Vater wirkte erschrocken von seinem Ausbruch. »Tut mir leid, Benjamin. Ich wollte dich wirklich nicht ärgern. Ich habe mich nur gewundert, als du aus heiterem Himmel zu Hause aufgetaucht bist, und man hört doch, dass derzeit niemand Urlaub bekommt.«

Ben holte tief Luft, man konnte den Widerwillen über die Dinge, die er nun sagen musste, auf seinem Gesicht erkennen. »Tatsächlich wurde mir mitgeteilt, dass ich es wohl übertrieben hätte und ein paar Tage frei brauchte. All diese Nachtschichten fordern ihren Tribut, weißt du. Und dazu die Pflicht mit den Feuerwachen, wenn man nicht Dienst hat.«

»Bist du noch immer mitten in London? Hast du viel Bombardierungen gesehen?«

»Ein paar.«

»Du bist in einem der Ministerien, oder?«

»Stimmt.«

»Spannende Arbeit?«

Jetzt lächelte Ben. »Vater, es ist Krieg. Selbst wenn ich die langweiligste Arbeit in der Welt machen würde, dürfte ich dir nichts darüber erzählen.«

»Ich verstehe«, sagte sein Vater. »Nun, es ist schön, dass du zu Hause bist, mein Junge. Nutze die Zeit hier so gut, wie du kannst. Genieße die Kochkünste von Mrs Finch. Atme etwas frische Luft.«

»Das habe ich vor. Danke.«

Als er gerade aus dem Zimmer gehen wollte, sagte sein Vater: »Und Lady Pamela, was macht sie zu Hause?«

»Dasselbe wie ich, nehme ich an«, sagte er. »Sie absolviert zu viele lange Nachtschichten.«

»Es wird doch nicht von Mädchen verlangt, dass sie die ganze Nacht arbeiten, oder?«

»Jeder muss immer arbeiten«, sagte Ben.

»Aber sie müssen doch bestimmt nicht die ganze Nacht Akten sortieren, oder? Wo, hast du gesagt, arbeitet sie?«

»Ich habe gar nichts gesagt. Es ist eine Regierungsabteilung und sie sind aus London weggezogen.«

»Kluges Mädchen, Lady Pamela. Ein erstklassiger Verstand«, sagte Reverend Cresswell. »Sie hätte sich in Oxford gut gemacht. Ich habe versucht, es ihrem Vater zu sagen, doch er wollte davon nichts wissen. In seinem Kopf verheiratet man seine Tochter bei der ersten Gelegenheit und ist dann frei von allen Verpflichtungen ihr gegenüber. Reichlich mittelalterlich.«

Das Wort erinnerte Ben an den anderen Teil seines Auftrags. »Das erinnert mich an etwas, Vater. Du kennst dich doch gut mit Geschichte aus. Vierzehn einundsechzig. Was ist in dem Jahr geschehen? Irgendwas Bedeutendes?«

Reverend Cresswell blickte an Ben vorbei aus dem Fenster, wo ein großes Zugpferd einen Karren voller Mist zog. »Vierzehnhunderteinundsechzig, sagst du? Die Rosenkriege, oder nicht?«

»Rosenkriege?« Ben versuchte, sich an den Geschichtsunterricht in der Tonbridge School zu erinnern.

Er hatte unzählige Daten und Schlachten in seinem Kopf behalten, bis die Prüfung vorbei war, und sie dann nur zu gern vergessen. »Das Haus Lancaster gegen das Haus von York. Und York hat schließlich gewonnen, oder?«

»Henry VI. mit seinen Anfällen von Geistesgestörtheit war 1461 von Edward VI. entthront worden, wenn ich mich recht erinnere. Ja, es gab zwei blutige Schlachten, eine an der Grenze zu Wales bei Mortimer's Cross und die andere oben in Yorkshire. Die Schlacht von Towton. Eine der blutigsten Schlachten überhaupt. Eine Menge Männer sind umgekommen und Edward ist siegreich daraus hervorgegangen.«

Ben bohrte noch ein Stück weiter. »Und weißt du vielleicht auch, ob eine dieser Schlachten auf einem Gelände stattfand, das an einen steilen Berghang grenzt?«

»Ich habe keine Ahnung.« Reverend Cresswell klang überrascht. »Ich wusste gar nicht, dass du an Schlachten interessiert bist, und dann auch noch an so alten.«

»Es ist nur eine Frage, die mir auf der Arbeit gestellt wurde«, sagte er. »Ich bekomme einen Haufen seltsamer Fragen in der betreffenden Abteilung.«

»Nun, die Welsh Marches sind doch ziemlich hügelig, oder nicht? Und in Yorkshire gibt es die Dales und die Moors, doch beides sind eher sanfte Hügel, wenn ich mich recht an die Wanderungen meiner Studententage erinnere.«

»Danke.« Ben lächelte seinen Vater an. »Du warst sehr hilfreich. Es ist gut, einen Vater zu haben, der ein solcher Wissensquell ist.«

»Oh, das würde ich so nicht sagen.« Der Pfarrer hüstelte verlegen. »Mir hat Geschichte immer gefallen, wie du weißt. Und ich lese gern. Ich habe es nicht so mit dem Radio, und die Winterabende können schon sehr lang und einsam sein. Also lese ich.«

Ben blickte seinen Vater teilnahmsvoll an. All die Jahre allein, seit seine Frau verstorben war, und trotzdem hatte er seinen Sohn aufs Internat geschickt, da er wusste, dass es das Beste war, wenn sein Sohn vorwärtskommen wollte.

»Du hast nicht zufällig eine Generalstabskarte von ganz Großbritannien, oder?«, fragte er.

»Leider nicht. Ich nehme aber an, dass es in der Bibliothek in Sevenoaks oder Tonbridge eine gibt.« Er blickte interessiert zu Ben. »Ich bin froh, dass du dir so tüchtig Bewegung verschaffst. Die Muskeln aufbauen, das ist der richtige Weg.«

»Ehrlich gesagt habe ich mehr an diese Schlachten gedacht. Mortimer's Cross. Towton.«

»Das überrascht mich, dass alte Schlachten inmitten eines modernen Kriegs von Interesse sind«, sagte Reverend Cresswell. »Doch ich bin überzeugt, dass du deine Gründe dafür hast. Es ist gut, wenn man sich mit etwas beschäftigen kann und den Verstand in Bewegung hält. Und ich sollte zu meiner Predigt zurückkehren.«

Er wandte sich wieder seiner aufgeschlagenen Bibel zu.

Ben nahm die Karte und ging ins Wohnzimmer. Er breitete die Karte auf einem niedrigen Tisch aus und betrachtete sie erneut. Dann öffnete er das kleine Notizbuch, das er in seiner Brusttasche trug, und zog seinen Füllfederhalter heraus.

Malzhaus-Leute?, schrieb er. *Dorf auf Neuankömmlinge über-prüfen. Dann Karte für Mortimer's Cross und Towton.* Obwohl er sich schwer vorstellen konnte, wie zwei alte Schlachten mit einem modernen Krieg verbunden sein konnten. Vielleicht war 1461 noch etwas anderes geschehen – eine kleinere Schlacht, eine kritische Veränderung in den Rosenkriegen. Er würde in der Bibliothek oder in seiner alten Schule in Tonbridge nachsehen müssen, ob sie Bücher zu dem Thema hatten. Er merkte, dass er sich auf die Recherche freute. Es war fast wie ein Puzzle.

KAPITEL 14

Farleigh Place, Kent – Mai 1941

Der Rolls-Royce knirschte auf der gekiesten Zufahrt, als er sich Farleigh Place näherte. Pamela war froh, dass sie Sir Williams Angebot angenommen hatte, sie nach Hause zu bringen. Sie war außer Übung mit den langen Fußmärschen, die das Landleben erforderte. Sie musste zugeben, dass sie auch froh war, als Jeremys Eltern hereingekommen waren und sie und Jeremy unterbrochen hatten. Seine plötzliche wilde Leidenschaft hatte sie erschreckt. Sicher konnte sie es verstehen, nachdem er so lange eingesperrt war, doch sie fand seine Annäherungen erdrückend. Sie war nicht völlig naiv. Sie hatte die Annäherungen junger Männer beim Debütantinnenball zurückgewiesen. Ein paar hatte sie in Taxis abwehren müssen. Doch ihr war immer bewusst gewesen, dass sie auf Jeremy gewartet hatte – sich für ihn aufgespart hatte. Nun hatte sein offenes Eingeständnis, dass er mit ihr ins Bett gehen wollte, sie verunsichert. Natürlich wollte sie, dass er mit ihr schlief. Doch in ihrer Fantasie hatte sie sich immer das lange weiße Kleid vorgestellt, den fließenden Schleier, und dann die Flitterwochen in einer hübschen Villa in Italien, wo er sie in die Arme nehmen und flüstern würde: »Endlich allein, mein Liebling.«

»Wie bist du hergekommen?«, hatte Sir William gefragt, als sie aus der Auffahrt von Nethercote auf die Landstraße gefahren waren.

»Ich bin mit Ben zusammen zu Fuß gegangen«, sagte sie. »Stellen Sie sich vor, wir sind im selben Zug aus London gekommen. So ein Zufall.«

»Guter Bursche, der junge Cresswell«, sagte Sir William. »Ich kann nicht anders, er tut mir ein wenig leid. Steckt hier fest als Schreiberling und verpasst den ganzen Spaß.«

»Finden Sie wirklich, dass es ein Spaß ist?«, fragte Pamela. »Für diejenigen, die wirklich kämpfen?«

»Die wissen immerhin, dass sie etwas Sinnvolles tun. Verteidigen ihr Land. Was könnte wertvoller sein? Eine Gelegenheit, zu beweisen, dass man ein ganzer Kerl ist. Und mein Sohn hat ihm diese Gelegenheit geraubt. Als er wie immer angegeben hat. Risiken eingegangen ist. Das liegt wohl in seiner Natur. Hoffen wir, dass seine letzte Eskapade ihm etwas Verstand eingetrichtert hat.«

Sie hatten die hohe Ziegelmauer erreicht, die das Farleigh-Anwesen umschloss. Sie bogen zwischen den Steinsäulen mit den Löwen darauf in die Einfahrt. Pamela blickte aus dem Fenster zu der geliebten, vertrauten Umgebung. Die Kastanien standen in voller Blüte mit ihren weißen Kerzen. Den Blumenbeeten hatte man gestattet, wild zu wuchern. Der Rasen war sicherlich nicht so gut gestutzt wie in Nethercote. Sie beugte sich in ihrem Sitz vor, begierig darauf, den ersten Blick auf das Haus zu werfen. Doch als sie sich näherten, kam eine Reihe von Armeelastern auf sie zugefahren, und der Konvoi schnitt ihr den Blick auf Farleigh ab und erinnerte sie abrupt daran, dass es im Augenblick nicht richtig der Sutton-Familie gehörte.

»Ich hoffe, diese Quälgeister machen nicht zu viel kaputt«, sagte Sir William, als der erste Laster an ihnen vorbeifuhr.

»Pah hat sich nicht beschwert, deshalb nehme ich an, dass es bis jetzt in Ordnung ist.«

»Man hört ja Horrorgeschichten«, sagte Sir William. »Da werden Ahnenporträts für Schießübungen benutzt, auf die Tapeten gepisst – mutwilliger Vandalismus, wenn du verstehst.«

»Meine Güte, ich hoffe nicht«, sagte Pamela. »Pah würde jeden mit bloßen Händen umbringen, der irgendwas in Farleigh beschädigt. Doch zum Glück wurden alle guten Sachen weggepackt, als wir hörten, dass die West Kents kommen würden.«

Der Vorhof war voll mit reihenweise angeordneten Armeefahrzeugen und Sir William musste um sie herumsteuern. »Ich kann nicht näher an die Haustür heran, tut mir leid«, sagte er.

»Ach, bitte, lassen Sie mich doch einfach hier heraus. Ich kann zu Fuß gehen«, sagte sie.

Sir William stoppte das Auto neben dem See. »Du kommst also zurecht?«

»Absolut. Danke, dass Sie mich gefahren haben, das weiß ich wirklich zu schätzen. Ich werde mein altes Fahrrad ausgraben müssen, wenn ich rumkommen will. Ich bin mir sicher, dass es kein Benzin für das Automobil gibt.«

»Nur für Leute wie mich.« Sir William lächelte selbstzufrieden.

Er stieg aus und ging ums Fahrzeug, um Pamela die Tür zu öffnen. »Ich bin froh, dass du hier bist, Liebes«, sagte er. »Wenn irgendwer Jeremys Genesung beschleunigen kann, dann bist du das. Er hat die ganze Zeit in diesem Kriegsgefangenenlager ein Bild von dir bei sich gehabt. Er war so aufgelöst, weil er es bei der Flucht irgendwo im Fluss verloren hat.«

Pamela nickte und wusste nicht, was sie sagen sollte.

»Unter uns«, sagte er mit leiser Stimme. »Seine Mutter hofft ja, dass sie ihn nicht mehr fliegen lassen. Natürlich sehnt er sich sehr danach, aber du kennst Jeremy. Er wird nur wieder Messerschmitts und Junkers zurück nach Deutschland jagen, sobald er wieder in diesem verdammten Flugzeug sitzt.«

Pamela musste lächeln. »Ja, das nehme ich an. Er liebt es einfach.«

»Er liebt das Risiko. Das hat er schon immer.« Er nahm Pamelas Hand. »Komm vorbei und besuche uns oft, während du daheim bist, ja?«

»Natürlich. Noch einmal danke für die Fahrt.«

Sie vernahm Stimmen aus dem ehemaligen Frühstückszimmer, das jetzt zum Salon geworden war. Es wies zur Vorderseite des Hauses und hatte einen schönen Ausblick auf den See und die Zufahrt. Sie trat ein und fand die ganze Familie beim Tee. Sie saßen im Halbkreis und auf dem niedrigen Tisch stand ein Teetablett mit einem silbernen Service darauf, einem Teller mit kleinen Sandwiches, einem Teller Keksen, einem Stück Fruchtkuchen und ein paar anderen Speisen, die unter einer silbernen Glocke verborgen waren. Livvy hielt ihr Baby und ließ es auf dem Knie hüpfen, während das Kindermädchen nervös an der Tür wartete. Die zwei Hunde hatten sich zu Lord Westerhams Füßen ausgestreckt. Missie, immer aufmerksam, spitzte die Ohren, als sie Pamelas Schritte vernahm, und stand schwanzwedelnd auf.

»Pamma ist da!« Phoebe bemerkte sie zuerst und warf ihrer Schwester ein strahlendes Lächeln zu, das Pamela das Herz erwärmte.

»Hallo, Liebling. Willkommen daheim.« Lord Westerham strahlte auch beim Anblick seiner Tochter und streckte ihr die Arme entgegen.

Pamela kam heran und küsste ihn auf die Wange. »Hallo, Pah.« Sie blickte sich in der Versammlung um. »Hallo, Feebs. Mah. Livvy. Dich habe ich ja bereits gesehen, Dido.«

»Und mich wärmstens begrüßt, wenn ich mich richtig erinnere«, sagte Diana. Sie trug wieder eine Hose, diesmal königsblau, und eine weiße Baumwollbluse, die an der Taille geknotet war, und sah wie ein ziemlich elegantes Mädchen vom Lande aus.

»Es tut mir leid. Ich war nur so überrascht, dich bei Jeremys Haus zu sehen. Ich wusste gar nicht, dass du ihn so gut kennst.«

»Ich habe etwas Wohltätiges getan und einen Nachbarn in Not besucht«, sagte Diana mit einem Grinsen.

»Er ist dir sehr dankbar. Er sagte, was du doch für ein nettes Kind bist«, sagte Pamela zuckersüß.

Sie ging zu dem niedrigen Tisch und goss sich eine Tasse Tee ein.

»Pamma, weißt du was? Es gibt Crumpets«, sagte Phoebe. »Mrs Mortlock ist so ein Engel.«

Pamela lächelte ihre Schwester an. Phoebe war ein ganzes Stück gewachsen, seit sie sie das letzte Mal gesehen hatte. Offensichtlich war sie jetzt in diesem unangenehmen Zustand zwischen Kindheit und Frausein, doch Pamela konnte erkennen, dass sie sich zu einer Schönheit entwickeln würde. Und ihr Gesicht strahlte vor erfrischendem Enthusiasmus. Pamela richtete den Blick auf den Teller, auf dem jetzt nur noch einer der kleinen Hefepfannkuchen lag.

»Mit Margarine ist es nicht ganz dasselbe«, sagte Lady Esme, »doch zum Glück hatte Mrs Mortlock die Speisekammer mit einem guten Vorrat an Marmelade ausgerüstet, bevor der Zucker rationiert wurde. Wenn wir sparsam sind, dann reicht es vielleicht noch für ein weiteres Jahr, und wir hoffen, dass der Krieg bis dahin vorbei ist.«

»Gumbie sagt, sie hofft, dass der Krieg nicht so bald vorbei ist«, warf Phoebe ein.

»Was?« Lord Westerham richtete sich in seinem Sessel auf. »Sag mir nicht, dass du eine Gouvernante angestellt hast, die ein heimlicher Nazi ist, Esme.«

»Ein Nazi?« Lady Westerham sah verdutzt aus. »Oh nein, Lieber. Ich bin mir sicher, dass sie das nicht ist. Sie kommt aus Cheltenham.«

»Nein, Pah«, sagte Phoebe. »Sie meinte, wenn der Krieg bald endet, würde das bedeuten, dass Deutschland gewonnen hat. Sie sagte, es würde eine lange Zeit dauern, bis wir Deutschland geschlagen und die Nazis aus Europa vertrieben haben.«

»Das stimmt wohl«, sagte Pamela. »Dieser Crumpet ist fabelhaft, nicht wahr? Ihr solltet mal sehen, was ich in meiner Unterkunft zu essen bekomme, die reinsten Türstopper aus Brot und Margarine. Meine Hauswirtin ist wirklich die allerschlechteste Köchin.«

»Ich muss sagen, unsere Köchin macht sich richtig gut, wenn man die Umstände bedenkt«, kommentierte Lord Westerham und nahm sich ein Plätzchen. »Natürlich hatten wir schon seit Ewigkeiten kein anständiges Stück Fleisch mehr. Aber man kann keine Mahlzeiten wie vor dem Krieg erwarten. Also, wie geht es dir, Pamela? Was macht die Arbeit?«

»Mir geht es gut, danke, Pah. Die Arbeit ist ermüdend. Lange Arbeitszeiten. Nachtschichten. Aber immerhin habe ich das Gefühl, etwas Sinnvolles zu tun. Und es ist recht nett an unseren freien Tagen – Sport und Konzerte und verschiedene Klubs.«

»Also, was genau machst du eigentlich, Pamma?«, fragte Diana. »Kannst du mir nicht auch einen Job dort verschaffen?«

»Nur Sekretärinnenarbeit – Akten sortieren, solche Dinge. Und nein, ich bin mir sicher, Pah würde nicht wollen, dass du so weit weg von zu Hause wohnst.«

»Ganz richtig«, sagte Lord Westerham. »Ich habe es dir schon mehrfach deutlich gesagt, Dido, dass du noch nicht alt genug bist, um von zu Hause fortzuziehen.«

»Es gibt so viele Jungs, die sich mit achtzehn der Armee anschließen«, sagte Diana. »Und viele Achtzehnjährige, die im Großen Krieg ums Leben gekommen sind.«

»Was meine Entscheidung bestätigt, wie ich finde«, sagte Lord Westerham und drohte ihr mit dem Finger. »Meinst du, ich will, dass sich meine junge Tochter in Gefahr begibt? Ich will dich beschützen. Ich will meine Familie beschützen.«

»Du hast dem kleinen Charlie noch gar nicht Hallo gesagt«, warf Livvy pikiert ein. »Er kann sich jetzt schon allein hochziehen und stehen, und ich bin mir sicher, dass er neulich ›Dada‹ gesagt hat. Du hast es auch gehört, Mah, oder?«

»Er hat gewiss irgendeine Art von Geräusch gemacht«, sagte Lady Esme. Pamela war amüsiert, als sie bemerkte, dass sie noch immer das trug, was man vor dem Krieg als Teekleid bezeichnet hätte, Pastellchiffon mit einem Zipfelsaum. »Ob er wusste, was er da sagte, ist eine andere Sache.«

»Ich bin mir sicher, dass er das wusste. Er vermisst Teddy schrecklich. So wie ich. Ich habe seit Wochen nichts mehr von ihm gehört. Ich hoffe nur, dass es ihm gut geht.«

»Aber ist er nicht auf den Bahamas mit dem Herzog von Windsor?«, fragte Pamela.

»Ja, aber da sind deutsche UBoote. Und Verschwörungen, weißt du. Spione und Mörder.«

»Wo wir gerade davon reden, wir hatten hier neulich ein wenig Aufregung«, sagte Lord Westerham. »Ein verdammter Kerl ist auf eines unserer Felder gefallen.«

»Gefallen?«, fragte Pamela.

»Der Fallschirm hatte sich nicht geöffnet. Muss aus einem Flugzeug gefallen sein.«

»Meine Güte«, sagte Pamela. »Wie schrecklich.«

»Und du wirst es niemals erraten, Pamma«, sagte Phoebe stolz. »Ich habe ihn gefunden. Oder zumindest der evakuierte Junge, der beim Wildhüter lebt, und ich haben ihn zusammen gefunden. Er war ganz zerschmettert und blutig. Richtig ekelhaft.«

»Wie schrecklich, Feebs.« Pamela drehte sich zu ihrem Vater. »Habt ihr herausgefunden, wer es war?«

»Nein, aber da war auf jeden Fall etwas verdächtig an dem Kerl. Wir dachten, er sei einer der West Kents, doch der Colonel meinte, er wäre es nicht. Was einen rätseln lässt, wer zum Teufel er war. Irgendein verdammter deutscher Spion, würde mich nicht wundern. Trotzdem hat sich niemand darum gekümmert, niemand ist hergekommen, um es herauszufinden.«

»Fluche nicht vor den Kindern, Roddy«, sagte Lady Esme.

»Sie sind keine Kinder mehr, und wenn es das Schlimmste ist, das ihnen geschehen kann, dass sie das Wort ›verdammt‹ hören, nun, dann können sie sich verdammt noch mal glücklich schätzen.«

Phoebe kicherte. Pamela tauschte ein Grinsen mit Livvy. Doch insgeheim dachte sie bereits an den deutschen Spion. Sie wusste aus Gesprächen in ihrer Baracke, dass die Deutschen verschlüsselte Nachrichten nach Großbritannien schickten, vermutlich an Sympathisanten oder Spione, die die Gemeinden infiltriert hatten. Doch es war schwer zu glauben, dass irgendein Spion es als lohnenswert erachten würde, in dieser malerischen Region des nördlichen Kents zu operieren, weit weg von Städten und Fabriken und irgendeinem Ziel, das sich zu bombardieren lohnen würde.

Phoebe beobachtete Pamela interessiert. Ihre Gedanken rasten und sie floss fast über vor Aufregung. Sie rutschte auf ihrem Sitz hin und her und konnte es nicht erwarten, dass die Teestunde vorbei war.

Lord Westerham bemerkte das. »Was ist los mit dir, Kind?«, wollte er wissen. »Hast du Ameisen in der Hose?«

»Nein, Pah. Aber ich bin schon fertig und habe Dinge zu erledigen.«

»Du willst keinen Kuchen? Das ist ungewöhnlich für dich«, sagte Lord Westerham.

»Ich bin voll mit Crumpets«, erwiderte Phoebe, sodass Diana kicherte. »Also, darf ich bitte schon aufstehen?«

»Ich sehe nichts, was dagegen spricht«, sagte Lord Westerham. »Solange das, was du vorhast, nicht illegal, unmoralisch oder einfach nur dumm ist.«

»Oh nein, Pah«, sagte Phoebe unschuldig. »Ich gehe hinaus an die frische Luft. Es ist so ein schöner Tag, oder nicht? Ich nehme die Hunde mit, wenn du möchtest.«

»Gute Idee, aber lass sie nicht die Jungs von der Armee belästigen«, sagte Lord Westerham. »Ich hatte letzte Woche eine Beschwerde, dass die Hunde eine ihrer Übungen durcheinandergebracht haben. Sie sind zwischen ihnen herumgerannt, während sie marschierten.«

»Ich werde nicht in die Nähe irgendwelcher Übungen gehen«, sagte Phoebe.

»Und nicht alleine ausreiten, verstanden?« Er drohte ihr mit dem Finger. »Ich habe gehört, dass du mit Snowball herausgeschlichen bist, ohne jemandem davon zu erzählen.«

»Ich reite nicht, Pah.« Sie öffnete die Tür. »Kommt schon, Hunde. Gehen wir Gassi.«

Beide Hunde mussten nicht extra überredet werden. Sie flitzten hinter ihr her und wedelten mit ihren langen, seidigen Schwänzen.

Phoebe ging mit ihnen durch die Glastüren im neuen Speisezimmer nach draußen, anstatt zu riskieren, die Soldaten in der Haupteingangshalle zu stören. Die Hunde rannten vor ihr über den Kies und bellten ein paar Enten an, die

165

gerade aus dem See gewatschelt kamen. Die Enten flogen mit lautem Flügelschlag davon und die Hunde warteten mit hängenden Zungen, dass Phoebe zu ihnen aufschloss. Sie umrundeten den See, gingen über den Rasen und erreichten die erste Baumgruppe. Dahinter war das weite Feld, wo die Leiche gelegen hatte. Phoebe blickte sich nervös um und fragte sich, ob man wohl noch Blut im Gras erkennen konnte. Aber es hatte in der Nacht geregnet, und das hatte es wohl weggewaschen.

Hinter den Bäumen nahm sie den Reitweg, der sich durch den Wald schlängelte. Durch das Unterholz erhaschte sie einen Blick auf das Damwild. Die Hunde spitzten erneut die Ohren und blickten sie erwartungsvoll an.

»Nein«, sagte sie entschieden. »Euer Herrchen will nicht, dass ihr die Rehe jagt.«

Hinter dem Wald erhob sich die Mauer, die das Grundstück umschloss, und daran schmiegte sich ein kleines Ziegelhäuschen. Phoebe klopfte an die Tür und eine Frau mit geblümter Schürze öffnete. Sie reagierte überrascht, als sie Lady Phoebe erblickte.

»Hallo, Mrs Robbins«, sagte Phoebe freundlich.

»So was, Eure Ladyschaft. Was für eine Überraschung. Es tut mir leid, aber Mr Robbins ist im Augenblick nicht hier.«

»Ich bin nicht wegen Mr Robbins gekommen, sondern wegen des Jungen, Alfie. Ist er zu Hause?«

»Das ist er, Eure Ladyschaft. Er ist gerade von der Schule gekommen und ich habe ihm seinen Tee gegeben. Wenn Sie hereinkommen wollen …« Sie öffnete die Tür weiter.

»Sitz«, sagte Phoebe und zeigte streng auf die Hunde. »Platz.«

Sie trat in das Cottage. Die Küche ging von dem kleinen Eingangsflur ab. Sie zeigte zur Grundstücksmauer und war recht dunkel, doch über einem altmodischen Ofen glänzten Kupfertöpfe und es roch nach frisch gebackenem Brot. Phoebe sah den Laib auf dem Tisch. Alfie saß dort und führte gerade eine mit Marmelade bestrichene Scheibe Brot zum Mund. Als er Phoebe sah, senkte er die Hand, doch Marmeladespuren zeichneten ihm ein Lächeln über die Wangen. Er wischte mit den Fingern darüber.

»Hallo, Alfie«, sagte Phoebe.

»Hallo.« Er schien sich unbehaglich zu fühlen.

»Ich bin gekommen, um dich zu besuchen«, sagte Phoebe. »Ich wollte dir etwas sagen.«

»Möchten Sie auch eine Tasse Tee, Eure Ladyschaft?«, fragte Mrs Robbins. »Und vielleicht eine Scheibe Brot? Es ist frisch aus dem Ofen.«

Trotz der zwei Crumpets, der Sandwiches und einem Plätzchen konnte Phoebe nicht widerstehen. »Das wäre wundervoll, danke«, sagte sie und zog sich einen Stuhl neben Alfie heran.

Mrs Robbins schnitt eine Scheibe ab, indem sie den Laib hochhielt und in Richtung ihres Bauches säbelte. Halb rechnete Phoebe damit, dass sie sich verletzte, doch sie legte eine gleichmäßig geschnittene Scheibe auf einen Teller und reichte ihn Phoebe. Dann gab sie ihr eine Butterdose. Phoebe kostete und rief dann: »Das ist ja Butter!«

»Ja, natürlich.« Mrs Robbins lachte. »Mr Robbins kann dieses Margarinezeug nicht ertragen, deshalb habe ich ein kleines Geschäft mit der Bauernfrau von Highcroft gemacht. Erzählen Sie es aber niemandem, ja?«

»Natürlich nicht.« Phoebe strich Butter auf das Brot, dann Erdbeermarmelade.

»Du hast ziemliches Glück, dass du so gutes Essen bekommst«, sagte sie zu Alfie.

»Ich weiß. Das ist toll, oder?«, stimmte er zu. »Warum wolltest du mich sehen?«

»Ich erzähl es dir gleich«, sagte sie und blickte auf, als Mrs Robbins eine große Keramiktasse neben sie stellte. Sie hatte bereits Milch und Zucker eingefüllt und der Tee sah unglaublich stark aus.

»Ich lass euch zwei jungen Leute jetzt allein, ja?«, sagte Mrs Robbins. »Ruft nur, wenn ihr irgendwas braucht. Ich bin hinten draußen und spanne die Stangenbohnen auf.«

Alfie blickte Phoebe erwartungsvoll an.

»Ich habe gerade etwas Interessantes erfahren«, sagte sie, die Stimme kaum lauter als ein Flüstern, falls Mrs Robbins noch zuhörte.

»Über unsere Leiche?«

»Genau. Mein Vater sagt, da war etwas nicht in Ordnung mit der Uniform. Er glaubt, es war vielleicht ein Spion.«

»Das sagen sie auch im Dorf«, sagte Alfie und freute sich, dass er es zuerst gehört hatte. »In der Schule spricht jeder darüber. Selbst die großen Jungs sind neidisch, dass ich den Kerl gefunden habe.«

»Hat im Dorf jemand eine Ahnung, was dieser Spion gemacht hat? Vermutlich ist er hergeschickt worden, um zu jemandem hier Kontakt aufzunehmen, glaubst du nicht?«

Alfie schüttelte den Kopf. »Sie sagen, die Deutschen werfen überall Fallschirmspringer ab.«

»Nun, ich denke, dass er jemanden treffen sollte«, sagte Phoebe. »Also glaube ich, dass es an uns ist, etwas zu unternehmen. Wir müssen herausfinden, was er hier gemacht hat.«

»Ich werd verrückt!«, sagte Alfie. »Du und ich? Nach möglichen Spionen suchen?«

»Warum nicht? Niemand würde zwei Kinder verdächtigen, oder? Wann kommst du aus der Schule?«

»Um vier«, sagte er.

»Dann treffen wir uns morgen und machen eine Liste möglicher Verdächtiger«, sagte sie.

»Ich komme aber nicht hoch zum großen Haus.«

»Natürlich nicht. Ich will nicht, dass meine Familie die Nase in meine Angelegenheiten steckt. Ich hole dich im Dorf ab. Am Kriegsdenkmal am Dorfanger.« Sie grinste ihn an. »Das wird ein Spaß. Wir werden wirklich etwas Nützliches tun.«

Sie blickten beide auf, als die Hunde zu bellen begannen. Da hörten sie dann das knatternde Geräusch eines näher kommenden Motorrads.

»Wer mag das wohl sein?«, meinte Phoebe. Sie ging zum Fenster und sah einen jungen Mann in Uniform, der von einem Motorrad abstieg und sich Mrs Robbins näherte, während die Hunde aufsprangen, halb grüßend und halb warnend. Phoebe ging nach draußen und rief sie tadelnd zu sich. Der Motorradfahrer übergab Mrs Robbins etwas, dann fuhr er wieder davon. Phoebe wartete lange, während Mrs Robbins still dastand und auf das Stück Papier in ihren Händen blickte. Schließlich hielt Phoebe es nicht länger aus.

»Ist etwas nicht in Ordnung, Mrs Robbins?«, fragte sie.

Die Frau blickte mit einem betroffenen Ausdruck auf. »Es ist unser George. Das Telegramm sagt, dass sein Schiff torpediert worden ist und er vermisst wird, vermutlich tot.« Sie blickte sich fassungslos um. »Ich muss meinen Mann finden. Er muss es erfahren.«

»Ich gehe und finde ihn, Mrs Robbins«, sagte Alfie. »Machen Sie sich keine Sorgen.« Und er rannte davon, während Phoebe weiter neben der Frau des Wildhüters stand.

Sie wandte sich an Phoebe. »Es würde mich nicht überraschen, wenn diese Nachricht ihn umbringt. Er hielt große Stücke auf den Jungen, das tat er. Dachte, dass er was ganz Besonderes sei. Nichts war für unseren George zu gut. Und er wollte nicht, dass er sich freiwillig meldet. Er musste gar nicht. Er war in einer Unabkömmlichstellung. Doch der dumme Junge wollte seinen Beitrag leisten, er wollte zur Marine und etwas von der Welt sehen.« Sie weinte jetzt. Dicke Tränen liefen ihr über die Wangen. »Und er war erst achtzehn.« Dann schien sie sich daran zu erinnern, dass sie mit Lady Phoebe sprach. »Es tut mir leid, Eure Ladyschaft. Ich habe kein Recht ...«

»Sie haben alles Recht der Welt«, sagte Phoebe.

Doch die Frau schüttelte den Kopf. »Ich darf doch keinen Aufstand machen, oder? Ich bin nicht anders als all die anderen Mütter, die heute schlechte Nachrichten erhalten haben. Wir müssen einfach lernen, damit fertigzuwerden. Lernen, ohne ihn klarzukommen.«

Damit schlug sie sich die Hand vor den Mund und rannte zurück ins Haus. Phoebe stand da, unschlüssig, was sie tun sollte. Sollte sie hineingehen und Mrs Robbins zu trösten versuchen oder wollte die Frau lieber allein gelassen werden? Bevor sie sich noch entscheiden konnte, kam Mr Robbins herangelaufen, rotgesichtig und schwitzend, gefolgt von Alfie.

»Wo ist sie?«, fragte er.

Phoebe zeigte ausdruckslos zur Tür. Mr Robbins stolperte hinein. Alfie zögerte und blickte zu Phoebe.

»Ich glaube, ich gehe besser nach Hause«, sagte sie. »Ich bin im Augenblick nur im Weg.«

Alfie nickte.

»Dann bis morgen?«, fragte Phoebe.

Alfie nickte erneut.

Phoebe ging zurück zum Haus. Sie konnte die anderen noch im Salon reden hören, doch sie schlich die Treppe hoch auf ihr Zimmer. Miss Gumble blickte auf, als sie eintrat.

»Was ist los, Phoebe?«, fragte sie.

»George Robbins, der Sohn des Wildhüters – er wird vermisst und ist vermutlich tot.« Sie drehte sich weg. »Ich hasse diesen schrecklichen Krieg. Ich hasse ihn. Ich hasse ihn. Menschen werden umgebracht und ich werde jetzt nie zur Schule gehen und es wird nie wieder etwas Schönes geschehen.« Sie nahm den Plüschhasen, der auf ihrem Bett lag, und pfefferte ihn an die Wand. Dann warf sie sich schluchzend aufs Bett.

Miss Gumble setzte sich neben sie und legte ihr vorsichtig die Hand auf die Schulter. »Es ist schon gut, Liebling. Wein dich aus.«

»Pah sagt, dass wir stark sein und ein gutes Beispiel abgeben müssen.« Phoebe schluckte und versuchte, ihre Tränen zu kontrollieren.

»Du darfst bei mir so viel weinen, wie du willst«, sagte Miss Gumble. »Das bleibt unser kleines Geheimnis. Hier. Putz dir mal kräftig die Nase.« Sie reichte Phoebe ein Taschentuch. Phoebe gelang ein feuchtes Lächeln.

»Weißt du was, Gumbie?«, sagte sie. »Manchmal wünsche ich mir, dass wir die Deutschen diesen dummen Krieg gewinnen lassen und sie nach England kommen lassen und endlich mit dem Kämpfen aufhören. Das wäre gar nicht so schlecht, oder? Pamela war vor dem Krieg in Deutschland zum Skilaufen und hatte dort viel Spaß. Und unser König hat doch auch deutsche Vorfahren, oder nicht?«

Miss Gumble blickte sie mit versteinertem Gesicht an.

»Phoebe Sutton, lass mich nie wieder hören, dass du so etwas sagst«, befahl sie in einem Ton, den Phoebe bisher nicht von ihr gehört hatte. »Wenn die Deutschen nach England kämen, dann wäre es das Ende des Lebens, wie wir es bisher kennen. Oh, Leuten wie euch würde es vielleicht ganz gut gehen, solange euer Vater sich angewöhnen würde, die Nazifahne zu grüßen und ›Heil Hitler‹ zu sagen. Doch dem Rest von uns nicht. Nicht mir. Meine Mutter war jüdisch. Ihre Familie ist vor dem letzten Krieg aus Deutschland geflohen wegen der antijüdischen Ansichten. Und seitdem ist es noch viel schlimmer geworden. Zuerst haben sie jüdische Geschäfte zerstört, dann ließen sie alle Juden einen gelben Stern tragen, verboten ihnen, in die Schule und auf die Universität zu gehen, und schlugen Juden auf der

Straße zusammen. Und meine persönliche Überzeugung ist es, dass Hitler nicht aufhören wird, bis alle Juden ausgelöscht sind.«

Nachdem Phoebe sich kaltes Wasser ins Gesicht gespritzt hatte, damit niemand merkte, dass sie geweint hatte, ging sie wieder nach unten und fand die Familie im Salon. Lord Westerham blickte auf, als sie eintrat. »Na, war dein Spaziergang schön? Haben sich die Hunde benommen?«, fragte er sie.

Doch Pamela bemerkte den Ausdruck auf Phoebes Gesicht. »Was ist los, Liebling?«, fragte sie. »Du siehst so blass aus.«

»Ich war bei den Robbins«, sagte Phoebe. »Sie haben gerade ein Telegramm bekommen, dass das Schiff ihres Sohns torpediert wurde und er vermisst wird, vermutlich ist er tot.«

»Oh, wie schrecklich für sie«, sagte Lady Westerham. »Ihr einziger Sohn, und sie waren so stolz auf ihn.«

»Wir sollten etwas tun, Mah«, sagte Phoebe. »Wir sollten eine Messe halten lassen oder eine Gedenkfeier oder so etwas. Damit sie wissen, dass wir uns um sie sorgen.«

»Aber er ist derzeit nur als vermisst gemeldet«, sagte Lady Westerham. »Es gibt vielleicht noch Hoffnung.«

»Mah, wenn sein Schiff torpediert wurde und er mitten im großen weiten Ozean vermisst wird, dann wird es nicht viel Hoffnung geben, ihn wiederzufinden, auch wenn er überlebt hat«, sagte Dido und blickte von ihrer Zeitschrift auf.

»Eine kleine Hoffnung. Er ist vielleicht auf einem Rettungsfloß und ist abgetrieben. Matrosen überleben auf diese Art manchmal bemerkenswert lange.«

»Aber wir sollten irgendetwas tun, findest du nicht?«, beharrte Phoebe.

»Ich würde noch abwarten, Kleines«, sagte Lord Westerham mit überraschender Freundlichkeit. »Lass sie so lange wie möglich hoffen.«

Pamela saß da und starrte aus dem Fenster, kämpfte gegen die nagende Besorgnis an, die sie zu erfassen drohte. Jemand hätte den UBoot-Code für jenen Tag knacken sollen. Jemand hätte in der Lage sein müssen, den Konvoi zu warnen und Flugzeuge zu schicken, um die Schiffe zu schützen. Bis jetzt war ihr die Arbeit in Bletchley Park wie ein akademisches Puzzle vorgekommen, das nicht mit realen Ereignissen in Verbindung stand. Doch jetzt traf die Bedeutung ihrer Tätigkeit in den Baracken sie mit voller Macht. Sie sprang auf.

»Ich muss zurück zu meiner Arbeit«, sagte sie. »Ich kann nicht hier sitzen und Tee trinken und mich vergnügen, während Schiffe versenkt und Menschen umgebracht werden, die wir kennen.«

Lady Esme stand auf und legte Pamela die Hand auf die Schulter. »Du bist aufgebracht, meine Liebe. Das sind wir alle. George Robbins war ein feiner junger Mann. Aber dein kleiner Bürojob wird kaum einen Unterschied machen, wenn es darum geht, Leben zu retten, oder? Es ist ja nicht so, dass du an vorderster Front wärst. Deshalb schlage ich vor, dass du dich hinsetzt und noch eine Tasse Tee trinkst.«

Und natürlich konnte Pamela darauf nichts erwidern. Sie setzte sich und gestattete ihrer Mutter, ihr eine Teetasse in die Hand zu geben.

KAPITEL 15

Paris – Mai 1941

Die Bewohner der Rue des Beaux-Arts spähten durch die geschlossenen Fensterläden auf den großen schwarzen Mercedes, der früh an jenem Maimorgen vor dem Haus Nummer 34 stehen geblieben war. Nebelschwaden waren von der Seine heraufgezogen. Jene, die mit ihren Morgenbaguettes nach Hause gingen, überquerten die Straße und setzten ihren Weg vorsichtshalber auf der anderen Seite fort. Jene, die zur Arbeit gingen, oder Studenten auf dem Weg zu einer frühen Vorlesung an der École des Beaux-Arts eilten mit gesenktem Blick vorbei. Hinzusehen würde nur Ärger bringen. Das Automobil war offensichtlich deutsch, was sich bestätigte, als der Fahrer ausstieg, der eine Militäruniform trug. Alle atmeten erleichtert auf, als keine Deutschen zu ihren Wohnungen gingen. Stattdessen stieg eine schlanke junge Frau aus dem Wagen, gefolgt von jemandem, der frappierend wie Madame Armande aussah, die bekannte Modedesignerin.

Gaston de Varennes hatte diese Wohnung für Margot gekauft, als sie ein Paar wurden. Er selbst lebte im Familienwohnsitz in der Rue Boissière im vornehmeren sechzehnten Arrondissement zwischen den Champs-Élysées und der Seine. In jenen Tagen war er in vielerlei Hinsicht seltsam konservativ. Es wäre nicht richtig gewesen, Margot bei sich im Haus wohnen zu lassen, vor allem, da seine Mutter gelegentlich unangekündigt vom Château vorbeikam. Heiraten stand zu dem Zeitpunkt außer Frage. Margot war Protestantin. Seine Großmutter hasste die Engländer, und er würde nicht gegen die Wünsche seiner Familie angehen, wenn es um einen Ehepartner ging. Deshalb hatte er Margot in einer kleinen Wohnung in der Rue des Beaux-Arts untergebracht, nahe am Boulevard Saint-Germain im Sechsten. Wenn sie sich aus dem Fenster lehnte, konnte sie die Seine und Notre Dame sehen. Es war angenehm genug und gefiel ihr gut, obwohl die lebendige Studentenschar derzeit verschwunden war.

Als Hitler einmarschiert war, hatten die Deutschen sowohl den Familienwohnsitz als auch das Château auf dem Lande besetzt. Gaston hatte sich fast sofort der Résistance angeschlossen und die Wohnung in diesem Viertel der Bohemiens und Studenten gefunden. Es passte ihnen beiden. Er konnte ohne großes Risiko, entdeckt zu werden, kommen und gehen.

Die Concierge steckte ihren Kopf aus dem Kämmerchen neben der Haustür, als Margot in den Hausflur trat.

»Bonjour, Mademoiselle«, sagte sie. »Es scheint ein schöner Tag zu werden, nicht wahr?«

»Das steht zu hoffen, Madame«, erwiderte Margot.

Sie zog die metallene Ziehharmonikatür des Fahrstuhls auf, und Madame Armande trat hinter sie. »Wirklich, Madame, es ist nicht nötig, dass Sie mit mir hochkommen«, sagte Margot. »Ich muss nur ein paar Kleider und Toilettenartikel in eine Tasche stecken. Es wird nur ein paar Minuten dauern.«

»Ich habe dem unausstehlichen Deutschen mein Wort gegeben, dass ich Sie nicht aus den Augen lasse«, sagte Gigi Armande. »Und es ist nicht gut, bei einem deutschen Offizier sein Wort zu brechen. Außerdem«, fügte sie hinzu, »muss ich sicherstellen, dass Sie sich nicht in einem Anfall von Verzweiflung aus dem Fenster stürzen.«

»Ich verspreche, dass ich mich aus keinem Fenster stürze.«

»Oder versuchen, über die Dächer zu entkommen.« Madame Armande schob Margot in den Aufzug und trat ebenfalls ein. Die Kabine war gerade groß genug, dass sich die beiden hineindrängen konnten, und Margot bemerkte das feine, berauschende Parfüm der anderen Frau. Der Käfig stieg schmerzlich langsam hinauf, quietschend und ächzend. Margots Verstand raste, doch sie fand keine Antworten. Im dritten Stock hielten sie an. Sie ging Madame Armande voraus und öffnete die Tür. Die Wohnung fühlte sich kühl und unbewohnt an. Es war eine Dreizimmerwohnung – ein Wohnzimmer und ein Schlafzimmer von guter Größe, allerdings eine winzige Küche, dazu ein Badezimmer und eine Toilette, die von dem kleinen quadratischen Eingangsflur abgingen. Margot zögerte im Flur.

»Hätten Sie was dagegen, wenn ich Kaffee mache, bevor wir gehen?«, fragte sie. »Ich bin fast die ganze Nacht auf gewesen und habe schreckliche Kopfschmerzen.«

»Meine Liebe, werfen Sie ein paar Sachen in eine Tasche und wir nehmen das Frühstück im Ritz ein, wo ich versichern kann, dass der Kaffee echt ist und nicht dieses schreckliche Zichorien-Ersatzzeug.« Madame Armande ging ins Wohnzimmer und setzte sich auf das Sofa, entspannt und schön sah sie aus.

Margot war es unangenehm, dass die Wohnung nicht besonders sauber war und ihre Kleider vom Vortag noch auf dem Boden lagen. Sie hob sie auf und schämte sich.

»Kümmern Sie sich nicht ums Aufräumen«, sagte Madame Armande ungeduldig. Sie schaute zu Margot hoch. »Ich glaube, Sie haben noch nicht richtig verstanden, dass Sie in ernsthaften Schwierigkeiten sind, *chérie*. Sie stehen offiziell unter Arrest der Deutschen. Sie können Sie in jedem Moment zurück in dieses

Gebäude und in den Keller schleppen, von dem man hört, dass dort unaussprechliche Dinge vor sich gehen.«

Ihr Ausdruck wurde weicher. »Sie müssen lernen, mitzuspielen, *chérie*. Ich habe es gelernt, deshalb wohne ich noch immer im Ritz. Geben Sie vor, zu tun, was sie wollen. Geben Sie vor, dass Sie mit ihnen sympathisieren. Sie sind weit weg von zu Hause, und das mitfühlende Ohr einer schönen Frau wird sehr geschätzt. Wenn von Ihnen verlangt wird, dass Sie für die Deutschen etwas in England tun sollen, dann zeigen Sie sich interessiert, tun Sie so, als würden Sie es sich überlegen.«

»Das könnte ich nicht«, sagte Margot.

»Auch nicht, um das Leben Ihres Geliebten zu retten?«

Margot zögerte. »Ich weiß nicht, wie ich Gaston über mein Land stellen könnte. Außerdem, wie könnte ich deren Wort Glauben schenken? Ich könnte ausführen, was auch immer sie Abscheuliches von mir wollen, und dann würden sie Gaston dennoch erschießen. Sie haben sich bisher nicht als besonders vertrauenswürdig gezeigt.«

»Ich denke, ich könnte ein paar mächtige Offiziere dazu überreden, Gaston in ein neutrales Land bringen zu lassen.«

»Wenn er nicht längst tot ist«, meinte Margot verbittert.

»Natürlich.« Madame Armande winkte mit einer behandschuhten Hand. »Aber man muss tun, was man tun kann. Sie wollen doch sein Leben retten, oder nicht? Er ist Ihnen nicht langweilig geworden?«

»Natürlich möchte ich sein Leben retten«, erwiderte Margot hitzig, »aber ich kann meinen Geliebten nicht über mein Land stellen.«

Madame Armande seufzte. »So nobel und doch so naiv. Lernen Sie, pragmatisch zu sein, meine Liebe, wenn Sie überleben wollen. Bei mir hat das immer geklappt.« Ungeduldig verlagerte sie ihr Gewicht und schlug erneut die Beine übereinander, die in echten Seidenstrümpfen steckten. »Jetzt beeilen Sie sich. Seien Sie ein braves Mädchen.«

»In der Küche sind noch Lebensmittel«, sagte Margot. »Was soll ich damit machen? Gemüse, Käse. Das wird alles schlecht werden. In der gegenwärtigen Zeit kann man doch keine Lebensmittel verschwenden.«

»Geben Sie sie der schrecklichen alten Frau da unten. Sie wird Sie für immer lieben.« Madame Armande wedelte wieder mit der Hand.

Margot ging in die Küche und war angesichts der bescheidenen Menge Lebensmittel dort niedergeschlagen. Ein Viertel Kohlkopf, zwei Zwiebeln, eine Kartoffel und ein Stück Hartkäse. Die Rationen in Paris waren jetzt beim absoluten Minimum angekommen und man nahm, was immer man auf dem Markt finden konnte. Auch wenn es so wenig war, die Concierge würde sich dennoch darüber freuen, und Margot hätte vielleicht Gelegenheit, ihr eine kurze Nachricht zukommen zu lassen. Sie packte die Lebensmittel in einen Korb, dann fügte sie eine halbe Flasche billigen Wein und die Reste des Brotes vom Vortag hinzu. Da sie die restliche Milch im Krug nicht mehr tragen konnte, trank sie sie aus und spülte den Krug im Waschbecken aus. Wenn es kein Essen in der Wohnung gab, würde Gaston oder einer seiner Freunde wissen, dass sie nicht da war. Sie überlegte, wie sie ihm mitteilen konnte, wohin sie ging, wo man sie finden konnte. Auch wenn ihr niemand einfiel, der ihr in diesem Moment hätte helfen können. Wenn sie Gaston hatten, dann war alles verloren. Bis jetzt hatte sie sich nicht erlaubt, darüber nachzudenken, doch nun kamen ihr die Tränen. Schnell blinzelte sie sie zurück.

Sie ging weiter ins Schlafzimmer.

»Mein Koffer ist auf dem Dachboden«, rief sie in Richtung Wohnzimmer.

»Sie gehen nicht auf Kreuzfahrt, Liebes«, antwortete Madame Armande. »Sie brauchen nur ein paar Sachen. Wahrscheinlich können Sie wieder herkommen, wenn es irgendwann nötig ist.«

Also griff Margot stattdessen nach dem kleinen Koffer auf dem Kleiderschrank. Er war ein Geschenk ihres Vaters zu ihrem einundzwanzigsten Geburtstag gewesen. Er roch nach gutem englischem Leder, als sie ihn öffnete, und erinnerte sie an die Sattelkammer in Farleigh. Sie tat etwas Unterwäsche hinein, einen Kaschmircardigan, eine Hose, ein Paar Strümpfe, eine Wechselbluse und ein Baumwollkleid. Sie trug ihre bequemen Schuhe. Für Absätze bestand keine Notwendigkeit. Und sie musste ausreichend Platz für Hygieneartikel lassen.

Als sie sich ihrer Frisierkommode näherte, sah sie Madame Armandes Karte mit den Worten »RUF SIE AN« in Lippenstift. Sie lag nicht mehr da, wo sie sie zurückgelassen hatte, und sie erkannte, dass die Wohnung bereits durchsucht worden war. Wie gut, dass die Nachricht so unschuldig war. Natürlich würde sie von Freunden wollen, dass sie ihre Arbeitgeberin anrufen. Sie ließ die Karte liegen.

»Sind Sie jetzt fertig?«, fragte Madame Armande.

»Ich muss noch ein paar Hygieneartikel zusammensuchen.«

»Meine Liebe, glauben Sie nicht, dass ich jede Sorte Seife und Badesalz für Sie zur Benutzung bei mir habe? Werfen Sie Ihr Make-up rein, die Zahnbürste und einen Waschlappen, und das war es dann.«

»Ich muss nur vorher noch kurz etwas Dringendes erledigen«, sagte Margot. »Seit ich mitten in der Nacht aus dem Bett gezerrt worden bin, durfte ich nicht die Toilette benutzen.«

»Nun gut«, sagte Madame Armande, »aber beeilen Sie sich. Dieser deutsche Fahrer wird es verdächtig finden, wenn wir zu lange brauchen. Alles, was Sie machen, wird gemeldet werden.«

Margot ging ins Badezimmer und warf eilig Sachen in ihre Kulturtasche – ihre Zahnbürste und Zahnpulver, ihr Kopfschmerzpulver, einen sauberen Waschlappen, Tagescreme. Auf einmal wurde ihr die ganze Absurdität bewusst – dass sie perfekt aussehen wollte, selbst wenn sie gefoltert oder ermordet werden würde. Dann folgte sie dem Drängen der Natur. Als sie fertig war, betätigte sie die Spülung und ließ sie laufen, während sie das Bidet abkippte und eine Fliese darunter wegzog. Es war gut, dass man sie mit dem kleineren der zwei Funkgeräte ausgestattet hatte. Es hatte nur eine Reichweite von achthundert Kilometern, aber es war klein genug, um in eine Aktentasche zu passen, oder unter das Bidet.

Sie schaute es an und fragte sich, was sie als Nächstes tun sollte. Es gab kein besseres Versteck dafür. Wenn sie die Wohnung wirklich gründlich durchsuchten, würden sie es finden. Und sie hatte keine Möglichkeit, es zu benutzen, wenn Madame Armande im Nebenzimmer war. Sie musste geduldig sein. Wenn sie sich als entgegenkommend und geduldig erwies, würden sie sie vielleicht hierher zurückkommen lassen wegen etwas, das sie vergessen hatte. Sie nahm das Kopfschmerzpulver aus der Toilettentasche und ließ es auf dem Regal. Dann neigte sie das Bidet zurück an seine richtige Position und stellte die Spülung aus.

»*Mon dieu,* Sie mussten aber wirklich dringend«, bemerkte Madame Armande schmunzelnd.

»Allerdings. Ich dachte, ich würde platzen, als ich stundenlang auf diesem Stuhl saß und darauf gewartet habe, dass jemand kommt und mich befragt.« Ihr kam ein Gedanke. »Ich nehme an, dass ich nicht schnell noch duschen kann?« Es war eine ziemlich laute Dusche, doch sie war sich nicht sicher, ob sie laut genug wäre, um das Geräusch eines Morsecodes zu übertönen, der per Funk übertragen würde.

»Meine Liebe, Sie können in einem Bad im Ritz schwelgen, sobald wir ankommen. Unmengen an heißem Wasser. Göttlich.«

Margot versuchte, ein erfreutes Gesicht zu machen. Sie steckte den Waschbeutel in ihren Koffer und schloss ihn.

»Das sollte für ein paar Tage ausreichen«, sagte sie.

»Ein paar Tage sind womöglich alles, was Sie brauchen«, sagte Madame Armande.

Margot wollte nicht fragen, ob das bedeutete, dass sie bis dahin freigelassen würde oder dass sie im Gefängnis wäre oder tot. Sie nahm ihren Koffer und ging in Richtung der halb geöffneten Tür.

»Ich bin bereit, wenn Sie es sind«, sagte sie.

Kapitel 16

Dolphin Square, London

Joan Miller, die Sekretärin und rechte Hand von Maxwell Knight, klopfte und betrat mit einem ernsten und ratlosen Gesichtsausdruck sein Allerheiligstes.

»Wir haben gerade eine Nachricht erhalten, Sir. Vom Herzog von Westminster.«

»Ach ja? Was wollte er?«

»Er ist soeben von Madame Armande kontaktiert worden.«

»Die Pariser Kleidermacherin? Ach ja, sie war einmal seine Geliebte, nicht wahr? Vor vielen Monaten. Und vor vielen Liebhabern, wie man hört. Also, was zum Teufel will sie? Neue Uniformen für unsere Armee entwerfen?«

»Sie wollte uns darüber informieren, dass die Deutschen jemanden von uns haben.«

»Verdammt! Wer ist es?«

»Lady Margaret Sutton, die Tochter des Earl of Westerham.«

»Verflixt und zugenäht!« Dabei wurde es selbst Max Knight unbehaglich. »Das Timing ist interessant, um es mal bescheiden auszudrücken. Oder glauben Sie, dass es ein Zufall ist?«

»Ich glaube nicht an Zufälle, Sir.« Miss Millers Miene war ungerührt.

»Ich auch nicht.«

»Denken Sie, sie weiß etwas? Madame Armande, meine ich?«

»Sie hat ihre Hilfe angeboten«, sagte Miss Miller. »Wenn wir sie rausholen wollen, wird sie alles in ihrer Macht Stehende tun, um uns zu helfen.«

»Wie nett von ihr«, meinte Max Knight. »Ich frage mich, was dabei für sie rausspringt.«

KAPITEL 17

Farleigh

Als sie endlich in ihrem Zimmer allein war, warf Pamela ihre Jacke auf das Bett und seufzte erleichtert. Die ganze Familie auf einmal zu sehen, nachdem sie monatelang ohne sie gelebt hatte, war fast zu viel für sie gewesen, so unmittelbar nach ihrer aufregenden Begegnung mit Jeremy. Die warme Nachmittagssonne schien durch die nach Westen zeigenden Fenster und hinter dem Vorhof schwebte ein Paar Stockenten mühelos hinunter auf den See. Nur das Armeefahrzeug, das über den Kies knirschte, erinnerte sie daran, dass nicht alles in Farleigh wie gewöhnlich war. Sie blickte sich um und nahm die lieb gewonnenen, vertrauten Gegenstände in sich auf: die viel gelesenen Bücher auf ihrem weißen Regal, *Black Beauty* und *Anne auf Green Gables*. Die Kuhglocke und Puppen, die sie sich gekauft hatte, als sie auf dem Mädcheninternat in der Schweiz war. Das gerahmte Bild ihrer Vorstellung bei Ihren Majestäten. Das Zimmer roch sogar nach Zuhause – der bleibende Duft von Generationen an Möbelpolitur und der schwache Hauch von Winterfeuer.

Zuhause, dachte sie. Genau das, wovon sie all die trostlosen und einsamen Nächte in Baracke 3 geträumt hatte. Und

184

trotzdem konnte sie ihr Unbehagen nicht abschütteln, obwohl sie jetzt hier war. Ein quälender Gedanke in ihrem Kopf flüsterte, dass sie in Bletchley gebraucht wurde. Wenn in ihrer Schicht eine Person weniger war, würde vielleicht etwas Wichtiges übersehen. Würde der Sohn des Wildhüters noch leben, wenn die Nachricht eines UBootes abgefangen und entschlüsselt worden wäre? Sie gehörte nicht zur Marineabteilung, aber vielleicht hätte der Sohn von jemand anderem überlebt wegen einer Nachricht, die sie übersetzt hätte. Sie redete sich ein, dass sie sich selbst zu viel Bedeutung beimaß, doch sie wusste auch, dass jedes kleine Rädchen in der großen Kriegsmaschinerie gebraucht wurde, damit sie rundlief.

Ihr Blick fiel auf einen kleinen Porzellanhund auf dem Kaminsims. Er saß auf den Hinterbeinen, bettelnd, mit lächerlich langen Ohren und einem traurigen Gesicht. Jeremy hatte ihn ihr geschenkt, als er zur RAF ging, weil sie ihn in einem Antiquitätenladen in Tonbridge gesehen und er sie zum Lachen gebracht hatte. Jeremy hatte gesagt, dass sie ihn sich einmal am Tag ansehen solle, damit sie nicht vergaß, wie man lächelt. Das Lächeln war schwer geworden, als die Nachricht kam, dass er abgeschossen worden war, und dann, dass er in einem Kriegsgefangenenlager war. Und jetzt, gegen alle Wahrscheinlichkeiten, war er wohlbehalten wieder zu Hause, einen knappen Kilometer entfernt, und sie sollte eigentlich vor Freude platzen. Warum also tat sie das nicht?

»Ich bin froh«, sagte sie laut. »Ich brauche nur etwas Zeit, um mich an die Dinge zu gewöhnen.«

Sie ließ sich auf ihr Bett sinken, die eine Hand wanderte unbewusst zur Vorderseite der Bluse und sie spürte die Stelle, wo der fehlende Knopf gewesen war. Und wieder durchfuhr sie diese Mischung aus Furcht und Erregung. Natürlich wollte er mit ihr schlafen. Schließlich war er ein echter Mann, der die längste Zeit ohne weibliche Begleitung gewesen war. Er musste all die Monate, die er in der Gefängniszelle eingesperrt war, von diesem Augenblick geträumt haben. Kein Wunder, dass es mit ihm durchging und er sich nicht mehr kontrollieren konnte. *Normales Verhalten, völlig zu erwarten,* sagte sie sich selbst. In der Zeit, die er fort gewesen war, hatten sie sich beide von Jugendlichen zu Erwachsenen verwandelt, und für Erwachsene war Sex selbstverständlich – zumindest für ihre Klasse von Erwachsenen. Nach dem, was sie gehört hatte, war das Hüpfen von einem Bett zum andern ein anerkannter Sport unter ihresgleichen. Abgesehen von den prüden Eltern. Ihre Mutter schien nur schwache Vorstellungen von den Tatsachen des Lebens zu haben, und ihr Vater wurde puterrot und fing an, über das Wetter zu reden, wenn jemand eine ungewollte Schwangerschaft erwähnte. Doch die beiden waren nicht die Regel. Ihre Zimmernachbarin Trixie war sicherlich keine Jungfrau und hatte nichts dagegen, die Details ihrer vielen Abenteuer mit ihr zu teilen. Pamela glaubte nicht, dass sie selbst abgeneigt war. Da sie jetzt die Zeit hatte, genauer über ihre Gefühle nachzudenken, stellte sie überrascht fest, dass sie nicht nur erschrocken, sondern auch erregt gewesen war. Doch ihr war auch unbehaglich zumute – was von dem Schock kam, den Jeremys ehrliches Geständnis ihr versetzt hatte, dass er sich nicht vorstellen konnte, irgendwen zu heiraten, wenn ein Krieg im Gange war. Weshalb sich Pamela fragte, ob sie nur eins von vielen Mädchen war und ob Jeremy wirklich auf dieselbe Weise für sie empfand, wie sie ihn immer geliebt hatte.

Drüben am Pfarrhaus sah sich Ben im Hintergarten um. Dort befand sich in der Mitte des Rasens ein Anderson-Luftschutzunterstand und die Bohnenstangen dahinter versprachen eine gute Ernte. Ben schob sich das Haar aus der Stirn, als würde diese Geste das Bild verdrängen, das ihn noch immer verfolgte: Jeremys strahlendes Gesicht, als er Pamela sah, und ihres, das genauso freudig strahlte. Zugegeben, sie hatte sich auch gefreut, ihn zu sehen, als er in den Zug gestiegen war, doch ihre Augen hatten nicht so gefunkelt, wie sie es taten, wenn sie Jeremy ansah. »Verdammter Jeremy«, murmelte er. Typisch, dass er der Einzige war, der aus einem deutschen Gefangenenlager entkam. Dann fühlte er sich schuldig bei dem Wunsch, dass Jeremy besser nicht nach Hause gekommen wäre. Immerhin war Jeremy Bens bester Freund. Sie hatten ihre Kindheit miteinander verbracht. Und es war nicht seine Schuld, dass Pamela sich in ihn verliebt hatte.

Ben befahl sich, darüber hinwegzukommen. Sie waren im Krieg und er hatte eine Aufgabe zu erledigen. Er marschierte den Gartenpfad entlang zum Schuppen, wo er sein altes Fahrrad zwischen Blumentöpfen und Gartenstühlen hervorzog. Er seufzte, als er es im hellen Sonnenlicht betrachtete. Es war schon längst nicht mehr neu gewesen, als er es von einem Gemeindemitglied geschenkt bekommen hatte, und jetzt sah es sehr mitgenommen aus. An manchen Stellen war es rostig und das Leder des Sattels war brüchig. Er reinigte es, so gut es ging, ölte es und drehte vorsichtig eine Runde über den Hof zwischen Kirche und Pfarrhaus, erst etwas schwankend, aber bald hatte er den Bogen wieder raus. Das Rad funktionierte noch, auch wenn er merkte, dass das Radfahren nicht so einfach war mit einem Knie, das sich nicht beugen ließ. Für einen Moment wunderte er sich, dass jemand wie Maxwell Knight von ihm erwartete, in der Nachbarschaft umherzustreifen, ohne ihm dafür die Mittel zu geben. Vielleicht dachten Menschen wie Knight, dass jeder ein Automobil besaß. Andererseits hatten viele Leute ein Auto, aber kaum genügend Benzin, um damit zu fahren.

Er ließ das Fahrrad für größere Erkundungsfahrten zurück und machte sich zu Fuß auf zu einem Gang durchs Dorf. Er wusste nicht genau, wonach er suchte. Er kam an Colonel Huntleys Haus vorbei, das »Simla« genannt wurde, wegen seiner Zeit in Indien. Als er stehen blieb, um die ordentlich gestutzten Büsche zu bewundern, entdeckte er die Frau des Colonels in dem makellosen Garten, die gerade die Rosen schnitt. Sie blickte auf, als sie Ben näher kommen hörte, und winkte ihm zu. »Hallo, Ben. Willkommen zu Hause. Bleibst du eine Weile? Mein Mann würde liebend gern ein Kricketteam zusammenstellen. Er beschwert sich, dass er im Augenblick nur Schuljungen und alte Kauze hat.«

Sie kam zu ihm und wischte sich die eine Hand an der Gartenschürze ab, in der anderen hatte sie die Rosenschere. »Es tut mir leid, ich habe nur ein paar Tage Urlaub«, sagte er. Dass man ihm befohlen hatte, sich für eine Weile zu entspannen, behielt er für sich. Er wollte nicht, dass im ganzen Dorf herumging, Ben Cresswell sei zusammengebrochen, obwohl er nicht einen Tag gekämpft hat. Sie schauten bereits auf ihn herab, weil er keine Uniform trug.

Mrs Huntley nickte und lächelte. »Es ist bestimmt schön, wieder zu Hause zu sein«, sagte sie. »Ist es schrecklich da oben in London mit all den Bombardierungen?«

»Man gewöhnt sich daran«, entgegnete er.

»Manchmal fühle ich mich, als würden wir hier in unserer eigenen kleinen Welt leben«, meinte sie. »Wir haben genug zu essen, niemand wirft Bomben auf uns, und wenn wir aus dem Fenster sehen, dann sehen wir noch immer das hier – ein kleines Stück vom Paradies, nicht wahr?«

Ben nickte. »Ihr Garten sieht wunderschön aus«, sagte er höflich.

»Neulich kam so ein Kerl vorbei, der uns erzählen wollte, wir sollten alles umpflügen, um Kohl oder Kartoffeln anzubauen«, sagte sie. »Du kannst dir vorstellen, was mein Mann ihm erwidert hat. Er hat ihm erklärt, einer der Vorteile, britisch und nicht deutsch zu sein, wäre die freie Entscheidung, mit unseren kleinen Grundstücken tun zu können, was wir wollen. Wir hätten bereits einen Küchengarten, in dem alles für unsere Bedürfnisse wächst, und wenn seine Frau Trost beim Blumenzüchten fände, dann würde er ihr das sicherlich nicht wegnehmen.« Sie lächelte bei der Erinnerung.

Ben blickte sich um. »Es ist schwer zu glauben, dass wir nur eine Stunde von London entfernt sind«, sagte er. »Es ist fast ein Schock für die Sinne, zurückzukehren an einen Ort, wo das Leben so weitergeht, wie es das immer getan hat.«

Sie runzelte die Stirn. »Ganz können wir hier aber auch nicht entkommen. Wir haben all diese Soldaten in Farleigh. Diese verflixten großen Laster rumpeln alle paar Stunden vorbei, und betrunkene Männer kommen aus dem Pub und suchen Streit mit den Dorfjungs. Und kürzlich hatten wir auch ein wenig Aufregung. Hast du gehört, dass ein Leichnam auf dem Farleigh-Grundstück gefunden wurde?«

»Mrs Finch hat es mir erzählt«, sagte er. »Ein Fallschirmspringer, nicht wahr? Ein Unfall mit seinem Fallschirm, oder?«

Sie kam näher heran. »Kein Unfall, wenn du mich fragst. Das Militär hat den Leichnam mit einem Armeefahrzeug weggebracht. Und er wurde nicht zum nächsten Leichenhaus gebracht. Du weißt, was das bedeutet, oder? Da war etwas verdächtig. Mein Mann glaubt, es könnte einer dieser deutschen Spione gewesen sein, von denen man so hört. Ist wahrscheinlich geschickt worden, um irgendwelchen Unfug an der RAF-Station zu machen. Die Spitfires sabotieren.« Sie machte eine Pause und sah sich um, als befürchtete sie, gehört zu werden. »Aber wo sind nur meine Manieren? Möchtest du nicht auf eine Tasse Tee hereinkommen? Ich wollte gerade eine Pause machen.«

»Das ist sehr freundlich von Ihnen, doch ich sollte weiter«, sagte er. »Ich hatte nicht viel Gelegenheit zu Bewegung an der frischen Luft, während ich den ganzen Tag im Büro steckte, und ich bin neugierig, ob sich im Dorf etwas verändert hat.«

»Nicht viel«, sagte sie. »Von den seltsamen Männern, die ins Malzhaus gezogen sind, hast du gehört? Und den Baxters scheint es mit dem Krieg recht gut zu gehen. Sehen derzeit recht erfolgreich aus. Viel Arbeit geht auf ihrem Bauhof vor sich, aber niemand weiß etwas Genaueres.«

»Das klingt ja geheimnisvoll«, sagte Ben. »Nun, es war schön, mit Ihnen zu plaudern, Mrs Huntley. Grüßen Sie bitte den Colonel von mir.«

Als Ben gerade losging, rief sie ihm hinterher: »Ach ja, und Dr. Sinclair hat einen Deutschen aufgenommen.«

»Was?« Ben drehte sich wieder zurück.

»Wir denken, er klingt wie ein Deutscher«, sagte sie. »Er gibt vor, ein Flüchtling zu sein, aber man weiß ja nie, oder? Gut möglich, dass Männer vorausgeschickt worden sind, als Vorhut für eine Invasion.«

»Aber Dr. Sinclair würde doch niemals …«, begann Ben.

Die Frau des Colonels schüttelte den Kopf. »Er ist zu gutgläubig. Und einsam, seit seine Frau gestorben ist. Ich frage mich, wie viele von uns schon hereingelegt worden sind. Wir sind eine Nation gutgläubiger Menschen.«

Sie kehrte zurück zu ihrem Haus, blieb kurz stehen, um eine große gelbe Rose abzuknipsen. Gelbe Blütenblätter fielen ins Gras. Ben ging weiter um den Dorfanger herum, während er darüber nachdachte, was er gerade gehört hatte. Es würde ihn überhaupt nicht überraschen, wenn die Baxters unter der Hand Geld verdienten. Billy Baxter war Ben nie besonders vertrauenswürdig erschienen, schon als Junge. Er erinnerte sich daran, wie einmal in der Kirche ein Geldbeutel verschwunden war, als sie beide Chorknaben waren, und dass sein Vater Billy Baxter in Verdacht hatte. Doch sie hatten den Geldbeutel oder die Wahrheit niemals gefunden.

Immerhin konnte er jetzt Colonel und Mrs Huntley von seiner Liste streichen. Wobei sie eigentlich gar nicht darauf gestanden hatten. Doch Mrs Huntley war deutlich an dem geheimnisvollen Fallschirmspringer interessiert gewesen und wollte über ihn sprechen. Und der Colonel hatte seinem Land jahrelang in der Hitze Indiens gedient. Sein Zuhause war für ihn wie die Rückkehr ins Paradies. Aber der Arzt hatte einen deutschen Flüchtling aufgenommen. Das war eine Spur, die er weiterverfolgen sollte.

Er kam an Miss Hamiltons massivem viktorianischen Haus vorbei. Ihr Vater hatte sein Geld mit einer Fabrik im Norden gemacht und war dann mit seiner Familie in den vornehmeren Südosten gezogen, weg von dem Rauch und den Fabrikschornsteinen der Städte im Norden. Die ältere Miss Hamilton war das einzige noch verbliebene Familienmitglied. Ben blickte hinauf zu dem großen Haus. Er fragte sich, ob sie gezwungen worden war, Evakuierte aus London aufzunehmen, oder ob sie noch immer ganz allein dort lebte, abgesehen von einer ähnlich betagten Bediensteten namens Ellen. Er blieb an dem schmiedeeisernen Tor stehen, doch es fiel ihm kein guter Grund ein, um ihr jetzt einen Besuch abzustatten.

Er ging weiter zu dem Kriegsdenkmal und betrachtete die Namensliste der Männer und Jungen, die im Großen Krieg gefallen waren. Sechzehn aus einem kleinen Dorf. Drei Brüder aus derselben Familie. Würde die Liste diesmal länger sein? Er seufzte und setzte seinen Weg fort.

Der neue Bungalow der Baxters stand neben ihrem Bauhof. Die großen Tore zum Hof waren geschlossen und man hörte lautes Hämmern. Ben fragte sich, wer zu Kriegszeiten Arbeit für Bauhandwerker hatte, aber dann wurde ihm bewusst, dass es in den Städten Bombenschäden zu reparieren gab. Nun, dann war es nicht so überraschend, dass das Geschäft der Baxters florierte. Der Schultag war gerade vorbei, und Kinder strömten aus dem alten Schulgebäude, drückten und drängelten, um durchs Tor zu kommen. Er sah ein paar große Bauernjungen, die ein dünnes, kleines Kind schubsten, das er nicht kannte, und ging rüber zu ihnen.

»Lasst das«, sagte er. »Hebt euch lieber eure Energie auf, um gegen die Deutschen zu kämpfen.«

Der größte Junge verzog feixend den Mund. »Du hast gut reden. Du kämpfst ja offensichtlich nicht gegen die Deutschen wie mein Bruder.«

»Nur weil ich ein beschädigtes Bein habe, bedeutet das nicht, dass ich nicht kämpfen kann, Tom Haslett«, sagte er. »Zu deiner Information, ich war in Tonbridge Junior-Boxmeister, und ich wette, dass ich dich noch immer mit einem Schlag umhauen könnte. Aber ich halte nichts davon, mit jemandem zu kämpfen, der schwächer ist als ich, und du solltest das auch nicht tun. Und jetzt verschwindet. Geht nach Hause.«

Die Blicke der Jungen schossen nervös hin und her, dann schlichen sie davon. Ben lächelte dem kleinen Jungen zu. »Ich habe dich hier noch nicht gesehen«, sagte er.

»Ich bin Alfie. Ich komme aus London.«

»Oh, dann bist du derjenige, der die Leiche des Mannes gefunden hat«, sagte er.

»Das stimmt.«

»Das muss ein ganz schöner Schreck für dich gewesen sein.«

Alfie schüttelte den Kopf. »Nö. Ich habe in London schlimmere Sachen gesehen.«

»Du bist ein tapferer Junge. Du solltest dich etwas mehr verteidigen. Lass dich nicht von ihnen ärgern.«

Alfie seufzte. »Aber sie rotten sich immer zusammen. Und sie sind viel größer als ich.«

»Ich könnte dir ein paar Boxratschläge geben, solange ich hier bin.«

»Würdest du das tun?« Alfie blickte ihn hoffnungsvoll an.

»Nicht, dass ich es gutheiße, wenn du dich prügelst«, sagte er augenzwinkernd. »Als Pfarrerssohn, du verstehst schon.«

Alfie grinste.

»Also, was wird in der Schule so über deinen Fallschirmspringer geredet?«, fragte er, als sie zusammen losgingen.

»Niemand weiß etwas, oder? Manche Leute meinen, dass er ein deutscher Spion war. Sie sagen, die Deutschen würden überall Fallschirmspringer abwerfen, damit sie Telefonleitungen durchschneiden und solche Dinge, wenn die Invasion kommt.«

»Die Leute hier denken, dass die Deutschen einmarschieren wollen?«

»Oh, ja«, sagte er. »Dieser Lord oben in Farleigh macht bereits Übungen und zeigt uns, wie man mit Mistgabeln und Schaufeln kämpft. Ich glaube aber nicht, dass wir gegen Panzer und Bomber viel ausrichten können, oder?«

»Hoffen wir, dass es nicht so weit kommt«, sagte Ben, »aber wenn …« Der Rest blieb ungesagt.

Als er sich von Alfie verabschiedet hatte und weiter durch das Dorf ging, dachte er über das nach, was der Junge ihm erzählt hatte. Dass der Mann vorausgeschickt worden war, um vor der Invasion Sabotage zu begehen. Aber er hatte keine Werkzeuge bei sich gehabt, nichts, um Telefonkabel durchzuschneiden. Was bedeuten würde, dass jemand von hier ihn hätte ausstatten müssen. Und ihn vielleicht unterbringen. Ben pausierte an der Praxis des Arztes, dann schüttelte er den Kopf. Er kannte den Arzt schon sein ganzes Leben. Er war kein Mensch, der sein Volk im Stich ließ und einen Verräter aufnahm.

Ben aß mit seinem Vater ein leichtes Abendessen aus hart gekochten Eiern und Salat, dann beschloss er, dass er nicht den ganzen Abend herumsitzen und höfliche Konversation betreiben konnte, wo er doch mit einer Aufgabe hergeschickt worden war. »Ich denke, ich gehe mal zum Pub runter, Vater«, sagte er. »Sehe mal nach, ob einer meiner alten Kumpel noch da ist.«

»Gute Idee.« Reverend Cresswell nickte.

»Willst du mitkommen?«, fragte Ben.

Der ältere Mann sah ihn vergnügt an. »Ich? Oh, danke für die Einladung, aber ich glaube nicht, dass ich ein Pubgänger bin. Mein kleines Glas Sherry würde bei der trinkenden Bevölkerung nicht so gut ankommen. Aber geh du nur, Junge. Geh und amüsiere dich. Gott weiß, wie lange wir noch das Beste aus den kleinen Freuden machen müssen.«

Ben nickte und wollte etwas Zuversichtliches entgegnen, doch ihm fiel nichts ein. Es gab dieser Tage nicht viel, was einen optimistisch stimmte. Würden sie nächstes Jahr um diese Zeit alle deutsches Bier trinken? Oder würden sie alle verhungern oder Sklaven sein oder weggesperrt in Gefangenenlager? Es war nicht auszuhalten, wenn man drüber nachdachte.

Fledermäuse schossen durch das rosafarbene Zwielicht und Krähen krächzten, während sie sich für die Nacht in den großen Bäumen hinter dem Pfarrhaus niederließen, als Ben sich auf den Weg um den Dorfanger zum *Three Bells* aufmachte. Ein angenehmes Stimmengewirr empfing ihn, als er die Tür des Pubs öffnete. Ein paar Männer standen mit Biergläsern in der Hand an der Bar und blickten auf, als er eintrat.

»'n Abend, Mr Cresswell«, sagte der Barmann. »Schön, Sie wieder zu Hause zu sehen.«

Ben ging zur Bar und bestellte sich ein Pint.

»Dann bist du für länger hier?«, fragte einer der Männer. »Oder nur vorbeigekommen, um deinen alten Herrn zu besuchen?«

»Ich habe ein paar Tage Urlaub«, erwiderte Ben. »Es ist gut, für eine Weile aus London rauszukommen.«

»Viel Bombardierungen erlebt?«, fragte einer der Männer.

»Wir haben unsere Portion abgekriegt«, sagte Ben. »Aber man gewöhnt sich dran. Jetzt guckt bei der Arbeit keiner mehr hoch, wenn die Alarmsirenen losgehen.«

»Was für eine Arbeit machst du denn so?«, fragte ein anderer.

»Ich arbeite für eins der Ministerien«, sagte er.

»Und was machst du da?«

Ben grinste. »Weißt du, wir dürfen über unsere Arbeit nicht reden.«

»Dürfen darüber nicht reden«, spottete eine Stimme hinter ihnen. Ben drehte sich um und sah einen mageren Typ mit feuerrotem Haar auf sich zukommen. Billy Baxter, der Sohn des Bauunternehmers. Ben spürte, wie sich seine Hand zur Faust ballte. Billy hatte es immer Spaß gemacht, ihn zu quälen, als sie kleine Jungen waren. Er grinste. »Geheime Arbeit also, Ben?«

»Er sagte, er kann nicht drüber reden«, sagte einer der älteren Männer.

Ben betrachtete den Rothaarigen. »Wie ich sehe, trägst du auch keine Uniform, Billy Baxter«, sagte er.

»Tja, ich bin hier unabkömmlich mit meiner Arbeit, weißt du?«, entgegnete Billy.

»Mit Bogenfenstern für England?«, fragte Ben und war erfreut, als alle lachten.

Billy Baxter wurde rot. »Wenn dein Dach beim nächsten Bombenangriff in die Luft fliegt, was glaubst du, wer dann kommt und es flickt, bevor es reinregnet?«

»Euch scheint es dabei ja ganz gut zu gehen«, meinte Ben. »Ich habe den neuen Bungalow bemerkt, den dein Dad gebaut hat. Sieht richtig chic aus.«

»Harte Arbeit lohnt sich eben«, sagte Billy.

Ben beobachtete Billy Baxter, als der sich ein Pint bestellte. Er war jemand, der seine eigene Großmutter verkaufen würde, wenn der Preis stimmte. Doch für die Deutschen arbeiten? Ben glaubte nicht, dass er dafür der Typ war. Im Herzen war er ein Feigling, wie sich herausgestellt hatte, als Ben ihn einmal geschlagen und seine Nase zum Bluten gebracht hatte. Da war er schreiend nach Hause gerannt. Bens Vater hatte ihm eine Standpauke über Gewalt und Zurückhaltung gehalten, doch eigentlich hatte er ganz zufrieden geguckt.

Als Ben sein Bier halb ausgetrunken hatte, flog die Pubtür auf und eine Gruppe Soldaten kam herein, die sich lautstark unterhielt und lachte. Sie rempelten sich ihren Weg bis zur Bar und Ben bemerkte, dass die Männer aus dem Dorf zur Seite wichen. Es lag Spannung in der Luft. Dann rief einer der Soldaten: »Was trinken Sie, Miss?«, und Ben bemerkte, dass Lady Diana bei ihnen war. Sie trug eine rote Hose und hatte ihr Haar mit einem roten Kopftuch nach hinten gebunden, wie ein Mädchen vom Land. Und sie trug knallroten Lippenstift.

»Nenn sie nicht ›Miss‹. Es heißt ›Mylady‹. Sie ist die Tochter eines Earls«, zischte einer der Soldaten seinen Freund an.

Diana hörte das und lachte. »Oh mein Gott. Nenn mich Diana oder Dido. Ich kann Steifheit nicht ertragen. Ich nehme ein kleines Bier, bitte, Ronnie.«

Als sie sich umsah, entdeckte sie Ben sofort und warf ihm ein breites Lächeln zu. »Hallo, Ben«, sagte sie. »Diese netten Jungs haben angeboten, mit mir in das Pub zu gehen. Ist das nicht lieb von ihnen? Eine kurze Flucht aus der Gefangenschaft, weißt du.« Sie lachte, doch ihre Augen sagten: *Erzähl bloß niemandem, dass du mich hier gesehen hast.*

Der Barmann wirkte, als sei ihm unbehaglich zumute. »Entschuldigen Sie, Mylady, aber das ist die öffentliche Bar hier. Glauben Sie nicht, dass es in der privaten Bar nebenan bequemer ist? Da gibt es Sessel und es geht nicht ganz so wild zu.«

»Blödsinn«, sagte Diana und warf Ben um Unterstützung suchend einen kurzen Blick zu. »Ich verbringe mein ganzes Leben verbannt und weg von den Menschen. Ich will auch ein wenig leben. Ich will Lachen hören und mit normalen Menschen reden.« Sie blickte wieder zu dem Soldaten, der ihr einen Drink angeboten hatte. »Mach ein Pint draus, Ronnie«, sagte sie. Sie ging hinüber zu Ben, während das Pint gezapft wurde. »Also, was machst du so die Tage, Dido?«, fragte Ben. »Immer noch zu Hause?«

Sie seufzte dramatisch. »Ja, ich stecke noch immer zu Hause fest. Pah lässt mich nichts Nützliches tun. Ich sehne mich danach, meinen Beitrag zu leisten, weißt du. Ich nehme an, du könntest mir keinen Job in London finden, oder? Bei der Behörde, wo du arbeitest?«

»Das könnte ich vielleicht, doch ich kann nichts gegen den Wunsch deines Vaters tun, solange du noch minderjährig bist. Es muss doch auch nützliche Aufgaben in Sevenoaks oder Tonbridge geben.«

»Um als Landmädchen beim Schweinezüchten zu helfen? Das ist so ziemlich alles, was es gibt. Ich möchte etwas Aufregendes tun. Ich werde Mr Churchill fragen, wenn ich ihn das nächste Mal sehe. Pah kennt ihn ganz gut, weißt du. Und wenn Mr Churchill sagt, dass er mich anstellen will, dann kann Pah sicher nicht Nein sagen, oder?«

»Hast du irgendwelche nützlichen Fähigkeiten?«, fragte Ben. »Kannst du tippen und stenografieren?«

»Nicht so sehr.« Sie kaute auf ihrer Lippe, was ihn daran erinnerte, wie jung sie noch war.

»Das sind meist die Sachen, für die Frauen angestellt werden«, sagte er. »Büroarbeit. Schreibkram.«

»Langweilig, langweilig, langweilig. Ich würde lieber einen Krankenwagen fahren oder ein Funker sein oder sogar zur Armee gehen.«

»Sie lassen Frauen nicht kämpfen. Ich denke, dass du dann trotzdem noch Schreibarbeiten machst, nur in Uniform.«

»Das ist nicht fair.« Sie schmollte. »Ich bin genauso fähig wie diese Jungs. Und genauso tapfer.«

»Oh nein, Miss«, sagte einer der Soldaten. »Wir sind zur Armee gegangen, um Ladys wie Sie zu beschützen. Wir müssen dafür sorgen, dass sie zu Hause sicher sind und auf uns warten, wenn wir ins Ausland geschickt werden.«

»Werdet ihr bald auf dem Kontinent eingesetzt?«, fragte Ben.

Der junge Soldat runzelte die Stirn. »Wir haben noch nichts gehört. Unsere Truppe war in Dünkirchen. Dort haben wir Männer verloren, aber ich nehme an, dass wir bald wieder an der Reihe sind und rausgeschickt werden. In der Zwischenzeit ist das Leben in Kent nicht zu übel. Vor allem, wenn junge Damen wie Sie dabei sind.« Und er grinste Diana an.

Ben hatte gerade beschlossen, dass es sich nicht lohnte, noch länger im Pub zu bleiben, als Dr. Sinclair hereinkam und mit ihm ein Mann im mittleren Alter. In seinen Gesichtszügen und im Schnitt seiner Jacke war etwas entschieden Ausländisches. *Der geheimnisvolle Deutsche,* dachte Ben und ging hinüber. Der Arzt begrüßte Ben herzlich und stellte seinen Begleiter vor. »Das ist Dr. Rosenberg. Er hilft mir in der Praxis. Prächtiger Kerl.«

Der andere Mann verbeugte sich höflich und streckte die Hand aus. »Wie geht es Ihnen?«, sagte er in abgehacktem Englisch.

»Sie sind aus Deutschland?«, fragte Ben freundlich.

»Österreich«, sagte Dr. Rosenberg. »Ich war vor dem Krieg auf der medizinischen Fakultät an der Universität Wien.«

»Einer ihrer hervorragendsten Professoren«, sagte Dr. Sinclair. »Er schaffte es gerade noch rechtzeitig heraus.«

Der Mann blickte Ben mit einem düsteren Ausdruck an. »Es wäre mir nie in den Sinn gekommen, dass ich nicht sicher war, selbst wenn mein Großvater jüdisch war. Ich meine, ich sehe nicht jüdisch aus, oder? Und ich war ein angesehener Mann. Dann marschierten die Deutschen ein und ich wurde aus meiner Position entfernt und mir wurde gesagt, dass ich einen gelben Stern tragen müsse. Das war genug für mich. Ich habe alles zurückgelassen und den nächsten Zug nach

Italien genommen, dann nach Frankreich und dann hierher.«
Er machte eine Pause, um das Glas Bier zu nehmen, das der
Arzt ihm anbot. »Ich hatte Glück, dass ich rechtzeitig rauskam.
Meine Freunde und Verwandten hatten nicht so viel Glück.
Meine Professorenkollegen wurden gezwungen, die Straße zu
fegen, während die Leute sie angespuckt haben. Und andere
sind einfach verschwunden. Niemand weiß, wo sie hingekommen sind, doch es gab Gerüchte von Lagern ...« Er schüttelte
den Kopf. »Manchmal fühle ich mich schuldig, weil ich hier
bin, an diesem netten Ort, wo ich weiter Arzt sein kann.«

»Du hast die richtige Entscheidung getroffen, alter
Kumpel«, sagte Dr. Sinclair. »Du hast gehandelt. Andere nicht.
Die meisten Menschen glauben nicht, dass ihnen so etwas
geschehen kann, bis es zu spät ist.«

Ben verließ das *Three Bells* und dachte über Dr. Rosenberg
nach. Wie er richtig sagte, er sah nicht jüdisch aus mit seinem blonden Haar und den hellgrünen Augen. Ben spielte
mit dem Gedanken herum, dass er ein Spitzel sein könnte, der
hergeschickt worden war, um Teil der Gemeinde zu werden.
Dr. Sinclair war ein gutmütiger Mann, einsam, leicht zu überzeugen. Vielleicht hatte der Fallschirmspringer damit gerechnet,
Zuflucht im Haus des Arztes zu finden.

Kapitel 18

Wieder Farleigh

Am nächsten Morgen herrschte in vielen Haushalten große Aufregung bei Ankunft der Morgenpost. Lady Esme blickte überrascht auf und winkte mit einem Blatt Papier zu den anderen Familienmitgliedern am Frühstückstisch. »Nun, ist das nicht nett?«, sagte sie. »Wir sind zu einer Dinnerparty bei den Prescotts eingeladen, um Jeremys Heimkehr zu feiern.«

»Nur du und Pah oder wir alle?«, fragte Diana.

»Da steht ›Sie und Ihre Familie‹«, sagte Lady Esme. »Phoebe natürlich nicht. Sie ist zu jung für Dinnerpartys.«

»Was?« Phoebe sah von ihrem Haferbrei auf. »Das ist nicht fair. Ich bin nie bei irgendwas dabei.«

»Du bist keine Erwachsene, Phoebe. Du bist noch nicht eingeführt worden«, sagte Lady Esme.

»Dido auch nicht. Niemand wird das derzeit«, sagte Phoebe.

»Erinnere mich nicht daran!«, meinte Diana wütend. »Wenn du von Dingen sprichst, die nicht fair sind, dann ist meine ausgefallene Saison das Unfairste von allem. Keine Bälle. Keine Partys. Nichts. Ich werde niemals einen Mann kennenlernen und als alte Jungfer sterben.«

»Ich weiß gar nicht, wie sie an ausreichend Speisen kommen, um eine Dinnerparty auszurichten, wo wir alle schon Sägemehlwürstchen und Shepherd's Pie essen, der zu neunzig Prozent aus Kartoffeln besteht.« Lord Westerham unterbrach die Tirade. »Aber dieser Kerl von Prescott scheint immer an alle möglichen Dinge zu kommen, was anderen Leuten nicht gelingt. Er fährt mit seinem Rolls herum, als gebe es keine Benzinrationierung.«

»Er ist in wichtigen Ausschüssen, Liebster«, sagte Lady Esme. »Offenbar muss er immer nach London fahren.«

»Was ist an einem Zug auszusetzen, wie für den Rest von uns?«, erwiderte Lord Westerham spitz. »Ich bin überaus vorsichtig mit der Menge von Benzin, die ich verbrauche.«

»Ich glaube nicht, dass du jemals das Automobil benutzt hast, seit der Chauffeur eingezogen wurde«, sagte Lady Esme. »Aber du warst auch immer ein hoffnungsloser Fall als Fahrer.«

»Es ist mir zuwider«, erwiderte Lord Westerham. »Ich bin mir sicher, dass ich ein großartiger Fahrer wäre, wenn ich mich damit beschäftigen würde. Aber es hat ja immer einen Chauffeur gegeben, deshalb gab es keinen Grund dafür. Außerdem sollten wir mit gutem Beispiel vorangehen, indem wir nicht unnötig Benzin verschwenden. Und da ich offenbar bei den Kriegsbemühungen für niemanden von Nutzen bin, abgesehen davon, dass ich die örtliche Heimatschutzbehörde leite, habe ich keinen Grund, Benzin zu verbrauchen.«

»Wenn du mir das Fahren beibringen würdest, dann könnte ich uns herumfahren«, sagte Diana. »Machst du das, Pah?«

»Du? Uns herumfahren? Selbst mit Benzingutscheinen ist die Antwort darauf nein, nein und tausendmal nein. Du wärest für die britische Bevölkerung eine größere Gefahr als die Deutschen. Du würdest uns alle umbringen.«

»Das würde ich nicht«, sagte Diana und ihre Wangen leuchteten rosafarben. »Ich wette, dass ich eine fabelhafte

Fahrerin wäre. Viele Mädchen aus guten Familien fahren jetzt Krankenwagen und Laster. Sie leisten ihren Teil bei den Kriegsbemühungen, im Unterschied zu mir, die hier feststeckt und sich zu Tode langweilt.«

»Wie auch immer, Roddy, du musst das Automobil herausholen, um uns zu den Prescotts zu fahren«, sagte Lady Esme. »Wir können ja kaum auf Fahrrädern hinkommen.«

»Ich weiß gar nicht, ob ich hingehen will«, sagte Lord Westerham. »Da ist etwas an diesem Kerl Prescott. Ich vertraue ihm nicht. Er ist keiner von uns.«

»Wie kannst du denn so was sagen, Pah?« Pamela hatte bis jetzt still dagesessen und eine Scheibe Toast mit Marmelade gegessen.

»Weil es stimmt. Oh, er hat vielleicht ein schickes Haus und all die Allüren dazu, aber er ist ganz klar in der Mittelschicht aufgewachsen.«

»Nun, er ist jetzt einer von uns«, sagte Pamela. »Er hat einen Titel, genau wie du.«

»Entweder erbst du ihn oder du kaufst ihn«, entgegnete Lord Westerham trocken. »In seinem Fall Letzteres. Und ich frage mich auch, wie er an all das Geld gekommen ist. Irgendetwas an diesem Kerl ist mir zu glatt.«

»Du bist nur eifersüchtig, Pah«, sagte Diana mit einem leichten Grinsen. »Also, wirst du mir das Fahren beibringen? Ich könnte uns morgen rüber zu den Prescotts fahren. Ich werde wohl kaum etwas rammen, wenn ich unsere Auffahrt hinunterfahre, oder?«

»Absolut verdammt noch mal nein!«, wütete Lord Westerham.

»Was kann ich dann machen?«

»Bleib zu Hause und hilf deiner Mutter, bis du alt genug bist, das kannst du tun. Strick Socken und Mützen für die Soldaten.«

»Stricken? Du machst wohl Scherze. Wenn ich ein Sohn wäre und achtzehn, dann wette ich, dass du stolz darauf wärst, wenn ich zur Armee gehen würde.«

Eine kurze Welle des Bedauerns huschte ihm über das Gesicht. »Aber das bist du nicht, oder? Ich habe nur Mädchen, und es ist meine Aufgabe, sie zu beschützen.«

»Wenn du nicht aufpasst, dann laufe ich davon und heirate einen Zigeuner, und dann wird es dir noch leidtun.« Diana stand auf, ließ ihre Serviette fallen und stolzierte aus dem Zimmer.

»Ich freue mich schon darauf, dir Wäscheklammern abzukaufen«, rief ihr Lord Westerham grinsend hinterher.

Lady Esme blickte ihren Mann an. »Du musst sie irgendwann mal gehen lassen, Roddy. Ich verstehe, wie sie sich fühlt. Sie kann nicht zu Hause sitzen und nichts tun, wenn alle anderen bei den Kriegsbemühungen helfen.«

»Wenn sie einundzwanzig ist, kann sie tun, was ihr verdammt noch mal gefällt«, sagte er. »Bis dahin ist sie in meiner Obhut, und ich tue, was ich für das Beste halte. Du weißt, wie sie ist, Esme. Wenn wir sie nach London lassen, kehrt sie innerhalb von zehn Minuten mit einem unehelichen Kind zurück.«

»Also wirklich, Roddy. Manchmal gehst du einfach zu weit.« Lady Esme wurde rot. »Ich muss mich darum kümmern, dass wir alle für die Dinnerparty bei den Prescotts etwas Anständiges zum Anziehen haben. Ich habe meine guten Kleider seit Ewigkeiten nicht mehr ausgeführt und Lady Prescott ist immer so chic gekleidet.« Sie blickte zu Pamela, die sich gerade vom Tisch erhoben hatte. »Hast du ein Abendkleid mitgebracht, Liebling?«

»Ich habe die meisten Sachen hiergelassen«, sagte sie. »Ich habe nicht viel Gelegenheit, mein Abendkleid zu tragen, wenn ich in der Nachtschicht arbeite.«

»Dann teile die Neuigkeit auch Livvy mit, ja? Ich bin mir sicher, dass sie mitkommen möchte.«

Als Pamela das Zimmer verließ, hörte sie ihren Vater sagen: »Ich habe drüber nachgedacht, Esme, und je mehr ich dran denke, desto weniger möchte ich mitgehen. Prescott wird überschwänglich und großmütig sein und seinen Single Malt Scotch ausschenken und mich auf die Palme bringen.«

»Aber wir müssen hin«, sagte Lady Esme mit gesenkter Stimme. »Für deine Tochter.«

Pamela blieb im Gang vor dem Speisezimmer stehen.

»Tochter? Welche Tochter?«

»Pamma, natürlich. Es geht darum, Jeremys erfolgreiche Rückkehr zu feiern. Jeremy und Pamela, weißt du?«

»Nein, das wusste ich nicht. Hat er um ihre Hand angehalten oder etwas in der Art?«

»Nein, aber ich bin mir sicher, dass er das tun wird, wenn die Zeit gekommen ist.«

Pamela wartete nicht länger, sondern ging die Treppe hinauf. Ihr Gesicht war rot geworden bei dem, was sie gerade gehört hatte. Alle nahmen an, dass sie und Jeremy heiraten würden, außer Jeremy selbst, wie es schien. Und jetzt war noch ein anderer nagender Zweifel in ihr erwacht. Ihre Schwester Dido. Sie hatte Jeremy offenbar öfter besucht und gestern Abend …

Diana wartete am oberen Treppenabsatz. »Bist du sicher, dass ich nicht mit dir kommen und bei dir wohnen kann, Pamma? Ich werde noch verrückt, wenn ich hierbleibe. Es muss doch eine Arbeit für mich geben, wo du arbeitest. Ich würde jetzt wirklich alles machen, selbst langweiliges Aktensortieren.«

»Dido, du kannst nicht gegen Pahs Wunsch gehen. Das weißt du genau. Außerdem teile ich mir ein Zimmer mit einem anderen Mädchen in einer absolut schrecklichen Pension, und wir sind dort genauso weit von London entfernt, wie wir es hier sind. Stecken mitten auf dem Lande fest, wo nichts passiert. Du würdest dich da genauso langweilen wie hier.«

»Aber du arbeitest doch bestimmt mit Männern zusammen.«

»Das stimmt. Obwohl ich die meisten nicht gerade als interessant bezeichnen würde. Sie sind zu alt oder schlaksige Jungs mit Pickeln. Nichts Aufregendes, das kann ich dir versichern.« Sie wandte sich ihrer Schwester zu. »Ich verstehe dich ja. Warum bittest du Pah nicht, dass er mal nachfragt, ob der Colonel der West Kents dich für Büroaufgaben gebrauchen kann? Das wäre ein Anfang und du würdest Erfahrungen sammeln.«

Dianas Gesicht hellte sich auf. »Ja, das wäre ein Anfang, oder? Gute Idee, Pamma. Du bist also doch nicht so ein blöder Stockfisch.«

Als sie an ihr vorbeiging, sagte Pamela mit leiser Stimme: »Ich weiß, dass du gestern Abend aus warst, Dido. Ich habe die Dielen knarren hören und gesehen, wie du in dein Zimmer gegangen bist. Wo bist du gewesen?« Der besorgniserregende Gedanke war ihr in den Sinn gekommen, dass Dido zu Jeremy gegangen war. Und Dido schien keinerlei Befangenheit bezüglich Sex zu haben – sie war völlig scharf darauf. Hatte sie etwa Jeremy das gegeben, was Pamela ihm verweigert hatte?

Dido grinste. »Mit ein paar Soldaten, die ich kennengelernt habe, im *Three Bells*.«

Pamela hörte sich erleichtert seufzen. »Dido, um Himmels willen, sei bloß vorsichtig. Pah würde an die Decke gehen, wenn er das herausfände. Und Soldaten? Das ist nicht unbedingt schlau.«

»Es war großartig. Sie waren so nett zu mir. Sie haben mich perfekt behandelt.«

»Nun, ich nehme an, dass sie das tun, weil du die Tochter des Hauses bist, in dem sie stationiert sind. Und du bist eine Lady.«

»Aber so war es überhaupt nicht. Wir haben uns unterhalten. Wir haben gelacht. Es war so angenehm, einfach eine normale Person zu sein. Teil einer Clique. Ist es da, wo du arbeitest, auch so? Müssen sie dich dort ›Mylady‹ nennen und so ein Blödsinn?«

Jetzt musste Pamela lachen. »Natürlich nicht. Und sie behandeln mich sicherlich nicht anders, weil ich die Tochter eines Earls bin.«

»Das will ich auch. Irgendwo sein, wo sich niemand darum kümmert, wer ich bin.«

Pamela legte ihrer Schwester leicht die Hand auf den Arm. »Du wirst noch an die Reihe kommen, das verspreche ich dir. Und wenn dieser Krieg noch lange weitergeht, dann befürchte ich, dass wir alle aufgefordert werden, unseren Teil zu leisten.«

»Meine Güte, das hoffe ich«, sagte Diana. »Danke, Pamma. Und du sagst Pah nichts davon, oder?«

»Nein, das werde ich nicht. Aber du hast Glück, wenn nicht einer aus dem Dorf plappert. Du weißt, was das alles für Klatschweiber sind.«

»Du bist wirklich ein guter Kumpel«, sagte Diana.

»Danke für das Kompliment.« Pamela lächelte, als sie in ihr Schlafzimmer ging.

Phoebe stampfte in ihr Zimmer, sodass die Gouvernante von dem Buch aufblickte, in dem sie gerade las.

»Was ist los, Phoebe?«, fragte sie.

»Alle sind zu einer Dinnerparty bei den Prescotts eingeladen, nur ich nicht.«

»Nun, darüber würde ich mich nicht ärgern«, sagte Miss Gumble mit einem Lächeln über das missmutige Gesicht des Mädchens. »Ich bin auch nicht eingeladen.«

»Natürlich bist du nicht eingeladen. Du bist nur eine Gouvernante«, sagte Phoebe und bemerkte, wie sich das Gesicht der Frau schmerzlich verzog.

»Zu deiner Information, Phoebe Sutton, ich bin in Umständen aufgewachsen, die sich nicht sehr von deinen unterschieden haben. Oh, unser Haus war nicht ganz so groß wie dieses und mein Vater hatte keinen Titel, doch es war ein Anwesen von guter Größe. Dann starb mein Vater, als ich in Oxford war, und mein Bruder erbte alles. Und seine Frau teilte mir in unmissverständlicher Weise mit, dass ich in meinem alten Zuhause nicht länger willkommen bin.«

»Du meine Güte, wie gemein von ihr«, sagte Phoebe.

Miss Gumble nickte. »Deshalb hatte ich keine Wahl. Ohne Geld und ohne ein Zuhause musste ich die Universität verlassen und eine Stelle annehmen, wo ich die Kinder anderer Leute unterrichtete, weil sie mir ein Dach über dem Kopf gaben.«

»Warum hast du nicht geheiratet?«, fragte Phoebe. »Du musst einmal sehr hübsch gewesen sein.«

»Ich nehme an, dass du das als Kompliment meinst.« Miss Gumble lächelte traurig. »Da gab es einen jungen Mann. Doch er starb in den Schützengräben des Großen Krieges, wie so viele andere. Eine ganze Generation junger Männer wurde ausgelöscht, Phoebe. Für Frauen meines Alters gab es keine Männer zum Heiraten.«

»Meine Güte«, sagte Phoebe erneut. »Glaubst du, das wird diesmal auch geschehen? Glaubst du, zum Ende dieses Krieges wird es für mich keine Männer mehr zum Heiraten geben?«

»Das hoffe ich nicht, zu deinem Besten«, sagte Miss Gumble. »Als der letzte Krieg zu Ende war, waren wir wenigstens immer noch frei. Und wir haben gewonnen, wie schrecklich auch der Preis dafür gewesen ist.«

KAPITEL 19

Pfarrhaus All Saints

Im Pfarrhaus öffnete Reverend Cresswell die Morgenpost und guckte überrascht. »Sieh mal einer an«, sagte er. »Wir haben eine Einladung für eine Dinnerparty morgen Abend bei den Prescotts erhalten. Das ist mal eine Überraschung, oder, Ben?«

»Bei den Prescotts?« Ben hielt inne. »Ich nehme an, dass sie uns nur aus Höflichkeit eingeladen haben.«

»Blödsinn, mein Junge«, sagte der Pfarrer. »Sie haben dich als Jeremys ältesten Freund eingeladen. Ich bin die Höflichkeit.«

»Wir müssen nicht hingehen«, sagte Ben.

»Nicht hingehen? Ich persönlich freue mich auf ein feudales Essen in diesen Zeiten der Knappheit. Man hört nur das Beste über die Speisen bei den Prescotts.«

Ben wünschte, ihm würde ein guter Grund einfallen, um nicht hingehen zu müssen. Lord Westerhams Familie war sicherlich auch eingeladen und er würde zusehen müssen, wie sich Jeremy und Pamela mit diesem besonderen Blick anstarrten. *Gewöhn dich dran,* sagte er sich, ärgerlich über seine eigene Schwäche. Er war hier, um zu arbeiten, und bei der Dinnerparty würden die führenden Köpfe der Gemeinde an einem Ort versammelt sein. Eine perfekte Gelegenheit für Beobachtungen.

»Dann können wir dich nicht eines guten Essens berauben.«

Ben stand auf. »Ich schreibe eine Antwort an Lady Prescott.«

Nach dem Frühstück nahm er sein Fahrrad. Es war ein frischer, windiger Tag mit Aussicht auf Regen. Er ging wieder nach drinnen, um seine Windjacke zu holen.

»Ich mache eine Fahrradtour«, sagte er zu seinem Vater.

Der Pfarrer blickte ihn kritisch an. »Treib es mit deiner Fitnesssache nicht zu bunt, Benjamin. Du musst niemandem etwas beweisen. Du hast dich bemerkenswert von deinem Unfall erholt.«

Ben schluckte seine Verärgerung herunter. »Ich würde das Radfahren ums Dorf kaum als Übertreibung bei der Fitness bezeichnen. Ich dachte, ich fahre mal zu dem alten Malzhaus und frage, ob mir die Künstler dort ihre Werke zeigen.«

»Viel Glück.« Der Pfarrer lächelte. »Nach dem, was ich gehört habe, scheint es nicht zu ihren größten Tugenden zu gehören, jemandem den roten Teppich auszurollen. Sie haben sogar gedroht, jeden zu erschießen, der den öffentlichen Fußpfad benutzt. Wir mussten den Dorfpolizisten holen, damit er ihnen das Wegerecht erklärt.«

»Dann könnte es eine interessante Begegnung werden«, sagte Ben und ging zur Haustür hinaus.

Einen knappen Kilometer außerhalb des Dorfes bedauerte er seine Kühnheit. Der Wind kam von der Themsemündung, traf ihn voll von der Seite und drohte ihn in jeder Kurve umzuwerfen. Es ging ganz gut, wenn der Weg zwischen hohen Hecken verlief, doch am offenen Gerstenfeld war es brutal. Trotzdem wollte er nicht absteigen und zu Fuß gehen. Zuerst fuhr er zu Broadbents Farm. Der alte Mr Broadbent mistete gerade einen Schweinestall aus, als Ben angeradelt kam, zu beiden Seiten einen kläffenden Hund.

»Na, wenn das nicht der junge Ben ist«, sagte er und wischte sich die Hände ab, als er zum Fahrrad kam. Er lud Ben auf eine Tasse Tee ein und sie redeten über die Knappheit an Hilfskräften auf der Farm und wie die Landmädchen – Mädchen aus den Städten, die ihren Dienst an der Heimatfront taten – die Arbeit der jungen Männer übernommen hatten.

»Ein paar sind gute und harte Arbeiterinnen«, sagte Mr Broadbent. »Andere sind hoffnungslose Fälle. Machen sich mehr Gedanken über ihre Frisur und ihr Make-up, als ihre Aufgaben zu erfüllen. Ich habe ein paar von ihnen erwischt, als sie für eine Zigarette hinter den Heuhaufen gegangen sind. Das Heu, verstehst du! Ich sagte ihnen, wenn das abbrennen würde, hätten meine Tiere im Winter kein Futter und wir würden alle verhungern.« Er schüttelte den Kopf. »Haben nicht viel Ahnung. Stadtmädchen.«

Ben hatte bisher gar nicht daran gedacht, dass die Kontaktperson des abgestürzten Fallschirmspringers auch eine Frau sein könnte.

»Sind auch ausländische Mädchen darunter?«, fragte er.

»Da ist Trudi aus Österreich. Sie ist eine meiner guten, energischen Arbeiterinnen. Kommt von einem Bauernhof. Ich habe ihr die Aufsicht über die hoffnungslosen Fälle gegeben und sie bringt sie auf Zack.«

Ben brachte das Gespräch auf den abgestürzten Mann, doch der Bauer hatte nur vage etwas darüber gehört und schien auch nicht sehr daran interessiert zu sein. »Ich nehme an, dass es im Krieg einfach ein paar Unfälle gibt, oder?«, meinte er und bot Ben eine Scheibe Schweinefleischpastete an.

Auf dem Weg nach draußen hielt Ben an, um mit ein paar der Mädchen zu plaudern, und erfuhr dabei, dass Trudi nicht sehr beliebt war. Sie ließ die Mädchen zu schwer arbeiten, und vor allem traf sie sich mit einem der in Farleigh stationierten Soldaten. Einem gut aussehenden Kerl. Sie schlich sich nachts raus, um ihn zu sehen. Es schien ihnen zu gefallen, über sie zu tratschen. Ben fuhr weiter, mit vollem Magen, aber nur einer Österreicherin namens Trudi für seine Liste. Trudi, die sich praktischerweise mit einem der Soldaten traf. Er fuhr weiter zu dem berüchtigten Malzhaus und fragte sich, wie er sich den zwei feindseligen Besitzern nähern konnte, die gedroht haben, auf Passanten zu schießen. Sie waren beide Künstler, so viel wusste er. Es war an der Zeit, Guy Harcourt heraufzubeschwören, seinen alten Kollegen aus dem Büro neben seinem. Guy war sehr an moderner Kunst und Design interessiert und hatte erfolglos versucht, Ben von seinem Geschmack zu überzeugen. Doch heute würde ihm sein geringes Wissen hoffentlich nützlich sein.

Das alte Malzhaus lag noch immer zwischen hohen Reihen Hopfen, doch jetzt gab es einen Lattenzaun und ein Tor, das die Hopfenfelder von einem Vorgarten mit Rosen trennte. Über der Haustür rankte ein gebogenes Rosenspalier. Ben musste zugeben, dass es ein hübsches Bild ländlicher Ruhe bot, abgesehen von dem Schild am Tor mit der Aufschrift: »Betreten verboten! Betteln und Hausieren verboten!«

Ben öffnete vorsichtig das Tor und schob sein Fahrrad zur Haustür. Der Türklopfer aus Messing sah aus wie eine Dämonenfratze. Ben zögerte, bevor er anklopfte. Die Tür wurde von einem pummeligen Mann geöffnet, der ganz in Schwarz gekleidet war – ein schwarzer Fischerpullover trotz des warmen Wetters und eine ausgebeulte schwarze Hose. Er hatte ein Mondgesicht und strohfarbenes Haar, und eine schwarze Zigarette hing ihm im Mundwinkel. Ben bemerkte den Geruch ausländischen Tabaks.

»Ja? Was willst du? Wenn du glaubst, dass wir für irgendeine Metall oder Papiersammlung spenden, dann kannst du das gerne weiter glauben.«

Er hatte einen leicht ausländischen Akzent, den Ben nicht einordnen konnte.

»Ehrlich gesagt bin ich der Pfarrerssohn ...«, begann Ben, doch der Mann unterbrach ihn.

»Und du wirst uns auch nicht in die Kirche bringen. Wir glauben nicht an diesen Blödsinn.«

»Ich bin auch nicht hier, um Sie zu bekehren«, sagte Ben. »Jemand hat gesagt, Sie seien Künstler, und ich bin ein großer Kunstliebhaber, deshalb habe ich gedacht ...«

»Du bist ein Kunstliebhaber? Wessen Werk bewunderst du denn?«

Ben zermarterte sich das Gehirn nach Künstlern, von denen Guy gesprochen hatte. Er hatte ihn in Galerien geschleppt, als es solche Dinge noch gab. »Nun, ich bewundere Karl Schmidt-Rottluff und natürlich Paul Klee, obwohl es wahrscheinlich nicht mehr erlaubt ist, einen deutschen Künstler zu mögen.«

»Dann komm mal besser rein«, sagte der Mann. »Die Arbeit von Serge ist mit den Werken von Schmidt-Rottluff verglichen worden.« Er ging Ben voraus. »Oh, Serge. Komm raus, wo immer du auch bist. Wir haben endlich einmal einen zivilisierten Besucher«, flötete er.

Ein anderer Mann kam aus einem Hinterzimmer. Er war hochgewachsen, dunkel und schlank mit markanten Zügen und er trug einen farbverschmierten Kittel.

»Serge, dieser junge Mann ist ein Bewunderer von Schmidt-Rottluff. Ich habe ihm erzählt, dass deine Arbeit mit seiner verglichen wurde.«

»Wirklich?« Er blickte skeptisch zu Ben. »Du bewunderst die deutschen Expressionisten?«

»Aber natürlich«, sagte Ben und hoffte, dass die Diskussion nicht zu sehr in die Tiefe gehen würde. Er blickte sich im Zimmer um. An den Wänden hingen ein paar schreckliche

Bilder – leuchtende Flecken aus Primärfarben und verzerrte Gestalten.

Ben dachte, dass Guy sie wahrscheinlich mögen würde.

Ben sagte: »Ihre Arbeit, Serge?«

Der dunkle Mann nickte. »Genehmigt?«

»Kraftvoll.«

Der Mann nickte erneut. »Du bist sehr freundlich.«

Bens Blick schweifte weiter zum Bild einer lang gezogenen violetten Frau. Er war sich sicher, dass er das Bild schon einmal gesehen hatte – hatte Guy nicht eine Postkarte davon angepinnt?

»Haben Sie schon viel in Galerien ausgestellt?«, fragte er.

»Ein wenig.« Serge zuckte die Schultern.

»Sind Sie aus Russland?«, fragte Ben. Sein Akzent war recht stark.

»Ja. Ich kam her, als ich nichts anderes mehr malen durfte als gesunde Bauersfrauen an den Erntemaschinen. Es gibt keine Kunst mehr in Russland.«

»Sind Sie auch hergekommen, weil Sie Ihre Kunst nicht länger ausüben konnten?«, fragte Ben den anderen Mann.

Er lächelte. »Ich bin aus Dänemark, mein Lieber, wo eigentlich alles geht. Doch ich bin eilig weg, als die Deutschen vor dem Einmarsch standen. Und dafür danke ich meinem Glücksstern. Ich würde keinen guten Nazi abgeben. Ich kann nicht gut salutieren, zum einen. Und ich bin ein hoffnungsloser Fall, wenn es um Befehlsgehorsam geht.« Er grinste. »Du bist der erste halbwegs zivilisierte Mensch, den wir kennenlernen, seit wir hergezogen sind. Die meisten Leute hier sind ziemliche Banausen, nicht wahr, Serge?«

Serge nickte. »Banausen.« Er runzelte die Stirn und sah zu Ben. »Also, was treibst du in dieser Gegend?«

»Mein Vater ist der Dorfpfarrer. Ich mache ein paar Tage Urlaub.«

»Ein Soldat? Ein Matrose?«

»Zivilist, muss ich gestehen. Ich hatte einen Flugzeugunfall.«

»Entschuldige dich dafür nicht. Sei dankbar, dass du nicht Teil des Gemetzels bist. Wir sind gewiss dankbar dafür, dass sie keine Männer über vierzig einberufen, nicht wahr, Hansi?«

Der pummelige Mann nickte. »Möchtest du unseren selbst gemachten Pastinakenwein kosten? Ich muss dich warnen, denn er haut ziemlich rein.«

Ben nickte und bekam ein Glas. Er nahm einen Schluck und rang nach Luft, als die Flüssigkeit ihm die Kehle verbrannte, dann fragte er: »Also, sind Sie aus London hergekommen?«

Sie nickten beide. »Wir wohnten natürlich in Chelsea«, sagte der pummelige Hansi. »Dann wurde ein Haus drei Türen weiter zerbombt und wir sagten, das ist zu nah, um noch ruhig zu bleiben, und flohen hierhin. Wir waren sofort von dem Gebäude eingenommen. Es hat Charakter, findest du nicht?«

»Auf jeden Fall«, sagte Ben, »obwohl ich mich noch daran erinnere, wie der Hopfen zum Trocknen in den Turm gehängt wurde. Sind Sie auch Maler?«

»Bildhauer«, sagte Hansi. »Ich arbeite mit Metall. Oder eher, ich habe mit Metall gearbeitet, als es noch welches gab. Ich habe große Stücke für draußen gemacht. Jetzt wandert natürlich jedes Stück Alteisen in die Produktion einer weiteren Bombe oder eines Flugzeugs. Also habe ich widerwillig zu Lehm gewechselt, denn bei dem gibt es keine Knappheit.«

Ben blickte von einem zum andern. Der düstere Serge aus Russland – Ben konnte sich vorstellen, dass er für die Nazis arbeitete. Doch der umgängliche Hansi? Und dennoch, er hatte mit Metall gearbeitet. Er besaß wahrscheinlich alle Werkzeuge, die ein deutscher Fallschirmjäger benötigen würde.

Als er sie eine halbe Stunde später verließ, trennten sie sich auf das Freundlichste mit einer offenen Einladung an Ben, sie wieder zu besuchen, wann immer er in der Gegend war. Er fuhr davon, wobei er ein wenig über den Pfad schwankte, da der Wind noch stärker geworden war und er die Wirkung des kräftigen Pastinakenweins spürte.

Während er müde nach Hause strampelte, erkannte er, dass er kein bisschen klüger war. Die zwei Künstler schienen nach England geflohen zu sein, um der Tyrannei zu entkommen, und wollten nur Frieden und Ruhe, um ihre Kunst zu machen. Aber sie hatten sich einen entlegenen Platz gesucht, und Hansi wäre nicht der erste Deutsche, der behauptete, er sei Däne. Die ansässigen Bauern waren solide Männer, die er sein ganzes Leben kannte. Ihre Landmädchen waren über alle Kritik erhaben, mit Ausnahme einer Österreicherin namens Trudi, die mit einem Soldaten ausging. Doch der tote Mann war auf Lord Westerhams Feld gelandet, wahrscheinlich aus gutem Grund. Ben hoffte, dass er auf der Dinnerparty irgendeine Spur finden würde.

KAPITEL 20

Auf Nethercote – Die Dinnerparty

Ben war froh, dass die Frühlingsabende schon länger wurden, als er mit seinem Vater die Zufahrt nach Nethercote, der Residenz der Prescotts, entlangging. Er war auch froh darüber, dass die Zufahrt eben war. Es wäre sonst gar nicht so einfach, im Dunkeln zurückzulaufen, nur mit einer mit schwarzem Tuch abgedeckten Taschenlampe. Kein Licht durfte aus den Fenstern irgendeines Hauses dringen und der ganze Weg nach Hause würde in totaler Finsternis liegen. Ben versuchte, sich daran zu erinnern, ob der Mond scheinen würde. Er wandte sich mit der Frage an seinen Vater.

»Er ist in seinem dritten Viertel, also ohne jeden Nutzen für uns. Außer wenn wir ganz lange blieben, was wir nicht tun werden«, sagte Reverend Cresswell. »Ich muss zugeben, dass ich mich zwar auf das Essen freue, aber die Aussicht auf den Abend finde ich nun doch ein wenig beängstigend. Andererseits, wenn es nur wir und die Familie Sutton sind, dann wäre es nicht so schlecht, oder? Wie in den alten Zeiten.«

Ben nickte. *Wie in den alten Zeiten,* dachte er. Sie drückten das große schmiedeeiserne Tor auf, das bisher nicht als Alteisen beschlagnahmt worden war, und ihre Füße knirschten über den geharkten Kies, als sie den Weg hinaufgingen. Er staunte über den guten Zustand des Grundstücks und sein Vater sagte: »Wie man sieht, haben sie nicht versucht, ihre Rasenflächen in Kartoffelacker umzuwandeln. Es sieht geradezu sündhaft aus. Sie müssen sogar noch Gärtner haben.«

»Ja, haben sie«, sagte Ben. »Ich habe sie bei der Arbeit gesehen, als ich neulich mit Pamela hergekommen bin.«

»Du bist mit Pamela hier gewesen?«

Ben nickte. »Sie wollte Jeremy nicht allein besuchen. Ich glaube, sie hatte Angst, dass er entstellt wäre oder so etwas. Doch er schien ganz der Alte zu sein, abgesehen davon, dass er viel Gewicht verloren hat und recht blass war.«

»Dieser junge Mann muss in einem anderen Leben eine Katze gewesen sein«, sagte sein Vater. »Er hat sicherlich die meisten seiner neun Leben schon genutzt.«

Ben nickte erneut.

»Und zweifellos wird er sein Schicksal aufs Neue in einem Kampfflugzeug herausfordern, sobald sie ihn lassen.«

»Zweifellos«, stimmte Ben zu.

Sie hatten gerade die Haustür erreicht, als sie hinter sich das Geräusch eines Automobils vernahmen und Lord Westerhams alter Rolls die Auffahrt hinaufkam. Lord Westerham selbst, kein Chauffeur, stieg an der Fahrerseite aus und ging herum, um die Beifahrertüren zu öffnen. Seine Frau und die Töchter stiegen eine nach der anderen aus und glätteten ihre zerknitterten Abendkleider. Ben sah, wie Pamela anmutig ausstieg. Sie trug ein blassblaues griechisches Kleid, der perfekte Kontrast zu ihrem aschblonden Haar und dem englischen Teint.

»Guten Abend, Herr Pfarrer. Wie schön, dich zu sehen, Ben«, rief Lady Esme. »Ein wunderbarer Abend, nicht wahr? Das Wetter war so schön in letzter Zeit, fast als würde es uns verspotten, finden Sie nicht?«

Bens Vater verbeugte sich grüßend. »Guten Abend, Lady Westerham. Ja, wir haben wirklich eine herrliche Schönwetterperiode. So wichtig für die Ernte.«

»Zu schade, dass wir schon ein volles Auto haben, sonst hätten wir Sie mitnehmen können«, sagte Lord Westerham.

»Bei der Geschwindigkeit, mit der du fährst, sind sie schneller zu Fuß hier gewesen, Pah«, warf Diana ein, die als Letzte aus dem Rolls stieg, in Blassrosa, was sie jung und verletzlich aussehen ließ. Ben wurde klar, dass wohl keines der Mädchen neue Kleider bekommen hatte, seit der Krieg angefangen hatte und die Kleidung rationiert war. Dianas war womöglich ein abgelegtes Kleid aus Pamelas Saison.

Pamela warf Ben ein breites Lächeln zu, während die Mädchen ihren Eltern die Freitreppe hinauffolgten. Ben und sein Vater schlossen sich an. Die Tür wurde von einem Dienstmädchen geöffnet und sie wurden in einen eleganten Salon geleitet. Ben sah, dass bereits einige Leute im Saal waren, und hörte Lord Westerham zu seiner Frau murmeln: »Ich dachte, du hättest gesagt, es sei eine kleine Dinnerparty. Das ist eine verdammt große Gesellschaft. Ich wünschte, wir wären nicht gekommen.«

Lady Westerham ergriff ihn am Arm und zog ihn entschlossen vorwärts, sodass er keine Gelegenheit zur Flucht hatte, bevor Sir William und Lady Prescott kamen, um sie zu begrüßen. Lady Prescott trug Goldlamé und Sir William war makellos im Abendanzug.

»Wie schön, dass Sie gekommen sind.« Sie streckte die Arme zu Lady Esme aus.

»Es war schön von Ihnen, dass Sie uns eingeladen haben.« Lady Esme ließ sich von der anderen an den Händen fassen. »Ich kann gar nicht sagen, wie lange es schon her ist, dass wir zu einem Essen eingeladen wurden. Ich fühle mich, als wäre ich aus einem Käfig entkommen.«

»Wir mussten einfach Jeremys Flucht und sichere Heimkehr feiern, nicht wahr? Ich halte es noch immer für ein Wunder.« Sie streckte einen Arm in Richtung der anderen Gäste aus. »Ich weiß nicht, ob Sie schon alle kennengelernt haben«, sagte sie. »Natürlich kennen Sie Colonel und Mrs Huntley. Und Miss Hamilton. Und ich bin mir sicher, dass Sie mit Colonel Pritchard vertraut sind, da er ja unter Ihrem Dach wohnt.«

»Natürlich.« Es gab höfliches Nicken und Begrüßungsworte. »Aber sind Sie bereits Lord und Lady Musgrove vorgestellt worden? Lord Musgrove hat gerade Highcroft Hall geerbt.«

Ben betrachtete das junge, stilvoll gekleidete Paar. Er versuchte, Highcroft Hall einzuordnen.

»Ach ja?« Lord Westerham drehte sich zu seiner Frau. »Wir haben gehört, dass der alte Lord Musgrove schon vor einiger Zeit verstorben ist, nicht wahr, Esme?«

»Ja, das haben wir. Wir sind so froh, dass das Haus endlich wieder bewohnt ist.«

Der junge Mann warf seiner Frau einen Blick zu, bevor er lächelte und Lord Westerham die Hand entgegenstreckte. »Angenehm, Frederick Musgrove, und das ist meine Frau, Cecile. Wir haben in Kanada gewohnt, deshalb hat es etwas gedauert, bis man uns gefunden hat. Ich kann Ihnen sagen, dass es ein ziemlicher Schock war, als uns der Brief eines Anwalts erreichte, in dem er uns mitteilte, dass ich Highcroft und den Titel geerbt habe. Hat mich geradezu umgehauen. Als der Sohn eines jüngeren Sohnes habe ich nicht erwartet, jemals etwas zu erben, weshalb ich nach Kanada gegangen bin. Doch die anderen Erben sind alle im Großen Krieg geblieben und so bin ich jetzt hier.« Er lächelte jungenhaft. »Ich habe mir meinen Unterhalt wie alle anderen im Schweiße meines Angesichts verdient.«

»Wohl kaum im Schweiße deines Angesichts, Freddie«, sagte seine Frau. Sie lächelte und blickte zu den anderen. »Er hat in einer Bank in Toronto gearbeitet.«

»Eine Bank? Wirklich? Wie faszinierend«, sagte Lord Westerham, worauf ihn seine Frau in die Seite knuffte.

»Dann lassen Sie mich weiter vorstellen«, fuhr Lady Prescott fort. »Das sind unsere Nachbarn, Lord und Lady Westerham und ihre Töchter Olivia, Pamela und Diana, und dies ist unser geschätzter Dorfpfarrer, Reverend Cresswell, mit seinem Sohn Ben. Ben ist der beste Freund unseres Sohns, seit sie kleine Kinder waren. Und wo wir gerade von ihm reden, wo steckt unser Sohn?« Sie blickte auf und ein strahlendes Lächeln erhellte ihr Gesicht. »Ah, da ist er ja, der Wunderknabe in Person.«

Es gab eine Runde Applaus. Jeremy, der im Schwarz seines Dinnerjackets noch dünner und blasser wirkte, stand in der Tür und lächelte verlegen, als seine Mutter zu ihm kam, ihn am Arm ergriff und zu den versammelten Gästen schleppte. »Ist er nicht wundervoll?«, strahlte Lady Prescott. »Ich kann Ihnen gar nicht sagen, was es uns bedeutet, ihn wieder bei uns zu haben. Entgegen allen Erwartungen.«

»Mutter, bitte.« Jeremy lächelte verschämt.

»Verdammt tapfer von dir, junger Mann«, sagte Colonel Huntley. »Für das, was du getan hast, braucht man Nerven. Das zeigt einfach, dass wir Briten aus härterem Holz geschnitzt sind als diese Hunnen. Ein Deutscher hätte das nicht fertiggebracht. Sie warten nur darauf, Befehle auszuführen.«

»Das stimmt nicht ganz, Colonel«, sagte Jeremy. »Da sind ein paar wirklich verdammt gute deutsche Kampfpiloten. Es ist ein Privileg, mit ihnen zu kämpfen.«

»Genug vom Krieg geredet«, unterbrach Sir William. »Wenden wir uns praktischeren Dingen zu. Was wollen wir alle trinken? Scotch für Sie, alter Junge?«, fragte er Lord Westerham. »Möchten Sie einen Single Malt?«

»Ich würde nicht Nein sagen«, sagte Lord Westerham. »Nicht schlecht, Prescott. Ich habe schon seit Jahren keinen anständigen Whisky mehr getrunken.«

Sir William schnippte mit einem Finger zu einem Bediensteten am Getränketisch. »Und ihr wunderbaren Damen? Vielleicht ein Cocktail? Oder lieber einen Sherry?«

»Oh, ich glaube, von Cocktails habe ich nicht viel Ahnung«, sagte Lady Esme und errötete. »Vielleicht bleibe ich besser bei einem Sherry.«

»Nun, ich würde einen Sidecar nehmen, wenn Sie mich fragen«, sagte Dido. »Du nicht auch, Pamma?«

Pamela zögerte, bemerkte Jeremys Blick auf sich und sagte dann: »Warum nicht? Das wäre schön.«

Als der Bedienstete die Getränke servierte, kam Jeremy zu Pamela herüber, die jetzt bei Ben stand.

»Wie ich sehe, bist du wieder auf den Beinen«, sagte sie.

»Ja, mir geht es eigentlich recht gut«, sagte er. »Ich hoffe, der Quacksalber wird mich wieder für diensttauglich erklären.«

»Bestimmt nicht!« Pamela warf Ben einen besorgten Blick zu.

»Nun, man wird mich für eine Weile nicht mehr fliegen lassen, doch immerhin kann ich mich an einem Schreibtisch nützlich machen, so wie der alte Ben. Mir wurde gesagt, dass man mich beim Luftfahrtministerium gebrauchen könnte, und Vater meint, dass ich in der Londoner Wohnung unterkommen kann.«

»Ihr habt noch eine Wohnung in London?«, fragte Ben.

»Ja, mein Vater hat die Wohnung direkt an der Curzon Street behalten. Er pflegte dort unter der Woche zu übernachten, als er mehr in der Stadt gearbeitet hat als jetzt. Ziemlich praktisch. Ihr müsst mich alle mal besuchen kommen.« Er sah von Ben zu Diana, dann blieb sein Blick bei Pamela. »Ich weiß was: Wenn ich mich eingelebt habe, dann machen wir eine Party. Wie wäre das?«

»Eine Party, in London?« Dianas Stimme klang begeistert.

»Mach dir keine Hoffnungen«, sagte Pamela mit leiser Stimme. »Ich bin mir sicher, Pah würde dich nicht gehen lassen.«

»Aber wenn ich sage, dass du und Ben auf mich aufpasst, dann kann Pah doch nichts dagegen haben, oder?«

»Es gibt keine späten Züge mehr nach Hause«, sagte Pamela.

»Ihr könnt über Nacht bei mir bleiben. Wir machen die Nacht durch und enden mit Speck und Eiern. Genau wie die Partys in der alten Zeit während der Saison«, sagte Jeremy. »Alle sind eingeladen. Du auch, Livvy.«

Olivia hatte schweigend neben der Gruppe gestanden. Sie schüttelte den Kopf. »Oh, danke, aber nein. Das wäre nicht richtig, wo mein Mann weg ist und seinem Lande dient.«

Jeremy lachte. »Habe ich nicht so etwas gehört, dass ihm der Traumjob zugefallen ist, den Herzog von Windsor auf die Bahamas zu begleiten?«

»Ein ziemlich gefährlicher Job, ein Mitglied der königlichen Familie zu beschützen«, entgegnete Olivia wütend. »Du weißt sehr gut, dass die Deutschen ihn liebend gern entführen und an die Stelle des Königs setzen würden.«

»Ihr Mann ist bei dem Herzog von Windsor?«, fragte Lord Musgrove, der herübergekommen war und sich der Gruppe angeschlossen hatte.

Olivia nickte. »Ehrlich gesagt war Teddy aufgebracht, als er von seinem Regiment entfernt wurde, bevor sie nach Afrika gingen, doch der Herzog hatte eigens nach ihm gefragt. Sie waren alte Teamkollegen vom Polo, wissen Sie.«

»Ich muss sagen, ich habe den Eindruck, dass der arme alte Herzog von Windsor ziemlich schäbig behandelt wurde.« Lord Musgrove nahm einen kräftigen Schluck von seinem Whisky. »Ins Exil gesteckt wie Napoleon.«

»Zu seiner eigenen Sicherheit«, sagte Olivia.

»Um ihn weit weg zu halten, damit er sich nicht in das einmischt, was in Europa geschieht«, sagte Sir William. »Immerhin hat seine Frau eine große Zuneigung für Hitler gezeigt.«

»Ich denke trotzdem, dass es eine Schande ist«, sagte Lord Musgrove. »Ich habe ihn immer für einen feinen Menschen gehalten. Er hätte sich als nützlicher Vermittler erweisen können, wenn wir jemals mit Deutschland eine Übereinkunft zu verhandeln haben.«

»Übereinkunft mit Deutschland?« Lord Westerham drehte sich um und blickte Musgrove an. »Nur über meine Leiche.«

»Gut möglich.« Lord Musgrove lächelte.

Das starke Getränk brannte, als Pamela es herunterschluckte. Sie war nicht daran gewöhnt, stärkere Sachen als Bier und Cider zu trinken, vor dem Krieg gelegentlich ein Glas Wein. Doch sie wollte sich nicht von Diana in den Schatten stellen lassen, die recht entspannt mit den Cocktails zu sein schien. Als Pamelas Mutter das Gespräch eilig in ruhigere Gewässer lenkte, kam Jeremy näher zu ihr.

»Du wirst doch zu meiner Party kommen, oder?«, flüsterte er.

»Ich weiß nicht, ob ich freibekommen kann«, sagte sie vorsichtig.

»Du musst doch abends nicht arbeiten, oder?«

»Im Augenblick bin ich sogar in der Nachtschicht.«

»Nachtschicht? Was im Himmel machst du denn, nach Feuern ausgucken?«

»Nein.« Pamela kicherte nervös. »Aber sie brauchen rund um die Uhr Unterstützung.«

»Welches Ministerium, hast du noch mal gesagt?«

»Ich habe gar nichts gesagt«, murmelte sie, »aber wir erledigen Aufgaben für alle Behörden, Faktenüberprüfung, Recherche.«

»Gar nicht schlecht.« Er legte die Hand auf ihren Arm und sagte mit leiser Stimme: »Diese Party ist nur für dich, damit du das weißt. Ich will, dass du dir die Wohnung ansiehst.« Sein Griff wurde fester und er zog sie beiseite. »Hör zu, es tut mir leid, dass wir auf dem falschen Fuß angefangen haben. Das war gedankenlos und grob von mir. Ich war wohl einfach zu sehnsüchtig – na ja, das kannst du doch verstehen, oder? All die Monate, die ich von dir geträumt habe. Fantasiert habe. Ich habe mich hinreißen lassen, tut mir leid. Können wir nicht so tun, als ob es niemals geschehen wäre, und von vorn anfangen? Langsam? Einander wieder kennenlernen?«

Er blickte ihr ernst in die Augen.

»In Ordnung«, sagte sie.

»Fabelhaft.« Er sah sie noch immer an.

KAPITEL 21

Weiter Nethercote

Ein Gong erklang und sie reihten sich auf, um zum Abendessen zu gehen. Ben wurde am Ende der Reihe als Begleitung für Diana eingeteilt. Sein Vater wurde gebeten, die ältere Miss Hamilton zu begleiten. Jeremy und Pamela gingen natürlich als Paar. Ben behielt sie im Blick und sah, wie sie lachte, als ihr Jeremy etwas Witziges zuflüsterte.

»Wir hier hinten sind offenbar das Letzte«, flüsterte Diana Ben zu, als sie in den Speiseraum gingen. Dort strahlten Kronleuchter über einem langen polierten Tisch. Ein Dienstmädchen und ein Diener standen bereit, um die Stühle hervorzuziehen. Ben fand sich zwischen Colonel Huntleys Frau und dem Befehlshaber der Royal West Kents wieder, den er noch nicht kennengelernt hatte. Jeremy und Pamela saßen ihm gegenüber. Lady Prescott saß am Kopf des Tisches mit den zwei Lords zu ihren Seiten, Westerham und Musgrove. Ihr Kleid und die Diamanten an ihrem Hals funkelten im Licht der Kronleuchter und sie blickte zufrieden über die Versammelten.

»Wir sollten einen Toast aussprechen, bevor wir mit dem Essen beginnen, William«, sagte sie. »Die Rückkehr unseres

Sohnes feiern, wo wir schon dachten, wir hätten ihn verloren, und dann hat er es bis nach Hause geschafft …« Ihre Stimme schwankte plötzlich und sie hielt sich die Serviette an den Mund, um ihr Schluchzen zu unterdrücken.

»Immer mit der Ruhe, meine Liebe«, sagte Sir William. »Jeremy ist zu Hause, und das ist gewiss ein Grund zum Feiern. Wir werden auf ihn trinken und auf unsere guten Freunde und die Tatsache, dass wir selbst in der trostlosesten Zeit zusammenkommen und uns aneinander erfreuen können.«

Beifälliges Murmeln erklang um den ganzen Tisch. Champagnerkorken knallten und die Gläser wurden gefüllt.

»Wo im Himmel haben Sie nur Champagner aufgetrieben?«, fragte Lady Esme.

»Ach, na ja, das war ein Glückstreffer«, lachte Sir William. »Ein kleines Weingeschäft in der Nähe von Covent Garden. Eine Bombe fiel nebenan und den Besitzer ergriff Panik. Ich sagte ihm, dass ich ihm den Laden abkaufe, inklusive aller seiner Waren. Er war überglücklich, mein Angebot anzunehmen, und flüchtete. Und ich habe ein paar verdammt gute Weine erhalten – genug, um durch den Krieg zu kommen.«

»Wenn er in absehbarer Zukunft vorbei ist«, warf Miss Hamilton in ihrem Upperclass-Tonfall ein.

»Das muss er«, sagte Sir William. »So kann es nicht weitergehen. Wenn Amerika nicht eintritt, dann sind wir erledigt. Wir können die Invasion nicht für immer allein abwehren.«

»Amerika macht aber keine Anstalten, auf den Aufruf zu reagieren.« Colonel Huntley schnaubte verächtlich. »Nur daran interessiert, uns etwas Ausrüstung zu exorbitanten Raten zu leihen. Sie machen ein Geschäft mit unserem Elend.«

»Nun, wir brauchen die Ausrüstung unbedingt. Von irgendwo muss sie kommen«, sagte der Colonel der West Kents. »Ohne können wir nicht kämpfen. Wissen Sie, dass meine Männer, als sie einberufen wurden, mit Holzstöcken statt

Gewehren üben mussten? So schlimm standen die Dinge. Und wir verlieren Spitfires in erschreckender Menge ...«

»Manchmal glaube ich, es wäre vernünftiger, mit Mr Hitler einen Vertrag zu machen«, sagte Lady Musgrove. »Ich befürchte, es wird immer weitergehen, bis wir auf den Knien und am Verhungern sind, und dann wird Hitler sowieso einmarschieren. Und was haben wir dann erreicht?«

»Das ist dieser Kriegstreiber Churchill«, stimmte ihr Mann zu. »Die Macht ist ihm zu Kopfe gestiegen. Ich glaube, ihm gefällt das sogar.«

»Völliger verdammter Mumpitz«, donnerte Lord Westerham dazwischen. »Wenn es Churchill nicht gäbe, dann wären wir alle längst Sklaven Deutschlands.«

»Bestimmt nicht gerade Sklaven. Eine arische Rasse mit einer anderen. Ebenbürtige«, sagte Lord Musgrove.

»Fragen Sie die Dänen und Norweger, wie gut das funktioniert«, sagte Colonel Pritchard.

Es folgte eine unangenehme Stille.

»Sprechen wir doch heute Abend nicht über solch düstere Dinge«, bat Lady Prescott. »Wir wollen feiern, schon vergessen? Und wenn es unser Sohn geschafft hat, aus diesem abscheulichen Gefangenenlager zu flüchten, und den ganzen Weg durch Europa gekommen ist, um bei uns zu sein, dann ist das gewiss ein Zeichen dafür, dass die Deutschen nicht unbesiegbar sind. Wenn wir tapfer bleiben und uns ihnen entgegenstellen, dann können sie nicht gewinnen.«

»Gut gesagt, Lady Prescott«, nickte Colonel Huntley zustimmend. »Das ist der Weg. Kampfgeist. Briten werden niemals, niemals, niemals Sklaven sein.«

»Ist das unser Einsatz zum Singen?«, fragte Jeremy amüsiert.

»›There'll Always Be an England‹? Oder vielleicht ›Rule, Britannia‹?« Er zwinkerte Pamela zu.

»Es ist der Einsatz, mit dem Essen zu beginnen«, sagte sein Vater. Er nickte den Bediensteten zu und Suppenterrinen wurden herumgereicht.

»Ist das Austerneintopf?«, fragte Lord Westerham erstaunt. »Wo zum Teufel haben Sie denn Austern herbekommen?«

Sir William schmunzelte. »Normalerweise findet man sie im Meer. Offen gesagt, ich kenne da jemanden in Whitstable. Er konnte mir nicht genug besorgen, dass es für jeden ein Dutzend ist, aber doch genug für einen guten Austerneintopf.«

»Aber die Küste ist für Zivilisten Sperrgebiet.«

Sir William schmunzelte noch immer. »Wer hat denn etwas von Zivilisten gesagt? Tut mir leid, Colonel, vielmehr meine Colonels, doch die Regeln werden dafür gemacht, gelegentlich ein wenig gedehnt zu werden. Und diese Austern wären gestorben, ohne dass man sie geerntet hätte. Es wäre doch schade drum.«

Er ließ sich seine Portion genüsslich schmecken. Die anderen folgten seinem Beispiel. Dann wurden die Teller abgeräumt und es wurde der nächste Gang serviert: gegrillte Forelle. Sir William schmunzelte erneut. »Und bevor Sie wieder fragen, ich habe den See mit Fischen besetzt. Sie sind alle selbst gezüchtet.«

Nach der Forelle gab es Schweinebraten in dünnen rosa Scheiben mit Kruste und einer Salbei-Zwiebel-Füllung.

»Sagen Sie mir nicht, dass Sie auch Ihre eigenen Schweine haben!«, sagte Colonel Huntley.

»Ehrlich gesagt, nein. Dieses Schwein kam von jemandem, der jemanden kennt. Man kann eigentlich fast alles bekommen, wenn man weiß, wo man nachsehen muss, und zu zahlen bereit ist.«

»Meinen Sie den Schwarzmarkt?« Lord Westerham sah aus, als würde er erneut explodieren.

»Sie müssen es ja nicht essen, alter Junge«, sagte Sir William. »In der Tat war es ziemlich legal. Eine Bombe ist auf einen Schweinestall gefallen. Die Schweine wurden entweder getötet oder verwundet und mussten sowieso geschlachtet werden.«

»Zumindest ist das seine Variante und er hält sich daran«, sagte Lord Musgrove und alle lachten. Zum Schweinefleisch gab es knusprige Bratkartoffeln und Spargel. »Aus unserem Gemüsegarten«, sagte Lady Prescott stolz. »Wir hatten dieses Jahr eine gute Ernte.«

Die Gläser wurden mit Rotwein gefüllt. Ben aß wie im Traum. Nach den Entbehrungen in der Unterkunft, die er mit Guy teilte, und der Trostlosigkeit des Lebens in London, war es fast zu viel für die Sinne: an einem glänzenden Tisch zu sitzen, einen Gang köstliche Speisen nach dem anderen zu essen, edlen Wein zu trinken, Pamela zu betrachten, die ihm gegenüber am Tisch saß. Jeden Moment rechnete er damit, dass ihn eine Luftangriffssirene aufwecken würde.

»Sie haben also Highcroft Hall für sich allein, Lord Musgrove, oder ist Ihnen jemand zugeteilt worden?«, fragte Lady Esme.

»Bisher sind wir allein, doch das Haus ist auch in schlechtem Zustand und bedarf umfangreicher Arbeiten. Wir haben nur ein paar Zimmer, in denen man wohnen kann. Aber die furchterregende alte Henne, die für Requirierungen zuständig ist, hat schon darauf hingewiesen, dass wir unseren Anteil an Evakuierten aufnehmen müssen, wenn welche aus London hergeschickt werden.«

»Wir haben einen in Farleigh«, sagte Lady Westerham.

»Sei ehrlich, Mah, du hast ihn dem Wildhüter angedreht«, sagte Olivia.

»Viel besser«, sagte Lady Esme. »Man konnte sehen, dass der arme kleine Junge verschüchtert war von einem so großen

Haus wie Farleigh. Und ich weiß, dass er beim Wildhüter gut genährt wird.«

»War er nicht derjenige, der die Leiche auf dem Feld gefunden hat?«, fragte Ben, der die Gelegenheit nutzte, um das Thema anzubringen und die Reaktionen zu beobachten.

»Eine Leiche?«, fragte Lady Prescott.

»Das stimmt«, sagte Lord Westerham. »Irgend so ein armer Kerl, dessen Fallschirm sich nicht geöffnet hat. Der Junge des Wildhüters und unsere jüngste Tochter haben ihn gefunden. Verdammt mutig von ihnen, von beiden, denn der Kerl war in einem üblen Zustand, wie Sie sich vorstellen können.«

»War es ein Unfall bei Fallschirmübungen?«, fragte Lady Musgrove.

»Keine Ahnung. Die Leiche ist schnell abtransportiert worden. Er trug die Uniform der West Kents, doch der Colonel hier schwört, dass er nicht zu ihnen gehörte.«

»Da war etwas komisch an ihm«, sagte der Colonel. »Nicht ganz in Ordnung, wissen Sie. Sein Mützenabzeichen zum Beispiel. Er hatte die ältere Version des Wappenpferdes von Kent.«

»Ein Spion! Ich wusste es!«, rief Miss Hamilton lebhaft. »Ich wette, er war ein Deutscher, der abgeworfen wurde, um zu spionieren oder die Invasion zu unterstützen.«

»Gut möglich«, stimmte ihr Colonel Pritchard zu. »Wird ihnen nicht mehr viel helfen. Ich glaube nicht, dass wir es jemals herausfinden werden.«

Nach dem Schweinebraten wurden als Dessert Windbeutel in Schokoladensoße gereicht.

»Schokolade!«, rief Lady Musgrove aus und seufzte behaglich. »Wo haben Sie denn Schokolade gefunden?«

»Ohne Zweifel ist eine Bombe auf einen Kakaohain gefallen, und mein Vater musste die Bäume retten«, sagte Jeremy und alle lachten. Der Wein zeigte seine Wirkung. Ben betrachtete die lachenden Gesichter am Tisch, alle wirkten entspannt und zufrieden. Wie konnte einer von ihnen nur mit einem feindlichen Agenten in Verbindung stehen?

Als sich die Feier später auflöste, waren alle noch in geselliger Stimmung.

»Wie seid ihr hergekommen?«, fragte Jeremy Ben.

»Wir sind gelaufen.«

»Ich bringe euch nach Hause.«

»Nicht nötig«, sagte Ben. »Es ist eine schöne Nacht und nicht weit.«

»Aber es ist kein Problem. Warte nur, bis wir die anderen loswerden, dann hole ich das Auto.«

Ohne eine Antwort abzuwarten, ging er zu seinen Eltern, um sich von den anderen Gästen zu verabschieden. Colonel und Mrs Huntley schlossen sich Miss Hamilton in ihrem sehr alten Bentley mit einem gleichermaßen alten Chauffeur an. Lord Westerhams Rolls war auch nicht viel jünger. Jeremy ging hinüber, um Lady Westerham auf den Beifahrersitz und Olivia auf den Rücksitz zu helfen. Als er zu Pamela kam, legte er ihr eine Hand unter das Kinn, zog sie zu sich und küsste sie. Dann lächelte er und Ben hörte ihn sagen: »Ich komme morgen vorbei, wenn mein Vater mir das Auto gibt. Wir könnten ein Picknick machen.«

Ben hörte Pamelas Antwort nicht, doch sie lächelte ihn an. Jeremy sah zufrieden aus, als er zu Ben zurückkehrte. Irgendwo in der Ferne hörte man das Brummen näher kommender Flugzeuge.

»Deutsche Bomber«, sagte Jeremy und lauschte angestrengt. »Gott, ich hoffe, sie lassen mich bald wieder fliegen. Ich vermisse das so sehr.«

Dann wandte er sich an Ben – und ihm musste klar sein, dass es taktlos war, was er sagte. »Hör zu, alter Kumpel«, raunte

231

er mit leiser Stimme. »Wenn ich im Luftfahrtministerium anfange, dann werde ich sehen, ob ich auch was für dich finde.«

»Was meinst du damit?«, fragte Ben. »Ich habe schon eine Stelle.«

»Ich meinte etwas Herausfordernderes. Aufregender. Wenn du in einem langweiligen Schreibtischjob feststeckst ...«

Ben war kurz davor, ihm zu sagen, dass er keineswegs einen langweiligen Schreibtischjob machte. Was er tat, war entscheidend für die nationale Sicherheit, doch das durfte er natürlich nicht sagen. »Ich bin nützlich«, erwiderte er. »Ich brauche keine Aufregung.«

»Aber ich würde dir wirklich gern helfen, weißt du«, sagte Jeremy. »Ich meine, ich kann den Gedanken nicht ertragen, dass du an irgendeinem Schreibtisch versauerst.«

»Hör zu, Jeremy, ich weiß, dass du dich schuldig fühlst wegen dem, was geschehen ist, aber das war ein Unfall. Ich weiß, du hattest nicht vor, uns beide umzubringen. Und wir haben beide überlebt. Lass uns darüber glücklich sein. Und was meinen Job betrifft, so bin ich wirklich ...« Er brach ab, als das Brummen der Flugzeuge zu einem Dröhnen wurde, das seine Worte übertönte.

»Sie fliegen ganz schön tief«, rief Jeremy. »Was wollen wir wetten, dass sie es auf das Biggin Hill Aerodrome abgesehen haben? Die Piloten der Spitfires werden schon alarmiert worden sein. Gott, ich wünschte, ich wäre einer von ihnen.«

Die Nacht war nicht ganz dunkel und Ben konnte die Umrisse der Flugzeuge erkennen, Welle um Welle flog über sie hinweg. Dann gab es plötzlich Blitze und Krachen. Der Himmel erstrahlte hell. Die Spitfires hatten den Feind erreicht. Es gab eine heftige Explosion und ein Flugzeug stürzte in einer Feuerspirale ab.

»Eins von unseren«, schrie Jeremy über das Dröhnen der Flugzeuge hinweg. »Armer Kerl.«

Dann waren die Flugzeuge weg. Der Lärm verstummte. »Ich gehe und hole die alte Klapperkiste«, sagte Jeremy.

»Das ist wirklich nicht nötig«, meinte Reverend Cresswell. »Wir sind durchaus in der Lage, zu Fuß zu gehen, Jeremy. Wir sollten kein Benzin verschwenden.«

»Blödsinn.« Jeremy lachte. »Sie sind nur ein Vorwand, wissen Sie. Ich sehne mich so danach, mal wieder Auto zu fahren. Es ist schon so lange her. Ich hoffe, ich habe es nicht verlernt.«

Doch als er zur Rückseite des Hauses gehen wollte, rief seine Mutter hinter ihm her: »Jeremy, wohin gehst du? Du hast dich nicht von den Musgroves verabschiedet.« Sie winkte dem jungen Paar nach, das in einem eleganten sportlichen Lagonda davonfuhr. *Die scheinen ja keine Probleme mit der Benzinrationierung zu haben,* dachte Ben, während Jeremy antwortete: »Ich hole das Auto, um Ben und seinen Vater nach Hause zu bringen.«

Jeremys Mutter ergriff ihn am Arm. »Sei nicht albern. Du darfst noch nicht fahren. Du hast es bereits übertrieben, indem du heute Abend so lange aufgeblieben bist. Vergiss nicht, dass du gerade erst aus dem Krankenhaus gekommen bist. Du wärst fast gestorben. Daddy kann Ben nach Hause fahren, nicht wahr, William?«

»Was kann ich?«, fragte Sir William jovial. Er genoss es sichtlich, Gastgeber einer erfolgreichen Party gewesen zu sein.

»Die Cresswells nach Hause fahren. Ich glaube nicht, dass Jeremy schon nachts herumfahren sollte. Er ist doch erst seit ein paar Tagen aus dem Krankenhaus und sollte sich ausruhen.«

»Oh, Mutter …«, begann Jeremy, doch sein Vater hob eine Hand.

»Deine Mutter hat recht, Junge. Wenn du wieder fliegen willst, musst du alles in deiner Macht Stehende tun, um deine alte Kraft wiederzuerlangen. Du bist wahrscheinlich schon länger aufgeblieben, als es vernünftig ist. Wir wollen doch keinen Rückfall, oder?«

»Wirklich, Vater, du klingst so, als wäre ich ein verdammter Invalide«, sagte Jeremy.

»Tu, was deine Mutter sagt«, sagte Sir William entschieden und Jeremy wandte sich verärgert ab.

»Wir können wirklich auch zu Fuß gehen, Sir William«, sagte Ben. »Es ist nicht nötig, uns zu fahren.«

»Möchten Sie eine Mitfahrgelegenheit nach Hause?«, fragte Colonel Pritchard von den West Kents. Sie hatten gar nicht bemerkt, dass er noch da war. »Leider habe ich keinen Rolls zu bieten, aber ich kann Sie beide in meinem bescheidenen Humber-Dienstfahrzeug mitnehmen.«

»Das wäre großartig«, sagte Reverend Cresswell strahlend. »Das Angebot nehmen wir dankend an, nicht wahr, Ben?«

»Ja, danke schön«, sagte Ben. »Wir werden bald zusammen Auto fahren, Jeremy. Daran zweifle ich keinen Moment.« Er lächelte seinen Freund an, der den Blick mürrisch erwiderte. Jeremy hasste es, seinen Willen nicht zu bekommen, bemerkte Ben. So war er schon als Kind gewesen und das hatte sich offenbar nicht geändert.

Sie stiegen auf den Rücksitz des Humber und winkten beim Wegfahren. Die kühle Nachtluft blies ihnen durch das offene Fenster der Fahrertür ins Gesicht. Als sie das Ende der Auffahrt erreichten und in Richtung Dorf abbogen, bemerkten sie einen anderen Geruch. Beißend, brennend.

Durch die Bäume konnten sie ein gespenstisches Leuchten erkennen. Flammen schossen hoch in die Nacht.

»Es ist Farleigh«, schrie Ben. »Sie haben eine Bombe auf Farleigh geworfen.«

KAPITEL 22

In Farleigh

Der Colonel trat das Gaspedal durch und sie schossen vorwärts auf das Leuchten zu. Als sie die Tore von Farleigh erreichten, konnten sie sehen, dass sich Ben nicht geirrt hatte. Flammen erhoben sich über den Bäumen und züngelten aus der Spitze des Westturms. Es schien ewig zu dauern, bis sie das Haus erreichten. Bens Herz klopfte, obwohl er wusste, dass Pamela und ihre Familie erst vor wenigen Minuten angekommen sein konnten. Sie konnten nicht oben in den Schlafzimmern gewesen sein. Doch ein besorgniserregender Gedanke kam ihm in den Sinn – dass es kein völliger Zufall sein konnte, wenn ein Mann auf eine Wiese von Farleigh fiel und danach das Haus bombardiert wurde. Bisher war ihm nicht in den Sinn gekommen, dass der abgestürzte Mann womöglich etwas mit den Familienmitgliedern zu tun hatte.

Als das Auto schließlich auf den Vorhof kam, sahen sie, dass es am Haus bereits ein reges Treiben wie in einem Bienenkorb gab. Uniformierte Männer trugen Sandeimer. Andere waren dabei, einen Schlauch an eine Pumpe am See anzuschließen. Ben sprang hinaus, sobald das Auto zum Halten kam. Als er auf das Haus zueilte, begegnete er einer verschreckten Lady Westerham, die mit den wild bellenden Hunden auf der Freitreppe stand.

»Charlie ist oben im Kinderzimmer«, schrie sie Ben zu und ergriff ihn am Arm. »Livvy und Pamma sind hoch, um ihn zu holen. Und wo ist Phoebe? Ich kann sie nirgendwo sehen. Sie kann doch bestimmt noch nicht schlafen. Und ich weiß gar nicht, wohin mein Mann gegangen ist. Seid still, um Gottes willen«, schrie sie, Letzteres an die Hunde gerichtet. »Oh, Ben. Ist das nicht schrecklich? Warum wir? Warum unser schönes Zuhause?«

»Machen Sie sich keine Sorgen. Die Jungs von der Armee werden bald alles unter Kontrolle haben«, sagte Ben und versuchte, ruhiger zu klingen, als er sich fühlte. Er legte kurz die Hand auf ihre, was er sich zu einem anderen Zeitpunkt niemals getraut hätte.

»Ich muss Phoebe finden«, sagte sie, doch Ben berührte sie beruhigend an der Schulter. »Sie bleiben hier. Ich werde gehen und Phoebe finden. Machen Sie sich keine Sorgen, die Flammen sind noch nicht in der Nähe der Hauptetage.« Und er rannte die Stufen hinauf ins Haus. Das Foyer lag im Halbdunkel und er war mit der neuen Einteilung des Hauses wegen der Armeebesatzung nicht vertraut. Uniformierte Männer eilten an ihm vorbei.

»Aus dem Weg, Sir«, sagte einer. »Sie gehen besser raus, nur für alle Fälle.«

»Da ist ein Baby im Kinderzimmer im obersten Stock und ein kleines Mädchen wird vermisst«, rief Ben und schob sich vorbei. Er versuchte, sein steifes Knie zu zwingen, schneller die erste Treppe hinaufzugehen. Er war nicht annähernd so ruhig, wie er Lady Westerham gegenüber geklungen hatte. Wie sollten sie das Feuer löschen? Würde irgendein Schlauch bis zum Dach hinaufreichen? Er schluckte die Furcht hinunter, die er empfand. Er erreichte den ersten Absatz. Noch immer kein Anzeichen von Phoebe. Sie musste schlafen, und er hatte keine Ahnung, wo ihr Schlafzimmer war – wo überhaupt die Schlafzimmer waren, jetzt, wo das Haus aufgeteilt war. Er nahm an, dass die Familie in dieser ersten Etage schlief, und öffnete zögernd eine Tür. Ja. Eindeutig ein Schlafzimmer. Der Flur schien unversehrt und er rannte ihn entlang, schlug gegen die Türen und rief: »Feuer, Feuer! Alle raus!«

Eine Tür am Ende öffnete sich und Phoebe stand da in einem weißen Nachthemd. »Meine Güte, Ben«, sagte sie. »Was ist los?«

»Ich glaube, das Haus wurde bombardiert«, rief er. »Die obere Etage steht in Flammen. Die Armee versucht zu löschen. Du solltest direkt zu deiner Mutter nach draußen gehen.«

»Aber was ist mit Gumbie?«, wollte sie wissen, die Augen vor Schreck weit aufgerissen.

Ben dachte, sie würde von einem Lieblingsspielzeug reden.

»Lass einfach alles zurück«, sagte er.

»Aber sie schläft in der obersten Etage in dem kleinen Turmzimmer«, sagte Phoebe, die bereits versuchte, an Ben vorbeizukommen. »Ich muss sie retten.«

Ben begriff, dass sie von einer Person sprach, und hielt sie am Arm fest. »Du gehst nach unten«, sagte er. »Ich kümmere mich darum, dass Gumbie sicher nach draußen kommt.«

»Ich will mit dir kommen. Die arme Gumbie. Wir müssen sie retten.« Sie war jetzt fast hysterisch.

Ben legte ihr eine Hand fest auf die Schulter. »Phoebe, ich habe deiner Mutter versprochen, dass ich dich sicher nach draußen bringe. Sie ist ganz verschreckt. Du musst direkt zu ihr nach unten gehen, und ich verspreche dir, dass ich Gumbie für dich finden werde.« Er musste Phoebe halb durch den Flur zerren und sie dann die Treppe hinunterzwingen. Als er die zweite Treppe hinaufging, begegnete er den Bediensteten, die in ihren

Nachtgewändern nach unten eilten: Dienstmädchen, die sich aneinanderklammerten, Mrs Mortlock mit Lockenwicklern im Haar, ein schluchzendes Küchenmädchen mit dreckverschmiertem Gesicht.

»Mr Soames ist mit Seiner Lordschaft hochgegangen aufs Dach, um das Feuer zu bekämpfen«, rief die Köchin, als sie vorbeilief. »Ich weiß nicht, wie sie es löschen wollen. Und Mr Soames ist auch kein junger Mann mehr.«

»Meine Decke ist eingebrochen«, keuchte das Küchenmädchen zwischen Schluchzern. »Ich hätte zerquetscht werden können. Ich hätte lebendig verbrennen können.«

»Oh, hör auf mit dem Geheule und geh die Treppe runter, Ruby«, sagte Mrs Mortlock und gab ihr einen leichten Stups. »Es war nur ein wenig Putz, der runtergefallen ist.«

Ben ging an ihnen vorbei. Jetzt konnte er den Rauch riechen und das Knacken der Flammen hören. Er griff nach dem Geländer, um sich hochzuziehen. Sein Bein ermüdete und wollte ihm nicht länger gehorchen. Rauch kräuselte sich vor ihm und er war erleichtert, als er eine Stimme hörte: »Komm schon, Nanny. Du wirst schon wieder.«

Olivia kam auf ihn zu, ihren Sohn im Arm, der nicht weinte, sich aber an sie klammerte, die Augen vor Entsetzen weit aufgerissen. Hinter ihnen folgte das Kindermädchen im Flanellhausrock, die Hand an die große Brust gepresst, um ihr panisches Atmen zu kontrollieren.

»Ben!« Olivia wirkte erleichtert, ihn zu sehen. »Ist es nicht schrecklich?«

Er nickte. »Sind alle von da oben raus?«, fragte er.

»Ich weiß es nicht. Ich habe ein paar der Diener runtergehen sehen, aber ich weiß nicht, wohin Daddy gegangen ist. Ich glaube, nach oben, um beim Kampf gegen das Feuer zu helfen. Ich hoffe, er macht nichts Dummes.«

»Wo ist Pamma?«, fragte Ben, sein Herz raste plötzlich. »War sie nicht bei dir?«

Olivia blickte sich um. »Sie muss losgegangen sein, um sich zu vergewissern, ob alle Bediensteten draußen sind. Ich hoffe, sie versucht nicht, Daddy auf dem Dach zu finden. Ich habe ihr verboten, das zu tun, aber sie hört ja nie auf mich.«

»Oh, Eure Ladyschaft, bitte trödeln Sie nicht. Lassen Sie uns das Baby in Sicherheit bringen«, sagte das Kindermädchen und zog sie am Ärmel. »Das ganze Haus ist kurz davor, zusammenzubrechen.«

»Ihr geht runter. Ich werde Pamma finden«, sagte Ben und drängte sie weiter.

»Sei vorsichtig, Ben«, rief Olivia hinter ihm her.

Er zog sich die letzten Stufen zum Korridor hinauf. Der Rauch war jetzt dicker und das knisternde Geräusch über seinem Kopf war zu einem Brüllen geworden.

»Pamma?«, schrie er. Seine Stimme klang wie ein heiseres Krächzen. Es kam keine Antwort. Kein Zeichen von ihr. Er konnte sein Herz laut in der Brust schlagen hören. Er überprüfte Zimmer um Zimmer – einige Türen waren offen, einige geschlossen –, fand aber niemanden. Schließlich erreichte er das Ende des Flurs und konnte durch den Rauch eine steinerne Wendeltreppe erkennen, die hoch in die Dunkelheit führte. »Das Turmzimmer«, murmelte er. Er nahm sein Taschentuch heraus und hielt es sich vor die Nase, auch wenn er nicht wusste, ob es einen großen Unterschied machen würde, dann zwang er sich die engen Steinstufen hinauf und tastete sich an der Mauer entlang. Der Stein fühlte sich warm an. Oben angekommen, konnte er einen Türeingang ausmachen und eine offen stehende Tür, die in ein Glühen hineinführte, wie ein Eingang in die Hölle.

Er holte tief Luft, dann stürzte er sich in den raucherfüllten Raum. Ein Teil der Decke war heruntergekommen und der Raum war vom roten Feuerschein von oben erleuchtet. Er blickte sich kurz um, bemerkte die große Menge an Büchern, auf Regalen und auf einem Tisch am Fenster aufgestapelt. Da lagen auch Unterlagen auf diesem Tisch, als hätte jemand daran gearbeitet, und – zu Bens Überraschung – ein Teleskop. Zuerst dachte er, es sei niemand im Raum. Das Bett war leer, das Laken zurückgeschlagen.

»Hallo!«, rief er. »Ist da jemand?«

Als sich beim Klang seiner Stimme plötzlich eine Gestalt hinter dem Bett erhob, machte er unwillkürlich einen Schritt zurück und wäre fast die Treppe hinuntergefallen. Dann erkannte er sie durch den Rauch.

»Pamma!«, krächzte er.

»Oh, Ben«, sagte Pamela. »Ich bin so froh, dass du hier bist. Es ist Miss Gumble. Ich kann sie nicht bewegen.«

Ben suchte sich einen Weg zwischen den Trümmern hindurch. Halb unter dem Bett lag eine Frau, ein Stück der Zimmerdecke auf ihr.

»Ist sie tot?«, fragte er.

»Ich glaube nicht«, erwiderte Pamela. »Aber ich bin nicht stark genug, um sie hochzuheben.«

Ben griff nach dem Stück Mauer und warf es beiseite, dann zogen sie sie gemeinsam unter dem Bett hervor. »Fass du sie an den Füßen«, sagte Ben. »Ich nehme ihre Schulter.«

Bevor sie Miss Gumble hochheben konnten, krachte es über ihnen und Ben sah etwas fallen. »Pamma«, rief er und warf sich über sie. Zusammen fielen sie auf den Boden, als der schwelende Balken auf das Bett stürzte.

»Geht es dir gut?«, stammelte er und merkte, dass er auf ihr lag. Ihr Gesicht war nur Zentimeter von seinem entfernt.

»Ich … ich glaube, ja«, erwiderte sie.

»Es tut mir leid, ich wollte nicht …«

»Du hast mich gerettet. Das war schnell reagiert.« Sie klang genauso atemlos.

Er kam auf die Knie, stand auf, dann half er ihr auf die Beine. »Bringen wir sie hier raus«, sagte er. Zusammen zerrten und trugen sie die bewusstlose Frau durch den Raum. Brennende Asche schwebte auf sie herab. Der Rauch brannte Ben so stark in den Augen, dass er kaum noch sehen konnte, wohin sie gingen. Er konnte nicht einmal mehr die Tür erkennen.

»Hierher«, rief Pamela. Sie stolperten die Stufen hinunter. Miss Gumble war überraschend schwer für eine so dünne und knochige Frau. Unten angekommen, legten sie sie für einen Moment ab und rangen beide nach Luft.

»Zum Glück hat dieser Flur keinen Teppich«, sagte Pamela. »Wir können sie zur Treppe ziehen.«

»Was, wenn sie irgendwo verletzt ist?«, sagte Ben. »Sich das Rückgrat gebrochen hat?«

»Wir müssen sie irgendwie rausbekommen, und zwar schnell«, sagte Pamela. »Hier, nimm ihr Nachthemd und zieh.« Sie zogen die Frau, so schnell es ging, hinter sich her. Auf halbem Weg blickte Pamela zu Ben und grinste.

»Ich wette, Jeremy wird wütend sein, dass er nicht dabei ist«, sagte sie.

»Er wollte uns nach Hause fahren, aber seine Eltern ließen ihn nicht«, sagte Ben und erwiderte ihr Grinsen. »Und zu Recht, wie sich herausgestellt hat. Dieser Rauch hätte ihm den Rest geben können.«

»Er könnte auch uns den Rest geben, falls wir Gumbie nicht schnell die Treppe hinunterbekommen«, sagte Pamela. »Fühlst du dich in der Lage, sie zu tragen, oder sollen wir sie ziehen?«

»Ich bin noch immer besorgt, dass wir ihre Verletzungen schlimmer machen. Versuchen wir, sie zu tragen.«

»Was ist mit deinem Bein?«

»Das geht schon.« Er schob die Hände unter Miss Gumbles Schultern und hob sie an. Pamela nahm ihre Beine und vorsichtig stiegen sie eine Stufe nach der anderen hinab. Es war ein langsames Fortkommen und Ben fragte sich, wie lange er noch durchhielt, als er Fußgetrampel hörte und eine Gruppe Soldaten mit Sandeimern hinaufgelaufen kam.

»Verletzte, Sir?«, fragte der Einsatzleiter.

»Wir haben sie bewusstlos in ihrem Zimmer gefunden«, sagte Ben.

»Gut, ihr beide, Ward und Simms, lasst eure Eimer stehen und tragt diese Dame hinunter, dann kommt ihr sofort zurück«, bellte der Offizier. Ben und Pamela übergaben Miss Gumble und die Männer gingen mit ihr los, als würde sie überhaupt nichts wiegen. Ben und Pamela folgten ihnen.

»Es war wie ein Wunder, als du oben aufgetaucht bist«, sagte Pamela. »Woher hast du gewusst, wie du mich findest?«

»Phoebe war besorgt wegen Miss Gumble«, erwiderte er, ohne zugeben zu wollen, wie hektisch er nach Pamela gesucht hatte.

Als sie nach draußen auf die Freitreppe kamen, hörte Ben die Glocke eines näher kommenden Feuerwehrautos. Die örtliche Feuerbrigade war zu Hilfe gekommen. Er hoffte nur, dass es nicht zu spät war.

Phoebe schrie auf und rannte zu den zwei Soldaten. »Oh, Gumbie, Gumbie! Ist sie tot?«

»Ich glaube, sie wird schon wieder, Miss«, sagte einer der Soldaten. »Wahrscheinlich hat sie zu viel Rauch eingeatmet. Wenn sie frische Luft bekommt …« Noch während er sprach, rührte sich die Frau auf einmal und hustete.

Phoebe fasste ihn am Arm. »Vielen, vielen Dank, dass Sie sie gerettet haben.«

»Das waren wir nicht, Miss. Der junge Mann hier und die junge Dame haben sie gerettet. Wir haben nur geholfen, sie die Treppe hinunterzutragen.«

Phoebe richtete ihren bewundernden Blick auf Ben. »Ben, du bist großartig. Vielen Dank.«

»Deine Schwester war als Erste da«, sagte er. »Keiner von uns hätte sie allein nach draußen bringen können.« Er spürte, wie er errötete, und war froh, dass es dunkel war.

»Ihr seid beide Helden«, sagte Phoebe, »und verdient meinen unsterblichen Dank.«

Pamela blickte zu Ben und lächelte. »Unsterblichen Dank. Wir werden sie daran erinnern, wenn sie sich beschwert, dass ich den letzten Keks gegessen habe.« Sie machte eine Pause und blickte hinauf zum brennenden Dach. »Wenn wir nur wüssten, ob Pah in Sicherheit ist.«

»Willst du, dass ich hochgehe und nach ihm sehe?«, fragte Ben.

»Nein, mach das nicht.« Pamela streckte eine Hand aus, um ihn zurückzuhalten. »Jetzt ist ja die Feuerwehr hier. Und Massen von Soldaten.«

»Ich frage mich, ob sie etwas ausrichten können«, sagte Ben, doch als er die Umrisse des Hauses betrachtete, schien es, als wären die Flammen zu einem matten roten Glühen erstorben. Er blickte sich um und sah, wie sein Vater auf ihn zukam.

»Ich bin so froh, dich heil und an einem Stück zu sehen, mein Junge«, sagte er und streckte die Hand nach ihm aus. »Das war töricht von dir. Aber gut gemacht.«

Ben verspürte eine absurde Freude darüber, dass einmal nicht Jeremy der Held gewesen war. Dass er derjenige war, der die Jungfrau in Not gerettet hatte.

Miss Gumble hatte sich jetzt aufgesetzt und hustete, während Phoebe neben ihr stand.

»Sie sind der Pfarrerssohn, nicht wahr?«, fragte sie. »Man hat mir gesagt, dass Sie hochgekommen sind, um mich zu retten. Meinen tiefsten Dank dafür.«

»Du warst sehr mutig, Ben«, fügte Phoebe hinzu.

»Es war Lady Pamela, die Sie zuerst gefunden hat«, sagte Ben. »Ich habe ihr geholfen, Sie herunterzutragen.«

»Ich erinnere mich daran, Rauch gerochen zu haben, und dann habe ich versucht, aufzustehen. Das ist das Letzte, woran ich mich erinnere«, sagte sie. Sie blickte zu Ben. »Wenn Sie nicht gekommen wären …«

»Phoebe hatte sich Sorgen um Sie gemacht«, sagte er. »Sie hat mich hochgeschickt, um Sie zu finden.«

Plötzlich versuchte sie aufzustehen. »Aber meine Sachen. Meine Bücher. Meine Unterlagen. Ich muss sie retten. Ich kann sie nicht verbrennen lassen.«

Ben legte ihr fest eine Hand auf die Schulter, um sie davon abzuhalten. »Sie können nicht da hoch, befürchte ich. Aber machen Sie sich nicht zu viele Sorgen. Es sieht so aus, als würde es gelingen, das Feuer zu löschen. Also ist vielleicht nicht alles verloren. Hoffen wir auf das Beste, ja?«

Ben sah zu, wie sich Phoebe neben Miss Gumble hockte und sie zu beruhigen versuchte, und ein seltsamer Gedanke entstand in ihm. So viele Bücher und Unterlagen … und ein Teleskop. Wofür brauchte eine Gouvernante ein Teleskop?

Sie warteten im Vorhof, spähten ängstlich nach oben, konzentrierten sich dann auf den Vordereingang, ohne miteinander zu sprechen. Die Bediensteten standen in einer Gruppe an einer Seite. Soldaten, die in ihren Zelten geschlafen hatten, waren zusammengekommen, um zuzusehen. Andere standen bereit, um nah am Haus geparkte Fahrzeuge wegzufahren. Doch in den frühen Morgenstunden tauchte eine Gruppe mit geschwärzten Gesichtern aus dem Vordereingang auf und brachte die Nachricht, dass das Feuer gelöscht war. Mehr noch, der Schaden war nicht zu verheerend. Ein Teil des Daches und des Dachbodens war zerstört worden. Die Decke war in einigen Schlafzimmern von Bediensteten herabgefallen, doch das Feuer hatte es nicht geschafft, bis zur zentralen Etage des Hauses zu kommen.

Unter den Feuerwehrleuten, die erschöpft herauskamen, war Lord Westerham, rußbeschmiert wie die anderen.

»Verdammt gute Gruppe von Männern, die wir bei uns wohnen haben«, sagte er, als seine Frau an seine Seite geeilt war. »Ohne sie hätten wir das ganze verdammte Haus verloren. Ich betrachte es als einen Akt Gottes, dass er die West Kents in Farleigh stationiert hat.«

Lady Esme lächelte nur weise und sagte nichts. Dann kehrte sie zurück zu ihrer Rolle als Herrin des Anwesens. »Mrs Mortlock, warum machen Sie nicht allen einen heißen Kakao? Ich glaube, den können wir alle jetzt gebrauchen.«

»Sehr gern, Mylady«, sagte Mrs Mortlock. »Doch gestatten Sie, dass die anderen Bediensteten hinaufgehen und nachsehen, welcher Schaden in ihren Zimmern entstanden ist? Sie sind besorgt, dass sie ihr Eigentum verloren haben.«

»Natürlich. Unbedingt«, sagte Lady Westerham. »Und sagen Sie ihnen, dass sie sich keine Sorgen machen sollen. Wir werden ersetzen, was sie verloren haben, und ihnen einen anderen Platz zum Schlafen suchen. Wir werden das alle gemeinsam durchstehen.«

»Vielen Dank, Mylady«, antwortete Mrs Mortlock mit stockender Stimme.

Miss Gumble war ebenfalls aufgestanden. »Ich würde auch gern hochgehen«, sagte sie. »Um zu sehen, was vielleicht überlebt hat.«

Ben sah, wie sie ins Haus ging. Und er fragte sich, ob die Bombardierung von Farleigh ein Unfall war oder Absicht. Er dachte an die Flugzeuge, die über sie hinweggeflogen waren. Warum würde irgendwer ein Landhaus mitten im Nirgendwo bombardieren?

KAPITEL 23

Paris

Als Margot aus dem Schlaf erwachte, bemerkte sie als Erstes den Geruch. Reichhaltig, lieblich, berauschend. Sie kräuselte die Nase angesichts des ungewohnten Duftes. Sie selbst benutzte nicht mehr als einen Tropfen Eau de Cologne, und das hier war ein moschusartiger, kräftigerer Duft, der in der Luft hing. Sie brauchte eine Weile, um ihn zu identifizieren. *Minuit à Paris* – Mitternacht in Paris, das unverkennbare Parfüm von Gigi Armande. Und damit kehrte die ganze Erinnerung daran zurück, wo sie sich befand. Sie öffnete die Augen und sah die rosafarbenen Seidenvorhänge, die mit Quastenbändern zurückgezogen waren. Die frühmorgendliche Sonne strahlte durch die hohen Fenster. Sie lag auf einer schmalen Pritsche, doch die andere Rauminsassin schlief noch in ihrem luxuriösen Bett, eine Schlafmaske hielt das Licht ab. Sie war im Ritz, im Zimmer von Madame Armande.

Die Details der vergangenen vierundzwanzig Stunden kehrten zurück. Das ganze Gefühl der Unwirklichkeit, das angefangen hatte, als sie mitten in der Nacht von einem deutschen Soldaten aufgeweckt und in ein Gebäude gebracht worden war, das vermutlich das Hauptquartier der Gestapo war. Dann die fast wundersame Intervention ihrer Arbeitgeberin, Madame Armande, die dazu führte, dass sie weggebracht wurde und hier gelandet war, ausgerechnet im Ritz. Es war jenseits jeder Vorstellung, wie im Reich der Fantasie, in so kurzer Zeit von purem Entsetzen zu Gänseleberpastete zu kommen.

Die Pagen am Hoteleingang hatten ihr die Türen aufgehalten. »Bonjour, Mademoiselle«, hatten sie gemurmelt und sich verbeugt. Ihr kleiner Koffer war ihr abgenommen worden. Sie hatten das prachtvolle Foyer durchquert und waren Treppenstufen mit rotem Teppich hinaufgegangen. Die einzigen Menschen, die ihnen begegneten, waren deutsche Offiziere, einige mit einer Dame an ihrer Seite. Ihre Ehefrauen, vielleicht auch nicht. Dann hatte Madame Armande Doppeltüren geöffnet und Margot in ihre Suite geführt.

»Willkommen in meinem bescheidenen Domizil«, sagte sie. »Erinnert es Sie an Ihr Zuhause?«

Margot nahm die vergoldeten Möbel, die verzierte Decke, die schweren Vorhänge und den weichen Teppich in sich auf.

Und Blumen, überall Blumen.

»Farleigh vermittelt mehr das Gefühl, dass man darin lebt«, sagte sie. »Das hier ist reiner Luxus.«

»Aber natürlich.« Gigi Armande sah sich mit Genugtuung um. »Ich weiß, es ist noch früh, doch ich werde ein Mittagessen bestellen, ja? Sie müssen ja am Verhungern sein. Was würden Sie gern essen?«

Margot war sprachlos. Viel zu lange hatte ihr Essen aus dem bestanden, was man an Resten auf dem Markt finden konnte – Gemüsesuppe, grobes Brot, das nach Sägemehl schmeckte, Fleisch fast nie.

»Bestellen Sie, was Sie mögen«, hatte Gigi Armande gesagt. »Sie sehen aus, als könnten Sie ruhig ein wenig dicker werden.«

Und wie ein Zauber war eine reichhaltige Suppe, eine *Omelette aux Fines Herbes,* ein dünnes Beefsteak mit Pommes frites und ein Dessert aus Schnee-Eiern, begleitet von einer Flasche spritzigem Elsässer Wein, auf das Zimmer gebracht worden. Bei alldem war sie sich überhaupt nicht über Gigi Armandes Rolle im Klaren. War sie ein von Gott gesandter Schutzengel oder eine durchtriebene Komplizin der Deutschen, die sie weichmachen sollte? Aber ein gutes Essen würde sie nicht ablehnen, wo Paris doch schon so lange hungerte.

Margot hatte ihre Ängste zurückgedrängt, den Wein zum Essen getrunken und war in der Lage gewesen, zu schlafen, doch jetzt im hellen Tageslicht kam ein überwältigendes Gefühl der Verzweiflung in ihr auf. Ihr war bewusst, dass sie sich in einem schönen Gefängnis befand, und sie konnte sich kein gutes Ende vorstellen. Natürlich war man dabei, sie weichzumachen, sie zu entspannen, sodass sie schutzlos war, wenn der Schlag sie treffen würde. Es war nur eine Frage der Zeit, bevor sie zur Gestapo zurückgebracht wurde. Sie war sich nicht ganz sicher, ob Gigi Armande genug von den Deutschen respektiert wurde, dass sie ihre Garantie akzeptierten, die Gefangene sicher zu verwahren, oder ob sie aktiv mit ihnen zusammenarbeitete – als Teil der Verschwörung. An diesem Punkt machte es keinen großen Unterschied. Margot wusste nur, dass sie mitspielen musste.

Sie spürte, wie ihr die Angst den Hals zuschnürte. Sie musste stark bleiben, was auch immer geschah, für Gaston wie auch für sich selbst. Wenn es irgendeine Chance gab, dass er noch am Leben war und dass er freikommen würde, dann musste sie tun, was immer sie konnte. Wenn sie annahmen, dass sie nur die Geliebte von jemandem aus der Résistance war, eine unschuldige Unbeteiligte, wäre sie in Sicherheit. Doch wenn sie die Wohnung gründlich durchsuchten, sie auseinandernahmen, dann würden sie gewiss das Funkgerät finden. Sie glaubte nicht, dass sie auch das Codebuch finden würden.

Die Seiten waren sorgfältig in einen billigen Roman gesteckt, der zwischen anderen Büchern auf dem Regal stand. Doch das Funkgerät allein wäre schon genug. Sie würden sie zurück zum Gestapo-Hauptquartier bringen und versuchen, sie zu brechen. Dann wäre die Tatsache, dass sie sie lebendig für eine bestimmte Aufgabe wollten, ihr einziger Trumpf. Sie musste sie glauben lassen, dass sie tun würde, was sie wollten.

Es gab die äußerst geringe Chance, dass die richtigen Leute über ihr Schicksal informiert würden. Den kleinen frankierten und adressierten Briefumschlag hatte sie problemlos zwischen das Gemüse legen können, das sie der Concierge gebracht hatte. Sie war sich sicher, dass Madame Armande es nicht bemerkt hatte, als sie Rüben und Zwiebel in einen Korb zu dem bereits am Boden liegenden Brief getan hatte, auf dem mit Bleistift geschrieben stand: *Bitte schicken Sie das für mich ab.* Die alte Concierge hasste die Deutschen leidenschaftlich und hatte mitleidig zugesehen, als Margot weggebracht wurde, sodass die Chance bestand, dass der Brief abgeschickt wurde. Es war möglich, dass die Adresse kein sicherer Ort mehr für Kommunikation war. Nichts war derzeit mehr gewiss.

Madame Armande streckte sich genüsslich, nahm die Schlafmaske ab und sagte: »*Bonjour, ma petite*«, als wäre es ein ganz normaler Morgen. »Möchten Sie zuerst baden, bevor ich das Frühstück bestelle?«

Margot nutzte die Gelegenheit und genoss das heiße Wasser und die süß riechenden Seifen. Als sie herauskam, telefonierte Gigi Armande. Sie lachte. »Du bist so ein ungezogener Junge«, sagte sie. »Dann bis später.« Und sie legte auf.

Sie lächelte und blickte zu Margot. »Das Frühstück kommt gleich. Sie machen hier die besten Croissants.«

Margot nahm ihren Mut zusammen, als sie zum Balkon ging und aus dem Fenster blickte. »Madame, ich weiß, das mag unverschämt klingen, aber warum lassen die Deutschen Sie hier in Ihrer alten Suite wohnen, wenn der Rest des Hotels für ihre Offiziere reserviert ist?«

Madame Armande sah sie an und lachte. »Es ist ganz einfach. Ich entwerfe wunderbare Kleider für ihre Frauen und ich kenne jeden in Paris. Ich bin ihnen nützlich. Deshalb erlauben sie mir, zu existieren.«

Margot war sich sicher, dass das nicht die ganze Antwort war, doch sie sagte nichts weiter dazu. Sie hatte gerade mehrere Croissants mit echter Butter und Marmelade gegessen, ganz zu schweigen von dem echten Kaffee, als es an der Tür klopfte.

Madame Armande rief: »*Entrez*«, und Herr Dinkslager kam herein, der Gestapo-Offizier vom Vortag.

»Guten Morgen, guten Morgen«, sagte er herzlich. »Was für ein schöner Tag, oder nicht? Die Art Tag, um draußen zu sein und einen Ritt durch den Bois de Boulogne zu unternehmen. Ich nehme an, dass Sie gut geschlafen haben, Mylady?«

»Das habe ich. Vielen Dank.«

»Ich muss mich für die primitive Art des Bettes entschuldigen.« Er zeigte auf das Klappbett, das für Margot hereingeschoben worden war. »Es war das Beste, was wir so kurzfristig bekommen konnten.«

»Es gab kein Problem mit dem Bett, mein Herr«, sagte sie höflich.

»Bitte setzen Sie sich doch.« Er zeigte auf den mit Gold und Brokat verzierten Stuhl. Margot setzte sich. Der Deutsche zog sich einen Stuhl heran und setzte sich ebenfalls, während er Margot ansah. Madame Armande hielt sich still im Hintergrund. »Die Frage ist also, was tun wir jetzt mit Ihnen?« Er machte eine Pause. »Ich habe Kollegen, die sich danach sehnen, Hand an Sie zu legen und Sie zum Reden zu bringen, doch ich selbst bin ein zivilisierter Mensch. Ich glaube, wir können von Aristokrat zu Aristokrat miteinander reden.« Er schenkte ihr ein freundliches Lächeln.

Margot erwiderte nichts.

»Ich bin mir sicher, dass Sie diesen dummen Krieg genauso hassen wie ich«, sagte er.

»Wir haben ihn nicht begonnen«, erwiderte Margot monoton.

»Natürlich nicht. Doch Sie müssen wissen, dass Hitler eine hohe Meinung von den Briten hat. Wir sind zwei arische Völker, die Creme der Zivilisation. Wir sollten kooperieren und nicht miteinander kämpfen. Der Führer würde nichts mehr lieben, als Frieden mit England zu schließen, und ich weiß, dieses Gefühl wird von vielen Ihrer Landsleute geteilt. Wenn Sie dabei helfen könnten, diesen Frieden herbeizuführen, würden Sie das nicht tun wollen?«

»Meinen Sie mit Frieden Kapitulation? Deutsche Besatzung?«

»Eine wohlwollende Besatzung.«

»Gibt es das?«, fragte sie. »Ich habe von Ihrer wohlwollenden Besatzung Dänemarks und Norwegens gehört.«

»Wir müssen die vernichten, die dumm genug sind, sich uns zu widersetzen«, erwiderte er leichthin. »Aber ich bin mir sicher, dass Sie klug genug sind, um weitere englische Leben und Kathedralen und stattliche Häuser wie Ihres zu bewahren. Wie schrecklich wäre es, wenn Ihr großartiges Erbe in Trümmern liegen würde.«

»Was soll ich für Sie tun?«, fragte sie plötzlich.

Er blickte sie lange intensiv an. »Es gibt in Ihrem Land Menschen, die mit unserer Sache sympathisieren, die ihre deutschen Brüder mit offenen Armen empfangen würden. Sie sollen sich mit ihnen treffen und sie bei ihren Plänen unterstützen.«

»Pläne?«

»Diejenigen zu entfernen, die dem Frieden im Weg stehen.«

Margot blickte aus dem Fenster. Auf der Balkonbrüstung saßen Tauben. Dahinter jagten weiße Wolken über einen blauen Himmel.

»Und Gaston de Varennes?«, fragte sie. »Wäre es Teil der Vereinbarung, ihn freizulassen? Ihn sicher in ein neutrales Land zu bringen?«

Herr Dinkslager kippte seinen Stuhl zurück, als würde er nachdenken. »Ach ja. Der französische Liebhaber. Seine aufopferungsvolle Geliebte, die alles tun würde, um ihn zu retten.«

»Ich muss wissen, ob er noch lebt«, sagte Margot.

»Er lebt noch, ist aber höchst unkooperativ«, erwiderte er. »Wir glauben, dass er uns viele Informationen über die Arbeit der Résistance geben kann. Doch bisher ist er still geblieben, trotz all unserer Versuche.« Er blickte zu ihr auf, seine hellblauen Augen fixierten sie. »Sie sehen, das bringt mich in eine schwierige Lage, Lady Margaret. Wir brauchen diese Informationen. Und glauben Sie mir, wir werden sie irgendwie bekommen. Meine vorgesetzten Offiziere werden seiner Freilassung niemals zustimmen, bevor er uns sagt, was er weiß. Sie könnten ihm also helfen …« Er machte eine Pause und wippte wieder mit seinem Stuhl. Margot konzentrierte sich auf seine hochglanzpolierten Stiefel, die das Licht vom Fenster spiegelten.

»Sie glauben doch nicht, dass ich ihn zum Reden bringen könnte?« Trotz ihrer Angst musste sie lachen. »Ich denke, Sie unterschätzen Gaston de Varennes. Er ist ein sehr stolzer Mann. Ein sehr unabhängiger Mann.«

Plötzlich rutschte Dinkslager mit dem Stuhl vor und brachte sein Gesicht nah an ihres. »Sie müssen verstehen, dass die Dinge nicht so gut für Sie verlaufen werden, wenn Sie nicht kooperieren, meine Liebe. Sie haben mit einem führenden Mitglied der Résistance zusammengelebt. Er muss Ihnen Dinge erzählt haben, selbst kleine Hinweise, Sachen, die ihm rausgerutscht sind. Ich könnte Sie mit einem Fingerschnippen sofort foltern oder erschießen lassen, weil Sie einem feindlichen Kämpfer geholfen und ihn unterstützt haben.«

»Doch offensichtlich bin ich lebendig für Sie wertvoller als tot«, sagte sie und klang dabei ruhiger, als sie sich fühlte.

Der Anflug eines Lächelns erschien auf seinem Gesicht. »Sie könnten nützlich für uns sein, das ist wahr. Doch ich hätte keine Bedenken, Ihre Exekution anzuordnen, wenn Sie nicht zur Kooperation bereit sind.«

»Aber ich habe Ihnen bereits gesagt, dass er keine Informationen mit mir geteilt hat.« Ihre Stimme war schriller geworden, auch wenn sie darum kämpfte, ruhig zu klingen. »Nicht einmal, dass er bei der Résistance ist. Ich habe ihn seit Monaten kaum gesehen, und wenn wir zusammen waren, dann war Reden das Letzte, was wir im Sinn hatten.«

Sie hörte, wie Gigi Armande ein kleines schnaubendes Lachen von sich gab, als ob sie diesen Esprit schätzen würde.

»Aber Sie haben etwas vermutet …«, sagte Herr Dinkslager.

»Ja, ich habe etwas vermutet. Doch das ist alles. Er hat mir nichts erzählt. Keine Namen, keine Pläne, nichts. Er wollte dafür sorgen, dass ich sicher bin, nehme ich an. Dass ich mit absoluter Ehrlichkeit antworten kann, wenn eine Situation wie diese aufkommen sollte.«

»Also sind wir in einer Sackgasse.« Herr Dinkslager spreizte die Hände in einer Geste, die Hilflosigkeit andeuten sollte. »Ich kann ihn nicht entlassen, bevor er uns entscheidende Informationen gibt.«

»Und ich kann mir nicht vorstellen, für Sie irgendeinen Auftrag auszuführen, bevor ich weiß, dass er weit weg und in Sicherheit ist, in der Schweiz oder in Portugal vielleicht.«

»Sie sehen also mein Dilemma, Lady Margaret«, sagte er und betrachtete jetzt seine Hände. »Ich stehe unter Druck, an die Informationen zu kommen, die Ihr Liebhaber hat. Aber ich persönlich würde gern für den Frieden arbeiten – und hätte Sie gern als meine Verbündete bei der Arbeit für den Frieden. Und ich bin mir sicher, dass Sie gern lebendig und in einem Stück nach Hause und zu Ihrer Familie zurückkehren würden, nicht wahr?«

Das Bild von Farleigh kam ihr ungebeten in den Sinn – blühende Rosskastanien an der Auffahrt, ein Ausritt mit Pamma und Dido, die sie zu einem Wettrennen herausforderten und über das Gras galoppierten. Sie zwang sich zurück in die Wirklichkeit.

»Natürlich würde ich gern nach Hause, aber ich kann Gaston nicht im Stich lassen. Sie sehen also mein Dilemma, Herr Dinkslager. Sie bitten mich darum, mein Land zu verraten, um meinen Liebhaber zu retten.«

»Ich bitte Sie darum, Ihr Land vor dem Ruin zu bewahren. Denken Sie an Ihr Zuhause. Denken Sie an Westminster Abbey. Wollen Sie das alles in Trümmern sehen? Weitere Tausende von getöteten Menschen. Weitere Tausende obdachlos. Und am Ende werden diese Menschen jenen die Schuld geben, die sie in dieses Elend gebracht haben. Sie werden die deutsche Armee willkommen heißen, wenn es um Rationen und Schutz und Hoffnung auf eine Zukunft geht.«

Margot wollte es nicht glauben, doch sie musste zugeben, dass dies eine Möglichkeit war, wenn der Krieg lange genug anhalten und die Zerstörung sich fortsetzen würde.

»Lassen Sie mich Gaston de Varennes sehen«, sagte sie. »Bringen Sie mich zu ihm. Ich werde sehen, was ich tun kann.«

»Kluges Mädchen.« Er nickte. »Holen Sie Ihren Mantel. Wir fahren sofort.«

Margot blickte hinüber zu Madame Armande. Sie wollte fragen, ob sie mit ihnen kommen konnte, doch die Designerin sagte schnell: »Dann mal los mit Ihnen. Ich habe eine Anprobe bei Frau von Herzhofen.«

Margot gestattete dem deutschen Offizier, sie die Treppe hinunter und hinaus zu einem wartenden Auto zu geleiten. Er öffnete die Tür und half ihr auf den Rücksitz, als hätte er vor, mit ihr in die Oper zu gehen. Er stieg neben ihr ein und sie fuhren los. Jetzt, wo sie weg war von der Sicherheit des Ritz, musste sie gegen die wachsende Panik ankämpfen. Wurde sie zu Gaston gebracht oder nur zurück zum Gestapo-Hauptquartier, wo sie befragt werden würde oder gefoltert oder ermordet? Waren die Höflichkeiten nur gewechselt worden, damit Madame Armande nicht erkannte, was geschehen würde?

Die Bäume entlang den Champs-Élysées standen in voller Blüte, als sie den Hügel hinauf zum Arc de Triomphe fuhren. In Friedenszeiten wären die Cafés an der Straße voll mit Menschen an den Tischen draußen gewesen, die einen Nachmittagskaffee genossen. Jetzt war die Straße fast verlassen. Eine alte Frau schlurfte dahin, den Kopf gebeugt, als wollte sie nicht gesehen werden. Zwei deutsche Soldaten kamen an ihr vorbei und sie trat für sie beiseite. Am Place de l'Étoile, dem Kreisverkehr, von dem sich die Straßen wie die Speichen eines Rades abfächerten, bogen sie auf den breiten Boulevard der Avenue Foch. Vor dem Krieg war das eine gute Adresse gewesen. Große, helle Steinhäuser mit Balkonen und bunt angemalten Fensterläden standen ein Stück von der Straße zurück hinter Baumreihen. Man hätte erwartet, elegante Paare vorbeischlendern zu sehen, einen kleinen Hund an den Fersen. Jetzt war diese Straße ebenfalls verlassen, abgesehen von deutschen Stabsfahrzeugen, die am Bordstein parkten. Als sie fast das Ende der Straße am Porte Dauphine, einem der alten Stadttore, erreicht hatten, blieb das Auto stehen. Margot las die Hausnummer: 84. *Ich muss mich daran erinnern,* dachte sie. *Nur für den Fall.* Nicht, dass sie wirklich hoffte, dass irgendwer sie aus dem Gebäude erretten würde, das eindeutig entweder ein Hauptquartier der Gestapo oder etwas Ähnliches war. Sie faltete die Hände, um sie vom Zittern abzuhalten.

Der Fahrer kam herum, um ihr die Tür zu öffnen, und wieder geleitete Herr Dinkslager sie nach drinnen, als würde er sie in ein gutes Restaurant führen. Der Soldat an der Tür salutierte. Ein paar Worte wurden mit einem Mann in einer schwarzen Uniform gehalten. Er nickte, dann sprach er in ein Telefonmundstück. Sie warteten, niemand sagte etwas. Dann klingelte das Telefon, der Mann in der schwarzen Uniform nahm ab und nickte ihnen dann zu. Herr Dinkslager sagte: »Wir fahren jetzt hoch.«

Sie traten zusammen in einen kleinen Pariser Eisenkäfiglift und die Tür schlug hinter ihnen zu. Sie fuhren hoch, eine Etage nach der anderen. Margot hatte gar nicht gesehen, dass das Gebäude so hoch war. Sie hatte erwartet, in einen Keller oder ein Verlies gebracht zu werden. Schließlich schnaufte der Lift und hielt an, die Tür schlug auf. Sie trat hinaus auf einen Treppenabsatz und wurde von Herrn Dinkslager geradeaus zu einer gegenüberliegenden Tür geführt. Ihre Absätze klapperten laut auf dem gefliesten Boden und hallten vom Dachfenster zurück. Herr Dinkslager öffnete die Tür, nahm ihren Arm und schob sie vorwärts. Margots Herz dröhnte so laut in ihrer Brust, dass sie kaum atmen konnte, doch sie ging hinein, den Kopf hoch erhoben.

Zwei Männer sprangen auf, einer groß, blond und aufrecht, fast wie die Karikatur eines deutschen Soldaten. Der andere ein dürrer Schatten eines Mannes, zerzaustes Haar, dreckige Kleider, mit einer hässlichen Prellung auf der linken Wange. Sein linkes Auge war halb zugeschwollen. Margot stöhnte unwillkürlich.

»Gaston!«, schrie sie auf.

Der Mann blickte sie entsetzt an. »Um Gottes willen, Margot, was machst du hier?« Er wandte sich an die Deutschen. »Diese Frau weiß nichts. Ich habe ihr nichts erzählt. Kein Wort. Lassen Sie sie sofort gehen.«

»Sie kam aus freiem Willen her, Monsieur Le Comte. Sie versucht, Ihre Entlassung in ein neutrales Land wie die Schweiz durchzusetzen.«

Gaston blickte Margot an, sagte aber nichts. Sie konnte seinen Blick nicht deuten.

»Unter welchen Bedingungen?«, verlangte er zu wissen.

»Dass Sie uns die Informationen geben, die wir haben wollen.«

»Ich habe Ihnen bereits gesagt, dass Sie Ihre Zeit verschwenden. Ich werde niemals meine Freunde oder mein Land verraten, was immer Sie auch mit mir tun werden.«

»Ich verstehe.« Dinkslager wandte sich an Margot. »Bitte, setzen Sie sich doch, Eure Ladyschaft.«

Er zog einen einfachen Stuhl unter einem Holztisch hervor und sie setzte sich. Er nahm neben ihr Platz.

»Es scheint, dass wir umsonst gekommen sind, Lady Margaret. So ein Pech.«

»Du willst, dass ich tapfere Männer verrate?«, fragte Gaston sie. Er blickte sie kalt an.

»Nein. Natürlich nicht«, erwiderte sie. »Ich wollte einen Beweis, dass du noch lebst.«

»Ich lebe, das zumindest. Lassen Sie sie jetzt gehen«, sagte er zu den Deutschen.

Herr Dinkslager nahm Margots Hand. Sie zuckte zurück, doch er hielt sie fest. »Sie haben elegante Hände, Mylady«, sagte er. »Künstlerhände. Und so lange Fingernägel. Seltsame Sache, Fingernägel. Eigentlich brauchen wir sie jetzt gar nicht mehr, da wir unsere Beute nicht mehr jagen … auf diese Weise.«

Seine Stimme war angenehm, doch Margot spürte, wie die Angst in ihrer Kehle wuchs. Er strich ihr über die Hände und spielte mit jedem ihrer Finger.

»Da sie ohne jeden Wert sind, sollten wir sie vielleicht entfernen?« Er blickte Gaston direkt an. Margot wollte ihre Hand losreißen, konnte es aber nicht. Sie wollte dem Deutschen nicht zeigen, dass sie Angst hatte. Er streckte seine andere Hand dem jungen Soldaten entgegen, der ihm etwas reichte, was wie ein dünnes Stück Holz aussah. Ohne noch ein Wort zu sagen, nahm er es und legte es unter den Nagel von Margots Zeigefinger. Er blickte fragend zu Gaston, der unbewegt blieb. Dann stieß er es unter den Nagel. Der Schmerz war so glühend und schneidend, dass ihr die Tränen aus den Augen spritzten. Sie presste die Lippen zusammen, um nicht aufzuschreien.

»Soll ich weitermachen?« Er blickte zu Gaston. »Wünschen Sie, dass Ihre Geliebte wegen Ihrer Starrköpfigkeit leidet?«

Gaston blieb still.

»Soll ich ihr die Nägel ausreißen, einen nach dem anderen? Und dann gibt es ja noch schlimmere Dinge, die ihr geschehen können. Dieser junge Mann hier, er hat Bedürfnisse und war schon viel zu lange ohne eine Frau.«

Margot sah, wie das Blut auf das Holz tropfte, dann blickte sie in Gastons Gesicht. Sein Ausdruck hatte sich nicht verändert. Sie wartete darauf, dass er etwas sagte.

Da sagte er mit kalter Stimme: »Sie ist nicht meine Geliebte und Sie können sie von mir aus in kleine Stücke schneiden. Das wird meine Meinung nicht ändern. Ich werde meine Kameraden und mein Land nicht verraten, was immer Sie auch tun. Aber ich muss feststellen, dass ich es unehrenhaft finde, wenn Sie jemand anderen foltern, um Informationen aus mir herauszubekommen. Es tut mir leid, wenn diese Frau aus einem unangebrachten Verständnis von Loyalität mir gegenüber versucht zu helfen. Wenn Sie mich jedoch in die Schweiz schicken, werde ich auf direktem Wege zurückkehren und mich erneut der Résistance anschließen. Warum hören wir nicht auf, unsere Zeit zu verschwenden, und Sie töten mich jetzt sofort?«

Margot zog den Keil aus ihrem blutenden Finger und stand auf. »Bringen Sie mich weg«, sagte sie. »Ich werde tun, was Sie wollen.«

KAPITEL 24

In Farleigh

Am folgenden Morgen radelte Ben nach dem Frühstück nach Farleigh – um sich den Schaden anzusehen, wie er seinem Vater gesagt hatte. Auf den ersten Blick schien es so, als hätte sich nichts verändert: Die Rosskastanien blühten noch immer. Schwäne schwammen noch immer auf dem See und das große Haus erhob sich mächtig und wehrhaft gegen den stürmischen Himmel. Doch der Geruch von Verbranntem lag in der Luft und der Wind trieb verbrannte Fetzen wie eine feine schwarze Dusche vor sich her. Dann bemerkte er, dass die Fenster der obersten Etage geöffnet waren und Gardinen herausflatterten, als würden sie um Hilfe bitten. Er erschauerte, als er daran dachte, was mit Pamela hätte geschehen können, wenn er nicht da gewesen wäre. Der Balken hätte sie treffen können. Sie hätte vom Rauch ohnmächtig werden können und wäre erst viel später entdeckt worden. Er erinnerte sich an das Gefühl ihres Körpers an seinem, als er sie zu Boden geworfen hatte. Wie ihre Herzen im Gleichklang geschlagen hatten. Entschieden schüttelte er den Kopf.

Reiß dich zusammen, Cresswell, sagte er zu sich selbst.

Als er abstieg und sein Rad zur Freitreppe schob, begegnete er Phoebe, die mit den Hunden über den Vorhof kam. Sie trug Reithosen und eine Baumwollbluse.

»Ben!« Sie strahlte, als sie ihn sah. Er hatte also immer noch Heldenstatus.

»Hallo, Feebs. Reiten gewesen?«, fragte er.

»Nein, Pah lässt mich nicht. Er sagte, womöglich ist etwas los und ich würde nur im Weg stehen. Die Bombe wird untersucht, weißt du. Ich habe Gumbie dabei geholfen, ihre Sachen umzuräumen. Sie ist in eine der Wohnungen über den Ställen umgezogen. Wir haben ja nur noch einen Stallburschen. Sie ist überhaupt nicht glücklich damit. Nun, das wäre ich wohl auch nicht. Dort gibt es nur kaltes Wasser und es riecht nach Pferd.« Sie trat nach dem Kies, dann blickte sie auf zum Haus. »Ich habe vorgeschlagen, sie sollte Margots Schlafzimmer bekommen, da sie es wahrscheinlich nicht brauchen wird, doch Pah meinte, dass die Standards aufrechterhalten werden müssen und dass es nicht richtig ist, wenn das Personal auf derselben Etage wie die Familie schläft, selbst wenn wir im Krieg sind.«

Ben schmunzelte. Das war so typisch für Lord Westerham. Nicht zuzulassen, dass sich irgendwas änderte, auch wenn die ganze Welt um ihn herum auseinanderbrach.

Er bückte sich, um die Hunde zu streicheln, die wild mit den Schwänzen wedelten. »Abgesehen davon, dass sie in einen Stallraum umgezogen ist, wie fühlt sie sich heute Morgen?«

Phoebe verzog das Gesicht. »Noch immer ein wenig weinerlich, befürchte ich. Ein paar ihrer Sachen wurden beschädigt, als das Wasser von oben heruntertropfte. Ihre Bücher und Unterlagen, weißt du. Sie sind ihr lieb und teuer.«

»Hat sie ein Buch geschrieben?«

»Irgendeine Art von Dissertation oder Abhandlung oder wie auch immer man das nennt. Sie ist sehr gescheit, weißt du. Sie musste Oxford verlassen, als ihre Eltern starben und ihr Bruder sie ohne Geld vertrieben hat.«

»Die arme Miss Gumble.«

»Nicht wahr? Sie hat mir schrecklich leidgetan, als sie mir das erzählt hat.«

»Hat ihre Arbeit etwas mit Astronomie zu tun?«, fragte Ben.

»Ich weiß es nicht. Warum?«

»Weil ich mich gefragt habe, wieso sie ein Teleskop hat.«

»Oh, ich glaube, sie beobachtet Vögel.« Phoebe grinste. »Das Teleskop ist für Astronomie nicht groß genug. Sie hat es retten können. Und auch ein paar ihrer Bücher. Und den Rest ihrer Bücher und ihre Unterlagen haben wir zum Trocknen auf den Tisch im Wintergarten gelegt.«

»Und allen anderen geht es so weit gut?«, fragte er.

»Oh, ja. Mah ist sehr böse auf Pah, dass er solche Risiken auf dem Dach eingegangen ist, aber ich glaube, er ist sehr zufrieden mit sich, vor allem weil Farleigh gerettet wurde.«

»Ich frage mich nur, warum im Himmel jemand eine Bombe auf Farleigh werfen würde«, sagte Ben.

Phoebe blickte ihn an, den Kopf wie ein Vogel zur Seite geneigt. »Vielleicht hat es was mit diesem deutschen Spion zu tun.«

Ben blickte sie überrascht an. Es war beunruhigend, eine Zwölfjährige seinen eigenen Verdacht aussprechen zu hören, als würde sie über das Wetter reden. »Deutscher Spion?«, fragte er.

»Ja, du weißt doch. Der Mann, der auf unser Feld gefallen ist. Alfie und ich haben ihn gefunden, weißt du. Und wir nehmen an, dass er ein deutscher Spion gewesen sein muss.«

»Wie kommt ihr darauf?«, fragte Ben.

»Na ja, er trug die Uniform der West Kents, aber die springen nicht aus Flugzeugen. Also dachten wir, sein Plan war es womöglich, zum Biggin Hill Aerodrome vorzudringen und unsere Flugzeuge auszuspionieren oder sonst vielleicht hoch nach London zu gehen und Westminster Abbey oder so in die Luft zu jagen. Aber jetzt ist unser Haus bombardiert worden, und da frage ich mich, ob die zwei Dinge womöglich miteinander in Verbindung stehen. Ob es jemanden oder etwas in Farleigh gibt, was die Deutschen zerstören wollen.«

Bevor er antworten konnte, hörte er Schritte. Er blickte auf und sah Pamela und Olivia die Freitreppe herunterkommen.

»Ben, wie schön«, sagte Pamela. »Hast du dich schon von der Tortur der letzten Nacht erholt?«

»Bis auf den Schlafmangel«, sagte Ben und erwiderte ihr Lächeln. »Ich bin gekommen, um einmal nachzusehen, wie es allen an diesem Morgen so geht.«

»Wir haben es alle bemerkenswert gut überstanden. Pah war so fröhlich beim Frühstück, dass man annehmen könnte, es sei etwas Gutes geschehen, statt dass unser Haus fast in Flammen aufgegangen ist.«

»Er war einfach erleichtert«, erklärte Olivia. »Und Gott sei Dank sind wir rechtzeitig zurückgekehrt. Wenn wir ein wenig länger bei den Prescotts herumgetrödelt hätten, wer hätte dann den kleinen Charles gerettet? Ich mag gar nicht daran denken.«

»Das hätte hoffentlich die Nanny getan«, sagte Pamela.

Olivia schüttelte wütend den Kopf. »Sie wäre ziemlich nutzlos gewesen. Du hast sie doch letzte Nacht gesehen. Ein zitterndes Häufchen Elend.«

»Nun, jetzt ist ja alles gut«, sagte Ben. »Und die Bediensteten? Wie geht es ihnen?«

»Ruby ist noch ein wenig durcheinander, und niemandem gefällt es, draußen in der Speisekammer des Butlers und einem ausgedienten Abstellraum zu kampieren, aber das ist immerhin besser, als wenn es auf sie regnen würde«, sagte Pamela und lächelte Ben zu. »Die Armeeburschen waren heute Morgen schon da, um den Schaden zu begutachten, und sie meinten, dass sie Material beschaffen können, um das Dach zu reparieren, was eine ziemlich gute Nachricht ist. Und sie haben angeboten, ein paar Räume in ihrem Teil des Hauses für unsere Bediensteten frei zu machen.« Sie schmunzelte. »Mah hat das Angebot abgelehnt. Sie meinte, sie würde ihre Mädchen nicht neben einem Haufen Soldaten schlafen lassen. Ich glaube, damit hat sie ganz recht. Unser Zimmermädchen kann man nicht unter Männer lassen und Ruby könnte auch leicht verführt werden.«

»Ich habe gerade Teddy geschrieben«, sagte Olivia. »Er wird wissen wollen, dass seine Frau und sein Sohn in Gefahr waren und überlebt haben. Ich wünschte nur, er wäre nicht so weit weg. Warum wurde uns bloß nicht erlaubt, dass ich ihn auf die Bahamas begleite? Ich wäre sicher nicht im Wege gewesen bei seinen Verpflichtungen mit dem Herzog.«

»Es ist Krieg, Livvy«, sagte Pamela. »Denk an all die Männer, die um die Welt geschickt werden und ihre Frauen und Kinder zurücklassen. Es gibt keinen Grund, dass du eine Sonderbehandlung erfährst.«

»Wir sind Freunde des Herzogs von Windsor. Das sollte doch etwas zählen«, meinte Olivia steif.

»Im Augenblick nicht sehr viel. Ich würde sagen, dass der Herzog von Windsor zurzeit eher Belastung als Vorteil ist«, erwiderte Pamela.

»Ich finde, er wird sehr unfair behandelt«, sagte Olivia.

»Weil er seiner Frau erlaubt hat, Hitler in seinem Schlupfwinkel zu besuchen?«, wollte Pamela wissen. Dann blickte sie auf und lächelte. »Seht nur, wer da kommt«, sagte sie. Und Ben drehte sich um und sah, wie der schnittige Rolls der Prescotts die Auffahrt hochkam.

Er blieb neben ihnen stehen und Jeremy stieg aus. »Mein Gott, ich bin so schnell ich konnte gekommen, als ich es gehört habe«, sagte er. »Wir haben das Feuer letzte Nacht gesehen, aber wir dachten, dass das Flugzeug abgestürzt wäre. Heute Morgen kam einer der Bediensteten aus dem Dorf und erzählte uns, was passiert ist. Ist der Schaden sehr groß?«

»Nein, tatsächlich ist es nicht so schlimm«, sagte Olivia. »Ein Teil des Daches wurde zerstört. Der Dachboden ist beschädigt. Großmamas grässliche viktorianische Monstrositäten sind in Rauch aufgegangen. Du weißt schon, ausgestopfte Vögel und getrocknete Blumen und so. Die Decke kam in einigen Zimmern der Bediensteten herunter. Aber wir hatten großes Glück, dass das ganze Regiment zur Hand war. Sie haben das Feuer in kürzester Zeit gelöscht.«

»Und was ist mit euch allen? Irgendwelche Verletzten?«

Er blickte zu Pamela.

»Nein, uns geht es allen gut, danke. Mir zumindest geht es gut dank Ben. Ich bin hochgegangen, um Phoebes Gouvernante im östlichen Turm zu holen. Ich fand sie ohnmächtig unter dem Bett liegend und konnte sie nicht hervorziehen. Der Raum hatte sich schnell mit Rauch gefüllt und die Decke kam herunter. Ich wusste nicht, was ich tun sollte. Da kam Ben und wir zogen sie gerade heraus, als ein großer Balken herunterfiel. Er warf sich …« Ben war sicher, dass sie sagen würde »auf mich«, doch sie verbesserte sich und sagte: »Er stieß mich gerade rechtzeitig aus dem Weg und zusammen zerrten wir Miss Gumble in Sicherheit.«

Jeremy blickte zu Ben und grinste. »Nicht schlecht, alter Junge. Also hast du endlich auch deinen Teil an Aufregung gehabt. Vielleicht hätte ich dich nicht unterschätzen sollen.«

»Nein«, sagte Ben ruhig. »Das solltest du niemals tun.«

»Also ist schließlich alles gut gegangen. Ziemlich gut«, sagte Jeremy. »Hör mal, Pamma. Möchtest du für eine Ausfahrt mit mir kommen? Ich habe endlich die Erlaubnis bekommen, das Auto zu nehmen, unter dem Vorwand, nach euch zu sehen.«

Pamela blickte zu Ben.

»Ich muss nach London und mich bei der Arbeit melden«, sagte er. »Ich wollte nur sichergehen, dass hier alles in Ordnung ist.«

»Du hältst es ohne Arbeit nicht aus, was, Ben?«, fragte Jeremy.

»Jeremy, sei nicht so garstig«, sagte Pamela. »Ich möchte mal sehen, wie du dich fühlen würdest, wenn man dich nie wieder fliegen lassen würde.«

»Ich wollte nicht …«, sagte Jeremy.

»Doch, das wolltest du«, erwiderte Ben. »Aber du wirst merken, dass ich derzeit ziemlich dickhäutig bin. Gute Fahrt, ihr zwei.« Er ging hinüber zu seinem Fahrrad, dann beschloss er, nach Miss Gumble in den Stallunterkünften zu sehen.

Ihr Zimmer war – vorsichtig ausgedrückt – spartanisch. Ein Einzelbett, eine Kommode und ein paar Kleiderhaken an der Wand. Jede freie Fläche war mit Bücherstapeln bedeckt. Sie war ein wenig weinerlich, wie Phoebe berichtet hatte.

»Es ist so schön, dass Sie kommen und mich besuchen, Mr Cresswell«, sagte sie. »Ich kann Ihnen gar nicht genug dafür danken, dass Sie mir das Leben gerettet haben. Aber so viele meiner kostbaren Bücher sind zerstört worden. Mein ganzes Leben ist von mir genommen.«

»Das tut mir so leid«, sagte er. »Vielleicht wird ja mehr zu retten sein, als Sie denken.«

»Aber meine Unterlagen … Ich hatte gehofft, meine Dissertation zu beenden. Mein ehemaliger Tutor in Oxford hat gesagt, dass er einen entsprechenden Antrag stellen würde, damit ich sie den Prüfern präsentieren kann. Ich musste Oxford verlassen, wissen Sie, als mein Vater starb und mein Bruder mich ohne einen Penny rausgeworfen hat.«

»Ja, Phoebe hat es mir erzählt«, sagte er. »Das tut mir wirklich leid.«

Sie nickte. »Das Leben ist nicht immer gerecht. Warum sollte Farleigh von einer Bombe getroffen werden?«

Ben blickte sich im Raum um und versuchte, das Thema auf das Teleskop zu lenken.

»Ich sehe Ihr Teleskop gar nicht«, sagte er. »Ich hoffe, Sie konnten es retten.«

»Oh ja, danke. Es ist ziemlich schwierig, ein Teleskop zu zerstören. Es gehörte meinem Vater. Gutes britisches Messing.«

»Haben Sie damit die Sterne betrachtet?«, fragte er.

Sie lachte. »Ach du lieber Himmel, nein. Es ist nur ein kleines Teleskop. Ich beobachte ein wenig die Vögel. Ich hatte es auf ein Amselnest in einer großen Eiche gerichtet. Darin war ein Kuckuck. Ich finde Kuckucke faszinierend, Sie nicht? Sie legen ihre Eier in die Nester fremder Vögel und dann ist ihr Junges so viel größer und wirft die echten Küken raus, sodass die arme Amsel nur noch ihn zu füttern hat.« Sie erschauerte. »Das Leben ist so grausam. Hier werde ich mein Teleskop nicht aufbauen. Es gibt keinen Blick auf den Wald, nur in den Stallhof.«

Ben war froh, als er ging. Die Erklärungen zu dem Teleskop und den Unterlagen klangen alle völlig plausibel. Doch bei seiner Einweisung war ihm erklärt worden, dass Frauen gute Spione seien. Während er sein Fahrrad schob, erinnerte er sich an die Unterlagen, die im Wintergarten trockneten. Miss Gumble war damit beschäftigt, ihre Sachen in der neuen Unterkunft zu arrangieren, weshalb er eine gute Gelegenheit hatte, einen Blick darauf zu werfen. Er ging um das Haus zum Wintergarten auf der anderen Seite. In der alten Zeit vor dem Krieg hatte es einen Haufen Gärtner gegeben. Jetzt waren es nur noch ein paar alte Männer, die versuchten, die Dinge in Gang zu halten. Es gab kein Anzeichen von einem von ihnen, als er sich dem Wintergarten näherte und eintrat. Drinnen herrschte der süße, feuchte Geruch der Pflanzenzucht. Er bemerkte kleine Trauben am Weinstock in der Ecke und kleine Tomatenpflanzen mit gelben Blüten. Und da auf dem langen Tisch lagen die Bücher und Papiere. Einige von ihnen waren hoffnungslos durchnässt, auf anderen war die Tinte verlaufen. Er beugte sich darüber und versuchte, die Schrift zu lesen. Dann erstarrte er. Er las das Wort »Rosenkriege«. Er fand kein Datum, doch einzelne Worte sprangen ihm von der Seite entgegen. »Bemühungen, einen schwachen König mit der kräftigeren Linie des Hauses Plantagenet zu ersetzen. Zwei Zweige der königlichen Linie. Endkampf. Ergebnis der Schlacht war die Niederlage der königlichen ...«

War es reiner Zufall, dass er die Zahl *1461* als Datum der Rosenkriege angenommen hatte? Oder war es möglich, dass es hier eine verborgene Nachricht gab? Zwei Zweige der königlichen Familie. Niederlage der schwächeren Linie ... Der stotternde König? Der König, der gegen Hitler war? Gab es womöglich eine Verschwörung, um den König loszuwerden? Er sah die restlichen Unterlagen durch, konnte aber nichts finden, was augenscheinlich verfänglich war. Dann fragte er sich, ob Miss Gumble wohl für die andere Seite arbeitete und Nachrichten mit einem versteckten Funkgerät verschickte. Aber warum war es dann notwendig, dass jemand mit einer Fotografie in der Tasche mit einem Fallschirm absprang?

Zurück im Pfarrhaus zog er sich seine Stadtkleidung an und radelte dann zum Bahnhof. Inzwischen hatte es sich im ganzen Dorf herumgesprochen und Ben wurde mit Fragen über seine Rolle im Drama der letzten Nacht bombardiert, als er an einer Gruppe Frauen vorbeikam, die schwatzend vor der Bäckerei standen.

»Also war es wirklich eine Bombe, was?«, rief eine der Frauen ihm zu. »Wir haben uns gefragt, ob es ein normaler Hausbrand war.«

»Nein, es war sicher eine Bombe«, sagte Ben.

»Warum wollte jemand Farleigh bombardieren?«, fragte eine Frau.

»Vielleicht, weil es eines der Herrenhäuser ist«, murmelte eine andere Frau. »Du weißt, wie diese Teufel sind. Sie wollen uns erschrecken, indem sie alles bombardieren, was uns wichtig ist, damit wir kapitulieren. Aber sie liegen falsch. Selbst wenn wir nur noch Trümmer um uns hätten, würden wir trotzdem nicht aufgeben.«

Ben blickte in ihr verwittertes und faltiges Gesicht. Eine Frau, die ihr ganzes Leben in äußerster Einfachheit geführt hatte, die sich womöglich niemals weiter als bis Sevenoaks oder Tonbridge gewagt hatte und trotzdem bereit war, um jeden Preis gegen einen mächtigen Feind aufzustehen.

Womöglich besiegen wir sie sogar eines Tages, dachte Ben.

Er stieg gerade wieder auf sein Fahrrad, als ein Kastenwagen neben ihm hielt. »Baumeister Baxter« stand auf der Seite. Billy Baxter kurbelte das Fenster runter und lehnte sich hinaus.

»Wo soll's denn hingehen, Ben?«

»Zum Bahnhof«, erwiderte Ben. »Ich muss mich bei der Arbeit melden.«

»Spring rein. Ich fahr dich hin.«

»Schon in Ordnung, danke«, erwiderte Ben. »Ich bin durchaus in der Lage, mit dem Fahrrad zum Bahnhof zu fahren.«

Billy grinste. »Was, mit dem alten Ding? Das sieht aus, als würde es auseinanderfallen, bevor du zum Bahnhof kommst.«

»Es hat mindestens dreißig Jahre gehalten, deshalb gehe ich davon aus, dass es mich noch eine kleine Weile länger trägt.«

»Komm schon. Sei nicht so distanziert. Ich fahre sowieso dahin, und was, wenn du zurückkehrst und es gießt in Strömen?«

Ben zögerte. Natürlich würde er lieber im Wagen als mit dem alten Fahrrad zum Bahnhof fahren, aber nicht mit Billy Baxter.

»Das bringt mich drauf, dass ich dich gleich nach Sevenoaks bringen könnte, dann müsstest du nicht umsteigen«, sagte Billy.

»Ich würd's machen, wenn ich du wäre, Ben«, sagte eine der Frauen. »Lass dein Rad hier und wir kümmern uns drum, dass es zurück zum Pfarrhaus kommt.«

Jetzt hatte er keine andere Wahl. »Na gut. Danke«, sagte er und nickte der Frau zu. Er ging zur Beifahrerseite und stieg neben Billy ein. Sie fuhren los.

»Wohin musst du denn?«, fragte Ben.

»Ich fahre zu dem Holzlager auf der anderen Seite von Sevenoaks«, sagte er. »Ich sollte wohl mein Lager füllen nach dem, was letzte Nacht in Farleigh passiert ist. Du warst da, oder nicht? Gibt es viel zu tun?«

»Ja, schon«, sagte Ben. »Aber ich glaube, die Armee hat alles im Griff. Ich habe gehört, dass sie das Material beschaffen, um es wieder aufzubauen, weil es doch im Moment ein Militärposten ist.« Es bereitete ihm das größte Vergnügen, dabei Billys Gesicht zu sehen.

»Aber sie brauchen trotzdem noch einen ausgebildeten Baumeister, oder nicht?«, fragte er. »Wenn sie nicht vorhaben, nur ein paar Bretter drüberzunageln, um den Regen abzuhalten.«

Ben antwortete darauf nicht, sagte aber: »Dir scheint es mit dem Krieg ganz gut zu gehen.«

»Nicht zu schlecht, alter Knabe. Man muss seine Chance nutzen, nicht wahr? Das Beste draus machen.«

»Wie schade, dass nicht mehr Häuser auf dem Land in Kent bombardiert werden«, sagte Ben.

»Ich habe genug Arbeit, keine Sorge. Und auch ein paar nette kleine Dinge zusätzlich.«

»Nette kleine Dinge?«

»Ich habe eine Benzinration, weißt du. Ich muss herumfahren, um Bombenschäden zu reparieren. Die nette Regierung gibt mir Sondergutscheine, damit ich weiter Material transportieren und ausliefern kann. Sag deinem Dad, wenn er jemals irgendwas braucht, muss er nur zu mir kommen.«

»Du meinst Schwarzmarkt?«, fragte Ben.

Billy grinste. »Bedarf und Nachfrage. Ich leiste einen guten Dienst, alter Knabe. Ich helfe denjenigen, die überflüssige Güter haben, sie an jemanden zu bringen, der sie benötigt.«

»Mit einem guten Aufschlag für dich.«

Das Grinsen wurde breiter. »Ich bin doch kein Idiot.«

Also, das schließt Billy Baxter als mögliche Kontaktperson der Deutschen aus, dachte Ben. Er profitierte so schön vom Krieg, dass er womöglich sein Ende gar nicht wollte. Und wenn die Deutschen einmarschierten, würde er auch sie mit allem Notwendigen versorgen.

Er war froh, als sie den Bahnhof erreichten und sich freundlich verabschiedeten.

KAPITEL 25

Dolphin Square

Ben wartete in der Lobby auf den Lift und versuchte, sich zurechtzulegen, was er Maxwell Knight sagen wollte. Hatte er irgendwas Substanzielles zu berichten, abgesehen von der Bombe auf Farleigh, Miss Gumbles Teleskop, den zwei Künstlern im Malzhaus ...? Der Aufzug kam und die Türen öffneten sich. Ben stöhnte im selben Moment, als Guy Harcourt sagte: »Mein Gott, Cresswell. Was für eine Überraschung.«

»Was machst du denn hier?«, wollte Ben wissen.

»Ich könnte dich dasselbe fragen, Kumpel«, sagte Guy. »Sagen wir einfach, wir stehen beide auf derselben Seite, oder? Ich habe dir das nie abgekauft mit deinem Nervenzusammenbruch und der Notwendigkeit, kürzerzutreten. Du bist genauso fit wie ich. Also scheint es, als hätten wir beide eine stehende Einladung bei einem gewissen Captain im Dolphin Square. Sieh mal einer an.«

»Gute Güte, du also auch?«, sagte Ben.

»Sagen wir einfach, ich bin froh, als Botenjunge zu dienen, wenn ich darum gebeten werde. Du kommst wieder zurück in unsere Unterkunft, oder?«

»Ich bin mir nicht sicher«, sagte Ben. »Ich mache ebenfalls Botengänge.« Er grinste und trat in den offenen Lift.

Er holte tief Luft und ging den Flur entlang zum Büro. Maxwell Knight trug diesmal eine elegante Armeeuniform, als Ben ins Allerheiligste geleitet wurde.

»Kommen Sie rein, Cresswell.« Knight sah von seinen Unterlagen auf. »Setzen Sie sich.«

»Es tut mir leid, Sir, ich wusste nicht, dass Sie ein Armeeoffizier sind«, sagte er. »Ich hätte Sie mit Ihrem korrekten Rang anreden sollen.«

Knight erwiderte seinen Blick. »Ich bin kein Offizier, wenn Sie es unbedingt wissen müssen. Aber ich hatte den Eindruck, genauso viel wie jedes Mitglied der bewaffneten Streitkräfte dafür zu tun, diesen Krieg zu beenden, deshalb beschloss ich, genauso viel Recht zu haben, eine Uniform zu tragen.« Dann grinste er und wirkte plötzlich etwas albern. »Ich habe mir sogar ein paar Medaillen verliehen.« Er zeigte auf den Streifen an seiner Brust. »Dieser hier für das Retten von Dachsen. Dieser hier für die Herstellung erschreckend guter Martinis.« Dann wurde Knights Gesicht wieder ernst. »Sie haben bereits etwas zu berichten?«

»Ich bin mir nicht sicher, Sir. Farleigh wurde letzte Nacht von einer Bombe getroffen.«

»Wirklich? Großer Schaden?«

»Zum Glück nicht allzu schlimm. Der Dachboden hat Feuer gefangen und ein paar Räume in der obersten Etage sind derzeit nicht bewohnbar, aber keine Opfer, Gott sei Dank. Die Armeeburschen haben dabei geholfen, es schnell zu löschen, und natürlich ist das Haus hauptsächlich aus Stein gebaut.«

»Das war alles?«, fragte Knight, während sich seine Lippen zu einem – wie Ben fand – sarkastischen Lächeln verzogen.

»Ich habe eine Erkundung der Nachbarschaft durchgeführt und eine Liste möglicher Verdächtiger erstellt. Nicht allzu vielversprechend, wie ich gestehen muss.« Er reichte Knight ein Blatt Papier. Knight betrachtete es eingehend.

»Lord Westerhams älteste Tochter Olivia ist verheiratet mit Viscount Carrington, der eng mit dem Herzog von Windsor befreundet ist und sich mit ihm auf den Bahamas befindet. Sie denkt, der Herzog sei unfair behandelt worden. Aber es gibt keinen Hinweis darauf, dass sie den Deutschen womöglich aktiv helfen möchte. Unter uns gesagt, kam sie mir eigentlich immer wie die am wenigsten aufgeweckte unter den Mädchen vor. Und ist schnell in Panik. Ich kann mir nicht vorstellen, dass sie die Nerven hätte, eine Spionin zu sein.«

Knight grinste erneut. »Frauen sind die besten Schauspieler, wissen Sie«, sagte er. »Aber Sie kennen sie schon Ihr ganzes Leben, deshalb verlasse ich mich auf Ihr Wort.« Er machte eine Pause. »Wer noch?«

»Ich habe Lady Phoebes Gouvernante auf die Liste gesetzt. Sie ist eine gebildete Frau aus guter Familie, angeblich schreibt sie gerade ihre Dissertation. Sie hatte ein Teleskop in ihrem Fenster im Turmzimmer. Und sie war sehr besorgt wegen ihrer Unterlagen. Ich frage mich, ob sie womöglich Flugzeuge und Flugrouten vom Biggin Hill Aerodrome studiert und sie dann irgendwie nach Deutschland geschickt hat.«

Knight nickte. »Interessant. Ja, sie ist genau die Art von Mensch, die sie benutzen würden. Missmutig und mit dem Gefühl, dass das Leben sie betrogen hat. Vielleicht will sie zurück in die britische Oberschicht.«

»Sie wirkt allerdings recht nett und aufrichtig«, sagte Ben. »Sie behauptet, dass sie das Teleskop für Vogelbeobachtungen nutzt.«

»Wirklich?« Maxwell Knight lächelte. »Vielleicht sollten Sie sie beobachten. Einen Blick auf die Unterlagen werfen. Ihren Raum durchsuchen und nachsehen, ob es ein verstecktes Funkgerät gibt.«

»Ich habe mir die Unterlagen von ihr angesehen, die bei der Bombardierung beschädigt wurden, und sie scheinen sich alle auf die historische Dissertation zu beziehen, an der sie schreibt, aber es gibt ein interessantes Detail. Sie handeln von den Rosenkriegen. Und zwei der größten Schlachten fanden 1461 statt. Deshalb fragte ich mich, ob das ein Zufall sein kann.«

»Interessant.« Knight nickte. »Ich glaube nicht so sehr an Zufälle. Ich würde sie beobachten und ihren Raum gründlich durchsuchen, wenn ich an Ihrer Stelle wäre.«

»Ja, Sir.« Ben dachte mit Widerwillen an diesen Auftrag.

»Und hat sonst noch jemand Ihre Alarmglocke schrillen lassen?«

Ben holte tief Luft. »Es gibt ein paar Leute in der Region, denen es trotz des Krieges anscheinend recht gut geht, doch ich glaube nicht, dass sie ihn zu einem schnellen Ende bringen wollen. Oh, und letzten Abend habe ich ein Paar kennengelernt, das pro-deutsche Tendenzen zu haben scheint und ebenfalls Unterstützer des Herzogs von Windsor ist, Lord und Lady Musgrove. Sie stehen auch auf der Liste. Er hat gerade ein Grundstück geerbt und kommt aus Kanada. Sie scheinen viel Geld zu haben und ausreichend Benzingutscheine, um in der Gegend herumzufahren. Niemand in der Nachbarschaft wusste bis vor Kurzem etwas von ihnen, daher frage ich mich, ob sie die sind, die sie zu sein vorgeben. Aber sie wohnen mindestens acht Kilometer entfernt, also warum nicht direkt auf ihrem Grundstück mit dem Fallschirm landen?«

»In der Tat, warum nicht?«, echote Knight.

»Abgesehen davon gibt es noch zwei ausländische Künstler, die kürzlich hergekommen sind und in einem umgebauten Malzhaus leben. Einer behauptet, Däne zu sein, der andere ist Russe. Für Spione scheinen sie ein wenig zu selbstbezogen zu sein, doch da war eine Sache – an der Wand hängt ein Kunstwerk, das der Russe als sein eigenes ausgegeben hat, doch in Wirklichkeit ist es von einem anderen, wohlbekannten Künstler.«

»Wir werden ein paar Überprüfungen vornehmen«, sagte Knight. »Ausländer müssen sich registrieren lassen, das sollte also keine Schwierigkeiten machen. War es das?«

»Da ist noch ein jüdischer Hochschulprofessor aus Wien, der bei unserem örtlichen Landarzt wohnt. Es gibt natürlich Gerüchte um ihn, weil er mit deutschem Akzent spricht. Doch er hat mir davon erzählt, wie er in Österreich verfolgt wurde. Er ist ebenfalls erst kürzlich ins Land gekommen, weshalb das einfach zu überprüfen ist. Oh, und ein österreichisches Landmädchen, das mit einem der Soldaten ausgeht. Das könnte eine leichte Möglichkeit sein, an Informationen zu kommen.«

Knight blickte von dem Papier auf. »Und was ist mit Dorftratsch? Irgendwas Interessantes dabei?«

»Die Leute denken, dass der Fallschirmspringer ein deutscher Spion war, der vielleicht gekommen ist, um das Biggin Hill Aerodrome auszuspionieren.«

»Gute Arbeit.« Knight faltete das Blatt Papier. »Also, was kommt als Nächstes?«

»Ich nehme an, dass der Ort auf der Fotografie nicht identifiziert worden ist, oder?«, fragte Ben.

»Noch nicht.«

»Dann habe ich ein paar Vorschläge«, sagte Ben. »Ich habe ja schon erwähnt, dass sich die Zahlen auf der Fotografie auf ein historisches Datum und die Rosenkriege beziehen könnten. Es gab zwei große Schlachten, eine an der walisischen Grenze und eine in Yorkshire. Ich frage mich, ob ich nicht einen Blick auf die Schlachtfelder werfen soll und sehen, ob sie das Gelände auf dem Bild wiedergeben.«

»Unbedingt«, sagte Knight. »Jeder Stein wird umgedreht, oder?«

Ben zögerte. »Bin ich berechtigt, Reisegutscheine zu erhalten, für eine Dienstreise, etwas in der Art?«

»Auf gar keinen Fall«, sagte Knight. »Dieses Büro existiert gar nicht, Cresswell. Nichts verlässt dieses Büro, was zu uns zurückverfolgt werden kann. Führen Sie Buch über Ihre Ausgaben und wir werden es Ihnen erstatten.«

Ben stand auf. Offenbar war er entlassen. Er wollte nach Guy Harcourt fragen, darauf hinweisen, dass er von Guy als Mitarbeiter von Knight wusste, doch dann dachte er, dass das Protokoll vermutlich verlangte, nicht darauf hinzuweisen, irgendwen sonst zu kennen.

»Und, Cresswell«, sagte Knight, »Sie müssen nicht sparsam sein. Kommen Sie irgendwo unter, wo es angemessen ist. Gönnen Sie sich mal ein gutes Essen.«

Ben blieb an der Tür stehen und wandte sich zurück zu Knight, der seinen Stuhl gedreht hatte, um den Ausblick auf die Themse vor sich zu haben.

»Entschuldigen Sie, Sir«, sagte er, »aber ich frage mich immerzu, ob die Bombe etwas mit dem anderen Zwischenfall zu tun hatte.«

Knight drehte sich zurück. »Sie meinen den Fallschirmspringer? Was denken Sie darüber?«

»Ich bin mir nicht sicher, was ich denken soll, doch wenn zwei feindliche Ereignisse wenige Meter voneinander entfernt stattfinden, dann muss man sich doch fragen, ob sie im Zusammenhang stehen. Deshalb habe ich überlegt, ob der Fallschirmspringer vielleicht geschickt wurde, um jemanden zu ermorden, und da er gescheitert ist, wurde das Haus bombardiert.« Er machte eine Pause, da Knight nichts sagte. »Ich weiß, es klingt völlig haarsträubend, aber ...«

»Überhaupt nicht«, sagte Knight. »Denken Sie, Lord Westerham oder eine seiner Töchter sind das Risiko wert, einen Fallschirmspringer zu schicken, um sie zu ermorden?«

»Ehrlich gesagt, nein, Sir.«

Knight holte tief Luft. »Ich glaube, es ist wahrscheinlicher, dass sie das Haus jetzt als Armeelager identifiziert haben. Es ist nicht schwer, die Armeefahrzeuge im Vorgarten zu erkennen, auch wenn sie getarnt sind. Also war es vielleicht eine Warnung, dass sie über das Hauptquartier der West Kents hier Bescheid wissen und zurückkehren werden.«

»Ja, Sir. Das ist die Schlussfolgerung, zu der ich gekommen bin.«

Er wandte sich wieder zum Gehen.

»Auf der anderen Seite«, ergänzte Maxwell Knight, »gibt es da etwas, das Sie über Lord Westerhams Familie wissen sollten. Ich glaube nicht, dass es irgendeine Verbindung zu unserem Fallschirmspringer oder der Bombe hat, aber … Lady Margot Sutton ist von der Gestapo in Paris gefasst worden.«

»Donnerwetter!«, rief Ben aus, bevor er merkte, wie kindisch das klang. Er spürte, wie ihm die Farbe aus dem Gesicht wich. »Sie haben Margot? Wegen ihres französischen Geliebten?«

»Möglich«, sagte Maxwell Knight. »Vielleicht aber auch, weil sie eine von uns ist.«

»Eine Spionin? Margot ist eine Spionin?«

»Auf einer ganz niedrigen Stufe. Sie ging zur Botschaft, als sie noch besetzt war, und fragte, ob sie sich nützlich machen könne, da sie in Paris feststeckte. Ihr wurde ein geheimes Funkgerät gegeben und sie hat Nachrichten weitergeleitet. Wenn die Gestapo das Funkgerät gefunden hat, dann werden sie sie wahrscheinlich foltern und dann erschießen.«

»Versucht denn niemand, sie herauszubekommen?«, fragte Ben.

»Doch, während wir hier sprechen«, sagte Knight.

»Sir, ich möchte mich freiwillig melden, um Teil dieser Mission zu sein«, erklärte Ben.

Knight lächelte diesmal sogar. »Ich bewundere Ihren Schneid und Ihre Loyalität, doch ich vermute, wenn Ihr Bein richtig funktionieren würde, wären Sie längst in der Luft und würden eine Spitfire fliegen. Können Sie sich wirklich vorstellen, über Pariser Dächer zu klettern, Regenrohre herabzuhangeln, vor deutschen Soldaten davonzulaufen und dabei immer wieder über die Schulter zu schießen?«

Ben öffnete den Mund, um etwas zu erwidern, doch Knight fuhr fort: »Und können Sie sich auch vorstellen, einer Wache kaltblütig die Kehle durchzuschneiden? Es braucht eine bestimmte Art von Mensch, um solche Aufträge ausführen zu können. Deshalb überlassen wir das den Kommandotruppen. Die sind dafür ausgebildet.«

»Weiß Margots Familie schon davon?«

»Nein, und Sie werden es ihnen nicht erzählen, bevor die Mission zufriedenstellend durchgeführt ist. Wenn das nicht gelingt, werden wir die rechte Zeit und den rechten Ort bestimmen, sie zu informieren.«

Ben nickte. »Darf ich darum bitten, dass Sie mich wissen lassen, wie die Mission verläuft?«

»Möglich. Wir werden sehen.« Er winkte Ben zu. »Gehen Sie jetzt. Auf zu Ihrer Erkundung.« Als Ben das Büro verließ, bemerkte er, dass Maxwell Knights Sekretärin, Joan Miller, so elegant gekleidet war, als würde sie zu einem Essen ins Savoy gehen. Graue Seide und Perlen und eine Spur Make-up.

»Sie sehen heute sehr hübsch aus, Miss Miller«, sagte er.

Sie lächelte. »Nun, vielen Dank, Mr Cresswell. Ich habe eine Verabredung mit ein paar wichtigen Herren. Bei solchen Gelegenheiten muss man das Beste aus seinem Aussehen machen.«

Als Ben in die frische Luft hinaustrat, schüttelte er den Kopf. Die Besuche am Dolphin Square fühlten sich immer ein wenig an wie bei *Alice im Wunderland*. Er fragte sich, ob diese Leute überhaupt echt waren, und er fragte sich außerdem, ob sein Auftrag von irgendeinem Wert war.

KAPITEL 26

Bletchley Park

Am Samstagabend nahm Pamela den Zug zurück nach Bletchley. Jeremy hatte angeboten, sie zu fahren.

Er hatte sie gerade nach einem Abend in einem Pub am Ufer des Medway nach Hause gebracht. Es war eine romantische Stimmung, wenn auch das Essen zu wünschen übrig ließ. Der Kabeljau war wie Leder und der Kohl zu einer grauen Masse verkocht. Sie hatten darüber gelacht und es mit dem Essen in Nethercote verglichen.

»Musst du zurück zur Arbeit?«, fragte er.

»Natürlich. Es war schon außergewöhnlich, mir eine Woche zu gewähren, wo wir so knapp waren, aber ich litt an den Folgen zu vieler Nachtschichten und hatte seit Weihnachten keine richtige Pause.«

»Dann fahren wir zusammen. Ich muss sowieso in die Stadt. Ich muss zu dem Quacksalber am Barts, um sicherzugehen, dass meine Schusswunde gut verheilt ist und dass ich wieder diensttauglich bin.« Er musste den erschrockenen Ausdruck auf Pamelas Gesicht gesehen haben. »Oh, nicht zurück zum Fliegen, Liebe. Sosehr ich es mir auch wünsche, ich glaube nicht, dass ich in den nächsten paar Monaten schon ein Flugzeug fliegen darf. Aber ich soll etwas im Luftfahrtministerium tun. Ich kann nicht behaupten, dass ich mich darauf freue. Nach dem, was du und Ben so erzählt, darf man dort nur Routinesachen machen. Ich möchte lieber die Route für Bombenangriffe entwerfen oder Luftbilder auswerten.«

»Natürlich!« Pamela lachte. »Doch das langweilige Zeug muss auch gemacht werden, Jeremy. Wenn die Ordner nicht in bester Ordnung sind und eine bestimmte Information nicht gefunden werden kann, wenn man sie braucht, kann die Verzögerung Menschenleben kosten.«

»Du hast recht.« Er lächelte zurück. »Ich war niemals gut darin, normale Sachen zu machen, oder? Ich bin oft genug in der Schule geschlagen worden, weil ich es nicht geschafft habe, mich ins Zeug zu legen und zu lernen. Doch dann habe ich die Prüfungen sehr gut gemacht und die Lehrer mussten alles zurücknehmen. Das war äußerst befriedigend.«

»Du solltest kein Benzin verschwenden, indem du in die Stadt fährst, wo es doch einen Zug gibt, der den gleichen Zweck erfüllt«, sagte Pamela.

»Oh, keine Sorge. Mein Vater kann sich gewissermaßen selbst Benzingutscheine ausstellen, weißt du. Er muss die ganze Zeit in die Stadt fahren.«

Pamela sah ein besorgniserregendes Bild vor ihrem inneren Auge, wie Jeremy darauf bestand, sie den ganzen Weg bis nach Bletchley zu fahren. Das ging nicht. »Ich würde mich über eine Fahrt zum Bahnhof freuen«, sagte sie, »aber ich glaube, dass ich lieber mit dem Zug zurückfahre. Ich habe den Reisegutschein.«

»Jeder würde denken, dass du versuchst, mir aus dem Weg zu gehen.«

»Überhaupt nicht, Jeremy. Ich liebe es, mit dir zusammen zu sein. Das weißt du doch. Wir hatten heute eine großartige Zeit, oder nicht? Es ist nur so, dass … Na ja, ich möchte meinen

Kopf klar bekommen, bevor ich mich wieder bei meiner Arbeit einreihe. Soweit ich weiß, kann es sein, dass ich sofort wieder in die Nachtschicht muss.«

»Sie haben kein Recht, Frauen in der Nachtschicht arbeiten zu lassen«, sagte Jeremy. »Ich glaube, ich komme mit dir und sage ihnen das.«

»Nein, das wirst du nicht tun!« Sie schlug ihm auf den Arm.

Er erfasste ihre Hand, zog sie zu sich und küsste sie mit Leidenschaft, drängte sie dabei langsam zurück auf den Sitz des Rolls. Sie war sich seines Gewichts auf ihr entsetzlich bewusst, spürte seine Zunge in ihrem Mund, seine Knie, die ihre Beine auseinanderzwangen, seine Hand, die nach unten wanderte. Sie setzte sich abrupt auf und schob seine Hand weg. »Jeremy, nicht hier, vor dem Haus meiner Eltern. Jeder könnte es sehen.«

Er blickte sie lange ernst an. »Pamma, ich frage mich so langsam, ob du überhaupt noch irgendwas für mich empfindest. Du hast mich geliebt, das weiß ich. Meine Gefühle für dich haben sich nicht geändert, weißt du. Ich kann nicht anders, als zuzugeben, dass ich dich will. Ich will dich sehnlichst. Und trotzdem stößt du mich jedes Mal weg, wenn ich dir nahekomme.«

»Das möchte ich nicht«, sagte sie. »Und ich liebe dich noch immer. Ich habe jede Nacht von dir geträumt, als du weg warst. Ich bin mit deinem Bild unter dem Kopfkissen schlafen gegangen. Und ich will, dass du mit mir schläfst. Es ist nur …« Sie lachte kurz verschämt. »Ich bin eine einundzwanzigjährige Jungfrau und zögere wohl, den nächsten Schritt zu tun.«

Jetzt lachte er. »Dann werden wir etwas dagegen tun müssen, oder? Ich werde dich nicht bedrängen. Ich werde dafür sorgen, dass Zeit und Ort richtig sind. Unsere Wohnung in London ist sehr komfortabel und intim. In Mayfair. Keine Familie, die uns beobachtet. Ende der Woche werde ich dort einziehen. Du kommst und besuchst mich, ja?«

»Ich weiß nicht, wann ich wieder freikriegen kann«, sagte sie. »Aber ich werde kommen.«

»Wir können mit meiner Einweihungsparty anfangen. Ich dachte, ich mache sie am nächsten Mittwoch. Das gibt mir Zeit, mich einzugewöhnen. Bist du an den Abenden frei?«

»Das hängt davon ab, in welcher Schicht ich arbeite.«

Er runzelte die Stirn. »Du kannst doch bestimmt für einen Abend die Schicht tauschen. Du musst doch nicht sieben Tage die Woche arbeiten, oder?«

»Nein, natürlich nicht.«

»Und du kannst mit dem Zug in die Stadt fahren?«

»Ja, ganz einfach.«

Er nahm ihre Hand in seine und spielte mit ihren Fingern. »Dann sagen wir, nächsten Mittwoch. Ich habe schon seit Jahren keine anständige Party mehr gegeben. Lade deine Freunde ein, wenn du magst. Ich wette, der alte Herr hat guten Stoff in der Wohnung gelagert. Wir helfen ihm beim Trinken, bevor die Deutschen einmarschieren und alles konfiszieren.«

Pamela setzte sich auf und glättete ihr Kleid. »Glaubst du, dass sie einmarschieren werden?«

»Ich denke, das ist unvermeidlich«, sagte er. »Sieh nur, wie einfach sie in Frankreich und Belgien und Dänemark und Norwegen einmarschiert sind. Was haben wir, was diese Länder nicht haben?«

»Wir wurden seit 1066 nicht mehr erobert«, sagte sie. »Napoleon ist in all diese Länder marschiert, doch Britannien konnte er nicht einnehmen.«

Er tätschelte ihr Knie. »Das ist der rechte Kampfgeist. Wir werden sie an den Stränden bekämpfen, wir werden sie in den Pubs und den öffentlichen Toiletten bekämpfen …«

»Jeremy, mach dich nicht lustig. Es war eine brillante Rede. Mr Churchill ist ein großartiger Redner.«

»Tut mir leid. Ja, ich weiß, dass er das ist. Aber bei allem Kampfgeist und Stolz auf der Welt haben wir doch nicht die Waffen, um es mit der Wehrmacht aufzunehmen. Wenn Amerika sich dazu entschließt, uns etwas zu leihen, dann könnte es anders sein. Aber die sitzen vielleicht noch Jahre als Zaungast dabei.«

Pamela erschauerte. »Lass uns nicht darüber reden. Du bist wohlbehalten zu Hause, und das ist es, was wichtig ist.«

»Und du kommst zu meiner Party?«

»Ich werde mein Bestes versuchen, das verspreche ich dir.«

Pamela ließ sich das Gespräch noch einmal durch den Kopf gehen, als der Zug sie von London nach Bletchley brachte. Eine Party. Da würde es ausreichend sicher sein. Zu mehreren war man sicher. Ihr wurde klar, dass sie irgendwann mit ihrer Beziehung zu Jeremy ins Reine kommen musste. Er wollte mit ihr schlafen. Sie hatte immer gedacht, dass sie es auch wollte. Doch in ihrer Vorstellung gehörte die Heirat dazu. Für ihn schien es nicht so zu sein. Sie hatte zu viele Gerüchte über Mädchen gehört, die schließlich schwanger geworden waren. Mädchen, die dann aufs Land gebracht wurden, und man sprach nie wieder über das Baby.

Aber Jeremy würde mich heiraten, wenn das geschehen würde, dachte sie. *Natürlich würde er das. Außerdem,* fügte sie für sich hinzu, *habe ich das Gefühl, dass Jeremy sich in solchen Dingen auskennt.*

Sie fühlte sich besser, als sie in Bletchley ankam und bemerkte, dass sie sich auf ihre Arbeit freute. In ihrer Unterkunft saß Trixie auf dem Bett und steckte gerade ein Bein vorsichtig in einen Seidenstrumpf. Sie sah auf und lächelte.

»Oh, du bist zurück. Einen Moment, ich versuche nur, das hier zu machen, ohne mein gutes Paar zu beschädigen. Gott weiß, was ich dann tun würde. Ich denke, dann müsste ich mir mit einem Stift einen Strich auf die Rückseite der Beine malen, so wie es alle anderen tun.« Sie zog den Strumpf hoch und befestigte ihn am Strumpfhalter. »Hattest du eine schöne Zeit?«

»Ja, danke. Abgesehen davon, dass unser Haus bombardiert wurde.«

»Bombardiert? Meine Güte, wie schrecklich! Wurde es zerstört?«

»Nein, zum Glück nicht. Der Schaden ist nur gering. Das West-Kent-Regiment ist ja bei uns stationiert und alle haben geholfen. Sie haben das Feuer gelöscht, bevor es sich ausbreiten konnte.«

Trixie lächelte. »Ich muss wirklich mal vorbeikommen und dich mit all diesen leckeren Soldaten auf dem Grundstück besuchen. Apropos leckere Männer, hast du auch den knackigen Jeremy Prescott gesehen?«

»Das habe ich.«

»Und wie geht es ihm? Ist er … ähm … vollständig genesen?«

»Noch ein wenig blass und mager, aber auf dem Weg der Genesung, Gott sei Dank. Er sieht ein wenig aus wie ein romantischer Dichter, wie Keats auf seinem Sterbebett. Aber er erholt sich schnell.« Das Bild von Jeremy, wie er versuchte, sie im Auto in den Sitz zu drücken, kam ihr in den Sinn. »Ja, er erholt sich bemerkenswert gut.«

»Also hast du eine großartige Zeit gehabt? Gestehe alles. Erzähl es Tante Trixie.«

»Wir hatten die meiste Zeit Familie um uns herum«, sagte Pamela. »Wir sind zum Essen in ein Pub gefahren und dann hat er mich nach Hause gebracht.«

»Oh Gott, ich weiß noch, wie ich einmal nach einem Debütantinnenball mit ihm im Taxi nach Hause gefahren bin«, sagte Trixie. »Meine Güte, ich hatte keine Ahnung, dass man so etwas hinten in einem Taxi machen kann. Niemand hatte erwähnt, dass er NSIT ist.«

»Was?«, fragte Pamela.

»NSIT. Nicht sicher im Taxi, Liebling. Das war ein üblicher Code unter Debütantinnen. Bist du eigentlich in einem Nonnenkloster aufgewachsen?«

»Nein, aber Farleigh war fast genauso schlimm. Meine Eltern sind schrecklich prüde, und ich wusste nichts, bevor ich auf ein Mädcheninternat in der Schweiz gekommen bin.«

»Wo du sicher mehr gelernt hast, als einen Knicks zu machen und Dinnerpartys zu organisieren. Jedenfalls war es bei mir so.« Sie warf ihr ein wissendes Lächeln zu. »Meine Güte, diese Skilehrer. So männlich.« Und sie tat, als würde sie sich Luft zufächeln.

Pamela lachte etwas nervös.

»Und hat Jeremy die Frage losgelassen? Oder hattet ihr bereits eine Verständigung, wie man so schön sagt?«

Pamela spürte, wie sie errötete. »Jeremy findet, dass man nicht an Heirat denken kann, solange dieser schreckliche Krieg nicht vorbei ist.«

»Ganz richtig«, sagte Trixie. »Und wer würde heiraten wollen, wenn Kleidung rationiert ist? Du wirst nicht erleben, dass ich in einem schäbigen Zweiteiler heirate. Ich will die Viermeterschleppe, den Schleier und Unmengen an Seide. Und auch eine ansehnliche Aussteuer.«

»Du wirst also Weiß tragen?«, fragte Pamela, hob eine Augenbraue und brachte Trixie zum Kichern.

»Meine Liebe, wenn Jungfrauen die einzigen Bräute in Weiß wären, dann gäbe es nur sehr wenig weiße Hochzeiten«, sagte sie und zog den zweiten Strumpf an. Dann stand sie auf, betrachtete das Ergebnis im Spiegel und nickte zustimmend.

»Hast du etwas Besonderes vor?«, fragte Pamela.

»Wahrscheinlich nicht. Ein Typ aus Baracke 6, den ich gestern Abend bei dem Konzert getroffen habe, hat mich ins Kino eingeladen. Er ist ein wenig zu ernsthaft und intelligent für meinen Geschmack, aber wer ist das nicht in diesem Kaff? Niemand kommt hierher, um Spaß zu haben, oder? Also dachte ich, Kino wäre besser, als hierzubleiben und den Cottage Pie von Mrs Entwhistle zu essen. Und überhaupt, das Essen war diese Woche besonders trostlos. Dreimal die Woche gekochter Kohl, Kartoffelbrei und eine Scheibe Dosenfleisch. Ich habe die ganze Zeit an dich gedacht, weil du richtiges Essen zu dir genommen hast. Hast du ein paar gute Mahlzeiten bekommen?«

»Oh ja, das habe ich«, sagte Pamela. »Besonders einmal bei den Prescotts. Austern und Schweinebraten und Windbeutel in Schokoladensoße. Und die richtigen Weine zu jedem Gang. Ich dachte, ich würde vor Glück sterben.«

»Wie sind sie an all das gekommen?«

»Schwarzmarkt, wie man heraushören konnte. Sir William scheint seine Finger in vielen Dingen stecken zu haben.«

»Dann solltest du Jeremy besser drängen, dich zu heiraten, bevor ein anderes Mädchen ihn dir wegschnappt, wenn du für den Rest deines Lebens im Luxus schwelgen willst.« Sie legte eine großzügige Schicht Lippenstift auf. »Also, wann wirst du ihn wiedersehen, was denkst du? Es ist reichlich weit entfernt, um für einen freien Tag runter nach Kent zu fahren, oder?«

»Nun, er zieht diese Woche in die Wohnung seiner Eltern in London«, sagte Pamela. »Er fängt beim Luftfahrtministerium an. Oh, und er plant eine Party am Mittwoch in einer Woche – eine Art Wohnungseinweihung. Ich hoffe nur, dass ich nicht mehr im Nachtdienst bin. Vielleicht kann ich die Schicht tauschen.«

»Eine Party? Wie göttlich! Kann ich mitkommen?«

Pamela zögerte. Trixie würde nur zu begierig sein, ihre Hände wieder an Jeremy zu bekommen, da war sie sich sicher. Doch sie fand keinen Grund, abzulehnen. »Ja, ja, natürlich«, sagte sie. »Wenn wir beide einen freien Abend bekommen können. Ich habe Jeremy gesagt, dass ich vielleicht noch in der Nachtschicht arbeite und es schwierig werden könnte, freizubekommen.«

»Vielleicht nicht«, sagte Trixie. »Ich habe Freitag eine Nachricht von Commander Travis bekommen. Er möchte, dass du dich sofort bei ihm meldest, wenn du zurückkommst.«

»Meine Güte«, sagte Pamela. »Ich hoffe, ich bekomme keinen Tadel.«

»Warum, du hast doch nicht dein Schreibheft bekleckst, oder?«, fragte Trixie. »Staatsgeheimnisse verraten? Über deine Arbeit hier gesprochen, Gott behüte?«

»Nein, natürlich nicht. Obwohl es zu Hause ganz schön schwierig war. Sie denken alle, ich mache irgendeinen langweiligen Bürojob in einem gesichtslosen Ministerium, und ich konnte ihnen nicht erzählen, wie wichtig das ist, was wir tatsächlich machen.«

»Ist es das denn?«, fragte Trixie. »Manchmal frage ich mich das. Alles, was ich tue, ist ein langweiliger Bürojob in einem gesichtslosen Ministerium, aber ich nehme an, dass dein Job spannender ist als meiner.«

»Nicht gerade spannend«, sagte Pamela schnell, »aber zumindest weiß ich, dass ich ein kleines Rädchen in einer langen Kette bin, das eine Rolle spielt, und das ist alles, was zählt.«

»Ist das der Moment, wo ich aufstehe, eine Fahne schwenke und ›Rule Britannia‹ singe?«, fragte Trixie lachend.

Pamela gab ihr einen freundlichen Stups. »Halt den Mund und geh schon in dein Kino. Ich denke, ich gehe wohl besser nach unten und widme mich Mrs Entwhistles Dosenfleisch mit Kartoffeln.«

KAPITEL 27

Bletchley Park

Am nächsten Morgen um acht Uhr parkte Pamela ihr Fahrrad vor dem großen Haus und ging zu der beeindruckenden Eingangstür. Es war ein wunderbarer Tag. Die Sonne glitzerte auf dem See, auf dem Schwäne dahinglitten. Tauben flatterten auf und flogen in den Himmel. Die Luft roch nach Rosen und Geißblatt. Es war die Art Tag, an dem man ein Picknick an einem Fluss machte. Pamelas Gedanken wanderten zu trägen Sommertagen in Farleigh, bevor sie mit einem Ruck in die Gegenwart zurückkehrte und in die Dunkelheit des Foyers trat. Ihr fiel nichts ein, was sie falsch gemacht haben könnte, außer der Ohnmacht. Vielleicht würde man ihr sagen, dass sie für die Aufgabe hier nicht geeignet wäre, und sie unehrenhaft nach Hause entlassen. Aber sie war doch nicht der erste Mensch, der ohnmächtig geworden war oder einen Nervenzusammenbruch hatte, während er hier arbeitete. Die langen Stunden, die trostlosen Bedingungen und der ständige Druck machten auch anderen zu schaffen, wie sie wusste.

Die Empfangsdame kam aus ihrem Kämmerchen, als sie Pamelas Schritte auf dem gefliesten Boden hörte.

»Ah, Lady Pamela«, sagte sie. »Gehen Sie hinauf. Ich werde Commander Travis anrufen und ihm mitteilen, dass Sie kommen.«

Sie hatte fröhlich und gut gelaunt geklungen, was ermutigend war, doch wahrscheinlich wussten Empfangsdamen nur wenig über die Besucher. Sie ging die verzierte hölzerne Treppe hinauf und klopfte an die Tür des Commanders.

»Lady Pamela«, sagte er umgänglich. »Nehmen Sie Platz. Hatten Sie eine gute Woche Erholung zu Hause?«

Pamela ließ sich auf einem Stuhl vor dem Mahagonitisch des Commanders nieder. »Ja, vielen Dank, Sir. Ein paar Nächte Schlaf und gutes Essen, und jetzt bin ich wie neugeboren.«

»Hervorragend«, sagte er, »denn es wichtig, dass Sie auf Draht sind. Ich gebe Ihnen eine neue Aufgabe. Es ist ein wenig ungewöhnlich, selbst für Bletchley, und niemand sonst darf etwas davon wissen. Verstehen Sie? Ich weiß, Sie haben sich inzwischen an die Geheimhaltung gewöhnt, doch in diesem Fall ist es ganz besonders wichtig.«

»Ich verstehe, Sir«, sagte sie.

Er beugte sich auf seinem Stuhl vor. »Was wissen Sie über die *New British Broadcasting Corporation*?«

»Ist das nicht ein Radiosender aus Deutschland, der vorgibt, britisch zu sein, und der erfundene Nachrichten sendet?«

»Ganz genau.« Er hob drohend den Finger, um seine Aussage zu betonen. »Er wurde eingerichtet, um Angst und Verzweiflung in die Herzen der Briten zu säen, um ihren Kampfeswillen zu brechen, damit wir die Deutschen willkommen heißen, wenn sie einmarschieren.«

»Ich glaube nicht, dass viele Briten darauf hereinfallen, Sir«, sagte sie.

»Sie wären überrascht. Manche Leute glauben alles, was das Radio ihnen erzählt. Nicht alle sind so gebildet wie wir. Doch das ist unerheblich. Sie haben vielleicht auch gehört, dass es subversive Elemente gibt, die von England aus arbeiten. Nicht unbedingt Ausländer, sondern englische Männer und Frauen, die aus ihren eigenen Gründen Sympathien für Deutschland haben und Herrn Hitler auf jede mögliche Art unterstützen wollen.«

»Bestimmt nicht, Sir«, sagte Pamela zweifelnd. »Ich meine, man hört von subversiven Kräften, aber dabei denkt man doch immer an dubiose russische Emigranten und natürlich Oswald Mosleys Faschisten.«

»Sie wären überrascht, wie viele Menschen einen Einmarsch willkommen heißen würden«, entgegnete er. »Selbst Menschen, die Sie und ich kennen. Ehrlich gesagt nehmen wir an, dass jetzt gerade eine Verschwörung im Gange ist. Wir sind uns nicht ganz sicher, aber wir vermuten, dass es darum geht, die königliche Familie zu entfernen und den Herzog von Windsor an ihrer Stelle einzusetzen. Wir wissen, dass er starke prodeutsche Sympathien hat. Das hat er ja bereits gezeigt.«

»Donnerwetter, das wäre ja schrecklich«, platzte es aus ihr heraus und sie hörte, dass sie wie ein Schulmädchen klang.

»An dieser Stelle kommen Sie ins Spiel, Lady Pamela«, sagte Commander Travis. »Ich habe von Ihrem Gruppenleiter gute Berichte über Sie erhalten. Sie sind schnell und sehr aufmerksam. Deshalb bekommen Sie diesen Auftrag. Wir betreiben in der Nähe eine Empfangsstation, wo Mitarbeiterinnen der RAF alle deutschen Rundfunksendungen abhören und aufschreiben. Sie erhalten täglich die Abschriften dieses deutschen Propagandasenders, der New British Broadcast Station, und sollen alles herauspicken, was womöglich eine verschlüsselte Botschaft für empfängliche Ohren ist. Das kann die Wiederholung einer Phrase sein, mit der angekündigt wird, dass der nachfolgende Satz eine Botschaft enthält. Ich kann Ihnen nicht sagen, wonach Sie suchen müssen, denn ich weiß es selber nicht. Aber Sie sind clever, und ich glaube, es ist eine gute Entscheidung, Ihnen diese Aufgabe anzuvertrauen.«

»Werde ich weiter in meiner alten Baracke arbeiten, Sir?«

»Nein, natürlich nicht. Wie gesagt, dies ist eine Vereinbarung nur zwischen uns beiden. Niemand sonst darf etwas davon erfahren. Denn es ist möglich, dass auch hier in Bletchley Sympathisanten sind.«

»Wirklich?«

»Wir dürfen nicht gutgläubig sein, Lady Pamela. Der deutsche Geheimdienst ist nicht dumm und wird bei jeder Gelegenheit versuchen, Sympathisanten einzuschleusen. Deshalb werden Sie sicherlich verstehen, dass völlige Geheimhaltung unerlässlich ist.«

»Natürlich. Aber was sage ich den Jungs, mit denen ich zusammengearbeitet habe, wenn ich sie in der Cafeteria treffe? Und was ist mit meiner Zimmernachbarin?«

»Sie sagen allen, dass man Sie für eine Sonderaufgabe bei Commander Travis versetzt hat, weil er gern ein hübsches Gesicht beim Aktensortieren sieht.«

Darüber musste sie lachen. »Also werde ich hier arbeiten?«

»Ja. Ich mache Ihnen einen Raum in der obersten Etage frei. Und Sie berichten mir und nur mir. Verstehen Sie?«

»Ja, Sir. Ich hoffe, dass ich Ihre Erwartungen erfüllen kann«, sagte sie. »Ich werde wohl allein arbeiten, oder?«

»Nein, Sie bekommen einen Kollegen. Ein sehr kluger junger Mann, der andere deutsche Sendungen nach möglichen verschlüsselten Nachrichten absucht. Ich hoffe, Sie werden einander dabei helfen, mögliche verschlüsselte Nachrichten unter den harmlosen zu finden, und dann fähig sein, die Codes zu knacken.«

Als Pamela nichts sagte, fügte er hinzu: »Ich habe vollstes Vertrauen in Sie. Ich glaube, Sie sind die richtige Person für diese Aufgabe.«

»Wann soll ich anfangen?«, fragte sie.

Er lächelte, sodass sein ernstes Gesicht für eine Sekunde geradezu menschlich wirkte. »Was du heute kannst besorgen … Lady Pamela.«

Pamela verließ sein Büro und ging eine weitere Treppe hinauf zu dem zugewiesenen Raum in der obersten Etage. Das war eindeutig die Unterkunft eines Bediensteten gewesen. Der Flur war nicht holzgetäfelt und vermittelte einen ungenutzten Eindruck, staubig und muffig. Sie öffnete die Tür und schnappte kurz nach Luft, als sie zu ihrer Rechten eine Bewegung wahrnahm. Ein hochgewachsener, schlaksiger junger Mann sprang von dem Tisch auf, an dem er gesessen hatte.

»Meine Güte, haben Sie mich erschreckt«, sagte Pamela und lachte. »Ich habe nicht damit gerechnet, dass jemand hier ist. Sie müssen mein Komplize sein.«

Er kam um den Tisch und streckte ihr die Hand entgegen. »Froggy Bracewaite«, sagte er. »Und Sie müssen Lady Pamela Sutton sein.«

»Korrekt«, sagte sie. »Ich nehme an, Ihr Name ist nicht wirklich Froggy.«

»Wenn es nötig ist, höre ich auch auf Reginald«, sagte er. »Aber in Winchester wurde ich Froggy genannt und das ist hängen geblieben. Sie erinnern sich vielleicht nicht daran, doch wir sind uns schon einmal begegnet. Ich glaube, ich habe bei einem der Debütantinnenbälle in Ihrer Saison mit Ihnen getanzt. Möglicherweise tragen Sie als Beweis noch immer die Prellungen.«

»Ich dachte doch, dass Sie mir bekannt vorkommen«, meinte sie. »Und ich bin mir sicher, dass Sie nicht der einzige Partner waren, der mir während jener Saison auf den Fuß getreten ist. Die Mädels bekommen Tanzunterricht, aber niemand denkt daran, dass ihre Partner auch welchen brauchen. Apropos, ich bin sehr froh, dass wir zusammenarbeiten. Diese ganze Sache klingt schrecklich einschüchternd, und es allein bewältigen zu müssen wäre mir gar nicht recht gewesen.«

»Sie müssen wirklich gescheit sein, sonst hätten sie niemals eine Frau für diese Aufgabe ausgesucht«, sagte er. »Für den Fall, dass Sie es noch nicht bemerkt haben, die Männer bekommen hier all die Traumjobs und an den Frauen bleibt der Schreibkram hängen, auch wenn sie oft viel besser qualifiziert sind.«

»Ich war eine der Glücklichen«, sagte Pamela. »Ich habe etwas recht Interessantes gemacht. Aber kein richtiges Codeknacken. Ich habe keine Ahnung, wie ich das überhaupt anfangen soll. Sie müssen es mir beibringen.«

Er zeigte auf die Teleprinterausdrucke auf dem Tisch. »Die erste Reihe von Niederschriften ist von Station Y gekommen«, sagte er. »Sehen wir sie uns zusammen an, dann kann ich Ihnen vielleicht zeigen, wonach wir suchen sollen.«

Sie stellten sich zusammen an den Tisch und Pamela überflog die erste Seite.

Liebe Freunde in England. Es tut uns leid, dass eure rücksichtslose Regierung euch unnötig leiden lässt. Der Einmarsch wird wie geplant stattfinden, und es gibt nichts, was ihr tun könnt, um die deutsche Wehrmacht aufzuhalten. Aber für diejenigen, die uns unterstützen, die uns willkommen heißen, wird es ein sanfter Übergang werden und das Leben wird schnell wieder zur Normalität zurückkehren. Das Licht wird wieder angehen, Pubs und Kinos öffnen wieder. Es wird wieder ausreichend Nahrung geben.

»Was für ein Blödsinn!«, rief Pamela aus, sodass Froggy kicherte. »Das kann doch bestimmt niemand glauben?«, fragte sie.

»Sie wären überrascht«, erwiderte er. »Vor allem, wenn man Nachrichten wie diese hört.« Er zeigte auf der Seite weiter nach unten.

Die Bank of England setzt ihren gewaltigen
Betrug am englischen Volk fort. Die Pfundnote
ist wertlos geworden und die Regierung druckt …

Sie lasen weiter. Berichte über die Anzahl der gesunkenen britischen Schiffe. Güterschiffe, die die britische Küste niemals mit ihren Nahrungslieferungen erreichen würden. England würde bald eine Hungersnot erleiden. Und trotzdem gab es angeblich ein geheimes Lager mit Nahrungsmitteln in den Kellern von Whitehall, sodass die Mitglieder der Regierung immer noch gut aßen, während der durchschnittliche Arbeiter mit Sägemehlbrot überleben musste.

Nach dem bedrückenden betrügerischen Nachrichtenbulletin kamen gefälschte Grußnachrichten von britischen Soldaten, die als Gefangene in deutschen Straflagern waren.

Von Sergeant Jimmy Bolton, Royal Air Force von Hornchurch, jetzt Gefangener im Stalag 16, an seine Frau Minnie. »Mach dir um mich keine Sorgen, altes Mädchen. Ich bin in guter Verfassung, bekomme anständiges Essen und werde hier gut versorgt. Kopf hoch, ich werde bald zu Hause sein.«

»Ich würde nicht damit rechnen, wenn ich seine Frau wäre«, murmelte Froggy.

Pamela nickte. »Alles sehr hinterhältig und deprimierend«, sagte sie. »Aber ich kann nichts entdecken, was wie eine verschlüsselte Botschaft aussieht. Nichts in der Art von: ›Der Igel kommt um Mitternacht raus‹, was ich erwartet hatte.«

Er lachte. »Die Deutschen verwenden ziemlich ausgeklügelte Codes. Sehen wir mal, ob die ersten Buchstaben in einem Satz irgendein sinnvolles Wort ergeben.«

Sie versuchten es, hatten aber kein Glück. Sie versuchten verschiedene Kombinationen – der zweite Satz jeder Nachricht, die Eigennamen der angeblichen Gefangenen.

»Bolton könnte ein Ort sein«, schlug Pamela vor.

Froggy schüttelte den Kopf. »Aber Sims und Johnson nicht, oder? Ich muss sagen, dass mir bisher nichts ins Auge springt. Keine wiederholten Wörter oder Phrasen. Wir müssen uns wohl die Transkripte von mehreren Tagen ansehen, um festzustellen, ob bestimmte Phrasen jeden Tag zur selben Zeit wiederholt werden.«

Am Ende des ersten Tages hatte Pamela das Gefühl, dass ihre Fähigkeiten überschätzt worden waren und sie hier bald entlassen und unehrenhaft zu ihrer Einheit zurückgeschickt würde.

Als sie zu Hause ankam, wartete Trixie auf sie. »Also, was war los? Sag schon! Hat Commander Travis dir einen Klaps aufs Handgelenk gegeben?«

»Nein, nichts dergleichen«, sagte Pamela. »Er hat mich in eine neue Abteilung versetzt. Wir waren überbesetzt, wo ich vorher war, und sie brauchten eine zusätzliche Hilfe bei der Büroarbeit im großen Haus. Wie Commander Travis es ausgedrückt hat: Er mag es, ein hübsches Gesicht um sich zu haben.«

Trixie schüttelte den Kopf. »Männer!«, sagte sie. »Wäre es nicht lustig, wenn eine Frau sagen würde: ›Stell einen jungen Mann an, ich hätte gern Muskeln um mich‹?«

Pamela lachte. »Ich bin mir sicher, manche Frauen in verantwortlichen Positionen denken so. Aber ich muss zugeben, dass ich froh bin, aus dieser Baracke raus zu sein. Wenn die großen Tiere im Hauptgebäude arbeiten, dann wird es im Winter garantiert anständig beheizt. Und ich bin nah genug an der Cafeteria, um in meinen Pausen vorbeizuschauen.«

»Aber du machst noch immer die langweiligen Sachen, wie ich«, seufzte Trixie. »Wann werden sie endlich begreifen, dass wir Frauen uns leicht daranmachen könnten, wie die Männer Codes zu knacken?«

»Erst wenn sie wirklich verzweifelt sind, nehme ich an«, sagte Pamela. »Ehrlich gesagt, hier gibt es ein paar richtig kluge Jungs, soweit ich weiß. Absolute Mathegenies. Ich war nicht so schlecht in Mathematik, aber meine Tagträume haben sich nie um algebraische Probleme gedreht und in meinem Kopf tanzen auch keine Zahlen herum, wie bei manchen dieser Burschen.«

»Manche von ihnen sind halb bescheuert, wenn du mich fragst«, meinte Trixie. »Dieser Typ, der mich ins Kino eingeladen hat, hat eine komische Art von Summgeräusch im Hals gemacht und die ganze Zeit nervös mit seinem Fuß getippt, und er ging nie weiter, als nur den Arm um meine Schulter zu legen. Wir sind hier wahrscheinlich die einzigen normalen Leute.«

Pamela wollte gerade sagen, dass sie jetzt mit einem Kerl zusammenarbeitete, mit dem sie als Debütantin getanzt hatte, doch dann erinnerte sie sich daran, dass selbst so triviale Dinge geheim bleiben mussten.

Ein Gong erklang. »Ich glaube, wir gehen besser runter und stellen uns dem Abendessen«, sagte sie. »Ich befürchte, ich habe gekochten Fisch gerochen.«

»Oh nein, nicht ihr gefürchteter Kochfisch«, rief Trixie. »Das Dosenfleisch konnte sie zumindest nicht zerkochen. Glaubst du, wir sollten uns rausschleichen und uns im Pub eine Sausage Roll und ein Bier bestellen?«

»Was, und ihren Zorn auf uns laden und für immer die knorpeligsten Stücke geschmorten Fleisches vorgesetzt bekommen? Hast du bemerkt, dass sie diesem unheimlichen Mann, Mr Campion, immer die besten Stücke gibt?«

»Natürlich habe ich das. Er gefällt ihr. Doch unglücklicherweise gefällt sie ihm nicht. Ich meine, Liebling, wem würde das gefallen?« Sie lachte laut auf. Dann wurde sie wieder ernst. »Es muss doch irgendwo in der Nähe bessere Unterkünfte geben. Ich würde ja meine Familie fragen, ob wir hier irgendwelche Kontakte haben, aber ich darf nicht sagen, wo ich bin. Ich werde mich schrecklich aufregen, wenn ich herausfinde, dass ich einen alten Onkel ein paar Kilometer entfernt in einem Herrenhaus habe, der dreimal die Woche Fasan isst.« Sie hakte ihren Arm bei Pamela unter. »In Ordnung. Gehen wir runter und stellen uns dem Elend oder vielmehr dem gekochten Kabeljau. Und dann gehen wir und gönnen uns ein Bier. Auf meine Rechnung.«

Kapitel 28

Zu Hause und unterwegs mit Ben

Als Ben nach seinem Besuch in London wieder zu Hause war, war ihm bei dem Gedanken, Miss Gumbles Zimmer durchsuchen zu müssen, unbehaglich zumute. Es würde nicht allzu schwer sein, erkannte er. Vormittags war sie wahrscheinlich bei Phoebe und gab ihr Unterricht. Trotzdem bestand ein enormes Risiko: Jeder im Haus kannte ihn. Wenn er irgendeinem Familienmitglied begegnete, brauchte er einen guten Grund, weshalb er da war. Wahrscheinlich wurde er dann auch auf einen Tee ins Haus eingeladen. Wenn jemand sah, wie er die Treppe zu der Wohnung über den Ställen hochging, würde er sich erklären müssen. Dann kam sein Vater in den Raum und wirkte überrascht, Ben dort zu sehen.

»Oh, du bist zurückgekommen. Ich dachte, du wolltest nach London fahren?«

»Nur für eine Besprechung«, sagte Ben. »Genau genommen muss ich für ein paar Tage weg. Hoch nach Norden.«

»Was im Himmel sollst du oben im Norden?«, fragte sein Vater. »Ich dachte, du arbeitest in einem Büro.«

»Oh, das tue ich ja«, sagte Ben eilig. »Aber ich bin gebeten worden, ein paar Unterlagen persönlich an eine Forschungsstation zu überbringen. Man kann derzeit nicht vorsichtig genug sein. Die Post könnte abgefangen werden.«

»Wirklich? Das glaube ich nicht. Die britische Post ist eine zuverlässige Institution.«

»Man weiß nie, Dad. Deutsche Sympathisanten sollen sich überall eingeschlichen haben.«

»Das ist doch nur Panikmache. Ich glaube, so etwas streut der Feind, um Angst in unsere Herzen zu säen. Damit wir einander misstrauen. Denken, dass die Deutschen jeden Tag landen könnten. Du weißt, das halbe Dorf glaubt, der arme Mann, dessen Fallschirm sich nicht geöffnet hat, war ein deutscher Spion. Völliger Blödsinn. Er trug eine englische Soldatenuniform. Ich habe es selbst gesehen. Ein tragischer Unfall, das war es und sonst nichts.«

»Wahrscheinlich«, sagte Ben. »Also, ich werde für ein paar Tage weg sein, dann komme ich vielleicht zurück nach Hause, vielleicht auch nicht, das hängt von meinem Abteilungsleiter ab.«

Reverend Cresswell blickte sich um. »Jetzt versuche ich mich zu erinnern, warum ich hereingekommen bin. Mein Verstand ist im Moment wie ein Sieb. Oh, jetzt weiß ich es wieder. Das Buch über Vögel. In der großen Ulme ist ein Eulennest, und ich glaube, es ist von einer Schleiereule. Ich habe in der Dämmerung einen Blick auf sie erhaschen können, doch ich wollte sichergehen.«

Ben kam eine großartige Idee. Miss Gumbles Teleskop. Er konnte sie bitten, es seinem Vater auszuleihen. Perfekt. Er packte einen kleinen Koffer für seine Reise, dann radelte er hinüber nach Farleigh. Auf der Auffahrt musste er an die Seite fahren, als ein Konvoi mit Armeelastern vorbeifuhr, und der erzwungene Halt brachte seine Zweifel zurück. Wenn er Miss

Gumble fragte, ob sie ihm ihr Teleskop lieh, würde sie es wahrscheinlich für ihn holen. Sie würde ihn nicht in ihrem Zimmer haben wollen, vor allem dann nicht, wenn sie etwas zu verbergen hatte. Doch wenn er ohne ihre Erlaubnis nach oben auf ihr Zimmer ging und gesehen wurde, würde sie davon erfahren, und dann gab es womöglich Theater.

»Verdammt«, murmelte er. Er war nicht dafür gemacht, ein Spion zu sein. Er dachte an die Männer, die ausgesandt worden waren, um Margot Sutton aus den Händen der Gestapo zu retten. Wie dumm er geklungen haben musste, als er sich freiwillig für eine solche Aufgabe gemeldet hatte. Margot musste Nerven aus Stahl haben, dass sie im besetzten Paris Funknachrichten empfing und weitergab. Er erinnerte sich daran, dass er immer ein wenig ehrfürchtig ihr gegenüber gewesen war – sie war einige Jahre älter als Pamela und gebildet und glamourös, schon als Teenagerin. Aber Pamela war natürlich immer die Mutige gewesen, diejenige, die auf Bäume geklettert war und Mutproben bestanden hatte. Er verspürte eine große Welle der Erleichterung, dass nicht Pamela jetzt in Paris war und darauf wartete, gerettet zu werden. Denn die Chance einer erfolgreichen Rettung aus dem deutschen Hauptquartier in einem besetzten Land musste ziemlich gering sein. Es war gut möglich, dass alle Beteiligten dabei sterben würden. Er fragte sich, ob Lord und Lady Westerham irgendeine Ahnung davon hatten, dass ihr Kind sich in solcher Gefahr befand. Es war so schwierig, dass jeder Geheimnisse bewahren musste.

Der letzte Laster im Konvoi fuhr vorbei. Ben setzte seine Fahrt zum Haus fort. Er sah, dass Sperrholzplatten abgeladen und die Freitreppe hinaufgetragen wurden. Wahrscheinlich für die Reparaturen am Dach. Der Vorhof war voller Soldaten, was ihm ermöglichte, unbemerkt vorbeizuschlüpfen und die Ställe zu erreichen. Er ging die Stufen hoch und klopfte an die Tür, nur für den Fall, dass Miss Gumble nicht beim Unterricht mit

Phoebe war. Dann drückte er den Türgriff herunter. Es war abgeschlossen.

»Verdammt«, murmelte er und drückte mit der Schulter gegen die Tür. Sie schwang auf und er war in Miss Gumbles Zimmer. Sein Herz schlug schnell, als er sich umblickte und das Teleskop auf einem der Stapel liegen sah. Ein Funkgerät. Danach suchte er. Und irgendwelche verdächtigen Papiere. Das Zimmer war winzig, und er hatte die Bücherstapel und ihre paar Habseligkeiten recht schnell durchgesehen. Kein Anzeichen eines Funkgerätes.

Er fragte sich, ob er es wagen sollte, hinauf in ihr altes Turmzimmer zu gehen, um nachzusehen, ob dort irgendwo ein Funkgerät versteckt war. Einen Vorwand, das war es, was er brauchte. Ihm fiel ein, dass er seinen Abendanzug getragen hatte. Ja, das würde funktionieren. Er kehrte zurück zur Freitreppe, ging ins Haus und die zwei Treppen hinauf zur obersten Etage. Niemand hielt ihn auf, bis er zu der Wendeltreppe kam, die zu Miss Gumbles Turmzimmer führte. Ein paar Soldaten versuchten, ein Stück Sperrholz über die enge Treppe hinaufzubekommen. Einer von ihnen drehte sich um und sah Ben.

»Kann ich Ihnen helfen, Sir?«, fragte er. »Wie Sie sehen, sind wir hier gerade ziemlich beschäftigt, und ich würde es schätzen, wenn Sie wieder hinuntergehen würden.«

»Es ist nur so, dass ich derjenige war, der die Dame aus diesem Turmzimmer gerettet hat«, sagte er. »Und ich trug meinen Abendanzug und habe einen meiner goldenen Manschettenknöpfe verloren. Deshalb hatte ich gedacht, dass ich vielleicht einen kurzen Blick hineinwerfen kann. Er hat einen ziemlichen emotionalen Wert.«

Der Offizier nickte. »Natürlich, Sir. Wartet, Männer. Lasst den Herrn vorbei.«

Ben eilte die Stufen hinauf. Das Zimmer war ein trauriges Durcheinander mit Putz überall auf dem Boden und geschwärzten Flecken an den Wänden. Es roch noch immer nach Rauch. Ben ging sorgfältig vor, suchte unter dem Bett, am Fensterplatz, suchte nach losen Dielenbrettern, fand aber nichts. Er war gezwungen, sich zurückzuziehen. Wenn sie ein Funkgerät hatte, war es entweder gut versteckt oder sie hatte es weggezaubert.

Ihm blieb nichts anderes übrig, als sich seinem Auftrag bei den Schlachtfeldern im Norden Englands zuzuwenden und zu hoffen, dass ihm dort irgendetwas auffiel. Er nahm sein Fahrrad und fuhr nach Hause, ohne jemandem zu begegnen, den er kannte. Später ging er zum Bahnhof und nahm den Zug nach London.

An diesem Nachmittag schlüpfte Lady Phoebe direkt nach dem Tee aus dem Haus und ging zum Cottage des Wildhüters. Mrs Robbins sah wie ein anderer Mensch aus, wesentlich älter, mit tief liegenden Augen und einem fast verstörten Ausdruck.

»Er ist da drin, Eure Ladyschaft«, sagte sie mit ausdrucksloser Stimme. »Gehen Sie nur rein, wenn Sie wollen.«

Phoebe hatte für einen Moment vergessen, dass der Sohn der Familie Robbins als vermisst gemeldet war. Sie fragte sich, ob sie etwas sagen sollte, doch ihr fiel nichts Passendes ein, weshalb sie nur lächelte und sagte: »Vielen Dank, Mrs Robbins.«

Sie ging in die Küche und fand Alfie, der ein Stück Brot mit Marmelade aß. Er blickte auf und lächelte, als er sie sah.

»Du und ich, wir müssen reden«, sagte sie. »Lass das stehen und komm mit, irgendwohin, wo wir nicht belauscht werden können.«

Alfie folgte ihr nach draußen und sie gingen ein Stück vom Cottage weg, bevor sie sagte: »Wir müssen uns mit unserer Detektivarbeit ranhalten. Es hat Entwicklungen gegeben.«

»Hat es das?«

Sie nickte. »Du musst gehört haben, dass unser Haus bombardiert wurde.«

»Ja, ich weiß. Verdammt schrecklich.«

»Nun, ich habe nachgedacht – über unseren Fallschirmspringer, weißt du. Warum sollte jemand Farleigh bombardieren?«

»Na ja, da ist ein verflixter Haufen Soldaten, weißt du.« Er grinste.

»In Ordnung. Das wäre ein Grund. Aber was ist, wenn es einen anderen gäbe?«

»Wie zum Beispiel?«

»Jemand oder etwas in Farleigh soll zerstört werden. Kennst du Mr Cresswell, den Pfarrerssohn?« Alfie nickte. »Er war da in der Nacht des Feuers. Er hat mich und meine Gouvernante gerettet. Ziemlich mutig. Er hat sich dafür interessiert, dass Miss Gumble ein Teleskop hat. Heute war ich oben im Unterrichtszimmer und blickte gerade aus dem Fenster, da sah ich, wie er über den Stallhof ging, wo Miss Gumble zurzeit wohnt. Also habe ich mich gefragt, ob er denkt, dass etwas Seltsames vor sich geht. Oder« – sie machte eine Pause – »ob er selbst etwas mit diesem Fallschirmspringer zu tun hat.«

»Wie meinst du das?«, fragte Alfie.

»Ich meine, ich weiß, dass er vor dem Krieg bei diesem Flugzeugabsturz verletzt worden ist, aber warum ist er nicht in der Armee oder so etwas? Er ist die Sorte Mensch, die womöglich will, dass die Deutschen die Macht übernehmen. Er ist der stille und heimtückische Typ, genau die Art, die sie anheuern würden. Deshalb denke ich, wir beide sollten uns beeilen. Ich weiß, dass er zum Bahnhof gegangen ist, aber wenn er wiederkommt, müssen wir ihn im Auge behalten. Und ich werde im Haus herumschnüffeln, ob es da etwas Verdächtiges gibt. Und du hörst dich im Dorf nach etwas Verdächtigem um. In Ordnung?«

»In Ordnung«, sagte er. »Ich habe dem Gerede der Leute aber schon zugehört. Einige von ihnen glauben, dass der deutsche Kerl, der beim Arzt wohnt, vielleicht ein Spion ist.«

»Aber er ist jüdisch und Österreicher. Er ist vor den Nazis geflüchtet.«

»Das sagt er.« Alfie grinste erneut. »Ich werde mein Bestes versuchen. Weißt du, wen ich für geradezu verdächtig halte: die Baxters, die Baumeister. Ist dir aufgefallen, dass die Tore zu ihrem Hof immer geschlossen sind? Und der Zaun ist so hoch, dass man nicht hineinsehen kann.«

»Vielleicht, damit niemand sich hineinschleichen und ihr Material klauen kann«, meinte Phoebe.

»Ja, schon, aber es ist mehr als das«, sagte Alfie. »Ich habe neulich gesehen, wie Baxters Lieferwagen rausgefahren ist. Und jemand hat das Tor sofort wieder zugemacht, als der Lieferwagen durch war. Der junge Mr Baxter im Wagen hat mich dort stehen sehen und gerufen: ›Was glotzt du so? Mach, dass du wegkommst!‹«

»Also schnüffelst du ein wenig beim Hof der Baxters herum? Exzellent«, meinte Phoebe. »Wir kommen dem Geheimnis auf den Grund, du wirst sehen, Alfie. Wir werden noch alle überraschen.«

KAPITEL 29

Paris

Margot saß am Fenster des Ritz und blickte hinaus auf die Straße. Ihr Finger pochte und blutete noch immer, doch etwas anderes war viel schmerzhafter. *Diese Frau.* So hatte er sie genannt. Er hatte sie ohne irgendeine Gefühlsregung angesehen. Sie war nicht seine Geliebte. Er empfand überhaupt nichts für sie. Sie hatte ihr Leben riskiert, indem sie in Paris geblieben war, wo sie doch sicher zu Hause hätte sein können. Und sie hatte niemals irgendeine Chance gehabt, ihn zu retten. Die Deutschen hatten sie benutzt, sie in eine Lage gebracht, in der sie sich auf den Handel mit ihnen einlassen musste. Alles vergebens.

Wie dumm ich gewesen bin, dachte sie. Sie würde wohl nach Hause kommen, aber nur, um dem Feind zu helfen. Wenn sie es nicht tat, würde jemand sicherlich sofort entweder sie oder ein Familienmitglied umbringen. Jetzt, da sie die Gestapo am eigenen Leib erlebt hatte, war sie sicher, dass sie keine Bedenken haben würden, sie zu beseitigen. Sie wusste noch nicht, was ihr Auftrag sein würde, aber es hatte vermutlich damit zu tun, dass sie Aristokratin war und in den höchsten Kreisen verkehrte. Sie zitterte und hob ihre verletzte Hand an die Brust.

»Ich muss Sie loben«, hatte Herr Dinkslager gesagt, als sie vom Gestapo-Hauptquartier auf der Avenue Foch weggefahren waren. »Sie waren sehr tapfer. Genauso, wie ich es von jemandem aus einer von Englands ältesten Familien erwartet hatte. Ich muss mich für Ihren Finger entschuldigen. Sie werden feststellen, dass es keinen bleibenden Schaden gibt. Sicherlich ist Ihnen klar, dass es sich um eine Notwendigkeit gehandelt hat.«

Sie hatte nichts erwidert, sondern aus dem Fenster geblickt.

»Sie werden zunächst eine kleine Schulung benötigen«, sagte Herr Dinkslager. »Für den Moment denke ich also, dass wir Sie im Ritz lassen. Da können Sie wenigstens das gute Essen und den Wein genießen, nicht wahr?«

Er plauderte wieder mit ihr, als wären sie auf einem Ausflug – als hätte er ihr nicht gerade einen Keil unter den Fingernagel gestoßen. Er hätte dasselbe mit den übrigen Fingern getan und er hätte den jungen Soldaten sie vergewaltigen lassen, wenn das aussichtsreich gewesen wäre. *Was für ein Mann kann sich so verhalten?*, fragte sie sich. *Mit einer Fassade von Zivilisiertheit auftreten, aber ungerührt foltern und töten. Denkt er nie an seine Frau, seine Kinder, seine Schwestern zu Hause und stellt sich vor, dass auch ihnen solch entsetzliche Dinge geschehen könnten?*

Sie hielten vor dem Ritz und er geleitete sie hinein. Gigi Armandes Suite war leer. »Ich schicke Ihnen jemanden mit einem Verband für den Finger«, sagte er. »Und ich werde veranlassen, dass morgen Ihre Schulung beginnt.«

Jetzt saß sie allein hier, eine Gefangene, und wartete auf das böse Ende. *Es muss etwas geben, was ich tun kann,* dachte sie. Ein Weg über das Dach nach draußen, durch die Unterkünfte der Angestellten. Ihr kam ein lächerlicher Gedanke: *Was, wenn ich einfach die Tür öffne und den Flur entlanggehe, die Treppen hinunter und in die Freiheit?* Sie durchquerte das Zimmer und öffnete die Tür. Bei dem Geräusch drehte sich ein Wache haltender deutscher Soldat um und blickte sie an. Also nicht auf diesem Weg.

Sie spielte mit einem anderen Gedanken. Sie könnte jemanden vom Zimmerservice rufen. Wenn eine Frau käme, könnte sie sie überwältigen, fesseln, ihre Uniform anziehen und so entkommen. Die Idee war verlockend, aber sie durchdachte sie ein Stück weiter. Wenn diese Person sich wehrte und kämpfte – wäre sie in der Lage, sie zu töten, wenn nötig? Margot erschauerte. Morden war etwas anderes als Fesseln. Aber sie konnte nicht einfach hier herumsitzen. Sie nahm das Telefon und stellte fest, dass die Leitung tot war. In diesem Moment trat Gigi Armande ein. Margot blickte auf wie ein schuldbewusstes Kind.

»Ich wollte gerade ein Glas Wein bestellen«, sagte sie.

Madame Armande lächelte. »An der Rezeption gibt es einen kleinen Mann, der das Telefon anmacht, wenn er mich sieht, aus Sicherheitsgründen. Was wollten Sie denn haben?«

»Es spielt keine Rolle«, sagte Margot und trat ein paar Schritte zurück.

»Doch natürlich tut es das. Ich hörte etwas über den kleinen Zwischenfall heute Nachmittag. Haben Sie schon einen Cognac getrunken? Der tut gut und stärkt die Nerven.« Margot schüttelte den Kopf. »Aber man hat sich um Ihre arme Hand gekümmert?« Sie sah den Verband. »So etwas Unzivilisiertes. Ich werde es Spatzi sagen – ich meine Herrn Dinkslager –, wenn ich das nächste Mal mit ihm rede. Das ist keine Art, mit meinen Schützlingen umzugehen, nicht, wenn er für seine Frau ein neues Kleid haben möchte.«

Sie kam näher heran und hob Margots verbundenen Finger. »Sie müssen tun, was man Ihnen sagt, *ma chérie*. Wir müssen ihr Spiel mitspielen, wenn wir überleben wollen. Ich habe gehört, dass Sie nach Hause geschickt werden sollen. Seien Sie bitte nicht nobel. Tun Sie, was man Ihnen sagt, und Sie werden in Sicherheit und bei Ihrer Familie sein.«

Margot nickte. Sie hatte das schreckliche Gefühl, dass sie zusammenbrechen und losflennen müsste, wenn sie den Mund zum Sprechen öffnete. Sie befand sich seit Stunden an der Grenze der Belastbarkeit, und dass Madame Armande nun so freundlich zu ihr war, konnte der Tropfen sein, der das Fass zum Überlaufen brachte.

Madame Armande nahm das Telefon und bestellte in aller Ruhe Räucherlachs, eine Flasche Chablis und einen großen Cognac. Dann legte sie den Hörer auf und lächelte Margot an. »Alles wird gut«, sagte sie.

»Wie kann es das?«, entgegnete Margot niedergeschlagen.

Madame Armande kam zu ihr und legte ihr einen Arm um die Schulter. »Er ist sehr edel, Ihr Gaston. Er macht Frankreich alle Ehre.«

»Wie meinen Sie das?« Margot blickte zornig auf. »Er hat zugelassen, dass sie mich foltern. Nennen Sie das edel?«

Madame Armande lächelte. »Er wird die Résistance nicht verraten, was immer auch geschieht. Ich habe gehört, was er über Sie gesagt hat. Dass Sie ihm nichts bedeuten würden. Ich kenne die Männer, *ma chérie*. Ich war mit vielen Männern zusammen. Er hat dafür gesorgt, dass Sie in Ruhe gelassen werden.«

»Wie bitte?«, erwiderte Margot wütend. »Er hat gesagt, sie könnten mich in kleine Stücke schneiden und es wäre ihm egal.«

»Aber natürlich.« Madame Armande machte ihr sehr französisches Achselzucken. »Verstehen Sie denn nicht? Das war der einzige Weg, Sie freizubekommen. Wenn er sich kein bisschen für Sie interessiert, hat es auch keinen Effekt auf ihn, wenn Sie gefoltert werden. Und es hatte noch den zusätzlichen Nutzen, dass Sie eingewilligt haben, zu tun, was die deutschen Intriganten wollen. Jetzt werden Sie ihre Marionette sein.«

Margot blickte sie misstrauisch an. »Sie scheinen schrecklich viel zu wissen. Ich nehme also an, dass Sie heimlich mit ihnen zusammenarbeiten, oder?«

»Schätzchen, ich arbeite mit niemandem zusammen«, sagte Madame Armande. »Aber ich bin Spatzis Geliebte, wie Sie sicherlich inzwischen erraten haben. Warum könnte ich sonst wohl im Ritz wohnen und mich frei bewegen? Und ja, ich gestehe es, ich war Teil jenes kleinen Dramas, als Sie hergebracht wurden. Aber nur, weil ich mich um Sie sorge und möchte, dass Sie am Leben bleiben.«

»Dann wissen Sie, was ich in England tun soll?«

Gigi Armande zuckte die Schultern. »Nicht genau. Ich rechne auch nicht damit, dass Sie es erfahren, bevor Sie drüben die richtige Person kontaktiert haben.«

»Aber sie werden meine Position in der Gesellschaft dafür nutzen wollen, um jemanden umzubringen, glauben Sie nicht? Jemand Wichtiges. Ein Mitglied der königlichen Familie vielleicht?«

Madame Armande zuckte erneut die Schultern. »Ich sage Ihnen in vollster Aufrichtigkeit, dass ich es nicht weiß. Aber ich rate Ihnen, vorzugeben, ihnen Folge zu leisten, bis zuletzt.«

»Ich hätte Gaston niemals retten können, oder?«, fragte Margot leise.

»Höchstwahrscheinlich nicht, muss ich gestehen«, antwortete Madame Armande.

Margots Verdacht bestätigte sich, als sie am nächsten Tag zu einem Schießstand gebracht wurde. Sie war öfter beim Fasanenschießen gewesen und eine recht gute Schützin, doch sie versuchte, sich unbeholfen und linkisch zu geben. Sie hoffte, sich etwas Zeit zu verschaffen.

»Sie müssen besser werden, Fräulein«, meinte der zuständige deutsche Offizier.

»Es tut mir leid, aber es tut mir immer noch weh, wenn ich eine Waffe halte«, sagte sie. »Sie werden warten müssen, bis mein Finger geheilt ist.«

»Wir haben keine Zeit, zu warten«, sagte er. »Sie werden dort drüben für einen unmittelbaren Auftrag benötigt. Jetzt versuchen Sie es noch einmal. Wir gehen nicht, bevor Sie die Mitte der Scheibe fünfmal nacheinander getroffen haben.«

Es folgten weitere anstrengende Tage. Weitere Dinge, die sie auswendig lernen musste. Codewörter, die sie kennen musste. Und es gab verschleierte Drohungen. Sie würde die ganze Zeit beobachtet werden. Ihre Familie wurde beobachtet. Sie hatte keine Ahnung, wie viele Agenten jetzt in Großbritannien arbeiteten, doch sie würde etwas Gutes für ihre Landsleute tun. Das Ergebnis war unvermeidlich. Der Einmarsch würde erfolgen. Und sie konnte die Dinge beschleunigen und England vor dem fortschreitenden Elend bewahren.

Dann am dritten Tag, sie war gerade von ihrem Training zurückgekehrt und Gigi noch nicht aus ihrem Atelier zurück, wurde gegen die Tür geschlagen. Sie öffnete und zwei fremde deutsche Offiziere traten ein.

»Fräulein, Sie kommen sofort mit uns«, sagte einer in abgehacktem Englisch. »Ein Auto wartet.«

»Wohin fahren wir?«, fragte sie.

»Sie stellen keine Fragen«, schrie der Mann sie an, ergriff sie am Arm und stieß sie vorwärts. Sie ging zwischen ihnen den Flur entlang und die Treppe hinunter. Andere deutsche Offiziere kamen an ihnen vorbei und salutierten oder nickten höflich. Draußen wartete ein schwarzer Mercedes. Einer der beiden öffnete die hintere Tür. »Einsteigen.«

Sie kletterte auf den Rücksitz. Die zwei Offiziere stiegen vorn ein und fuhren los. Margot schluckte ihre Angst hinunter. Fuhren sie wieder zum Gestapo-Hauptquartier auf der Avenue Foch? Oder hatten sie beschlossen, dass sie doch nutzlos für sie war, und sie wurde zu ihrer Exekution gebracht? Sie versuchte, ihre Knie vom Zittern abzuhalten.

Sie verließen das Zentrum von Paris. Es dämmerte draußen, als sie durch die Vororte fuhren. Bisher hatte niemand ein Wort gesagt. Schließlich wandte sich einer der Männer an den anderen.

»Das ging recht gut, findest du nicht?«, fragte er im typischen Upperclass-Englisch.

Der andere Mann drehte sich zu Margot um und lächelte. »Es ist alles gut. Sie können sich jetzt entspannen. Wir haben die erste Hürde überwunden.«

»Dann sind Sie keine Deutschen?«, fragte sie.

»Ehrlich gesagt sind wir von einer Sondereinheit, mit dem Auftrag, Sie rauszuholen«, sagte er.

»Aber das Auto, die Uniformen?«, fragte sie.

»Gehören zwei armen Kerlen, die gestern bis spätnachts in einer Bar getrunken haben.«

»Wo sind sie jetzt?«

»Begraben unter einem Holzstapel.«

»Tot?«

»Ich fürchte, ja. Es ist Krieg. Und sie hätten nicht gezögert, Sie umzubringen. Da hinten liegt ein dunkler Teppich. Wenn wir bei einem Kontrollpunkt angehalten werden, ducken Sie sich auf den Boden, ziehen den Teppich über sich und bewegen sich auf keinen Fall.«

»Wohin fahren wir?«

»Zum Ärmelkanal, wo hoffentlich ein Schnellboot wartet. Geht es Ihnen gut?«

»Ja. Mir geht es gut«, sagte sie.

»Das sollte man annehmen, wenn man im Ritz wohnt«, meinte der andere Mann. Er hatte einen leicht nördlichen Akzent, klang nicht ganz so vornehm wie derjenige, der zuerst mit ihr gesprochen hatte. »Warum haben die Sie dorthin gebracht?«

»Gigi Armande hat auf mich achtgegeben.«

»Da haben Sie verdammtes Glück gehabt, dass Sie nicht im Gestapo-Hauptquartier gewesen sind.«

»Ich war da ein paarmal«, sagte sie und erschauderte unwillkürlich.

»Und Sie sind wieder rausgekommen. Nicht viele Leute können das von sich sagen. Sie müssen für sie lebendig wertvoller gewesen sein als tot.«

»Sie wollten mich nutzen, um Gaston de Varennes zum Reden zu bringen«, sagte sie vorsichtig.

»Und hat er?«

»Nein.«

»Natürlich nicht. Deshalb ist es gut, dass wir jetzt gekommen sind, um Sie zu holen. Ihre Zeit war eindeutig limitiert.«

Sie fuhren weiter.

»Darf ich Ihre Namen erfahren?«, fragte Margot.

»Keine Namen. So ist es sicherer.«

Die Nacht brach herein und sie fuhren durch die Dunkelheit, kamen dabei durch kleine Städte, in denen es nur wenig Lebenszeichen gab. Nach ungefähr einer Stunde kam der Kontrollposten, den sie befürchtet hatten.

»Gehen Sie runter«, zischte einer der Männer. Margot machte sich auf dem Boden so klein wie möglich und legte den Teppich über sich.

Das Auto hielt an.

»Ihre Papiere bitte, Herr Leutnant«, verlangte eine scharfe Stimme.

Margot hörte das Rascheln von Papier. Dann: »Was ist Ihr Auftrag hier?«

Einer der Männer antwortete in perfektem Deutsch. »Eine Nachricht direkt aus Berlin für General von Heidenheim in Calais.«

»Die Invasion!«, rief der Soldat aus. »Es muss um die Invasion gehen.«

»Das ist nicht Ihre Sache«, erwiderte der Fahrer. »Lassen Sie uns jetzt durch.«

Das Auto nahm wieder Fahrt auf.

»Sie können jetzt rauskommen«, sagte einer von ihnen und beide lachten.

»Wieso sprechen Sie ein so gutes Deutsch?«, fragte Margot.

»Sie glauben doch nicht, dass jemand auf eine solche Mission geschickt wird, der es nicht so gut kann. Meine Mutter war Österreicherin. Ich bin mit beiden Sprachen aufgewachsen.«

»Ziemlich nützlich, wie sich herausstellt«, sagte der andere. »Mein Deutsch stammt von nur einem Jahr an der Universität in Heidelberg, doch für den Notfall ist es ausreichend.«

Sie fuhren weiter, hielten an Kreuzungen, um auf einer Karte nachzusehen, auf welcher Strecke sie zu viele Begegnungen mit deutschen Soldaten vermeiden könnten. Ein weiteres Mal wurden sie angehalten, doch gleich weitergewinkt, als die Wache ihre Uniformen sah. Dann endlich fuhr das Auto von der Straße und kam zwischen Bäumen zum Stehen.

»Ich fürchte, wir müssen von hier aus zu Fuß weiter«, sagte der Vornehme. »Das ist der riskante Teil. Hier, ziehen Sie diesen schwarzen Pullover an. Und machen Sie genau das, was wir Ihnen sagen. Wenn ich ›laufen‹ sage, dann rennen Sie wie der Teufel, verstanden?«

Margot nickte. Die zwei Männer zogen ihre deutschen Uniformen aus, ließen sie im Fahrzeug und tauschten sie gegen ebenfalls schwarze Rollkragenpullover. Die Rollkragen zogen sie hoch, um so viel wie möglich von ihren Gesichtern zu verdecken. Margot folgte ihrem Beispiel. Einer der Männer holte eine kleine Taschenlampe hervor, die verdunkelt war, sodass sie nur einen Schimmer zeigte. Die Nacht war wolkenverhangen und es waren keine Lichter zu sehen. Margot folgte den beiden durch den Wald, stolperte über Baumwurzeln und versuchte, in ihren unpraktischen Schuhen Schritt zu halten. Sie kamen zu einer Hütte, die aber verlassen zu sein schien. Dennoch schlichen sie vorsichtig daran vorbei, kletterten über einen Zaun und rannten über ein offenes Feld. Schließlich hob einer der Männer die Hand, sodass sie stehen blieben. Margot schmeckte Salz in der Luft und hörte das Rauschen und Schlagen der Wellen an der steinigen Küste unter ihnen.

»Beten wir jetzt, dass das Boot angekommen ist und nicht aus dem Wasser gepustet wurde. Eigentlich müsste alles in Ordnung sein. Geplant war ein flaches, kleines Schnellboot. Schwer zu entdecken.«

Der Mann zog die Abdeckung von seiner Taschenlampe und schickte ein paar Lichtstrahlen aufs dunkle Meer hinaus. Nach einem Moment wurde es von wiederholten Lichtblitzen erwidert.

»Gut. Sie sind da und haben uns gesehen. Jetzt müssen wir nur noch runter an den Strand, ihn überqueren, ohne auf eine Mine zu treten, und in das Boot klettern. Ein Kinderspiel, würde ich sagen.« Er lachte.

Er ging zum Rand der Klippe, sah sich um und bedeutete dann den anderen, ihm zu folgen. Ein schmaler Pfad war in den Kreidefelsen gehauen und führte die Klippe hinunter. Sie gingen vorsichtig, denn der Pfad war nur dreißig Zentimeter breit und mit losen Steinen bedeckt. Margot hielt sich mit der Hand am Felsen fest. Ein Stück weiter die Küste herunter schnitt ein Suchscheinwerfer durch den Himmel. Von hoch über ihnen kam das Brummen von Flugzeugen, die über sie hinwegflogen. *Ein weiterer Bombenangriff auf London,* dachte Margot.

Am Fuß der Klippe warteten sie. Margot zitterte, doch sie wollte nicht, dass die Männer ihre Furcht bemerkten. Sie konnte dunkle Umrisse ausmachen, die sich auf dem Meer näherten. Es gab kein Motorengeräusch und sie dachte, dass wahrscheinlich gerudert wurde. Eine Gestalt sprang heraus, blieb in der leichten Brandung stehen und hielt das Boot fest.

»Laufen Sie. Jetzt!«, flüsterte einer der Männer in ihr Ohr. Sie rannte los, stolperte und rutschte über die Steine am Strand. Sie erreichte das Boot, watete in die Wellen und wurde an Bord gezogen. Einer der Männer folgte, dann der andere. Sie stießen sich ab und ruderten wieder hinaus aufs Meer. Sie waren ungefähr hundert Meter vom Strand entfernt, als ein Suchscheinwerfer über das Wasser strich und sie erfasste. Schüsse waren zu hören. »Runter.« Margot wurde auf den Boden gedrückt.

»Mach den verdammten Motor an!«, schrie einer der Männer.

Der Motor buckelte, stotterte und röhrte dann los. Das Boot schoss mit unglaublicher Kraft vorwärts, während die Kugeln in das Wasser um sie herum spritzten. Dann waren sie außer Reichweite. Vorsichtig setzten sie sich wieder auf, die Küste lag bereits ein ganzes Stück hinter ihnen.

Einer ihrer Retter drehte sich lachend zu dem anderen. »Überhaupt kein Problem, was, Kumpel? Nur eine ganz gewöhnliche Routinerettung vor der Gestapo.«

Und diesmal lachte Margot auch.

KAPITEL 30

Bletchley Park

Nachdem sie drei Tage auf die Ausdrucke gestarrt hatten, waren Pamela und Froggy kein Stück weitergekommen. Beide waren frustriert.

»Vielleicht ist es ein sinnloses Unterfangen«, sagte Froggy.

»Ich glaube nicht, dass sie uns darangesetzt hätten, wenn es nicht irgendeine Vermutung gäbe, dass es wichtig ist, oder?«

»Ich weiß es nicht.« Er nahm einen Bleistift und zerbrach ihn in der Mitte. »Vielleicht wollten sie uns nur von unseren alten Stellen weghaben, und das hier ist der einfachste Weg, uns aufs Abstellgleis zu verfrachten.«

Pamela dachte an ihren Abteilungsleiter, der wütend geworden war, als sie ein Rätsel gelöst hatte, das sich als wichtig herausstellte. Hatte er darum gebeten, dass sie entfernt wurde, und war dies eine Möglichkeit, das zu erreichen, ohne das Gesicht zu verlieren? »Wie du weißt«, sagte Pamela, »sind wir sicher, dass es Kollaborateure in Großbritannien gibt. Was wäre leichter, als sie durch eine Radiosendung zu kontaktieren, die jeder mithören kann?«

Er nickte. »Aber wir haben schon alles ausprobiert, oder nicht? Keine offensichtlichen wiederholten Sätze, abgesehen von ›Hier sind die Nachrichten. Jetzt ein Bericht und jetzt ein paar persönliche Botschaften von euren Jungs in Deutschland.‹ Und wir sind alle diese Meldungen nach möglichen Codes durchgegangen. Wir haben versucht, Buchstaben zu ersetzen, haben jedes dritte Wort versucht, jedes fünfte Wort, und haben nichts gefunden.«

Pamela blickte zu den Blättern. »Vielleicht entgeht uns etwas, weil wir nur die ausgedruckten Texte sehen. Was wäre, wenn es ein anderer Tonfall in der Stimme ist? Was, wenn der Sprecher hustet oder sich räuspert, bevor er eine wichtige Zeile übermittelt? Was, wenn es für etwas Wichtiges einen anderen Sprecher gibt?«

Sein Gesicht hellte sich auf. »Du könntest da auf etwas gestoßen sein. Ja, bitten wir sie, uns die Aufnahmen zu schicken. Es wird etwas länger dauern, sich alles anzuhören, doch das könnte es wert sein.«

Mit ihrer Anfrage stießen sie auf Schwierigkeiten. In der Abhörstation gab es keine Aufnahmeausrüstung, nur junge Mitarbeiterinnen der WAAF, der Frauenhilfstruppe der Air Force, mit Kopfhörern, die mitschrieben, während sie zuhörten.

»Wenn Sie in Echtzeit zuhören wollen, müssen Sie wohl mit Kopfhörern dabeisitzen und sich Notizen machen«, sagte Commander Travis. »Und da die Frequenzen und Stunden der Ausstrahlungen nicht immer dieselben sind, werden Sie beide die Sendezeiten abdecken müssen, fast rund um die Uhr – obwohl sie bisher nicht später als Mitternacht oder früher als sechs oder sieben Uhr morgens ausgestrahlt haben, also werden Sie etwas Schlaf bekommen. Ich denke, wir schicken Sie für ein paar Tage hoch zur Funkstation Y und versuchen es einmal. Langweilige Arbeit, befürchte ich. Sie sitzen mit Kopfhörern da und hören Radio. Aber die WAAF-Frauen da oben sind begabt darin, die Zeiten und Frequenzen zu finden, somit werden Sie diesen Teil nicht übernehmen müssen.«

»Werden wir dortbleiben?«, fragte Pamela. »Ist es weit von hier?«

»Ungefähr zehn Kilometer, deshalb könnten wir Sie hin- und zurückfahren, aber ich schlage vor, dass Sie für ein paar Tage dort übernachten, bis wir sehen, wie sich die Dinge entwickeln. Wir schicken Ihnen zwei Feldbetten mit, so müssen Sie zumindest nicht bei den Air-Force-Damen kampieren.«

»Jetzt, wo wir gleich mehrere Nächte miteinander verbringen werden, sollte ich dir einen Ring an den Finger stecken und dich zu einer ehrbaren Frau machen«, neckte Froggy sie, als sie davongingen.

Pamela grinste. »Ich denke, ein Zimmer voller WAAF-Frauen bietet ausreichend Anstandsdamen. Außerdem habe ich bereits die Nacht in einer Baracke voll Männer verbracht, weshalb mein Ruf ohnehin schon ruiniert ist.«

»Es ist verflucht schwierig, niemandem irgendwas erzählen zu dürfen, oder?«, fragte Froggy.

»Allerdings.« Pamela nickte. »Meine Familie denkt, dass ich nichts von Bedeutung mache.«

»Versuch mal, ein Typ und nicht in Uniform zu sein«, sagte Froggy. »Ich werde jedes Mal belästigt, wenn ich nach London komme. Ich habe mir schon überlegt, eine gebrauchte zu kaufen. Und wenn du sagst, dass du aus medizinischen Gründen untauglich bist, wirst du für einen Schwächling gehalten.«

Pamela blieb stehen und schlug sich die Hand vor den Mund. »Meine Güte, was im Himmel sage ich meiner Zimmernachbarin?«

»Sag ihr, dass du es ihr nicht sagen kannst. Dass es vertraulich ist. Das ist schließlich die Wahrheit, oder nicht?«

Pamela nickte. Wenn man es so sah, dann klang es wichtig und aufregend. *Trixie wird so wütend sein,* dachte Pamela. Sie traf abends auf ihre Freundin, als sie nach Hause ging, um ein paar Dinge einzupacken.

»Du fährst schon wieder weg?«, fragte Trixie.

»Natürlich nicht«, sagte Pamela. »Ein paar von uns sollen auf Feldbetten im großen Haus schlafen, damit wir zur Verfügung stehen, wann immer die Wissenschaftler etwas brauchen.«

»Du Glückliche«, sagte Trixie. »Wenigstens bist du im großen Haus, nicht in einer kalten windigen Baracke.«

»Aber ein Feldbett klingt nicht sonderlich einladend, vor allem, wenn ich um drei Uhr morgens gerufen werde, um Tee zu bringen.«

»Nun, immerhin gibt es dort keine Züge, die am Fenster vorbeifahren, oder Mrs Entwhistles Kochkunst«, sagte Trixie.

»Das stimmt.« Pamela schmunzelte. »Aber denk nur – du hast das Zimmer für dich allein. Eine weniger im Badezimmer.«

»Das wäre entzückend, wenn ich einen Weg finden würde, einen Kerl nach oben zu schmuggeln«, sagte Trixie. »Nicht, dass ich irgendeinen hier besonders mögen würde. Warum kann nicht wenigstens ein Kerl ein bisschen Hirn *und* gutes Aussehen haben?« Sie machte eine Pause, dann wandte sie sich zu Pamela. »Hör mal, hoffentlich kannst du dir für Jeremys Party freinehmen. Ich kann dir gar nicht sagen, wie sehr ich mich darauf freue. Das ist der einzige Lichtblick in meinem derzeitigen düsteren Leben.«

»Das hoffe ich auch. Von freien Tagen war bisher nicht die Rede. Wir müssen es darauf ankommen lassen. Aber sie können ja nicht von mir erwarten, sieben Tage die Woche zu arbeiten, vierundzwanzig Stunden am Tag. Das ist Sklavenarbeit.« Sie schloss ihren Koffer. »Wir sehen uns dann in ein paar Tagen, hoffe ich.«

»Es würde dich doch nicht stören, wenn ich zu Jeremys Party gehen würde, auch wenn du nicht kannst, oder?«, fragte Trixie.

Pamela zögerte. Trixie hatte bereits deutlich gemacht, dass sie sich von Jeremy angezogen fühlte. Aber es war schließlich nur eine Party. Eine Wohnung voll Menschen. »Natürlich nicht«, sagte sie leichthin. »Ich werde dir die Adresse aufschreiben. Und ich werde versuchen, dir eine Nachricht zu schicken, um dich wissen zu lassen, wie ich zurechtkomme und wie lange ich beschäftigt sein werde.«

Damit nahm sie ihren Koffer und ging. Ein Dienstwagen der Armee wartete, um sie zur Funkstation zu bringen.

»Windy Ridge. Das klingt nicht sehr einladend, oder?«, sagte Froggy. »Ein Schritt entfernt von *Wuthering Heights*.«

»Ich glaube nicht, dass es allzu viele Sturmhöhen in Buckinghamshire gibt«, erwiderte Pamela. »Außerdem werden wir drinnen arbeiten. Und es ist Sommer.«

»Das ist der richtige Kampfgeist. Ein Mädchen, das für alles bereit ist«, sagte er. »Sag mal, ich nehme nicht an, dass du mit mir ausgehen würdest, wenn wir einen Abend freihaben, oder?«

Sie sah ihn an. Er sah nicht übel aus, vor allem für Bletchley-Standards. Hatte einen guten Sinn für Humor. Doch sie hatte bereits Jeremy – den verwegenen, reichen, gut aussehenden Jeremy. Was konnte ein Mädchen mehr wollen? »Riesigen Dank für die Frage«, sagte sie, »aber ich befürchte, ich habe bereits einen Freund. Einen RAF-Piloten.«

»Typisch«, sagte er. »All die Guten sind bereits vergeben. Ach, na ja, vielleicht ist es ohnehin besser, wenn wir nur rein professionell miteinander zu tun haben, was?«

Der Humber fuhr einen Hügel hinauf und hielt an einem Stacheldrahtzaun, hinter dem Wellblechhütten und Antennenanlagen standen. Ein Wachtposten ließ sie ein und sie wurden in einen großen Raum voller WAAF-Frauen geführt, die Kopfhörer trugen. »Sieht aus wie eine riesige Telefonzentrale, oder?«, flüsterte Froggy.

Ein diensteifriger weiblicher Sergeant zeigte ihnen, wo sie sitzen sollten, und die Abstellkammer neben der Küche, wo sie ihre Feldbetten aufstellen konnten. »Sie können auch gern sofort anfangen«, sagte sie. »Was du heute kannst besorgen …«

Pamela setzte die Kopfhörer auf, die sich schwer anfühlten. Sie kritzelte auf ihren Notizblock und dachte über verschiedene Dinge nach. Die erste Sendung kam um halb acht durch. Eine kurze Salve von Beethovens fünfter Symphonie, dann: »Dies ist Ihre New British Broadcasting Station, wir senden auf 5920 Kilohertz, 63 Meter.« Pamela spürte, wie ihr ein Schauer über den Rücken lief. *Wie viele Haushalte in Großbritannien hören das jetzt wohl?,* fragte sie sich. Es gab Nachrichten von gesunkenen britischen Schiffen, dann folgte eine andere Stimme: »Haben Sie schon einmal an das Schicksal Ihrer Kinder gedacht? Sie werden merken, dass der Evakuierungsplan der Regierung, oder sollte man sagen, ihr vollständiger Kollaps, in den kommenden Jahren einen tief greifenden Effekt auf Ihre Jungen und Mädchen haben wird.« Weiter wurde gesagt, dass vierhunderttausend Kinder wegen des Durcheinanders keine Ausbildung erhalten würden. *Clever,* dachte Pamela. *Sie spielen mit den tiefsten Sorgen aller Eltern.*

Es folgte ein propagandistischer Ausbruch über die »Judenfrage«. Dann ein weiteres musikalisches Zwischenspiel vor den Nachrichten von Soldaten aus Gefangenenlagern in Deutschland.

Die Sendung endete. Später am Abend kam noch eine, dann vier weitere am folgenden Tag.

»Also, was denkst du?«, fragte Froggy. »Ist dir irgendein Licht aufgegangen?«

Pamela schüttelte den Kopf. »Da ist nichts Besonderes. Stimmen, die ähnlich wie die der echten BBC-Moderatoren sind, ohne jede Art von Individualität. Durchsetzt mit Stücken aufwühlender deutscher Musik.«

»Meistens Beethoven«, stimmte er zu. »Und Händels *Music for the Royal Fireworks*, seine *Feuerwerksmusik,* nicht wahr?«

Pamela blickte abrupt auf. »Könnte das etwas sein? *Königliche Feuerwerksmusik?* Eine Verschwörung, um die königliche Familie in die Luft zu jagen?«

Er erwiderte ihren Blick. »Also, das wäre ein Gedanke. Kommunikation durch Musik. Verflucht clever. Dann sollten wir morgen sorgfältig auf die Musik achten.«

Pamela schlief unruhig für ein paar Stunden, nur um dann von der Frühschicht aufgeweckt zu werden, die hereinkam, um sich Tee zu kochen. Sie wusch sich mit kaltem Wasser und kehrte dann an ihren Platz am Tisch zurück. Am Ende des Tages war sie der Lügen und Propaganda von ganzem Herzen überdrüssig.

»Hast du Ergebnisse?«, fragte Froggy.

»Beethovens Fünfte als Ankündigung der Sendung. Verschiedene Musik vor den Nachrichten, der Reportage und den Nachrichten von unseren Jungs. Ich muss gestehen, dass ich mich nicht so gut mit Musik auskenne. Alles deutsch, nehme ich an?«

»Ja. Zum Glück stamme ich aus einer musikalischen Familie«, sagte er. »Ich habe Cello gelernt. In meiner Familie spielt jeder ein Instrument. Man könnte sagen, dass uns die Musik eingetrichtert wurde. Ich habe zwei Passagen aus Beethovens siebter Symphonie erkannt. Bei Botschaften nach Hause kamen hauptsächlich Bachs Brandenburgische Konzerte, aber es gab auch zwei Ausschnitte von Wagner – ›Ritt der Walküren‹ und *Götterdämmerung.*«

»Beeindruckend«, sagte Pamela. »Jetzt musst du nur noch die Bedeutung darin finden.«

»Das Einzige, mit dem wir weitermachen können, ist Händels *Königliche Feuerwerksmusik*, oder? Das sollten wir melden.«

»Aber ich kann keine genaueren Informationen erkennen – kein Wie und Wann. Der Bericht danach handelte von der Evakuierung von Kindern. Ich habe das auseinandergenommen und kann keine versteckte Nachricht entdecken. Und wenn es eine gäbe, dann dürfte sie nicht zu kompliziert sein, oder?«, sagte Pamela. »Ich meine, sonst könnte der durchschnittliche deutsche Sympathisant sie ja nicht verstehen.«

»Außer sie haben Codebücher und das Wort *Kind* bedeutet ›morgen‹ und das Wort *Ausbildung* bedeutet ›Waffen‹.«

»Dann haben wir keine Chance, es zu entschlüsseln, außer wir hätten das Codebuch. Fragen wir Commander Travis, ob solche Bücher erbeutet worden sind.«

»Gute Idee.« Er stand auf. »Machen wir für heute Feierabend, ja? Mein Hintern ist vom stundenlangen Sitzen auf dem harten Stuhl ganz taub.«

Kapitel 31

London

Es goss in Strömen, als Ben spät in der Nacht nach London zurückkehrte. Hinter ihm lagen drei fruchtlose Tage in überfüllten Zügen, mit unkooperativen Menschen und ständigem Regen. Er hatte kein Gelände gesehen, das der Fotografie entsprach, noch Details über die Schlachten erfahren, die heute irgendeine Bedeutung hätten. Er stapfte die Stufen zu seiner Unterkunft in der Pension auf der Cromwell Road hinauf. Vor dem Krieg war es ein zweitklassiges Hotel gewesen und jetzt requiriert, um Mitarbeiter der Regierung unterzubringen. Die Zimmer waren spartanisch eingerichtet mit einem Bett, Kleiderschrank, Tisch, Stuhl und einem Regal in der Ecke mit Spülstein, Geschirrschrank und Gaskocher. Für Gas musste er ein Sixpencestück in den Zähler werfen. Als er seinen Schlüssel ins Schloss steckte, öffnete sich die Tür gegenüber und Guys Gesicht erschien. »Gott, du bist ja klatschnass«, sagte er. »Komm rein. Ich mach dir einen Tee und ein paar Tropfen Brandy habe ich auch noch.«

»Wirklich nett von dir, aber ich kann wirklich nicht …«, begann Ben.

»Sei kein Märtyrer«, sagte Guy. »Wir wollen doch nicht, dass du dir eine Erkältung holst und dann nicht mehr arbeiten kannst, oder?«

»Ich ziehe nur kurz meinen Regenmantel aus.« Ben trat in sein Zimmer, das kalt, feucht und wenig einladend war, hängte den Mantel an einen Haken hinter der Tür und ging dann über den Flur zu Guys Zimmer. Das war im Unterschied zu seinem warm und gemütlich. Guy hatte helle Vorhänge ans Fenster gehängt, einige seiner liebsten Drucke mit moderner Kunst verzierten die Wände. Auf der Fensterbank stand eine Pflanze und auf dem Stuhl lagen Kissen. *Guy legt wirklich Wert auf Annehmlichkeiten,* dachte Ben. Er setzte sich, während Guy den Tee machte und Brandy hineingoss.

»Schluck das runter, dann wirst du dich gleich besser fühlen.«

Ben trank dankbar. »Ich bin den ganzen Tag nass gewesen«, sagte er.

»Wo warst du denn?«, fragte Guy.

»Gestern in Yorkshire und heute an der walisischen Grenze.«

»Und hast da was genau gemacht, um Gottes willen?«

»Ich nehme an, es schadet niemandem, wenn ich es dir erzähle«, sagte Ben. »Ich war an den Schauplätzen historischer Schlachten.«

»Schreibst du eine Doktorarbeit oder hatte das etwas mit deinem Job zu tun?«

»Letzteres, aber ich kann dir nicht sagen, was.«

»Natürlich nicht. War es denn erfolgreich?«

»Absolute, völlige Zeitverschwendung.« Ben grinste.

»Wie das meiste, was wir tun, oder?«, sagte Guy. »Ich wurde heute wieder wegen der Meldung eines möglichen deutschen Spions ausgesandt. Und natürlich stellte sich heraus, dass es wieder mal ein Jude war, der schon vor dem Großen Krieg hier gelebt hat.«

Ben nickte. »Aber natürlich, die echten Verschwörer müssen verdammt clever sein«, sagte er. »Sie würden in keiner Weise auffallen. Ich bezweifle, dass ich jemals einem begegnet bin.«

»Nein?«, fragte Guy. Er grinste. »Ich schon, da bin mir ziemlich sicher.«

»Wirklich, wo denn?«

»Bei einem Treffen, zu dem ich geschickt wurde. Mehr darf ich dir wohl nicht sagen, nehme ich an. Captain King würde mich erschießen. Oder Miss Miller. Sie ist noch beeindruckender als Knight, oder nicht?«

»Absolut«, stimmte Ben zu. Als er Guys Zimmer verließ, fühlte er sich behaglich, und das nicht nur von dem Brandy, der durch seine Adern floss. Er und Guy arbeiteten für dieselbe Truppe, auch wenn sie einander nicht erzählen durften, was genau sie taten. Das machte es einfacher.

Am nächsten Morgen kehrte Ben zum Dolphin Square zurück, um Bericht zu erstatten, und wurde ins innerste Heiligtum geführt.

»Ah, Cresswell. Kommen Sie rein.« Maxwell Knight blickte von seinen Papieren auf und streckte Ben die Hand entgegen. »Erfolgreiche Reise? Glück gehabt?«

»Leider nein, Sir«, erwiderte Ben. »Ich habe beide Schlachtfelder besucht, aber nichts im Gelände gefunden, was der Fotografie entsprach. Deshalb hatte ich mir überlegt, ob das nicht etwas ist, bei dem uns vielleicht die Luftaufklärung helfen könnte?«

»Ich habe bereits eine Kopie der Fotografie ins Ministerium geschickt«, sagte Maxwell Knight. »Bisher haben wir noch keine Antwort. Sie haben derzeit Wichtigeres zu tun. Aber Sie sollten selbst mal vorbeigehen und ihnen ein wenig zu Leibe rücken.«

»Sie wollen also nicht, dass ich nach Kent zurückfahre?«

»Gibt es denn noch irgendwas, was Sie dort zu erreichen hoffen?«

»Nicht unbedingt, Sir.« Während er das sagte, schluckte er seinen Frust herunter. Ihm war ein traumhafter Auftrag gegeben worden und er hatte verdammt noch mal nichts erreicht. »Ich denke, die Frage ist immer noch, ob dieser bestimmte Ort wichtig war. Ob es dort einen Kontakt gab, der für die Deutschen wichtig war. Und wenn dem so ist, werden sie dann versuchen, einen weiteren Boten zu schicken, oder einen anderen Weg finden, um Kontakt herzustellen?«

»Genau.« Max Knight nickte. »Und wenn Zeit und Ort nicht wichtig waren, haben sie ihre Botschaft mittlerweile auf andere Art geschickt – mit Brieftauben oder per Funk.«

»Wenn es nicht wichtig war, warum dann das Risiko mit dem Fallschirmspringer eingehen?«

Max Knight nickte. Dann räusperte er sich. »Cresswell, es gibt etwas, was Sie wissen sollten. Streng unter uns, Sie verstehen. Es darf niemals diesen Raum verlassen.«

»Ja, Sir.« Ben spürte, wie sein Puls sich beschleunigte.

»Ich habe Ihnen schon früher zu verstehen gegeben, dass wir nur an den Aristokraten in Ihrer Welt interessiert sind. Dafür gibt es einen Grund. Sie haben vielleicht davon gehört, dass es einige prodeutsche Gruppen gibt, die in Großbritannien aktiv sind.«

»Nun, ja. Man hört von der Anglo-German Fellowship, und natürlich gibt es noch die britischen Faschisten.«

»Beide sind eher harmlos. Sie heißen nur die Freundschaft mit Deutschland prinzipiell willkommen. Ich glaube nicht, dass eine dieser Gruppen aktiv daran arbeiten würde, eine deutsche Machtergreifung in Großbritannien zu ermöglichen. Allerdings« – er machte eine Pause und kippte den Stuhl zurück, sodass er gefährlich balancierte – »haben Sie vielleicht auch gehört, dass es starke prodeutsche Elemente in der Oberschicht gibt.«

»Sie hatten schon erwähnt, dass es Kräfte gibt, die den Herzog von Windsor gern auf dem Thron sehen würden«, sagte Ben.

»Und daran arbeiten, das zu erreichen. Wir können uns bisher nicht sicher sein, ob sie so weit gehen würden, die gegenwärtige königliche Familie tatsächlich zu ermorden. Aber wir ergreifen Vorsichtsmaßnahmen. Beobachten, wo immer das möglich ist. Sie müssen wissen, Cresswell, es gibt eine kleine geheime Gruppe, von der wir erst jetzt erfahren haben. Sie besteht fast ausschließlich aus Aristokraten. Sie nennen sich ›der Ring‹. Einige von ihnen haben den fehlgeleiteten Glauben, dass sie Großbritannien vor der totalen Zerstörung bewahren können, indem sie die deutsche Invasion unterstützen. Manche glauben, eine Regierung im Stile Hitlers wäre nicht so schlecht, da wir tiefe Verbindungen mit Deutschland haben, inklusive unserer königlichen Familie.«

»Solche Narren«, platzte Ben heraus. »Es ist doch für jedermann offensichtlich, dass wir im besten Fall ein Marionettenstaat mit Sklavenarbeit wären.«

»Sie und ich können das sehen. Andere können oder wollen das nicht. Und die sind gefährlich, Cresswell. Darunter gibt es welche, die bereit sind, alles zu tun.«

»Also, wie stöbern wir sie auf und stoppen sie?«, fragte Ben.

»Gute Frage. Meine Leute infiltrieren ihre Treffen, wann immer wir davon erfahren.«

Ben dachte für einen schrecklichen Augenblick, Knight würde vorschlagen, dass er sich solchen Treffen anschloss. Dann dachte er, dass er sich für eine solche Aufgabe freiwillig melden sollte. »Gibt es eine Möglichkeit für mich, dabei hilfreich zu sein, Sir?«, fragte er.

»Ja. Halten Sie Augen und Ohren offen und lassen Sie uns um Himmels willen herausfinden, was es mit dieser verdammten Fotografie auf sich hat«, sagte Knight. »Fragen Sie

Miss Miller, wie Sie zur Luftaufklärung kommen. Die sitzen irgendwo mitten auf dem Land vergraben. Ein streng geheimes Versteck. Ich werde dort Bescheid geben, dass Sie kommen.«

Als Ben im Fahrstuhl nach unten fuhr, hatte er ein komisches Gefühl. Warum hatte Knight ihn zu einer aussichtslosen Suche nach Yorkshire und Herefordshire geschickt, wenn die Fotografie bereits vom Luftfahrtministerium analysiert wurde? Und warum hatte er so lange gewartet, bis er ihm von »dem Ring« erzählt hatte? Er spielte mit der Idee herum, dass er aus einem bestimmten Grund beschäftigt und aus dem Weg gehalten wurde. Und er fragte sich, ob der Grund darin bestand, dass der flotte Max Knight selbst Teil des geheimen Rings war.

Sobald Ben das Büro verlassen hatte, kam Mr Knights Sekretärin, Joan Miller, herein und schloss die Tür hinter sich.

»Sie haben ihm vom Ring erzählt?«

»Ja. Er schien Mühe damit zu haben, zu glauben, dass noble Briten sich wirklich so verhalten könnten. Er ist ein reichlich naiver Bursche, würde ich sagen.«

»Oder ein guter Schauspieler, Sir.« Joan Miller hielt seinen Blick fest. »Wir können nicht vollständig widerlegen, dass er mit ihnen zusammenarbeitet. Warum sollte er sich freiwillig dazu melden, nach Yorkshire zu reisen, wenn dort gerade ein Treffen stattfindet, wie wir wissen?«

»Meine Kontakte und mein Bauch sagen mir, dass er in Ordnung ist, Joan. Aber ich habe auch schon falschgelegen. Sie könnten seinen Namen beim nächsten Mal erwähnen, wenn Sie bei ihnen sind. Ihn als mögliche Anwerbung vorschlagen und sehen, ob Sie eine Reaktion darauf bekommen.«

»Er gehört nicht zu ihrer Klasse, Sir. Und er ist nicht einflussreich genug, ein kleiner Fisch. Sie hätten an ihm kein Interesse.«

»Wenn sie einen bestimmten Auftrag für ihn hätten, dann vielleicht.«

Joan Miller nickte. »Und Sie haben ihm nicht erzählt, dass wir Margot Sutton wohlbehalten zurück in England haben?«

»Noch nicht. Ich bin etwas besorgt deswegen, Joan. Die ganze Rettung war zu verdammt einfach. Ich glaube, sie haben sie gehen lassen. Und die Frage ist, warum.«

Ben konnte das unbehagliche Gefühl nicht abschütteln, während er vom Dolphin Square zur Victoria Station ging. Wurde er für etwas benutzt? Womöglich als Köder? Er fuhr mit der UBahn bis zur Marylebone Station und dann mit dem Zug raus nach Buckinghamshire. In Marlow stieg er aus und stellte fest, dass er auf einen regionalen Bus warten musste, der ihn die fünf Kilometer zum Dorf Medmenham bringen würde. Erneut kam ihm alles unwirklich vor, als er auf die Themse blickte, die hinter Marlows gepflegten kleinen Geschäften sprudelte. Jemand ruderte über den Fluss. Nichts schien sich hier verändert zu haben. Es war überraschend, wie ein Ort so nah an London so unberührt vom Krieg sein konnte. Endlich kam der Bus und fuhr ihn durch die grüne Landschaft, wo Kühe auf üppigen Weiden grasten. Im Dorf folgte er Joan Millers Hinweisen zu einem vormals stattlichen Haus und musste drei Sicherheitsprüfungen über sich ergehen lassen, bevor er in die Operationszentrale geleitet wurde. Der ehemalige Ballsaal war jetzt mit Schreibtischen vollgestellt, jeder mit Karten bedeckt. Ben war überrascht, als er bemerkte, dass viele der über die Karten gebeugten Personen Frauen waren – junge Frauen, viele in der blauen Uniform der WAAF – der Frauenhilfstruppe der Air Force. Er wartete, und eine junge Frau in Zivilkleidung kam zu ihm. »Hallo«, sagte sie. »Mr Cresswell? Uns wurde mitgeteilt, dass Sie auf dem Weg sind. Es ist ein wenig abgelegen, aber nicht schlecht hier, oder?«

»Überhaupt nicht.« Er erwiderte ihr Lächeln. Sie hatte ein rundes, freundliches Gesicht und wippende Locken, ein bisschen wie eine erwachsene Shirley Temple. Dazu Kurven, ohne dick zu sein, wie Ben bemerkte.

»Sie sind wegen der Fotografie gekommen?«, fragte sie. »Tut mir leid. Wir waren in letzter Zeit überlastet und ich hatte kaum Zeit. Wir setzen alles daran, deutsche Fabrikanlagen und Güterlager der Bahn zu finden. Kann ich Ihnen eine Tasse Tee anbieten?«

»Oh nein, das ist nicht nötig …«, begann er, doch sie unterbrach ihn.

»Ach, kommen Sie schon. Seien Sie kein Spielverderber! Wenn wir Besucher haben, dann dürfen wir die Keksdose öffnen.«

»Na dann, in Ordnung. Wie könnte ich da ablehnen?« Sie gingen zu einer kleinen Küche. Sie goss Tee ein und nahm die Keksdose vom Regal. »Bitte schön, bedienen Sie sich«, sagte sie.

»Nur, wenn Sie auch einen haben dürfen.«

»Eigentlich nicht, aber wer zählt sie schon?« Sie warf ihm ein verschwörerisches Lächeln zu und nahm sich einen Bourbonkeks. Ben nahm einen Doppelkeks mit Vanillefüllung. »Eine der Vergünstigungen, wenn man hier arbeitet«, sagte sie. »Wir müssen die Besucher unterhalten.«

»Also hatten Sie noch keine Zeit, um an der Analyse der Fotografie zu arbeiten?«, fragte er.

»Ich habe schon ein paar vorbereitende Dinge erledigt. Das Problem ist, dass wir nicht viele Luftaufnahmen von England haben, vor allem nicht von den entlegenen westlichen Teilen, die für die Kriegsanstrengungen nicht wesentlich sind. Deshalb muss man mit einer Überblickskarte arbeiten, und das ist ein mühsameres Unterfangen. Wir suchen nach einer Stelle, wo die Konturlinien nah genug beisammenstehen, um einen steilen Hügel anzuzeigen – ungefähr einen Kilometer von einem Fluss entfernt –, auf dem sich eine Kirche befindet. Und sobald ich mich eingearbeitet hatte, wurde ich zurückgerufen, weil gerade neue Fotos aus Deutschland angekommen sind. Ist es schrecklich wichtig?«

»Möglicherweise«, sagte er. »Ich weiß nicht, was man Ihnen erzählt hat, aber ein Fallschirmspringer, der ziemlich sicher ein deutscher Spion war, ist auf einer Wiese in Kent zu Tode gestürzt, und das Einzige, was er in der Tasche hatte, war diese Fotografie. Deshalb müssen wir wissen, warum sie für ihn wichtig war.«

»Oh, meine Güte. Wie aufregend. Natürlich. Ich werde mein Bestes versuchen. Überstunden machen.«

»Vielen Dank. Das ist nett von Ihnen …?« Er ließ die Frage im Raum hängen.

Sie lächelte. »Ich heiße Mavis. Mavis Pugh.«

»Ich bin Ben«, erwiderte er. »Freut mich, Sie kennenzulernen.« Er war sich nicht sicher, ob er ihr die Hand geben sollte.

»Arbeiten Sie in London?«, fragte sie.

»Die meiste Zeit, ja. Manchmal werde ich auf Botengänge wie diesen geschickt. Sind Sie hier untergebracht?«

»Nicht untergebracht. Ich wohne bei meiner Mum in Marlow, leider. Sie ist ein ziemlich nervöser Mensch, deshalb engt sie mich ganz schön ein.«

»Kommen Sie dann jemals nach London?«

»Worauf Sie sich verlassen können«, sagte sie. »In dem Moment, wo wir einen Tag freihaben, sitze ich im nächsten Zug nach London. Warum, wollen Sie mich mal ausführen?«

»Daran hatte ich gedacht.« Ben wurde rot. »Es tut mir leid. Ich bin normalerweise nicht so forsch bei einem Mädchen, das ich gerade erst kennengelernt habe.«

»Oh, das stört mich überhaupt nicht«, erwiderte sie. »In einem Krieg wie diesem muss man seine Chance nutzen. Wir sind uns alle nur zu bewusst, wie oft einer unserer RAF-Piloten nicht mehr zurückkehrt. An einem Tag unterhältst du dich mit einem Kerl und am nächsten hörst du, dass er abgeschossen wurde. Also greif dir das Leben, solange du kannst, das ist mein Motto geworden.«

»Wie wäre es dann mal mit bewegten Bildern?«, fragte er.

»Also Kino, meinte ich, nicht das, was Sie hier machen.«

»Ich liebe das Kino.« Sie warf ihm ein Lächeln zu. »Clark Gable, er ist mein Lieblingsschauspieler.«

»Haben Sie regelmäßig freie Tage?«, fragte er.

»Nicht so sehr. Aber ich bekomme schon ein paar Abende frei, wenn ich Frühschicht mache, wie heute. Es ist ja auch nicht so weit bis in die Stadt, nicht wahr?« Sie machte eine Pause und lächelte ihn wieder an. »Also, verabreden wir uns, oder?«

»Das einzige Problem ist, dass ich nicht weiß, ob ich jetzt zurück zur Arbeit nach London muss oder noch ein wenig auf dem Land bleibe. Ich werde Ihnen Bescheid sagen.«

»Sie erteilen mir doch keine Abfuhr, hoffe ich? Gibt es da eine andere?«

»Nein, überhaupt nicht, und es gibt auch keine andere.«

»Dann ist es ja gut. Ich muss sagen, ich gehe lieber mit einem Kerl aus, der am nächsten Tag nicht in Stücke geschossen wird. Das ist schon beruhigend.«

»Ich denke, wir sollten jetzt wieder an die Arbeit und einen Blick auf das Bild werfen«, sagte Ben. »Haben Sie zu Hause Telefon, wo ich Sie anrufen kann?«

»Mir wäre es lieber, wenn Sie mir eine Nachricht bei der Arbeit hinterlassen«, sagte sie. »Meine Mum ist zu neugierig, und sie würde Sie wahrscheinlich zum Tee einladen und Sie dann mit peinlichen Fragen löchern. Sie meint es nur gut, nehme ich an. Sie will mich in Sicherheit wissen, wo doch niemand sicher sein kann.«

»In Ordnung. Dann geben Sie mir Ihre Nummer hier.«

Er folgte ihr zum Tisch, und sie schrieb sie für ihn auf. Eine vergrößerte Kopie seiner Fotografie war dort neben eine Karte gepinnt. Als er sich darüberbeugte, um sie zu betrachten, wurde Mavis' Name gerufen.

»Mavis, hast du diese Fotos schon fertig? Der Mann vom Ministerium ist hier«, rief eine große Frau mit Sergeantstreifen durch den Raum und warf Ben einen abschätzigen Blick zu.

»Alle bereit zum Mitnehmen, Ma'am«, rief Mavis zurück. Sie wandte sich wieder zu Ben. »Ich gebe sie nur schnell dem Kerl vom Ministerium, dann gehöre ich ganz Ihnen.« Die Doppeldeutigkeit in ihrer Aussage war recht klar. Sie ging zur Tür, aber die wurde bereits aufgedrückt, und ein Mann in RAF-Uniform trat ein.

»Ich bin hier, um …«, begann er. Er sah Mavis an und schaute dann zu Ben.

»Guter Gott, Ben«, sagte Jeremy. »Was um Himmels willen machst du denn hier?«

Als Ben sich von seinem Schock erholt hatte, wurde ihm klar, dass es ihn eigentlich nicht überraschen sollte, Jeremy hier zu begegnen. Schließlich hatte er Ben erzählt, dass er beim Luftfahrtministerium arbeiten sollte, bis er fit genug war, um wieder fliegen zu können.

»Hallo, Jeremy«, sagte er.

»Aber was machst du hier?«, fragte Jeremy. »Du arbeitest doch nicht für das Luftfahrtministerium, oder?«

»Nein, aber ich wurde hergeschickt, um eine Fotografie für einen der Bosse zu holen.«

»So ein Zufall«, sagte Jeremy. Er wandte sich an Mavis. »Dieser Bursche und ich waren die besten Freunde, als wir aufgewachsen sind. Und ausgerechnet hier treffe ich ihn.«

»Oh, dann können Sie mir ja alle Geheimnisse aus seiner Vergangenheit erzählen«, sagte Mavis.

Jeremy hob eine Braue. »Oh, ich verstehe. Du und sie … du Schlitzohr.«

»Wir haben uns gerade erst kennengelernt«, sagte Ben. »Aber ich habe sie ins Kino eingeladen.«

»Ich sag dir was«, sagte Jeremy, »bring sie doch mit zu meiner Party am Mittwoch.« Er wandte sich an Mavis. »Ich bin gerade in die Wohnung meiner Eltern in Mayfair gezogen und werde meine Freiheit mit einer Einweihungsparty feiern.«

»Mayfair? Wie großartig.« Mavis' Augen strahlten. »Oh, Ben, das würde mir sehr gefallen.«

»Können Sie denn freibekommen?«

»Sie wissen verdammt gut, dass ich es irgendwie hinbekommen werde. Selbst wenn ich dafür einen ganzen Monat schreckliche Schichten übernehmen muss.«

»Dann schreibe ich die Adresse auf«, sagte Jeremy. »Wir werden unseren Spaß haben. Der alte Herr hat einen guten Weinkeller und ich habe vor, mich da durchzuarbeiten.«

»Total toll«, sagte Mavis. »Ich bin froh, dass Sie so interessante Freunde haben, Ben.«

»Interessant?« Jeremy runzelte spielerisch die Stirn. »Wie wäre es mit gut aussehend, flott, liebenswürdig?«

»Das auch«, sagte sie.

»Kommen die Sutton-Mädchen auch?«, fragte Ben und versuchte, beiläufig zu klingen.

»Nur Dido und Pamma. Livvy ist zu alt und langweilig, und Feebs ist zu jung. Es war schon eine ziemliche Aufgabe, Lord Westerham zu überreden, dass Dido in die Stadt kommen darf. Er hält sie an einer ziemlich kurzen Leine.«

»Wahrscheinlich aus gutem Grund«, sagte Ben und Jeremy grinste.

»Werden auch adlige Leute da sein?«, fragte Mavis, jetzt mit großen Augen. »Meine Güte. Sie sind nicht ein Lord oder so was, oder?« Sie drehte sich zu Ben.

»Nur ein einfacher Mister«, sagte Ben. »Jeremys Vater ist ein Sir.«

»Aber ich bin auch ein einfacher Hauptmann der Luftwaffe«, sagte Jeremy. »Und ich habe mich noch gar nicht vorgestellt. Jeremy Prescott. Und Sie sind?«

»Mavis.« Sie stammelte ein wenig. »Mavis Pugh.«

»Na bitte, Jeremy. Du hast das arme Mädchen umgehauen«, sagte Ben.

»Wenn Sie also Hauptmann der Luftwaffe sind, warum fliegen Sie dann nicht?«, fragte sie und klang jetzt mutiger.

»Ich bin kürzlich aus einem Straflager in Deutschland entkommen und habe es geschafft, zurück nach Hause zu kommen. Ich wurde abgeschossen und war in ziemlich schlechter Verfassung. Ich soll mich immer noch erholen, aber ich will nicht zu Hause sitzen und nichts tun, deshalb lassen sie mich im Ministerium arbeiten.«

»Ich dachte schon, dass Ihr Gesicht mir bekannt vorkommt«, sagte sie und ihre Augen glühten jetzt. »Ich habe Ihr Bild in der Zeitung gesehen. Die Mädchen hier haben über Ihre Flucht gesprochen.« Sie blickte zu Ben. »Waren Sie auch einmal Pilot?«

»Er hatte einen Flugzeugabsturz, weil ich so schlecht geflogen bin«, sagte Jeremy schnell. »Ich fühle mich an jedem Tag meines Lebens schuldig dafür.« Er machte eine Pause, dann fügte er hinzu: »Und das Angebot steht noch immer, dir einen Job im Luftfahrtministerium zu verschaffen, alter Junge. Dann hättest du einen legitimen Grund, Mavis häufiger zu besuchen.«

»So verlockend das auch klingt, ich glaube nicht, dass es so einfach ist, im Krieg die Stelle zu wechseln«, sagte Ben. »Und ich habe eine Aufgabe, wo ich jetzt arbeite.«

»Nun, ich fahre mal zurück in die Stadt«, sagte Jeremy. »Ich sehe euch zwei auf der Party, ja?«

Er nahm das Päckchen, zwinkerte Mavis zu und schlenderte aus dem Zimmer.

KAPITEL 32

Bletchley Park

Pamela und Froggy Bracewaite waren zurück im großen Haus und analysierten die Abschriften.

»Interessant, dass sie nicht immer dieselben Musikstücke verwenden, findest du nicht?«, fragte Froggy. »Ich meine, sie fangen immer mit Beethoven an, doch dann haben sie eine Auswahl deutscher Komponisten zwischen Nachrichten und Berichten.«

»Vielleicht auch nur, um die Welt daran zu erinnern, wie überragend die deutsche Kultur ist«, sagte Pamela.

»Ich denke, wir sollten jedes der ausgewählten Stücke identifizieren und genau betrachten. Vielleicht sagen uns die Aufzeichnungen etwas. Vielleicht ist es der vierte Satz der dritten Symphonie oder so etwas, und diese Zahlen stehen dann für Daten?«

»Ich glaube, du greifst da etwas zu weit«, sagte Pamela. »Wenn sie Nachrichten an Sympathisanten oder deutsche Agenten in England schicken wollen, dann müssten diese ziemlich brillant sein, um solche Dinge auszuarbeiten.«

»Außer wenn sie Codebücher haben. Vielleicht bedeutet Bach etwas. Und Händel etwas anderes.«

»Aber wir haben ihre Codebücher nicht«, entgegnete Pamela. »Ich frage mich, ob der MI5 mehr darüber weiß. Wir sind hier eingesperrt, zur Geheimhaltung verpflichtet, und haben keine Ahnung, was andere Ministerien oder Abteilungen wissen oder nicht wissen. Ich finde, wir sollten Commander Travis mal danach fragen.«

»Vielleicht«, sagte Froggy zweifelnd.

Als Pamela an diesem Abend auf ihr Zimmer zurückkehrte, öffnete sie eine Schublade und räumte die Sachen ein, die sie mitgenommen hatte, als sie auswärts geschlafen hatte. Sie hielt inne und runzelte die Stirn. Jemand war an ihren Sachen gewesen. Sie erinnerte sich genau daran, wie sie ihr gutes Paar Nylonstrümpfe in ein Taschentuch gewickelt hatte, damit keine Gefahr bestand, dass sie irgendwo hängen blieben und eine Laufmasche bekamen. Und ihr Tagebuch – sie war sich sicher, dass es unter ihrer Ersatznachtwäsche gelegen hatte.

Trixie kam, als Pamela auf dem Bett saß und darüber nachdachte. »Oh, du bist zurück im Land der Lebenden«, sagte sie. »Bist du mit den Nachtschichten fertig?«

»Fürs Erste schon, glaube ich«, sagte Pamela. »Sag mal, Trixie, du hast dir nicht meine Strümpfe ausgeliehen, oder? Ich wäre dir auch nicht böse, wenn es so wäre, es ist nur so, dass sie nicht dort sind, wo ich sie hingetan habe.«

»Das habe ich ganz bestimmt nicht«, erwiderte Trixie. »Du kennst mich gut genug, Pamma. Wenn ich mir etwas von dir leihen möchte, dann frage ich dich.«

»Dann hat jemand in meiner Schublade herumgeschnüffelt«, meinte Pamma.

»Mrs Entwhistle, ganz klar«, sagte Trixie. »Ich habe schon immer gedacht, dass sie wie jemand aussieht, der herumschnüffelt.«

»Ich weiß nicht, was sie sich erhofft hat. Außer sie findet es aufregend, anderer Leute Tagebuch zu lesen«, sagte Pamma.

»Warum, ist dein Tagebuch voller pikanter Details?« Trixie grinste.

»Überhaupt nicht. Es ist ungefähr so langweilig, wie es nur sein kann. Gestern hatten wir Cottage Pie und es hat geregnet. Solche Dinge. Ich habe nie meine geheimsten Gedanken zu Papier gebracht.«

»Ich auch nicht«, sagte Trixie. »Zu viele neugierige Augen in meinem Haus, als ich aufgewachsen bin. Mit zwei jüngeren Schwestern musste man sehr vorsichtig sein.«

»Wie bei mir«, sagte Pamela. »Nun, ich nehme an, dass es keine Rolle spielt, wenn Mrs Entwhistle meine Sachen durchgegangen ist. Ich habe nichts, was sich zu stehlen lohnt. Aber es fühlt sich schon ein wenig unheimlich an, muss ich sagen.«

»Vielleicht könnten wir ihr eine Falle stellen und sie auf frischer Tat ertappen«, schlug Trixie vor. »Du weißt schon, ein Brief auf Deutsch oder ein Foto von Adolf Hitler mit der Nachricht ›Triff mich um Mitternacht, mein Liebling‹.«

Pamela lachte. »Du bist schrecklich, Trixie.«

»Tja, sie ist eine entsetzliche Kuh. Sie stiehlt unsere Rationsgutscheine und behält das gute Essen für sich selbst. Sie verdient, was sie bekommt.«

Am nächsten Morgen diskutierten Pamela und Froggy, ob es sinnvoll wäre, noch mal zum Mithören zu der Funkstation rauszufahren. Keiner von ihnen wollte sich geschlagen geben. »Wir könnten uns abwechseln«, sagte Froggy. »Ich könnte den einen Tag hingehen und du am nächsten. Ich sehe keinen Grund, über Nacht dortzubleiben. Ich glaube, ich könnte die zehn Kilometer mit dem Fahrrad fahren, und du könntest dich von einer der RAF-Wachen hin- und zurückbringen lassen.«

»Das denke ich auch«, stimmte Pamela zu. »An diesem Punkt lohnt sich alles, oder?«

Nachdem Froggy gegangen war, ging sie um den Tisch herum und schaute wieder auf die Abschriften und ihre Notizen. Musik. Und jetzt Nachrichten nach Hause von unseren Jungs in Deutschland. Namen. Adressen. Sollte sie überprüfen, ob das alles richtige Kriegsgefangene mit echten Adressen waren? Sie ging los, um Commander Travis zu fragen, wie sie dabei vorgehen sollte.

»Das wäre eine Aufgabe für den MI5«, sagte er. »Ich rufe dort an und lasse jemanden rüberschicken. Ich denke auch, dass es sich lohnt, das weiterzuverfolgen.«

Pamela ging zurück an die Arbeit und wurde am Nachmittag darüber informiert, dass jemand vom MI5 auf dem Weg war. Sie strich ihr Haar ordentlich zurück und legte etwas Lippenstift auf. Es gab Gerüchte über die umwerfenden Kerle im Geheimdienst. Sie wusste, dass der MI5 mit Gegenspionage beschäftigt war, während der MI6 Spione ins Ausland schickte, doch trotzdem musste es gefährlich sein, sich in der Halbwelt der Spionage zu bewegen. Es klopfte an der Tür. Mit einer bemüht arbeitsamen Stimme rief sie: »Kommen Sie rein.« Die Tür öffnete sich und die am wenigsten von ihr erwartete Person trat in den Raum.

Sie sagte »Ben« im selben Moment, als er sagte: »Pamma?«

Dann mussten beide lachen und sagten gleichzeitig: »Ich hatte ja keine Ahnung.«

»Du arbeitest wirklich für den MI5?«, fragte sie.

»Ich darf es dir nicht sagen, aber da ich nun mal hier bin, nehme ich an, dass du daraus ableiten kannst, dass die Antwort ein Ja ist«, sagte er. »Und du darfst es niemandem sagen. Das weißt du. Vor allem niemandem zu Hause.«

»Natürlich. Und du darfst niemandem sagen, dass ich hier in Bletchley arbeite.«

»Wir haben nur Gerüchte darüber gehört, was in Bletchley vor sich geht«, sagte er. »Station X. So kennt euch der Rest der Welt. Es hat etwas mit Codes zu tun, nicht wahr? Bist du wirklich eine Codeknackerin?«

Sie nickte. »Aber keine besonders gute, wie es scheint. Wir hören deutsche Propagandasendungen ab.«

»Du meinst die New British Broadcasting Station?«

»Ja, genau. Mein Boss glaubt, dass es in den Sendungen verschlüsselte Botschaften für subversive Kräfte gibt.«

»Ja, daran haben wir auch schon gedacht«, sagte Ben.

»Ihr seid nicht zufällig an ein Codebuch von einem gefassten Kollaborateur gekommen, oder?«

Ben lächelte. »Ich glaube nicht, dass sie es uns so leicht machen.«

Pamela seufzte. »Unser Problem ist, dass wir nicht wissen, wo wir anfangen sollen. Wenn die verschlüsselten Nachrichten an gewöhnliche Leute gerichtet sind – deutsche Sympathisanten –, dann müssten die Codes recht einfach sein. Keine so ausgeklügelten Sachen, wie die Deutschen sie nutzen, um Nachrichten an ihre Flugzeuge und Schiffe zu senden.«

»An so was hast du gearbeitet, oder?«, fragte er sie.

»Ein wenig. Nicht entschlüsselt, vielmehr übersetzt. Aber es gibt ein paar unglaublich gescheite Burschen hier. Und ich sollte wahrscheinlich gar nicht darüber reden, nicht einmal mit dir.«

»Arbeitest du allein?«, fragte Ben.

»Nein, wir sind zu zweit. Aber mein Kollege ist zum Mithören in der Funkstation. Zuerst haben sie uns nur die Abschriften geschickt, und dann habe ich mich gefragt, ob wir etwas übersehen, weil wir nicht die gesprochenen Worte hören – mögliche Tonschwankungen, Räuspern oder sogar Musik, die sie zwischen den Nachrichten und Berichten verwenden.«

Ben nickte. »Interessant. Und was habt ihr bisher herausgefunden?«

»Das hier sind die letzten Abschriften und unsere Notizen«, sagte sie. »Sie beenden ihre Sendung immer mit angeblichen Botschaften von Soldaten in deutschen Gefangenenlagern. Du weißt schon, alles vergnügte Sachen darüber, wie gut sie behandelt werden. Deshalb habe ich mich gefragt, ob die Namen und Adressen echt sind und nicht irgendein Code.«

Ben schaute über ihre Schulter auf die Unterlagen auf dem Tisch. Er war sich ihrer Präsenz schrecklich bewusst, roch den schwachen frischen Duft ihrer Haare. »Du willst, dass wir überprüfen, ob die Namen, Erkennungsnummern und Adressen echt sind?«

»Ganz genau.«

»Das sollte machbar sein.« Er überflog die Seite. »Was für einen Blödsinn sie reden. Ich frage mich, ob irgendwer das glaubt.«

»Mein Boss sagt, dass die Leute es tun. Die Nachrichten und Berichte spielen mit ihren tiefsten Ängsten – die Sicherheit ihrer Kinder und ob wir verhungern werden.«

»Und was ist mit dieser Musik, die hier notiert ist?«

»Das war ein weiterer Gedanke, den wir hatten – ob das Musikstück in irgendeiner Weise wichtig ist. Der Kerl, mit dem ich zusammenarbeite, kennt sich mit Musik gut aus. Er ist derjenige, der die Stücke erkannt hat, die wir aufgeschrieben haben. Das einzige, das bisher womöglich wichtig war, ist die *Königliche Feuerwerksmusik.*«

»Meine Güte, ja. Plant jemand, den König in die Luft zu jagen?«

»Genau. Hast du irgendwelche Gerüchte darüber gehört?«

»Viele. Nichts Bestimmtes, aber … Welche Worte folgten auf dieses Stück?«

Pamela blätterte durch die Abschriften. »Hier«, sagte sie.

»Unser großer deutscher Komponist Händel schrieb das für euren englischen König und zeigte damit, was für eine tiefe und beständige Freundschaft es zwischen unseren Ländern gegeben hat und was für ein reiches Erbe wir geschaffen haben, als wir uns nicht feindlich gegenüberstanden.« Ben machte eine Pause. »Nichts Offensichtliches, was man da hineinlesen könnte. Keine Daten oder Orte. Sachlich.«

»Ja«, stimmte Pamela zu. »Wir sind es immer wieder durchgegangen, haben Buchstaben ersetzt, Worte ausgewählt. Nichts.«

»Und abgesehen davon war es also hauptsächlich Beethoven und Bach?« Ben fuhr mit dem Finger die Seiten entlang.

»Abgesehen von ein paar Schnipseln Wagner. Sehr laut und deprimierend.« Pamela zeigte ihm die Stellen.

»Mein Kollege Froggy, der sich in diesen Dingen auskennt, sagt, dass sie aus verschiedenen Opern stammen, alle Teil des *Ring*-Zyklus.«

»Was hast du gesagt?« Bens Stimme war unerwartet laut und scharf.

»Die Opern sind alle Teil des *Ring*-Zyklus.«

»Mein Gott, das ist es!«, rief Ben. »Hör zu, Pamma. Ich bin mir nicht sicher, wie viel ich dir erzählen darf, aber wir nehmen gerade eine geheime Gruppe von Sympathisanten aufs Korn, die aktiv mit Deutschland zusammenarbeitet. Es sind hauptsächlich Aristokraten und sie nennen sich selbst ›der Ring‹.«

»Meine Güte«, sagte Pamela. »Also ist das ihr Erkennungsstück. Es bedeutet: ›Achtet auf das, was danach kommt.‹«

»Das könnte so sein.« Bens Finger zitterte, als er damit die Seite hinabfuhr. »Sergeant Jim Winchester, Erkennungsnummer 248403. An Mrs Joan Winchester. 1 Milton Court, Sheffield. Das muss es sein, Pamma. Was sollen wir wetten, dass das eine Nachricht für ihren Agenten in Winchester ist, oder ein

Treffen in Winchester, und diese Zahlen sind Daten oder eine Telefonnummer oder eine Hausnummer.«

Pamelas Augen strahlten. »Oh ja. Brillant.«

»Ich sollte sie alle abschreiben und mitnehmen. Einige der Namen und Adressen werden echt sein, um uns von der Spur abzulenken. Doch jede Botschaft, die auf diesen Wagner folgt, wird Information enthalten. Jemand weiter oben als ich sollte in der Lage sein, herauszufinden, auf was und wen sie sich beziehen. Sind die Wagner-Passagen in letzter Zeit häufiger geworden?«

»Wir hören erst seit Kurzem zu, anstatt nur die Abschriften zu lesen. Es kann also sein, dass sie schon eine Weile laufen.«

»Und weißt du vielleicht, ob die Zahl 1461 irgendwo aufgetaucht ist?«

»Nicht, dass ich mich erinnere …« Sie runzelte die Stirn. »Sie könnte irgendwo in einer längeren Erkennungsnummer stecken.«

»Macht nichts. Ich kann nachsehen«, sagte Ben.

»Setz dich.« Sie ging um den Tisch herum und brachte ihm einen Notizblock und einen Füller. »Ich werde dir helfen, sie abzuschreiben.«

Sie saßen in kameradschaftlicher Stille nebeneinander.

»Gehst du zu Jeremys Party?«, fragte sie schließlich.

»Ja, ich habe gesagt, dass ich hingehe.«

»Könnte lustig werden.«

»Das hoffe ich. Ich bringe ein Mädchen mit.«

»Ein Mädchen?« Sie blickte abrupt auf.

Ben nickte. »Ich bin mir nicht sicher, ob das klug war, doch Jeremy hat sie quasi selbst eingeladen, und sie war so begierig darauf, dass ich nicht mehr zurückkonnte.«

»Ist sie nett?«

»Ich kenne sie kaum. Sie könnte sich als ein wenig zu … enthusiastisch … für mich erweisen.«

Pamela lachte. »Du meinst, dass sie zu eifrig auf Körperkontakt aus ist?«

Ben errötete. »Ich meinte eigentlich, dass sie zu schwärmerisch ist. Sie ist schrecklich beeindruckt davon, dass manche Gäste der Party aus adligen Familien kommen. Und sie war offensichtlich sehr von Jeremy beeindruckt.«

»Nun, wer wäre das nicht?« Pamela lachte. Dann wurde sie wieder still. »Findest du, dass er verändert ist, Ben? Seit er zurückgekommen ist.«

»Ich habe kaum lange genug mit ihm gesprochen, um etwas zu bemerken, aber er wirkt, wie soll ich es ausdrücken … härter, reifer. Ich frage mich, ob seine Freude verschwunden ist.«

Pamela nickte. »Ich denke, er ist erwachsen geworden in der Zeit, die er weg war, er ist wohl vom Jungen zum Mann geworden. Und all die schrecklichen Dinge, die er im Gefangenenlager erlebt hat, und dann die Flucht. Es ist kein Wunder, wenn er nicht mehr so zu Späßen aufgelegt ist wie früher.«

Sie schrieben die Namen und Adressen ab, die den Wagner-Zwischenspielen folgten. Dann stand Ben auf. »Ich sollte zurückfahren«, sagte er. »Ich möchte vor Einbruch der Dunkelheit zu Hause sein. Es ist nicht so einfach, in London unterwegs zu sein bei der Verdunkelung.«

»Das Mindeste, was ich für dich tun kann, ist, dich zu einem frühen Abendessen im Speisesaal einzuladen«, erwiderte Pamela. »Das Essen hier ist nicht übel. Im Unterschied zu den Kochkünsten meiner Hauswirtin. Trixie und ich glauben, dass sie die Geheimwaffe des Feindes ist und hergebracht wurde, um Großbritannien zu vergiften.«

Sie lachten, während sie gemeinsam die Treppe hinuntergingen. Draußen schien die Sonne auf den See. Menschen saßen im Gras, andere schlenderten unter den Bäumen herum. Von der Wiese dahinter erschollen die Rufe eines Spiels, das dort gespielt wurde. Ben schüttelte verwundert den Kopf. »Dieser

Ort ist so unwirklich«, meinte er. »Du bist eindeutig auf die Butterseite gefallen, als du hier gelandet bist, oder? Das ist ja wie ein Country Club.«

»Ehrlich gesagt arbeiten wir alle so hart, dass wir deshalb das Beste aus der Freizeit machen«, sagte Pamela. »Bis vor Kurzem war ich in einer Zwölfstundenschicht. Und die meisten von uns arbeiten in Baracken, die zugig und im Winter eiskalt sind. Und der Druck ist enorm. Zu wissen, wenn man einen Code nicht knackt, werden Männer auf einem Schiff sterben. Es brechen immer wieder Leute zusammen und werden zur Erholung weggeschickt.«

»Das war aber nicht der Grund, weshalb du vor ein paar Wochen nach Hause gekommen bist, oder?« Er sah sie besorgt an.

Pamela wollte ihm gegenüber nicht zugeben, dass sie ohnmächtig geworden war. »Ich hatte etwas Urlaub übrig, und als ich hörte, dass Jeremy sicher nach Hause gekommen war …«

»Natürlich.« Ben räusperte sich.

»Hey, Pamma, warte auf mich«, rief eine Stimme hinter ihnen und Trixie kam über den gekiesten Vorhof gerannt. »Geht ihr zum Speisesaal?«

»Ja.«

»Ich auch. Ich habe beschlossen, dass ich keinen weiteren Nierenfettkuchen von Mrs Entwhistle mehr ertragen kann.« Sie blickte auf zu Ben. »Hallo. Bist du ein Neuankömmling?«

»Nein, er ist von einer anderen Abteilung in London«, sagte Pamela schnell. »Er ist nur hier, um ein paar Unterlagen zu bringen, und wir sind uns begegnet. Wir sind alte Freunde von zu Hause.«

»Wie nett«, sagte Trixie. Sie streckte Ben die Hand entgegen. »Hallo. Ich bin Trixie. Pamelas Zimmergenossin.«

»Ich heiße Ben. Schön, dich kennenzulernen.«

Sie drückte ihm die Hand, ein fragendes Lächeln im Gesicht.

»Arbeitest du in einer anderen geheimen Einrichtung?«, fragte sie.

Ben kicherte. »Das dürfte ich dir nicht sagen, wenn es so wäre, oder?«

»Es ist nur so, dass sie nicht einfach jeden herkommen lassen. Also muss jemand einen ziemlich guten Grund gehabt haben, um dich herzuschicken.« Trixie wandte sich zu Pamela. »Ich werde es dir aus der Nase ziehen, wenn wir nach Hause kommen«, sagte sie. »Oder ich sollte eine Verabredung mit Ben ausmachen und es aus ihm herausziehen. Du gehst nicht zufällig zu Jeremy Prescotts Party, oder?«

»In der Tat, das tue ich«, sagte Ben.

»Und er bringt ein Mädchen mit, Trixie. Also Finger weg!«

»Spielverderber.« Trixie verzog spielerisch den Mund. »Womöglich werde ich die volle Kraft meines weiblichen Charmes ausspielen und ihn von ihr weglocken.« Sie warf Ben ein kokettes Lächeln zu. »Kommt schon, bevor es in der Cafeteria zu voll wird. Ich habe gehört, dass es heute Abend Blumenkohl mit Käse gibt.« Sie nahm Bens Hand und zog ihn vorwärts.

Im Zug zurück nach London saß Ben da und blickte auf die Namen und Adressen, die er abgeschrieben hatte.

Einige der Namen waren eindeutig auch Orte. Andere konnten Orte sein. Mrs North in der Hampton Street konnte gut Northampton bedeuten. Max Knight sollte in der Lage sein, herauszufinden, ob sie mit bekannten Treffen des Rings übereinstimmten. Aber hatte einer davon eine Relevanz für die Fotografie? Wenn sie so wichtig war, dass ein Menschenleben riskiert wurde, um sie zu überbringen, dann konnte die Botschaft nicht für den allgemeinen Gebrauch bestimmt sein, sondern nur für die Ohren von einer Person. Und sie waren nicht näher daran, herauszufinden, wer diese Person war. Er versuchte, das

Gefühl der Dringlichkeit zu unterdrücken, das er empfand. Die *Feuerwerksmusik* und das Datum 1461, als Schlachten gekämpft wurden, um einen König zu entthronen, ließen ihn glauben, dass eine Verschwörung zur Ermordung der königlichen Familie kurz bevorstehen könnte. Doch er erinnerte sich daran, dass er nur vom niedersten Rang war. Wenn ihm nicht die vollen Informationen gegeben wurden, wie konnte jemand von ihm erwarten, dass er es richtig interpretierte? Dennoch, er wusste, dass der König und die Königin oft durch die zerbombten Viertel Londons gingen und Mitgefühl und Unterstützung zeigten. Wie leicht war es für einen einsamen Schützen, ihnen im Dunkeln aufzulauern. Er erschauerte und blickte aus dem Zugfenster.

Seine Gedanken wanderten zu Mavis. Wenn sie nur die Gegend auf dem Schnappschuss finden könnte, dann würde sich alles aufklären. Er rief sich das Foto in Erinnerung – den Hügel mit den Kiefern –, doch er konnte sich keine Bedeutung vorstellen, außer es gab dort ein stattliches Anwesen am Hügel hinter diesen Bäumen, wo ein Aristokrat lebte, der ein wichtiges Mitglied des Rings war. Oder vielleicht war es ein Ort, den die königliche Familie zu besuchen plante.

Dann dachte er nicht mehr an seinen Auftrag, sondern an Mavis. Sie war ein attraktives Mädchen. Temperamentvoll. Lebenslustig. Doch gefiel sie ihm wirklich? War es nur, dass sie nicht wie Pamela war, und er von dem Mädchen loskommen wollte, das er nicht haben konnte? Seine Gedanken wanderten jetzt zu ihr – wie sanft und heiter und elegant sie immer wirkte. Wie ihre Augen strahlten, wenn sie lächelte. Wie ihr Haar nach frischem Garten duftete.

Hör auf!, befahl er sich selbst. *Denk an etwas anderes.* Pamelas Freundin Trixie. Sie hatte interessiert gewirkt, was er überraschend fand, denn sie war eindeutig die Art von Debütantinnenmädchen, die ein Auge auf die Jeremy Prescotts dieser Welt warf. Die Party könnte sich noch als spannend erweisen.

KAPITEL 33

Mayfair, Jeremys Wohnung

»Du siehst heute Abend außergewöhnlich manierlich aus«, sagte Guy Harcourt, als er bei Ben vorbeischaute. »Sag mir nicht, dass du heute zu irgendetwas Zivilisiertem gehst?«

»Eine Party in Mayfair«, sagte Ben.

»Mein Gott, so was gibt es noch?«

»Ein Freund, der die Wohnung seines Vaters übernommen hat, hat dazu eingeladen«, sagte Ben.

»Jemand, den ich kenne?«

»Jeremy Prescott. Ich glaube, du kennst ihn. Er war zur gleichen Zeit wie wir in Oxford.«

Guy nickte. »Natürlich, ich kenne ihn. Wir haben uns gemeinsam bei den Debütantinnenbällen herumgetrieben und dann Oxford, natürlich, obwohl er doch auf dem Balliol-College war, oder nicht? Meinst du, es würde ihn stören, wenn ich mich anschließe? Ich befinde mich gerade im Pfuhl der Verzweiflung und habe eine Aufmunterung dringend nötig.«

»Ich sehe keinen Grund, der dagegen spricht«, sagte Ben. »Er schien Gott und die Welt einzuladen.«

»Großartig! Ich ziehe mich schnell um.«

»Ich gebe dir besser die Adresse«, sagte Ben. »Ich muss ein Mädchen vom Bahnhof abholen.«

»Du bringst eine Verabredung mit, du Schlitzohr?«

»Du weißt eben nicht alles über mich«, sagte Ben grinsend. »Allerdings bin ich mir nicht sicher, wie sehr sie meine Verabredung ist …«

»Aber sie hat einen warmen Körper. Das ist alles, was im Krieg zählt«, sagte Guy. »Gott, ich fühle mich entschieden sexhungrig, du dich nicht? Und all das Stillschweigen über unsere Arbeit. Das schränkt einen ganz schön ein. Die Mädchen, die von meiner Jagd auf deutsche Spione beeindruckt wären, glauben jetzt stattdessen, dass ich ein körperliches Wrack bin und als Registraturangestellter arbeite.«

Ben nickte zustimmend. »Es ist auf jeden Fall hart. Aber freu dich. Du kannst deine Sorgen in Sir William Prescotts gutem Wein ertränken.«

Er ließ Guy zurück, der sich in Abendgarderobe warf, und ging zum Bahnhof. Mavis wartete bereits auf ihn. Sie lächelte, als sie ihn sah, doch da war auch ein Hauch von Nervosität.

»Um Himmels willen, ich wusste nicht, dass es eine formale Angelegenheit ist«, sagte sie. »Ich bin für eine normale Party angezogen.«

»Ich bin mir sicher, dass du genau richtig aussiehst«, sagte Ben. »Und ich bin mir auch sicher, dass es noch mehr Leute geben wird, die keine formale Kleidung tragen. Ich habe das nur für den Fall angezogen und weil ich keinen anderen anständigen Anzug mehr habe. Meiner war vor dem Krieg gemacht worden und ich bin seitdem etwas fülliger geworden.«

»Ich finde, du siehst genau richtig aus«, sagte sie und hakte sich bei ihm unter. Sie trug ein wenig zu viel Parfüm und ihr Kleid war ein wenig zu aufgeputzt, doch ihre Augen strahlten und er mochte das Gefühl ihrer Nähe.

»Du hast also keine Probleme gehabt, davonzukommen?«, fragte er.

Sie verzog das Gesicht. »Meine Mutter war nicht begeistert davon, dass ich allein nach London gefahren bin, aber ich habe ihr gesagt, dass ich mit einer Gruppe Freundinnen von der Arbeit tanzen gehe.«

»Wann musst du zurück sein?«, fragte Ben.

»Ich habe ihr gesagt, dass ich die Nacht vielleicht bei Cynthia verbringe«, entgegnete sie und warf ihm einen vielsagenden Blick zu. »Ich bin mir nicht sicher, ob sie mir das geglaubt hat, doch Cynthias Familie hat kein Telefon, und ich weiß, dass meine Mum keine drei Kilometer zu Fuß gehen wird, um das zu überprüfen.«

Sie nahmen den Bus runter nach Marble Arch. Ben fragte sich, ob er mit einem Taxi hätte protzen sollen, kam aber zu dem Schluss, dass es derzeit sowieso nur wenige davon gab und alle möglichen Leute öffentliche Verkehrsmittel nutzten. Von Marble Arch gingen sie die Park Lane entlang. Es war fast neun Uhr abends, aber noch nicht dunkel, und die Menschen waren noch draußen und genossen das schöne Wetter. Einige uniformierte Männer gingen in das Grosvenor House, und Ben hörte die schwachen Klänge einer Tanzkapelle. Also gab es noch immer elegante Abende für diejenigen, die es sich leisten konnten. Ein Luftschutzhelfer, einer der Freiwilligen, die Luftschutzmaßnahmen unterstützten, stand als Beobachter an der Ecke der Curzon Street, bereit, sich auf Verdunkelungsbrecher zu stürzen.

»Auf dem Weg zu etwas Schönem?«, fragte er, als sie vorbeigingen.

»Wir gehen zu einer Party«, sagte Mavis.

»Achtet drauf, dass es leise bleibt, und lasst keine Lichter sehen«, sagte er. »Ihr in dieser Gegend glaubt, dass ihr alle Regeln missachten könnt, nur weil ihr Geld habt.«

351

»Netter Kerl«, flüsterte Ben, als sie weitergingen. Mavis lachte und schob ihre Hand in seine. Sie fühlte sich warm und behaglich an. Er blickte sie an und sie wechselten ein Lächeln.

Jeremys Wohnung war in keinem großen Block, belegte aber die ganze Etage eines älteren georgianischen Hauses. Ein kleiner Lift war im Treppenhaus installiert worden, und sie fuhren darin zur dritten Etage. Ben war sich Mavis' Gegenwart bewusst und hatte den Verdacht, dass sie sich absichtlich an ihn drückte. Als die Lifttüren sich öffneten, kamen ihnen zum Gruß die Klänge von Benny Goodmans Klarinette entgegen. Die Eingangstür der Wohnung stand halb auf und Musik und Zigarettenrauch wehten heraus, als sie den Flur betraten. Dahinter war ein großes und schön eingerichtetes Wohnzimmer. Die Verdunkelungsvorhänge waren noch nicht vorgezogen worden, sodass die Reste des Dämmerlichts den Raum erleuchteten. Es war schwer, die Farbe der Polster auszumachen oder die Gemälde alter Meister an den weißen, mit einem Stich ins Rosige angemalten Wänden zu erkennen. Drinnen war ungefähr ein Dutzend Leute. Zwei Paare tanzten, doch Ben erkannte keinen davon. Jeremy spielte den Barmann. Er blickte auf und winkte mit einem Cocktailglas, als er sie sah.

»Kommt rein!«, rief er. »Ich öffne gerade einen zwanzig Jahre alten Châteauneuf-du-Pape.«

»Wird dein Vater dich nicht umbringen, wenn er das rausfindet?«, fragte Ben, als sie sich der Bar näherten.

»Ich tue ihm nur einen Gefallen, Kumpel. Was, wenn wir direkt getroffen werden und all der liebliche Wein fließt in den Abfluss? So können wir ihn wenigstens genießen. Und wie ich meinen Vater kenne, wird er schon herausfinden, wo er Nachschub herbekommt, wenn der Krieg erst einmal vorbei ist.«

»Nur ist es dann vielleicht Haxe und Moselwein«, scherzte jemand in der Nähe.

»Oh, Mann, du glaubst doch nicht wirklich, dass die Deutschen einmarschieren werden, oder?« Mavis drehte sich mit erschrockenem Blick um.

»Das ist eine Möglichkeit, der wir uns stellen müssen«, sagte der junge Mann, der den Scherz gemacht hatte. »Sie hatten wenig Schwierigkeiten damit, jedes andere Land in Europa einzunehmen. Uns trennen nur gut dreißig Kilometer.«

»Reden wir heute Abend nicht über finstere Dinge«, sagte Jeremy. »Ich bin zu Hause. Ich bin in einer behaglichen Wohnung mit meinen Freunden um mich herum, und wir werden uns verdammt noch mal gut unterhalten. Wein oder Cocktails? Bedient euch.« Dann blickte er auf, als Guy in den Raum kam. »Guter Gott, das ist ja Harcourt. Wie ist der hergekommen?«

»Ich habe ihn eingeladen«, sagte Ben. »Wir wohnen in der gleichen Unterkunft. Ich hoffe, das war in Ordnung?«

»Natürlich«, sagte Jeremy. »Je mehr, desto besser.« Doch Ben konnte spüren, dass er nicht sehr erfreut war. Guy kam näher und sie schüttelten sich die Hand. »Lange nicht gesehen, Prescott«, sagte er.

»Absolut. Was treibst du so, Harcourt?«

»Schreibkram, leider. Bin durch die ärztliche Untersuchung gefallen. Ich weiß, ich sehe aus wie ein strammer Bursche, doch ich habe offenbar ein schwaches Herz.«

»Was für ein Pech«, sagte Jeremy. »Nun, trink aus. Man sagt doch, Rotwein stärkt das Herz, oder nicht? Jetzt muss ich ein Glas Wein zu meiner Lieblingsfrau bringen.«

Ben hatte den Raum verstohlen nach Pamela abgesucht. Schließlich sah er sie in der Tür stehen. Sie wirkte ein wenig schüchtern, was ungewöhnlich für sie war. Dann bemerkte er, dass sie nicht allein war. Trixie war mit ihr hereingekommen, in einem schwarzen Etuikleid mit einem smaragdgrünen Operncape darüber.

»Hallo, Ben«, rief sie und schob sich an Pamela vorbei, um ihm einen Kuss auf die Wange zu geben.

»Ich muss sagen, du siehst umwerfend aus«, sagte er.

»Na, vielen Dank für das Kompliment, der Herr«, erwiderte sie. »Wo ist jetzt unser Gastgeber?«

»Gießt Getränke ein«, sagte Pamela. Dann bemerkte Ben, dass Diana hinter ihr stand, mit mehr Make-up, als ihr Vater erlaubt hätte, und einem aufreizenden roten Kleid im Chinastil, das sie älter als ihre achtzehn Jahre machte. Ihr Gesicht verzog sich zu einem breiten Lächeln, als sie Ben sah.

»Hallo, Ben«, rief sie. »Ich wusste gar nicht, dass du hier bist. Prächtig! Das wird so ein Spaß!«

»Wie hast du nur deinen Vater dazu gebracht, zuzustimmen?«, fragte Ben.

»Pamela hat geschworen, wie ein Falke über mich zu wachen und mich am Morgen in den ersten Zug nach Hause zu setzen. Aber wie du dir vorstellen kannst, musste ich betteln, bitten, jammern und schmollen, bevor er Ja sagte. Ich wünschte, ich hätte gewusst, dass du kommst, dann wäre er glücklicher gewesen. Er findet, du bist ein wunderbar ausgleichender Einfluss.«

»Mein Gott, was für eine Verantwortung«, erwiderte Ben. Dann erinnerte er sich, dass Mavis an seiner Seite stand. »Dido, das ist Mavis. Mavis, das ist …« Er zögerte und war kurz davor, »Lady Diana Sutton« zu sagen, doch Dido unterbrach ihn.

»Hallo, ich bin Dido«, sagte sie. »Meine Güte, wir wussten gar nicht, dass Ben eine Freundin hat. Du bist so geheimnisvoll und unanständig, Benjamin.«

»Wir haben uns erst kürzlich kennengelernt.« Ben lächelte beschämt.

»Arbeitet ihr zusammen?«, fragte Diana.

»Nein, normalerweise nicht. Wir haben uns kennengelernt, als ich ein paar Unterlagen dahin bringen musste, wo Mavis arbeitet.«

Diana wandte sich an Mavis. »Es gibt da, wo du arbeitest, nicht zufällig einen Job für mich, oder? Ich bin so begierig darauf, etwas Nützliches zu tun.«

»Es ist in Buckinghamshire, Dido«, sagte Ben. »Du weißt, dass dein Vater dich nicht weg von zu Hause wohnen lassen würde.«

»Pamela tut es. Mavis tut es«, entgegnete Dido.

Mavis kicherte. »Nein, ich nicht. Ich wohne bei meiner Mutter, leider. Ich musste ein paar riesige Flunkereien erzählen, um heute Abend mit Ben herzukommen.«

»Gut gemacht«, meinte Diana. »Ein Mädchen nach meinem Geschmack.«

Jeremy kam und reichte Pamela und Diana Weingläser. Dann entdeckte er Trixie. »Hallo, ein weiteres vertrautes Gesicht aus der Vergangenheit«, sagte er.

»Ich bin geschmeichelt, dass du dich an mich erinnerst«, entgegnete Trixie.

»Wie könnte ich dich vergessen? Du warst eine ausgezeichnete Tänzerin. Ich sage mal, deine Saison war höchst unterhaltsam, nicht wahr? Und wie es scheint, die letzte für eine Weile.«

»Erinnere mich nicht daran«, rief Diana. »Hab Mitleid mit armen Mädchen wie mir, die jetzt niemals an die Öffentlichkeit kommen.«

»Du siehst aber so aus, als würde es dir auch ohne das Herauskommen ganz gut gehen, junge Dido«, sagte Jeremy. »Trink aus. Es gibt noch eine Menge. Und Essen drüben im Esszimmer. Tut mir leid, dass die Speisen nicht dasselbe Niveau haben wie die Getränke«, fügte er hinzu. »Ich habe den Koch eine Mousse aus ein paar Lachsdosen machen lassen und wir haben eine Forelle aus dem See geräuchert, sonst habe ich noch ein paar frühe Erdbeeren aus dem Garten, und damit müssen wir uns begnügen.«

»*Damit müssen wir uns begnügen*«, flüsterte Mavis Ben zu. »Woher hat er Lachs in Dosen bekommen?«

»Frag besser nicht«, flüsterte Ben zurück. Sie warf ihm ein verschwörerisches Lächeln zu.

»Komm und tanz mit mir«, sagte sie. »Ich mag das Lied.«

»Ich muss dich warnen, ich bin ein mittelmäßiger Tänzer«, entgegnete Ben.

»Nein, das bist du nicht. Du bist ein guter Tänzer, sei nicht so bescheiden«, sagte Pamela. Als Ben Mavis zum Parkettboden geleitete, wo die anderen tanzten, murmelte Pamela ihm zu: »Sie ist nett. Du hast meinen Segen.«

Es war ein langsamer Foxtrott. Mavis war schnell bereit, ihre Wange an seine zu legen. Doch es war noch nicht einmal richtig dunkel draußen und Ben hatte das Gefühl, es sei für solche Dinge noch ein wenig früh am Abend.

»Diese beiden Mädchen sind also aus einer adligen Familie?«, fragte sie ihn.

Ben nickte.

»Sie scheinen schrecklich nett zu sein. Überhaupt nicht hochnäsig.«

»Sie sind sehr nett. Ich kenne sie schon mein ganzes Leben. Wir sind zusammen aufgewachsen.«

»Und was ist mit dem sexy Mädchen in Schwarz? Sie schien recht heiß auf dich zu sein.«

»Ich glaube, sie flirtet mit jedem in Hosen«, sagte Ben. »Sie arbeitet mit Pamela bei ... bei einer anderen Regierungsabteilung draußen auf dem Land.«

»Ich verstehe, ich habe harte Konkurrenz«, sagte Mavis. Sie blickte sich um. »Du hast so glamouröse Freunde. Dein Freund Jeremy ist so gut aussehend. Er und Pamela geben ein wunderbares Paar ab, nicht wahr?«

Ben blickte auf und sah, dass Jeremy jetzt mit Pamela tanzte. Er war nicht so zurückhaltend wie Ben. Seine Arme waren eng um sie gelegt, und sie bewegten sich wie eins über den Boden. Ihr Kopf lag an seiner Schulter. Ihre Augen waren geschlossen. Sie sah vollkommen zufrieden aus. Ben umfasste Mavis enger und sie reagierte, indem sie sich fester an ihn schmiegte.

Gegen elf Uhr heulten die Luftalarmsirenen los.

»Sollen wir runter in den Keller oder in einen Luftschutzbunker oder so gehen?«, fragte eines der Mädchen nervös.

»Du glaubst doch nicht, dass sie es wagen würden, Mayfair zu bombardieren, oder?«, erwiderte ein Mann und alle lachten.

»Ich weiß was«, rief Jeremy. »Lasst uns alle aufs Dach gehen! Wir haben von dort einen großartigen Ausblick. Wartet, ich öffne zuerst noch den Champagner. Es ist Veuve Clicquot, die Lieblingssorte des alten Herrn.«

Es gab ein lautes Knallen. Champagner floss über den Flaschenrand, und Gläser wurden ausgestreckt, damit sie gefüllt wurden.

»Kommt, hier entlang!«, rief Jeremy, und alle folgten ihm durch die Küche, als wäre er der Rattenfänger von Hameln. »Es ist ein bisschen knifflig, aber wir schaffen das«, rief er über das Dröhnen der näher kommenden Flugzeuge hinweg. »Ich habe es schon oft gemacht.« Er drückte das Fenster auf und kletterte auf eine schmale Brüstung. Die anderen folgten ihm. Ben ging voraus, dann half er Mavis, die sich als gelenkig und furchtlos erwies. Sie gingen die Brüstung entlang und dann eine kurze Leiter hinauf zu einem Flachdach darüber. Dort angekommen, lachten sie über ihre eigene Kühnheit und stießen mit den Champagnergläsern an. Jeremy ging nach unten und kehrte mit dem Grammophon zurück, aus dem »In the Mood« schmetterte. Einige der Feiernden begannen zu tanzen.

Um sie herum lag London in der Dunkelheit, doch über ihnen strichen Suchscheinwerfer über den Himmel, brachten Sperrballons plötzlich zum Funkeln, wenn sie vom Strahl erfasst wurden. Big Ben wurde erleuchtet und verschwand dann wieder. Und dann die Umrisse näher kommender Flugzeuge, die in Formation flogen. Aus dem Süden kam das Stakkato der Flugabwehrkanonen, unterstrichen von dem tieferen Donner, als eine Bombe abgeworfen wurde. Es mussten Brandbomben gewesen sein, denn auf der anderen Seite des Flusses waren jetzt Feuer ausgebrochen.

Ein Mädchen sprang auf die Brüstung, die um den Dachrand lief.

»Wir haben keine Angst vor dir, Mister Hitler! Mach, was du willst!«, schrie sie und schwenkte ihr Champagnerglas gen Himmel. Jetzt fiel eine Bombe in geringerer Entfernung, dann noch eine, zerfetzte die Nachtruhe mit tiefem Donnern, das fast stärker zu fühlen als zu hören war. Dann hörten sie Explosionen in der Nähe und Feuer schoss in der Dunkelheit zwischen den Bäumen hervor.

»Was ist das für ein großes Gebäude?«, sagte das Mädchen auf der Brüstung.

»Sie haben den Palast getroffen!«, schrie jemand. »Oh mein Gott, sie haben den Palast getroffen.«

Ben spürte, wie sein Herz einen Satz machte. War das der angekündigte Angriff, vor dem sie gewarnt worden waren? Die *Feuerwerksmusik*? Die Enthebung eines Königs. *Der Palast ist riesig*, sagte er sich. *Die königliche Familie wird sicher im Keller sein. Sie haben vielleicht ein paar Zimmer beschädigt, doch sie werden nicht das ganze Gebäude niedergebrannt haben …*

Die erste Welle von Flugzeugen war jetzt direkt über ihren Köpfen. Gewehrfeuer schickte als Antwort helle Garben in die Nacht, es kam aus dem Hyde Park ganz in der Nähe. Eine weitere Bombe, jetzt noch näher.

»Das war um St. James herum«, sagte einer der Männer. »Es kommt zu nah, als dass es noch witzig wäre.«

»Sei nicht so ein Trottel«, erwiderte ein Mädchen hinter Ben. Es klang wie Trixie. »Wir gehen nicht runter. Wir werden ihnen nicht zeigen, dass wir Angst haben. Jeremy soll uns noch mehr Champagner bringen. Wo ist er?«

Ben blickte sich um, sah ihn aber nicht. Dann zog Pamela an seinem Ärmel. »Wo ist Dido? Ich kann sie nicht finden«, flüsterte sie.

»Vielleicht hatte sie Angst und ist wieder runtergegangen«, sagte er.

Pamela schüttelte den Kopf. »Wann hast du Dido jemals ängstlich gesehen?«

»Ich komme mit und helfe dir, nach ihr zu suchen«, sagte Ben. »Keine Sorge. Sie ist wahrscheinlich nur auf die Toilette gegangen.« Er wandte sich zu Mavis. »Bin gleich zurück.«

Dann half er Pamela die Leiter hinunter und die Brüstung entlang. Nicht, dass sie Hilfe gebraucht hätte. Sie ging mit derselben Sicherheit, an die er sich aus ihren Baumkletterzeiten erinnerte. Er half ihr gerade, durchs Fenster hineinzuklettern, als es ein pfeifendes Geräusch gab, ein Dröhnen und eine Druckwelle, die ihn fast umgeworfen hätte. Ein Gebäude auf der anderen Straßenseite brach in Flammen aus. Glas und Trümmer kamen angeflogen. Er schob Pamela nach drinnen, deckte sie dabei schützend mit seinem Körper.

»Wurden wir getroffen?«, fragte sie mit zitternder Stimme.

»Nein. Gegenüber.«

Sie konnten Rufe vom Dach hören und eine Männerstimme, die sagte: »Geht jetzt runter vom Dach. Das ist Wahnsinn.«

Als sie aus der Küche kamen, öffnete sich eine Tür am Ende des Flurs und Diana kam herausgelaufen. Sie trug nur ihren Slip und hatte zerzauste Haare. »Wurden wir bombardiert?«, fragte sie. »Die Fenster sind gerade zersplittert. Oh mein Gott, überall ist Glas.«

»Es ist gut. Es ist auf der anderen Straßenseite.« Jeremy kam zu ihr. Er hielt sich ein Handtuch um die Hüfte.

Pamela sah sie an, dann sagte sie mit kalter Stimme: »Dido, zieh dich jetzt an. Ich bringe dich nach Hause.« Sie blickte zu Ben. »Glaubst du, um diese Zeit fährt noch ein Zug?«

»Ihr könnt den letzten Zug noch schaffen, wenn ihr euch beeilt«, sagte er. »Wenn ihr ihn verpasst, dann könnt ihr zu mir kommen. Ich gehe und hole euch ein Taxi.«

Andere Gäste kletterten jetzt durch das Küchenfenster, dabei lachten sie etwas zu laut, wie man es oft tat, wenn man einer Gefahr entkommen war.

»Mehr Champagner«, befahl eine männliche Stimme. »Bartender! Gib uns das Beste.«

Jeremy war zurück in das dunkle Zimmer gegangen, kam aber wieder heraus, nachdem er sich hastig Hemd und Hose angezogen hatte, allerdings ohne Jacke und Schlips. »Natürlich. Drinks für alle«, sagte er mit erzwungener Fröhlichkeit. Als er an Pamela vorbeikam, berührte er ihren Ärmel. »Pamma, ich kann erklären …«

Sie schüttelte ihn ab. »Berühr mich nicht!«, sagte sie kalt. »Können wir jetzt gehen, Ben?«

Dann erinnerte sie sich an etwas. »Ich muss nur noch Trixie sagen, dass ich gehen muss und sie dann morgen sehe. Jemand wird sie zum Bahnhof bringen.«

Da fiel Ben Mavis ein. Er schob sich durch den Gästestrom zu ihr. »Hör zu, etwas ist dazwischengekommen und ich muss jetzt jemanden nach Hause bringen«, sagte er. »Es tut mir schrecklich leid. Kann ich dich zum Bahnhof bringen oder möchtest du lieber bleiben?«

Sie sah ihn verwirrt an. »Ich weiß nicht. Ist die Party vorbei? Es gibt keinen Zug um diese Zeit in der Nacht.«

»Du könntest mit zu mir kommen, aber …«

Ihr Blick ging zu Pamela, die starr hinter ihm stand. »Ich verstehe. Ich denke, ich komme schon klar. Ich bin ein großes Mädchen.«

»Nein, so ist es nicht«, sagte er. »Das verspreche ich dir. Und es tut mir wirklich leid, es ist nur so, dass …« Er konnte den Satz nicht beenden.

Guy tauchte an seiner Seite auf. »Ein kleines Problem?«, fragte er.

»Ehrlich gesagt, ja. Könntest du dich um Mavis kümmern und dafür sorgen, dass sie sicher zum Bahnhof kommt?«

»Natürlich«, sagte Guy. »Aber was machst du?«

»Pamela und Diana Sutton müssen jetzt gehen. Diana fühlt sich nicht wohl. Ich erzähle es dir später.«

»In Ordnung, Kumpel. Mach dir keine Sorgen. Ich bin der perfekte Pfadfinder.« Guy warf ihm ein Grinsen zu.

Diana kam vollständig angezogen aus dem Schlafzimmer. Ihr Lippenstift war verschmiert und ihr Haar sah noch immer ungekämmt aus.

»In den Aufzug, sofort!«, befahl Pamela.

Diana blickte ihre Schwester trotzig an. »Du wolltest ihm nicht geben, was er wollte, also habe ich es getan«, sagte sie, dann stolzierte sie erhobenen Kopfes an Pamela vorbei.

Ben hörte Jeremy aus dem Wohnzimmer rufen: »Niemand muss gehen. Ein paar zerbrochene Fenster werden doch unsere Party nicht beenden. Außerdem wollen wir den Feuerwehrautos und Luftschutzhelfern nicht im Weg stehen. Also, machen wir weiter und essen bei Sonnenaufgang Eier und Speck, wie ich versprochen habe. Ich habe echten Speck, Leute. Stellt euch das mal vor!«

Die Aufzugtüren schlossen sich und sie fuhren schweigend nach unten.

KAPITEL 34

London

Ben fand vor dem Dorchester ein Taxi und sie rasten zur Victoria Station. Jenseits der Dunkelheit der Parks brannten Feuer.

»Sie haben schon wieder Buckingham Palace erwischt, diese Mistkerle«, sagte der Taxifahrer. »Donnerwetter noch mal, ich hoffe, wir werden es ihnen heimzahlen. Sie dafür leiden lassen. Ich würde keinen einzigen Mann, keine Frau und kein Kind verschonen, wenn ich Mr Churchill wäre.«

»Ist der Schaden groß?«, fragte Ben.

»Ich habe es selbst noch nicht gesehen«, erwiderte der Taxifahrer. »Die Straße ist abgesperrt. Aber man konnte die Flammen gut sehen.«

Sie fuhren an Hyde Park Corner vorbei und am Grosvenor Place entlang. Diana schaute aus dem Fenster und sagte kein Wort.

»Fahrt ihr beiden jetzt zurück nach Kent?«, fragte Ben.

»Ich muss am Morgen auf der Arbeit sein«, sagte Pamela. »Ich denke, auf der Hauptstrecke werden die ganze Nacht Züge fahren. Außerdem wäre ich mir nicht sicher, ob ich sie nicht aus dem Zug werfen würde.«

»Also, wie wird jemand davon erfahren und sie am Bahnhof abholen?«, fragte Ben.

»Ich werde von Victoria Station aus anrufen. Ich sage ihnen, dass wir wegen des Bombenangriffs eilig wegmussten. Mehr muss nicht gesagt werden.«

»Du musst nicht in der dritten Person über mich sprechen«, sagte Dido. »Ich bin ein Mensch. Ich habe auch Gefühle, weißt du.«

»Du verdienst keine Gefühle«, entgegnete Pamela. »Du hast keine Ahnung, was Gefühle sind. Du wolltest immer haben, was mir gehört, als wir aufgewachsen sind. Und du hast es dir auch genommen.«

Sie erreichten den Bahnhof und liefen zu den Bahnsteigen.

»Elf Uhr fünfundfünfzig. Wir sollten rechtzeitig kommen, um ihn zu erwischen«, sagte Ben.

»Um diese Zeit wird es keinen Regionalzug geben«, sagte Pamela und keuchte beim Laufen ein wenig. »Ich werde Pah Bescheid sagen, dass er dich in Sevenoaks abholt.«

»Okay.« Auf einmal klang Diana sehr jung und unsicher.

»Willst du, dass ich sie nach Hause bringe?«, fragte Ben. »Ich habe im Moment flexible Arbeitszeiten, also wäre es in Ordnung.«

Pamela warf ihm einen dankbaren Blick zu. »Würdest du das wirklich tun? Das wäre so nett. Mir gefällt der Gedanke nicht, dass sie bei der Verdunkelung allein im Zug ist.«

»Ihr könnt beide mit zu mir kommen, wenn das einfacher wäre.«

»Das wäre es nicht«, sagte Pamela. »Es tut mir leid, aber ich muss allein sein, und ich kann mich nicht mehr lange zusammenreißen. Ich will Dido weit weg haben.«

»Hör auf, über mich zu reden, als wäre ich nur ein Stück Fleisch«, sagte Dido. »Hör mal, es tut mir leid. Es hat überhaupt nichts bedeutet. Wir haben getrunken und wir waren wegen der Bomben aufgeregt, und … und es ist einfach passiert. Und weißt du was? Es war ganz schön toll, und du bist dumm, wenn du ihn immer abwehrst.«

»Es reicht, Dido!«, fuhr Pamela sie an. Fast stieß sie ihre Schwester in den Zug.

»Sag Mummy, dass ich wie vereinbart am Freitag komme«, sagte sie.

»Was passiert am Freitag?«

»Mummy macht an diesem Wochenende eine kleine Gartenparty und sie ist in Panik, weil es kein richtiges Essen gibt und sie nicht genug Angestellte hat, deshalb habe ich gesagt, dass ich komme, um ihr zu helfen.« Pamela blickte bittend zu Ben. »Wenn du nicht arbeitest, würdest du nicht auch runterkommen wollen? Ich hatte vorgehabt, Jeremy zu fragen, ob er kommt und beim Servieren der Getränke und so hilft, aber jetzt …«

»Natürlich, ich werde kommen«, sagte Ben.

»Trixie meinte, sie würde auch kommen. Sie sagte, sie würde sich wie ein Dienstmädchen anziehen und Getränke servieren.« Pamela lächelte, die Sorgenfalten verschwanden für einen Moment aus ihrem Gesicht. »Wir haben es beide hinbekommen, Freitagnachmittag und Samstag freizubekommen. Wir wollen gegen vier einen Zug nehmen. Wenn du dich uns anschließen möchtest …«

»Ich werde da sein.« Er lächelte sie an, als er hinter Diana in den Zug stieg.

Ein Pfiff erklang. Pamela langte nach oben und legte ihre Hand auf seine. »Ich bin so froh, dass du da bist, Ben. Ich kann mich immer auf dich verlassen.«

Der Zug fuhr aus dem Bahnhof. Ben blickte zurück und sah ihre kleine, schlanke Gestalt, wie sie ihnen hinterherblickte.

Die Erklärung mit der Bombe, die auf das gegenüberstehende Gebäude gefallen war, wurde bereitwillig akzeptiert. Ben verbrachte die Nacht im Haus seines Vaters und nahm dann einen frühen Zug zurück nach London.

Guy öffnete seine Tür, als Ben die Treppe hinaufkam. »Also, wo bist du da hineingeraten?«, fragte er mit zweideutigem Lächeln. »Gab es zwei zum Preis von einer? Ich kann verstehen, weshalb du sie Miss Mavis vorgezogen hast. Ein nettes Mädchen, aber ein wenig zu überschwänglich für meinen Geschmack. Ich habe sie wie gewünscht um sechs am Bahnhof abgeladen.«

»Vielen Dank. Sie muss wütend auf mich sein.«

»Nicht zu wütend, glaube ich. Ich habe sie im Taxi ein bisschen geküsst und geknuddelt, deshalb denke ich, dass sie eine gute Zeit hatte und genug zum Erzählen für ihre Arbeitskolleginnen. Wie die feinen Leute leben und so.« Er blickte Ben an. »Du wirkst erledigt. Komm besser rein, ich mache dir einen Kaffee.« Ben brauchte keine zweite Einladung.

»Gott sei Dank ist Kaffee nicht rationiert«, sagte Guy. »Das ist derzeit mein einziges Laster.«

»Wenn du welchen finden kannst«, fügte Ben hinzu. Er ließ sich auf Guys Bett sinken. »Was für eine Nacht«, sagte er.

»Also, was ist wirklich vorgefallen?«, fragte Guy, während er einen Kessel füllte.

»Pamela Sutton hat ihre kleine Schwester mit Jeremy Prescott im Bett erwischt«, erzählte Ben. »Das Mädchen ist erst achtzehn oder neunzehn.«

»Achtzehn ist auch nicht mehr das, was es vor dem Krieg war«, erwiderte Guy. »Die Leute werden heute schneller erwachsen. Sie müssen. Und die Philosophie vieler Leute ist: Nehmen wir, was wir kriegen können, solange wir noch können, denn morgen sind wir vielleicht nicht mehr da. Und das stimmt ja auch, oder? Wenn diese Bombe ein paar Meter weiter nach rechts gefallen wäre, dann wären wir jetzt alle Toastbrot.«

Ben erschauerte. »Du hast recht.«

»Also wurde Diana unehrenhaft nach Hause geschickt?«

»Ich habe sie nach Hause gebracht. Pamela musste zurück zur Arbeit und war auch zu aufgebracht.«

»Also war sie mit Prescott zusammen?«

»Oh ja. Seit sie Kinder waren.«

»So benimmt sich die RAF: Ich lebe gefährlich, also nehme ich mir, was ich will.«

»Ich glaube fast, so hat er sich schon immer benommen«, sagte Ben.

Der Kessel pfiff und Guy goss Kaffee auf. Dann sagte er langsam: »Da ist etwas, was du wahrscheinlich wissen solltest. Lady Margot Sutton …«

»Ja, ich habe es gehört. Sie wurde von der Gestapo in Paris ergriffen. Eine Rettungsaktion war geplant.«

»Und ist erfolgreich verlaufen«, sagte Guy.

Ben hob die Brauen. »Wirklich? Sie ist zu Hause? Das ist ja wunderbar.«

»Ihre Familie weiß noch nicht, dass sie wieder da ist. Ich bin mir nicht sicher, wann es ihnen erzählt wird. Es gibt noch ein paar Nachbesprechungen, die durchgeführt werden müssen. Aber das ist es nicht, was ich dir sagen wollte. Ich nehme an, dass Captain King dir gegenüber die Geheimgesellschaft namens der Ring erwähnt hat.«

»Das hat er.«

»Also weißt du, wer sie sind und was sie vorhaben?«

Ben nickte. »Aristokraten, die Deutschland helfen wollen.«

»Es scheint, dass Margot Sutton neulich abends bei einem Treffen aufgetaucht ist.«

»Einem Treffen des Rings?«

»Ganz genau.«

»Wusste Captain King –, wie du ihn nennst –, dass sie dorthin gehen würde?«

»Du kennst ihn, er hält seine Karten wirklich bedeckt, doch ich glaube, dass es ihn überrascht hat.«

»Also wird Margot Sutton überwacht?«

»Oh ja, unbedingt. Und wenn sie nach Hause darf, glaube ich, dass die Aufgabe dir zufallen wird.«

»Meine Güte«, sagte Ben.

Sobald Ben in seinem Zimmer war, schrieb er eine Nachricht an Mavis, in der er erklärte, dass eine der Schwestern zu viel getrunken hatte und krank geworden war, weshalb sie schnell zur Victoria Station gebracht werden musste, um den letzten Zug zu erwischen. Er hoffe, dass sie ihm vergeben würde und dass Guy sich gut um sie gekümmert habe. Und er hoffe, dass ihr nächstes Treffen weniger dramatisch ausfallen würde. Dann brachte er den Brief zum Briefkasten an der Ecke. Mit etwas Glück würde er mit der letzten Post an diesem Abend ankommen oder spätestens früh am nächsten Morgen. Er wollte nicht, dass sie annahm, er hätte sie wegen eines vornehmeren Mädchens sitzen lassen.

Währenddessen wachte Pamela allein in dem Zimmer auf, das sie sich mit Trixie teilte. Sie fühlte sich leer und erschöpft, als würde sie sich von einer Magengrippe erholen. Sie fragte sich jetzt, ob Dido und Jeremy während jener Nachmittagsbesuche in seinem Haus Sex gehabt hatten. Kaum wahrscheinlich, mit seiner Mutter und den Bediensteten im Haus, doch man konnte sich bei Jeremy nie sicher sein. Er liebte es, gefährlich zu leben. Das hatte sie schon immer gewusst.

Pamela stand auf, reckte sich und ging zum Fenster, um den Verdunkelungsvorhang zurückzuziehen. Es war ein grauer, trostloser Tag, der ihrer Stimmung entsprach. *Es ist vorbei,* dachte sie. Wie könnte sie sich jemals mit einem Mann sicher fühlen, der sie mit ihrer eigenen Schwester betrogen hatte? Wenn sie verheiratet wären, würde sie sich jedes Mal das Schlimmste vorstellen, wenn er spät nach Hause käme. Dido war ein dummes und frustriertes kleines Mädchen, das erkannte sie jetzt. Sie sehnte sich nach den Dingen, die ihr vorenthalten wurden – die Bälle und die Flirts einer Saison und auch eine richtige Anstellung. Kein Wunder, dass sie sich von Jeremy hatte verführen lassen. *Hatten sie den Akt wirklich schon vollzogen, bevor die Bombe einschlug?*, fragte sie sich. War Dido vorher noch Jungfrau gewesen? Wenn dem so war, hatte es wehgetan? Ihre eigenen Unsicherheiten brachen über sie herein, während ein Schnellzug mit wildem Quietschen an ihrem Fenster vorbeiraste.

Sie hatte sich gerade fertig gewaschen und die Zähne geputzt, als Trixie nach Hause kam.

»Gott, was für eine Nacht.« Trixie warf sich auf ihr Bett. »Ich habe viel zu viel getrunken. Wir alle. Meine Liebe, ich war so müde, ich bin im Zug eingeschlafen. Zum Glück hat er gepfiffen, sonst wäre ich erst in Crewe aufgewacht.« Sie setzte sich auf und betrachtete Pamela. »Geht es dir gut?«, fragte sie.

»Ich glaube schon. Ich werde es überleben.«

Trixie kam zu ihr und setzte sich neben sie. »War es das, was ich denke? Jeremy im Bett mit deiner Schwester?«

Pamela nickte.

»Das tut mir leid für dich. Er wäre nie richtig für dich gewesen, weißt du. Er hat sich letzte Nacht an mich rangemacht, nachdem du gegangen bist. Und als ich dir gesagt habe, dass er NSIT – nicht sicher im Taxi – war, meinte ich es so. Damals während der Debütantinnensaison hat er ein Nein nicht akzeptiert, verstehst du. Und wenn der Fahrer sich nicht umgedreht und gefragt hätte, ob mit mir alles in Ordnung sei, hätte er mich vergewaltigt, da bin ich sicher. Also bist du wahrscheinlich ohne ihn besser dran.« Sie hielt inne, schaute in Pamelas Gesicht, dann sagte sie: »Was für ein dummer Satz. Du liebst ihn, oder?«

»Ich habe ihn schon immer geliebt«, sagte Pamela. »Und ich glaube, dass ich schon immer gewusst habe, wie er ist. Es war Teil der Anziehung, dass er so ein Draufgänger ist und sich vor nichts fürchtet. Ich werde drüber wegkommen, nehme ich an. Es wird eine Weile dauern, aber ...«

Trixie nickte. »Andere Mütter haben auch hübsche Söhne. Ich bin letzte Nacht mit einem ziemlich leckeren RAF-Typen bekannt geworden. Und wir werden uns diesen Samstag auf der Gartenparty deiner Mutter amüsieren, oder nicht?«

Pamela sank neben Trixie in sich zusammen. »Mensch, Trixie, ich möchte jetzt gar nicht nach Hause fahren. Wie kann ich Dido gegenübertreten? Wie kann ich es ertragen, im selben Haus zu sein?«

»Es ist ein großes Haus und es werden viele Leute da sein. Warum ziehen wir beide uns nicht wie Dienstmädchen an und reichen die Speisen herum? Wäre das nicht ein Spaß?«

»Im Moment ist mir nicht so nach Späßen. Ehrlich gesagt glaube ich, dass ich meiner Mutter ein Telegramm schicken werde, dass ich doch nicht freibekomme.«

»Oh, tu das nicht«, bat Trixie. »Ich kann nicht allein hingehen, und ich freue mich so darauf. Wie lange ist es schon her, dass wir das Leben genossen haben, wie es früher war – Tee auf der Wiese, Blumenkleider und Hüte! Das kommt einem jetzt alles wie ein schöner Traum vor, oder nicht?«

»Ja«, sagte Pamela. »Ja, das tut es.« Sie seufzte. »Na gut, ich denke, ich werde hingehen müssen. Livvy ist keine große Hilfe beim Organisieren und meine Mutter wird in heller Aufregung sein.«

»Sehr gut«, sagte Trixie. Sie stand wieder auf. »Jetzt ziehe ich mich besser um und stolpere zur Arbeit. Was für ein Glück, dass ich keine Codes knacken muss. Sonst würde ich vermutlich behaupten, dass feindliche Flugzeuge in Bombay gesehen wurden anstatt in Birmingham.«

Pamela versuchte zu lächeln, als Trixie ins Badezimmer ging.

Kapitel 35

Nach Farleigh

Ben war sich nicht ganz sicher, was er an jenem Tag tun sollte. Er hatte Pamelas Radiobotschaften zum Dolphin Square gebracht und den Verdacht vorgetragen, dass sie womöglich mit bekannten Treffen von Ring-Mitgliedern in Verbindung gebracht werden konnten. Er war Mavis zu Leibe gerückt, um den Ort auf der Fotografie zu finden. Also, was jetzt? Guy hatte angedeutet, dass er mit der Überwachung von Margot Sutton beauftragt werden könnte, doch diese Anweisungen würden von Maxwell Knight kommen müssen. Ben fühlte sich unwohl und überflüssig, aber ihm war auch nicht danach, zum Dolphin Square zu gehen und zu fragen: »Bitte, Sir, was soll ich jetzt tun?«, wie einer der Viertklässler, die er unterrichtet hatte, bevor er einberufen wurde. Eigeninitiative. Das war es, was vom MI5 gefordert wurde. Er hatte gewollt, dass man ihm Herausforderungen gab, dass man ihn bemerkte, und jetzt steckte er mitten in einem großen Komplott.

Er stellte das Radio an und war froh zu hören, dass die königliche Familie bei der Bombardierung in der vergangenen Nacht unversehrt geblieben war. Er drehte an den Knöpfen, um den deutschen Kanal zu finden, gab es aber nach einer Weile auf. Guy war irgendwo mit einem Auftrag unterwegs. Ben fragte sich, was er wohl machte und wie lange er schon heimlich für Knight arbeitete. Er hielt inne und dachte genauer darüber nach. Guy schien alles über den Ring zu wissen. Er wusste, dass Margot Sutton gerettet worden war. Das bedeutete, dass er Teil eines inneren Kreises war. Oder ... Ben hielt inne. Guy passte in das Profil von jemandem, der Teil des Rings wäre. Aristokratische Familie. Jemand, der Risiken einging, Annehmlichkeiten mochte. Hatte er Ben von Margot Sutton erzählt, um jeden Verdacht von sich abzulenken? Ben fragte sich, wie er das herausfinden könnte. Doch dann wiederum vertraute ihm Maxwell Knight, und Ben war sich sicher, dass Knight ein hervorragender Menschenkenner war. Oder ... Vielleicht wusste Knight, dass er ein Doppelagent war, und benutzte ihn. Ben hätte Knight gern dazu befragt, doch er hatte keinen Beweis dafür, dass Guy nicht genau das war, was er zu sein schien. Und er erinnerte sich daran, was Guy über den sogenannten Captain King gesagt hatte: Er müsse sich nur gegenüber Churchill verantworten. Ein Mann, der gefährlich und mächtig sein könnte. Und ihm kam in den Sinn, dass Maxwell Knight selbst genau die Art Mensch war, die in der Lage wäre, eine Geheimorganisation wie den Ring anzuführen. Und wieder fragte er sich, ob er diesen Job bekommen hatte, weil man erwartete, dass sie damit Whitehall glücklich machen würden, er es aber falsch verstehen würde.

Er überlegte, ob er Mavis besuchen sollte, doch das schien ziemlich jämmerlich in persönlicher Hinsicht und lästig auf professioneller Ebene. Er wusste gar nicht, ob die Fotografie überhaupt noch eine Rolle spielte. Wenn der Fallschirmspringer gekommen war, um eine wichtige Nachricht zu übermitteln, dann hatten die Deutschen die Nachricht gewiss schon auf anderem Weg überbracht. Er ging zur British Library und las mehr über jene Schlachten, fand aber nichts, was er nicht bereits wusste. Ein König war von einem stärkeren Rivalen entthront worden. Viele Männer waren gestorben. Doch schließlich hatte es zum Frieden geführt. Er konnte Parallelen erkennen, doch es gelang ihm nicht, die Bedeutung für die gegenwärtige Situation herauszuarbeiten. Er kehrte nach Hause zurück und seine Laune besserte sich, als er sich an sein Versprechen erinnerte, am nächsten Tag mit Pamela nach Kent runterzufahren.

Margot Sutton blickte aus dem Fenster des Daimler, als sie aus London herauschauffiert wurde. Die Stadt wich den Vororten und dann der grünen, hügeligen Landschaft. Es fühlte sich fast zu schön an, um wahr zu sein, dass sie zurück in England war, dass sie zu ihrer Familie nach Hause fuhr und die Tortur vorbei war. Sie versuchte, sich froh und aufgeregt zu fühlen, doch stattdessen spürte sie nur, wie hohl und leer sie im Innern war, als wäre ein Teil von ihr gestorben, nachdem sie in diese Zelle im Gestapo-Hauptquartier gebracht worden war. Die letzten Tage waren ihr wie ein Albtraum vorgekommen und sie hatte sich innerlich dafür gewappnet, dass er mit ihrem Tod enden oder sie in ein deutsches Kriegsgefangenenlager gebracht würde. Ihr Fingernagel war schon wieder verheilt. Sie hatte keine sichtbaren Narben ihrer Folter. Die Narbe in ihrem Herzen würde länger brauchen, um zu verschwinden. Gaston hatte geleugnet, sie jemals geliebt zu haben. Er hatte völlige Geringschätzung für sie gezeigt und für den Schmerz, der ihr zugefügt wurde.

Sie sah grüne Hecken am Fenster vorbeiziehen. *Ich war so eine Närrin,* dachte sie. *Ich habe alles aufgegeben, alles riskiert für einen Mann, der mich nicht einmal geliebt hat.*

Erinnerungen wirbelten ihr durch den Kopf, wie sie mit Gaston durch den Bois de Boulogne geschlendert war, wie sie sich in einem kleinen Café gegenübersaßen, seine Augen glühend vor Leidenschaft, als er sie ansah. Er hatte sie geliebt, dessen war sie sich plötzlich sicher. Dann dachte sie an das, was Gigi Armande gesagt hatte: dass Gaston nur deshalb Geringschätzung für sie gezeigt habe, um sie zu beschützen. Zu jenem Zeitpunkt hatte sie das nicht geglaubt. Doch jetzt erkannte sie, dass es stimmen konnte. Seine Worte zu dem Deutschen waren seine Art, um sie zu retten. Indem er den Eindruck vermittelte, dass sie ihm nichts bedeutete, hatte er ihr weitere Folter erspart. Wenn er völlig gleichgültig gegenüber ihrem Leiden war, machte es keinen Sinn, damit fortzufahren.

»Er hat mich gerettet«, flüsterte sie für sich. »Er hat mich geliebt. Er hat mich genug geliebt, um für mich zu sterben.«

Und sie arrangierte sich mit der Erkenntnis, dass sie nichts tun konnte, um ihn zu retten. Er hätte die anderen Mitglieder der Résistance niemals verraten und die Deutschen hätten ihn niemals gehen lassen. »Aufrecht bis zum Ende«, flüsterte sie und spürte einen kleinen Funken Trost in der Dunkelheit ihrer Trauer.

Und jetzt war sie frei, ihr altes Leben wieder aufzunehmen. Frei. Nicht ganz frei, das wusste sie. Doch sie würde das nächste Hindernis bewältigen, wenn es so weit war. Für den Moment würde sie versuchen, die Landschaft Kents und ihre Familie zu genießen. Sie fuhren durch Sevenoaks und die Umgebung wurde vertrauter. Als Mädchen war sie bei der Jagd über diese Wiesen geritten. *Es ist seltsam,* dachte sie, *aber ich fühle mich wie eine alte Frau, als ob mein Leben bereits stattgefunden hätte.* Und sie fragte sich, ob sie sich jemals wieder normal fühlen würde. Und dann kehrten die Befürchtungen zurück. Würde sie sich trauen, es durchzustehen? Und konnte sie mutig genug sein, um Gaston stolz zu machen?

Sie fuhren durch Elmsleigh. Da war der Dorfanger mit der Punktetafel vom Kricket, die noch immer den Punktestand des letzten Spiels zeigte. Dahinter die Kirche. Miss Hamilton führte ihre Hunde aus. Nichts hatte sich verändert. *Nur ich,* dachte Margot.

Phoebe war im Unterrichtsraum und nannte ihrer Gouvernante die Reihenfolge der englischen Könige und Königinnen. Sie war bis zu Richard III. gekommen und steckte fest. Sie ging durch das Zimmer. »Richard III.«, wiederholte sie, »und dann ...«

»Die Schlacht von Bosworth«, erinnerte sie Miss Gumble. »Was geschah danach?«

»Und dann ...« Phoebe blickte aus dem Fenster und schrie entzückt auf. »Es ist Margot!«, rief sie. »Margot ist zu Hause!« Sie eilte den Flur entlang, die zwei Treppen hinunter und rief die gute Nachricht durchs Haus.

Lord Westerham war gerade im Salon und las die Zeitung. Er legte sie hin und blickte seine Tochter an. »Was habe ich dir über das Kreischen und Schreien erzählt? Sagt dir deine Gouvernante nicht, dass eine Dame niemals die Stimme erhebt?«

»Aber, Pah«, sagte Phoebe, ihr Gesicht noch immer vor Freude strahlend, »es ist Margot. Sie ist nach Hause gekommen.«

Freitag gegen Mittag machte sich Ben gerade fertig, um zur Victoria Station zu gehen, als Guy an seine Tür klopfte. »Hör zu, alter Knabe. Ich habe aus glaubwürdiger Quelle erfahren, dass Margot Sutton nach Hause nach Kent gefahren wird. Ich frage mich, ob du eine gute Ausrede finden kannst, um auch dort zu sein.«

»Zufälligerweise bin ich gerade auf dem Weg dorthin«, sagte Ben. »Pamela Sutton hat mich gebeten, ihr bei einer Gartenparty zu helfen, die ihre Mutter morgen gibt.«

Ein Lächeln flog über Guys Gesicht. »Eine Gartenparty? Gibt es das noch? Bemerkenswert. Ich könnte in einen Zug springen und mich dir anschließen. Erdbeeren und Sahne auf dem Rasen? Das ist ja wie vor dem Krieg. Was ist der Anlass? Spendensammeln für unsere Truppen?«

Ben zuckte mit den Schultern. »Ich habe keine Ahnung. Ich weiß nur, dass Lady Westerham wegen der Organisation einer Gartenparty in Panik geraten ist, da sie nicht genügend Bedienstete oder Vorräte hat, und Pamela hat sich bereit erklärt, hinzufahren und zu helfen.«

»Also ziehst du dir einen Frack an und tust so, als wärst du der Butler, was?« Guy kicherte.

»Tatsächlich haben sie ihren Butler noch. Er ist zu alt, um eingezogen zu werden. Aber keine Diener mehr und nur ein paar Dienstmädchen.«

»Wie man die Oberklasse doch leiden lässt«, sagte Guy mit triefendem Sarkasmus. »Mummy hat neulich geschrieben, dass sie selbst die Toilette putzen musste. Stell dir nur vor!«

Ben lächelte. Er merkte, was für ein Schock das Leben im Krieg für viele aus Guys Klasse sein musste.

Er wollte gerade gehen, als er Schritte auf der Treppe hörte und einen Kurier auf sich zukommen sah. Der Mann blieb stehen und salutierte. »Mr Cresswell? Ich wurde angewiesen, Ihnen das hier umgehend zu bringen. Es kommt aus Medmenham.«

»Vielen Dank«, stammelte Ben. Der Mann salutierte und eilte die Treppe wieder hinunter. Ben ging in sein Zimmer, schloss die Tür und öffnete den Umschlag. »Ich glaube, ich habe den Ort auf deiner Fotografie lokalisiert«, hatte Mavis geschrieben. »Es ist auf der Karte verzeichnet. Es ist in Somerset, nicht Devon oder Cornwall, wie du gedacht hattest.«

Bens Herz schlug wild in der Brust. Er musste es jemandem mitteilen, bevor er Pamela am Bahnhof traf. Er nahm sein Übernachtungsgepäck, dann stieg er in die UBahn und eilte zum Dolphin Square. Er klingelte unten an der Tür, doch er bekam keine Antwort. Er fuhr mit dem Aufzug nach oben und klopfte an die Tür. Wieder keine Antwort. Ein älterer Mann kam den Flur entlang.

»Klopfen ist zwecklos«, sagte er. »Sie sind weg. Ich habe sie früher am Morgen mit Koffern weggehen sehen.«

»Verdammt«, murmelte Ben für sich. Er nahm den Lift nach unten und trat in das helle Sonnenlicht, während er sich überlegte, was er als Nächstes tun sollte. Es gab niemanden, dem er von der Fotografie erzählen konnte. Guy war ausgegangen und Ben hatte keine Ahnung, wann er zurückkehren würde. Außerdem hatte er wegen Guy ein komisches Gefühl. Er würde selbst nach Somerset fahren müssen. Doch Pamela wartete am Bahnhof auf ihn.

Er seufzte und ging zur Victoria Station.

Pamela und Trixie warteten unter der Anzeigentafel. Pamela winkte, als sie ihn erblickte. »Du hast es geschafft. Wie schön.«

»Hallo, Ben«, sagte Trixie. »Ich freue mich auch, dass du mitkommst. Ich bin bereit, ein Dienstmädchen zu sein. Ich wollte mir eine rüschenbesetzte französische Dienstmädchenuniform ausleihen, doch Pamma ließ mich nicht.«

»Als ob meine Familie jemals ein rüschenbesetztes französisches Dienstmädchen gehabt hätte«, sagte Pamma und warf Ben einen entnervten Blick zu. »Selbst Mah hat niemals eine französische Kammerzofe gehabt. Ihre ist mittelalt und schwerfällig und heißt Philpott.«

»Dann muss deine Familie aber mal in Schwung kommen«, sagte Trixie. »Mummy hatte immer französische Dienstmädchen und Daddy war immer hinter ihnen her. Das hielt ihre Ehe glücklich.«

Pamela tat so, als würde sie die Anzeigentafel lesen. »Also, es fährt ein Zug in einer halben Stunde von Bahnsteig elf. Das ist gut. Da haben wir genug Zeit, um unsere Fahrkarten zu kaufen und rüberzugehen.«

»Hör zu, Pamma.« Ben räusperte sich. »Ich bin mir nicht sicher, was ich machen soll. Ich muss sofort runter nach Somerset. Etwas, was ich unbedingt überprüfen muss. Deshalb sollte ich eigentlich nach Paddington und den nächsten Zug nehmen. Aber ich habe ja auch versprochen, dass ich mit dir komme, um deiner Mah zu helfen. Deshalb hoffe ich, dass du verstehst, wenn ich dich im Stich lasse.«

»Natürlich«, sagte Pamma. »Es spielt keine Rolle, da bin ich sicher. Du musst deine Arbeit machen.«

»Was ist denn in Somerset so wichtig?«, fragte Trixie. »Da passiert doch nie etwas, abgesehen davon, dass sie Cider und Käse machen.« Sie lachte, doch dann betrachtete sie Bens Gesicht. »Du bist wirklich in Geheimnisse und Intrigen verwickelt, was? Das dachte ich mir schon, als ich dich in Bletchley gesehen habe. Ich weiß was – lass mich mit dir nach Somerset kommen. Ich bin ein Bletchley-Mädchen. Ich habe die Geheimhaltungserklärung unterschrieben. Ich werde auch kein Wort sagen, ich sehne mich nur nach Aufregung.«

»Es wird nicht aufregend«, sagte Ben. »Ich muss nur eine Kartenreferenz überprüfen.«

»Und du wirst ganz bestimmt nicht mit Ben gehen«, sagte Pamela und warf Trixie einen kalten Blick zu. »Wenn irgendwer mit ihm geht, dann werde ich das sein.«

»Ihr müsst beide Lady Westerham helfen«, sagte Ben.

»Aber wie kommst du dort herum, wenn du da bist?«, fragte Pamela.

»Zug. Bus. Zu Fuß.«

»An Orten wie Somerset fährt der Bus nur einmal die Woche.«

»Ich werde zurechtkommen.«

»Ich habe eine gute Idee«, sagte Pamela. »Komm mit uns nach Kent und wir fragen, ob wir uns Pahs Rolls leihen können. Ich werde dich fahren.«

»Aber was ist mit deiner Mutter?«

»Wenn wir direkt heute Nachmittag fahren, können wir rechtzeitig zur Party zurück sein. Glaubst du, es wird lange dauern, was du dort zu erledigen hast?«

»Ich habe keine Ahnung«, sagte Ben. »Ehrlich gesagt bin ich mir nicht ganz sicher, wonach ich suche.«

»Das klingt wie ein Riesenspaß«, sagte Trixie. »Ich finde immer noch, dass Pamma bei ihrer Mama bleiben sollte, und du solltest mich mitnehmen, Ben.«

»Ich glaube nicht, dass ich irgendwen mitnehmen sollte«, meinte Ben unbehaglich.

»Doch, das wirst du«, sagte Pamela. »Du wirst jemanden brauchen, der die Karte liest, während du fährst. Oder noch besser, ich fahre und du liest die Karte. Dann geht es viel schneller.«

»Ja, das glaube ich auch«, stimmte er zu.

»Also willst du, dass ich dableibe und mich an deiner Stelle versklave«, sagte Trixie mit vorgetäuschtem Schmollmund.

Pamela warf Trixie einen dankbaren Blick zu. »Würdest du das wirklich?«

»Ich glaube schon, wenn ich muss. Sich bei Gartenpartys für Großbritannien versklaven. Vielleicht bekomme ich ja eine Medaille.«

Pamela lachte. »Du bist toll.«

»Das bin ich. Trixie die Tolle«, sagte sie. »Kommt schon, wir müssen uns Fahrkarten kaufen und da ist eine lange Schlange.«

Ben zog Pamela beiseite. »Glaubst du, dein Vater wird uns den Rolls geben?«, fragte Ben, unschlüssig, ob er lieber den nächsten Zug von Paddington nehmen sollte oder neben Pamela in einem Automobil sitzen wollte.

»Wenn nicht, dann fragen wir die Prescotts. Sie haben zusätzliche Automobile«, sagte Pamela leichthin. »Und ausreichend Benzin, wie es aussieht.«

»Glaubst du wirklich, sie würden mir ein Auto leihen?«, fragte Ben.

»Sie würden es *mir* leihen«, sagte Pamela ruhig. »Sie glauben ja noch ...«

»Also ist es wirklich vorbei zwischen dir und Jeremy?«

»Wie könnte es das nicht sein?«, fragte sie zurück. »Aber das soll uns jetzt nicht interessieren. Wir haben eine Aufgabe zu erfüllen.«

»Das ist wirklich nett von dir, Pamela«, sagte er.

»Überhaupt nicht. Es wird ein Abenteuer, und ich brauche etwas, um mich aufzumuntern.«

Als sie zu Hause ankamen, wurden sie von einer begeisterten Phoebe begrüßt, die ihnen mitteilte, dass Margot zurückgekehrt war. Das erforderte Umarmungen und Tränen und führte dazu, dass sie Tee mit der Familie einnahmen.

»Ganz wie in alten Zeiten«, wie Lady Westerham bemerkte. »Meine größten Gebete sind erhört worden, und meine Mädchen sind alle wieder bei uns.«

Margot wirkte erschöpft und blass und lächelte traurig. Ben haderte mit sich, ob er bleiben sollte, da nun Margot hier war, oder der Fotografie hinterherjagen. Letzteres gewann. Margot verkündete, dass sie sehr müde sei, und ging auf ihr Zimmer.

Wie Ben befürchtet hatte, hatte Lord Westerham etwas dagegen, dass sie den Rolls nahmen.

»Ich erlaube es nicht, dass ihr zwei auf irgendeine Spritztour fahrt und den Rest meiner Benzinration verbraucht«, bellte er.

»Aber, Pah, es ist wichtig«, sagte Pamela. »Etwas, was Ben für seine Arbeit tun muss. Ich habe gesagt, dass ich mitkomme, um ihm zu helfen.«

»Wenn es für seine Arbeit wichtig ist, dann kann ihm ja die Regierung ein Fahrzeug beschaffen. Sie haben Benzin. Ich nicht«, schnauzte er.

»Es tut mir schrecklich leid«, flüsterte Pamela. »Ich hätte nicht gedacht, dass er so ein alter Fiesling ist. Es ist zu übel, dass wir ihm nicht sagen können, warum wir den Wagen brauchen. Er weiß nicht, dass es eine Frage der nationalen Sicherheit ist. Aber er hat recht. Könnte dein Boss nicht für dich ein Fahrzeug beschaffen?«

»Wie es scheint, ist er über das Wochenende weg«, sagte Ben. »Und ich habe einfach nicht den Eindruck, dass es warten kann.«

»Worum geht es denn überhaupt?«, fragte Pamela mit leiser Stimme.

Ben überlegte, dass es keinen Sinn machte, weiter zu schweigen, da sie ohnehin wusste, dass er beim MI5 war. »Dieser Fallschirmspringer, der auf eure Wiese gestürzt ist«, sagte er und zog sie beiseite, damit sie nicht belauscht werden konnten. »Er hatte nichts bei sich. Keinen Ausweis. Nur eine Fotografie mit Zahlen darauf. Und jemand hat endlich herausgefunden, wo sie aufgenommen wurde. Deshalb muss ich sofort dorthin.«

»Das können wir den Prescotts nicht sagen«, sagte Pamela. Sie blickte aus dem Fenster. »Ich finde aber, es gibt hier haufenweise Armeefahrzeuge, die ungenutzt vor unserem Haus stehen. Meinst du, wir könnten uns vielleicht eins leihen?«

»Um erschossen zu werden, wenn wir damit wegfahren?« Ben musste lachen. Dann dachte er nach und sagte schließlich: »Aber ich könnte Colonel Pritchard fragen. Er scheint ein anständiger Kerl zu sein. Er weiß alles über den Fallschirmspringer. Und ich könnte ihm sagen, für wen ich arbeite.«

»Dann mach das«, sagte Pamela. »Ich gehe und ziehe mir etwas Passenderes für das Fahren an und packe meine Zahnbürste ein, nur für den Fall, dass wir über Nacht feststecken.« Sie lächelte ihn an. »Ich hätte nie gedacht, dass ich je wieder lächeln würde, aber das wird Spaß machen.«

KAPITEL 36

Nach Somerset

Colonel Pritchard hörte interessiert zu, zögerte dann aber. »Ich kann Ihnen kein Dienstfahrzeug geben. Abgesehen davon habe ich hier nur Laster, Panzer und Panzerwagen. Sie wären ziemlich verdächtig, wenn Sie in so einem herumfahren würden, und ich bezweifle, dass Sie dafür überhaupt eine Fahrerlaubnis haben.« Er machte eine Pause, dann sagte er: »Ich mache Ihnen einen Vorschlag – sind Sie schon einmal Motorrad gefahren?«

»Ein paarmal, als ich in Oxford war«, sagte Ben.

»Dann können Sie das Motorrad mit Beiwagen von meinem Fuhrparkleiter nehmen. Es verbraucht auch nicht so viel Benzin.«

So fuhren sie eine halbe Stunde später los – Pamela im Beiwagen und Ben eher unbehaglich auf dem Motorrad. Pamela hatte sich eine Hose und eine Bluse angezogen und das Haar unter einem Kopftuch zurückgebunden. Ben musste sich darauf konzentrieren, die fremde Maschine zu fahren, und war sich kaum bewusst, dass er eine Beifahrerin hatte – und dass es Pamela war. Es war keine besonders starke Maschine und Ben gewöhnte sich schnell daran. Das Fahren wäre angenehm gewesen auf den Straßen, die wegen der Benzinrationierung fast völlig verlassen waren, doch alle Hinweisschilder waren entfernt worden und sie bogen ein paarmal falsch ab, bevor sie endlich die Hauptstraße nach Südwesten erreichten. Dann sausten sie mit guter Geschwindigkeit dahin und begegneten nur gelegentlich einem Armeelaster oder Lieferwagen.

Es war kurz vor neun am Abend, als sie Wiltshire hinter sich gelassen hatten und in die Grafschaft Somerset gekommen waren. Es würde nicht mehr lange dauern, bis die Dunkelheit hereinbrechen würde. Die untergehende Sonne war von einer unheilvollen Wolkenbank verschluckt worden. Ein kühler Wind kam auf.

Ben wandte sich mit besorgter Miene zu Pamela. »Meine Güte, wir haben gar nicht an Regen gedacht, oder? Jetzt wird mir klar, dass ein Motorrad entscheidende Einschränkungen hat.«

»Dann sollten wir uns beeilen und unsere Aufgabe erledigen«, sagte Pamela. »Wie nah, denkst du, sind wir?«

Ben betrachtete die Karte. »Ziemlich nah. Das letzte Dorf muss Hinton St. George gewesen sein. Das heißt, dass der Hügel bald links vor uns auftauchen sollte. Wir haben zwar schon viele Hügel gesehen, doch dieser hat eine ganz bestimmte Form.« Er hielt ihr die Kopie der Fotografie hin. »Und sieh nur den Kirchturm und diese drei großen Kiefern. Sie sollten leicht auszumachen sein.«

Pamela nickte. »Dann vorwärts, Macduff.«

Der Weg führte sie durch die Somerset Levels, ein ausgedehntes Moorgebiet, wo Kühe auf Feldern grasten, die von Wasserkanälen unterteilt waren. Es kam Ben so vor, als hätten sie den hügeligen Teil der Region hinter sich gelassen, und er fragte sich, ob seine Kartenlesekünste ihn fehlgeleitet hatten. Aber als sie durch ein Dorf mit strohgedeckten Cottages kamen, zeigte Pamela auf etwas. »Sieh nur. Da ist es!«

Als sie näher kamen, konnten sie die Kirche sehen, die sich über die drei Kiefern erhob. Sie blickten einander an und lächelten. Sie brauchten eine Weile, bis sie eine Straße fanden, die sie auf den Hügel brachte, doch im schwindenden Tageslicht fuhren sie hinauf zur Kirche und Ben hielt das Motorrad an. Krähen krächzten laut aus den Bäumen im Kirchhof, wo alte Grabsteine kreuz und quer herumlagen. Der Westwind schlug ihnen ins Gesicht, als sie vorwärtsgingen. Die Kirche hieß All Saints. Ben sah sich um und bemerkte ein kleines Haus hinter dem Kirchhof. Abgesehen davon gab es in der Nähe keine Behausungen. Der Ort machte einen trostlosen und verlassenen Eindruck.

»Was jetzt?«, fragte Pamela.

Ja, in der Tat, was jetzt? Sie waren an ein paar kleinen Cottages vorbeigekommen, als sich die Straße den Hügel hinaufgeschlängelt hatte, doch es gab kein Anzeichen für ein Dorf oder ein bedeutendes Gutshaus, auf das Ben gehofft hatte.

»Ich denke, wir sollten uns das Pfarrhaus ansehen, bevor wir wieder nach unten fahren«, sagte Ben.

»Erwartest du, hier eine Brutstätte von Nazisympathisanten zu finden?«, fragte Pamela halb im Scherz. »Bist du eigentlich bewaffnet, nur für alle Fälle?« Sie sah den Ausdruck in seinem Gesicht und brach in lautes Lachen aus. »Ich denke, wir sind auf dem Holzweg«, sagte sie. »Ich glaube, es gibt eine versteckte Botschaft in der Fotografie und der Ort selbst ist irrelevant.«

»Ich befürchte, du hast recht«, sagte Ben. Er fand einen moosigen Pfad über den Kirchhof und klopfte an die Tür des Pfarrhauses. Sie wurde von einem älteren Geistlichen geöffnet, der dünnes weißes Haar und ein Engelsgesicht hatte. Ben erklärte, dass sie durch das West Country fahren würden und sich für alte Kirchen interessierten, vor allem abgelegene alte Kirchen. Sie wurden hereingebeten und der Pfarrer bot ihnen

Holunderwein an, den eines seiner Gemeindemitglieder herstellte, wie er erzählte.

»Aber wo ist Ihre Gemeinde?«, fragte Pamela. »Wir haben gar keine Häuser gesehen.«

»Nun ja«, sagte der Pfarrer. »Es gibt tatsächlich eine besondere Geschichte zu dieser Kirche. Sie war einmal Teil eines Klosters, das zur Zeit Heinrichs VIII. eingenommen und einem Lord übergeben wurde, der das Kloster in sein Gutshaus umgewandelt hat. Dann während des Bürgerkriegs wurde es von Oliver Cromwell dem Erdboden gleichgemacht. Doch die Kirche überdauerte und hat seitdem den benachbarten Farmen und Dörfern gedient.«

»Dann gibt es das Gutshaus nicht mehr?«

»Teile der zerstörten Mauern stehen noch, aber das ist alles.«

»Und lebt heute noch irgendwer hier?«, fragte Pamela.

»Nicht im Radius von einem Kilometer«, sagte der Pfarrer.

»Dann muss es recht einsam für Sie sein.«

Er nickte. »Meine Frau starb vor drei Jahren. Einmal die Woche kommt eine Frau zum Aufräumen vorbei. Ich mache meine Runden auf dem Fahrrad, aber ja, es ist ziemlich abgelegen. Zum Glück habe ich meine Bücher und das Radio.« Er stand auf. »Es wird bald dunkel werden, aber möchten Sie die Kirche sehen?«

»Vielen Dank.« Ben und Pamela standen auf, um ihm zu folgen. Er nahm eine Taschenlampe vom Tisch im Flur und beleuchtete ihren Weg zwischen den Grabsteinen hindurch. Im Innern der Kirche fiel das restliche Tageslicht durch große, senkrechte Fenster herein, sodass der Eindruck eines langen Schiffs mit Pfeilern zu beiden Seiten entstand. Die Kirche roch alt und feucht und war deutlich im Verfall begriffen.

Der Pfarrer führte sie herum, leuchtete mit seiner Lampe auf Marmorplatten, die die Gräber toter Edelmänner kennzeichneten. »Wenn Sie den Turm hinaufgehen möchten, von oben hat man eine wunderbare Aussicht. Ich komme aber nicht mit Ihnen. Die alten Beine schaffen die Stufen nicht mehr, Sie verstehen. Es gibt Licht an der Treppe, aber wir sollten es wegen der Verdunkelung nicht benutzen. Hier, nehmen Sie meine Taschenlampe.«

Er zeigte ihnen eine Tür in der Mauer. Dahinter führte eine steinerne Wendeltreppe hinauf. Die in Verdunkelungsstoff gewickelte Taschenlampe erhellte eine Stufe nach der anderen, trotzdem war es gespenstisch und schrecklich kalt. Endlich gelangten sie an eine kleine Tür, entriegelten sie und traten hinaus auf die Plattform oben auf dem Turm. Ein Strahl der untergehenden Sonne hatte die Wolken durchlöchert und malte die Kanäle unter ihnen rosa. In der Ferne konnten sie das offene Wasser der Meerenge des Bristol Channel erkennen.

»Das wäre ein guter Ort, um Signale zu geben«, meinte Ben.

Pamela nickte. »Aber wer sollte die Signale geben?«

Der Wind trug jetzt die ersten Anzeichen von Regen mit sich. »Wir sollten gehen«, sagte Ben.

Der Pfarrer ging mit ihnen zurück zum Motorrad und winkte, als sie losfuhren. Es begann jetzt, stark zu regnen, ein stechender, windgepeitschter Regen vom Meer.

»Glaubst du, wir sollten bei Tageslicht noch einmal zurückkehren und herausfinden, wer in der Nähe wohnt?«, fragte Pamela.

»Ich frage mich, was wir damit erreichen können«, erwiderte Ben und sah sich im dunklen Wald um. »Der Pfarrer hätte doch gesagt, wenn irgendwas seltsam oder verdächtig gewesen wäre, oder? Er sagte, seine Gemeinde bestünde nur aus den benachbarten Bauernhöfen und Cottages. Wahrscheinlich Landleute, die hier schon seit Generationen Landwirtschaft betreiben. Wir könnten uns die Ruinen des alten Klosters bei Tageslicht ansehen. Aber hätte der Pfarrer es nicht bemerkt, wenn etwas Verdächtiges vor sich gehen würde? Ehrlich gesagt bin ich nicht sehr hoffnungsvoll. Ich glaube, du hattest recht damit, dass auf der Fotografie eine versteckte Nachricht ist, kein richtiger Ort.«

»Das nehme ich an.« Pamela nickte. »Also fahren wir zurück nach London und du kannst melden, was du entdeckt hast. Meine Mutter wird mich umbringen, wenn wir nicht rechtzeitig zu ihrer Party zurück sind.«

»Wir sollten erst einmal anhalten und etwas essen«, sagte Ben. »Ich weiß nicht, wie es dir geht, aber ich bin am Verhungern.«

»Viel Glück um diese Tageszeit«, kicherte Pamela. »Ich wette, hier gehen alle um acht ins Bett, vor allem jetzt, wo die Verdunkelung das Reisen so schwierig macht. Und ich glaube, für dich wird es recht schwer, im Dunkeln nach Hause zu fahren, Ben. Vielleicht wäre es vernünftiger, etwas für die Nacht zu finden und morgen früh beim ersten Tageslicht weiterzufahren.«

»Hast du Nachtwäsche dabei?«

Sie lachte. »Eine Zahnbürste. Aber ich werde es überleben.«

Es hatte schon geregnet, während sie den Hügel hinuntergefahren waren, doch das Blätterdach der Bäume hatte sie geschützt. Als sie jetzt auf das offene Land hinausfuhren, öffnete sich der Himmel zu einem wahren Wolkenbruch. »So können wir nicht weiterfahren, Ben«, rief Pamela über das Trommeln des Regens hinweg. Donner grollte in der Ferne.

»Da war ein Pub in dem ersten Dorf«, rief Ben zurück. Sie fuhren im Schneckentempo weiter, achteten auf die wassergefüllten Gräben, die jetzt zu beiden Seiten der Straße überflossen. Dann tauchte das erste Haus auf und sie konnten ein Schild erkennen. Das Pub hieß *Fox and Hounds*, war strohgedeckt und machte einen altertümlichen Eindruck.

Ben parkte das Motorrad unter einem Vordach im Hof und sie eilten zur Eingangstür. Als sie eintraten, wurden sie von leisem Stimmengemurmel empfangen und sahen einige ältere Männer, die um die Theke herumstanden. Ein paar Hunde lagen zu ihren Füßen. Der Raum hatte eine Balkendecke und einen riesengroßen Kamin. Alle Augen waren auf sie gerichtet, als sie sich der Theke näherten.

»Schwimmen gewesen, was?«, fragte der Wirt mit starkem Somerset-Akzent. »Wirklich, ihr seht aus wie ein paar ertrunkene Ratten.« Er gluckste.

»Wir waren auf einem Motorrad unterwegs«, sagte Ben. »Haben Sie möglicherweise Zimmer für die Nacht?«

»Ich habe nur ein Zimmer«, sagte der Wirt. »Ich glaube aber nicht, dass euch das stört, oder?«

Ben blickte zu Pamela. Bevor er noch etwas sagen konnte, lächelte sie strahlend. »Natürlich nicht. Das ist ganz wunderbar.«

»Ich werde mal sehen, ob die Alte einen Wäscheständer hochbringen kann, damit ihr eure Kleider trocknen könnt«, fuhr der Wirt fort. »Soll ich ein paar Gläser Bier oder Cider hochbringen?«

Ben blickte Pamela an und sie sagte: »Cider für mich, bitte. Und etwas zu essen?«

Der Wirt runzelte die Stirn. »Wir servieren kein Essen mehr, seit es rationiert ist. Aber die Frau hat Pasteten gebacken und ich würde sagen, wir können ein paar abgeben.«

Er führte sie eine quietschende Treppe hinauf zum Zimmer. Es hatte ein riesiges Doppelbett, das hoch mit gestapelten Steppdecken bedeckt war. Sobald der Wirt die Tür geschlossen hatte, zeigte Pamela darauf und lachte. »So viel zum Thema Prinzessin auf der Erbse.«

»Und dir, die du von nobler Abstammung bist, wird es zweifellos zu ungemütlich sein, um schlafen zu können.« Ben versuchte, leichtherzig zu klingen.

»Im Gegenteil, bei all der frischen Luft werde ich herrlich schlafen«, sagte sie.

»Wir sollten unsere feuchten Kleider ausziehen«, sagte Ben. »Willst du, dass ich draußen warte, während du dich umziehst?« Sein Gesicht war rot vor Verlegenheit.

»Ich bin nicht so nass«, sagte Pamela. »Meine Beine waren unter dem Verdeck des Beiwagens. Und meine Bluse ist nur am Kragen feucht. Meine Jacke allerdings ist eine Katastrophe.« Sie zog sie aus und legte sie über die Rückenlehne eines Stuhls. »Aber du …« Sie sah ihn an und lachte.

»Ziemlich feucht, würde ich sagen.« Er lachte auch.

»Mach nur. Zieh dich aus. Ich werde auch nicht gucken«, sagte sie.

Ben zog sich bis auf die Unterwäsche aus und wickelte sich in ein Handtuch, das an der Ablage hing.

»Du nimmst das Bett. Ich werde es mir auf diesem Sessel gemütlich machen«, sagte er, ohne sie anzublicken.

»Das wirst du auf keinen Fall. Im Bett ist Platz genug für uns beide«, sagte sie. »Du brauchst deinen Schlaf so sehr wie ich.«

Es klopfte an der Tür und die Wirtin tauchte mit dem Cider und zwei Pasteten auf.

»Geben Sie mir die feuchten Sachen und ich hänge sie in den Trockenschrank«, sagte sie, warf ihnen ein freundliches Lächeln zu und ging.

Der Cider und die Pasteten verschwanden bemerkenswert schnell, dann stieg Pamela ins Bett und Ben stellte das Licht aus, bevor er neben sie rutschte. »Bist du sicher, dass es in Ordnung ist?«, fragte er sie.

Pamela legte ihm eine Hand auf den Arm. »Oh, Ben. Du bist so süß. Ich fühle mich so sicher mit dir. Du bist wie der Bruder, den ich niemals hatte.«

»Gut«, sagte Ben. Doch er meinte es nicht so.

Sie lagen in der Dunkelheit und horchten auf das Trommeln des Regens und das ferne Donnergrummeln.

»Ich habe mich mit Jeremy nie sicher gefühlt«, sagte Pamela plötzlich. »Ich nehme an, das war Teil der Anziehung – dass es nicht ganz sicher mit ihm war. Mit der Gefahr spielen, weißt du. Er wollte mit mir schlafen, aber ich wollte es ihm nicht erlauben.« Wieder war es still, dann platzte es aus ihr heraus: »Ich habe mich etwas gefragt. Meinst du, ich bin vielleicht frigide?«

»Ich hoffe, du willst nicht vorschlagen, dass ich dir jetzt das Gegenteil beweise«, sagte Ben mit einem unbehaglichen Lachen.

Sie lachte auch. »Oh nein, natürlich nicht. Es ist nur, dass ich mich das seitdem frage. Und mich schuldig fühle. Wenn ich Jeremy gegeben hätte, was er wollte, dann hätte er Dido niemals verführt.«

»Ich glaube nicht, dass Dido viel Verführung gebraucht hat«, sagte Ben. »Aber du hast alles richtig haben wollen, bevor du dich hingeben wolltest. So bist du eben.«

»Du verstehst mich so gut«, meinte sie und legte ihren Kopf an seine Schulter. Er konnte hören, wie sein Herz lauter schlug, und war sich ihrer Nähe schrecklich bewusst, der kühlen Berührung ihrer Haut. *Der Bruder, den sie nie hatte,* wiederholte er für sich. Sie schlief schnell ein, und er lag da und horchte auf ihren Atem.

Sie wachten von ohrenbetäubendem Vogelgezwitscher und geschäftigen Geräuschen von draußen auf. Ein Bauer trieb Kühe am Fenster vorbei. Ein Traktor fuhr zum Feld. Sie blickten einander an und lächelten.

»Ein wenig zerknittert, aber nicht zu schlimm, um es anzuziehen«, fand Pamela.

»Du siehst großartig aus«, sagte Ben. »Würdest du runtergehen und meine Kleidung holen? Dann können wir frühstücken und bald wieder losfahren.«

Unten servierte die Wirtin ihnen Speck, Eier und gebratenes Brot.

»Das war wunderbar«, sagte Pamela. »Nach dem, was wir in letzter Zeit so bekommen. Meine Hauswirtin ist so eine schreckliche Köchin.«

»Dann machen Sie kurze Ferien, ja? Bevor Ihr junger Mann zurück in die Uniform muss?«

»Ja, genau«, sagte Pamela. »Und wir interessieren uns für diesen Hügel da drüben. Hat er irgendeine besondere Geschichte?«

»Was, meinen Sie Church Hill?«, fragte die Wirtin.

»So heißt er?«, fragte Ben abrupt.

»So hat man ihn hier immer genannt.«

»Was ist denn, Ben?«, fragte Pamela, als die Wirtin ihre Teller abgeräumt hatte. »Du bist richtig weiß geworden.«

»Ich habe gerade auf den Kalender an der Wand geguckt«, sagte er. »Heute ist der vierzehnte Juni. Das ist das Datum 14. 6. 1941. Schau dir die Zahlen auf der Fotografie an. 14, 6 und 1. Heute ist das Datum. Ich glaube, ich weiß jetzt, was es bedeutet. Es war ein Auftrag aus Deutschland, Churchill heute zu töten.«

KAPITEL 37

In Somerset

»Wir müssen sofort jemanden informieren.« Ben sprang auf und eilte zur Tür. »Aber wen? Mein Boss ist weg. Downing Street Nummer 10, Sitz des Premierministers. Sie werden wissen, wo Mr Churchill ist. Sie können Vorsichtsmaßnahmen treffen.« Sein Herz schlug wild und er hörte sich stammeln, während er zur Wirtin rannte. »Haben Sie ein Telefon?«

»Es gibt ein Telefon vor dem Postamt in der Dorfmitte«, sagte sie.

»Ich suche unsere Sachen zusammen. Du gehst«, rief Pamela.

Er rannte die Straße entlang und trat in die Telefonzelle, während er in den Taschen nach Münzen suchte. Hatte er die richtigen? Sicher würde ihn die Telefonzentrale bei einem nationalen Notfall durchstellen.

»Die Nummer, bitte«, kam die Stimme von der Telefonvermittlung.

»Sie müssen mich mit Downing Street Nummer 10 verbinden«, sagte Ben und versuchte, ruhig zu klingen. »Das ist ein Notfall.«

»Machen Sie Scherze?«, fragte sie.

»Nein, natürlich mache ich keine Scherze«, fuhr er sie an. »Ich bin vom MI5 und stecke mitten in Somerset und es ist unerlässlich, dass ich sofort mit jemandem sprechen kann.« Er war von seiner eigenen Eindringlichkeit überrascht.

»In Ordnung, Sir. Ich werde sehen, was ich tun kann.« Die Frau klang betroffen.

Ben wartete ungeduldig, dann hatte er eine männliche Stimme in der Leitung. »Residenz des Premierministers. Womit kann ich helfen?«

»Ist der Premierminister da?«, fragte Ben.

»Nein, Sir. Ich glaube, er hat die Nacht in der Einsatzzentrale verbracht«, sagte die ruhige Stimme.

»Dann hören Sie bitte genau zu«, sagte Ben. »Mein Name ist Benjamin Cresswell. Ich bin ein Agent des MI5. Meine Vorgesetzten können bei Bedarf dafür bürgen. Ich habe Grund zu der Annahme, dass es eine Verschwörung gibt, den Premierminister heute zu ermorden.«

»Sir, wir bekommen die ganze Zeit Drohungen gegen den Premierminister«, entgegnete die geduldige Stimme. »Können Sie das untermauern? Und warum ist diese Information nicht über die üblichen Kanäle gegangen?«

»Weil mein Boss an diesem Wochenende weg ist und ich ihn nicht erreichen kann. Ich bin einer Spur gefolgt, die mit einem toten Deutschen begonnen hat, und ich stehe jetzt mitten in der verdammten Landschaft von Somerset. Und ich dachte, Sie würden das gern wissen.« Ben merkte, dass er schrie.

»Können Sie mir Einzelheiten nennen?«

»Sicherlich nicht über ein öffentliches Telefon, wo alle möglichen Leute zuhören könnten«, sagte Ben. »Doch ich empfehle, dass er heute in der Einsatzzentrale bleibt.«

»Der Premierminister hat einen Termin für die Teilnahme bei einer Zeremonie am Biggin Hill Aerodrome«, sagte die

Stimme. »Ich bin mir sicher, dass er seine Pläne nicht wegen einer unbegründeten Bedrohung ändern wird. Und er wird auf einem Flughafen sein. Wo könnte er besser geschützt sein?«

»Ich habe meinen Teil geleistet«, erklärte Ben, als sein Ärger überkochte. »Ich habe Sie gewarnt. Wenn Sie sich entscheiden, meine Warnung zu missachten, dann ist es Ihre Verantwortung.«

»Hören Sie zu, ich werde dem Sicherheitskommando des Premierministers raten, bewaffnet und besonders aufmerksam zu sein«, sagte die Stimme. »Doch wenn Sie glauben, dass der Premierminister jemals wegen einer Drohung gegen sein Leben wie ein ängstliches Kaninchen zu Hause bleiben würde, dann kennen Sie Churchill schlecht.«

Ben legte auf und kehrte zu Pamela zurück.

»Haben sie es dem Premierminister gesagt? Werden sie Maßnahmen ergreifen?«, fragte sie ihn.

»Ich bin mir nicht sicher.« Ben seufzte. »Ich weiß nicht, was ich noch tun soll.«

Sie berührte ihn am Arm. »Du hast getan, was du konntest. Du warst derjenige, der die Verschwörung aufgedeckt hat.«

»Aber all das ist nutzlos, wenn er doch erschossen wird, oder? Verdammte Narren. So verdammt selbstzufrieden. Was kann ich noch tun? Biggin Hill anrufen, nehme ich an, und selbst so schnell wie möglich hinfahren. Mit etwas Glück kommen wir hin, bevor es zu spät ist.«

Phoebe wachte früh am Morgen auf und fühlte sich aufgeregt und ruhelos. Es war nicht nur die Gartenparty und die Sorge ihrer Mutter, ob alles glatt verlaufen würde. Da war noch etwas anderes. Warum waren Ben und Pamela so eilig mit einem Motorrad davongefahren, wo Margot doch gerade erst nach Hause zurückgekehrt war? Sie hatte Mitleid mit Pamelas Freundin, die hergebracht und dann allein gelassen worden war, als sie ohne sie weggefahren waren. Und dann war da noch der

Telefonanruf, den sie in der Nacht zuvor mit angehört hatte. Jemand hatte in Pahs Arbeitszimmer spät in der Nacht ein Telefongespräch geführt. Eine Frauenstimme, doch Phoebe konnte durch das dicke Holz der Tür nicht verstehen, was gesprochen wurde. Dann war Soames vorbeigekommen und sie hatte ins Bett gehen müssen. Ein Morgenritt war genau das, was sie jetzt brauchte.

Sie zog ihre Reithose und die Reitstiefel an, nahm ihre Reitkappe und ging hinunter zu den Ställen. Der alte Jackson war bereits auf. Phoebe blieb stehen und blickte hinauf zu Miss Gumbles Fenster. War sie bereits wach? Würde sie weitersagen, dass Phoebe ohne Erlaubnis reiten war?

»Sattle bitte Snowball, Jackson«, sagte Phoebe.

»Ist der Herr damit einverstanden, dass Sie allein ausreiten?«, fragte er.

»Ich werde brav sein und nicht galoppieren und auch nicht über Holzstapel springen«, sagte sie. »Aber Snowball hatte in letzter Zeit nicht viel Bewegung und wird dick.«

»Das stimmt wohl«, stimmte er zu. »Möchten Sie, dass ich mitkomme?«

»Nein, dann muss ich nur wieder langsam sein«, sagte sie.

Er grinste. »Nun, ich glaube nicht, dass Ihnen etwas geschehen wird. Sie sind eine großartige kleine Reiterin, das würde ich sagen. Ein Stolz für Ihre Familie.«

Phoebe strahlte und spähte wieder hoch zu Miss Gumbles Fenster.

»Sie müssen sich nicht um sie sorgen«, sagte Jackson. »Sie ist schon vor Stunden weg. Raus zu einer ihrer Vogelbeobachtungsexpeditionen mit dem Fernglas um den Hals.«

Phoebe stieg auf ihr Pony und ritt los. Als sie außer Sichtweite des Hauses war, trieb sie Snowball zu einem leichten Galopp an und genoss das Gefühl der Morgenbrise im Gesicht.

Sie hoffte, vielleicht Alfie auf den Feldern zu treffen, aber es gab kein Anzeichen von ihm. Sie lenkte Snowball näher an den Wald und das Cottage des Wildhüters, doch auch hier sah sie nichts. Sie war gerade auf einem Reitweg zwischen ein paar Bäumen, als sie das Geräusch eines Automobils hörte, das hinter einer dichten Gruppe Rhododendronbüsche den Weg hinauffuhr. Es klang nicht nach einem großen Armeelaster. Sie versuchte, einen Blick darauf zu erhaschen, doch das Strauchwerk war zu dicht. Der Motor ging aus. Dann vernahm sie eine Stimme.

»Du hast also meine Nachricht bekommen?«

Es war leise, kaum mehr als ein Flüstern, aber eindeutig eine Frauenstimme.

»Was ist los?« Diesmal eine Männerstimme.

»Ich kann es nicht durchführen.«

»Du musst. Es ist alles geplant. Du kannst jetzt nicht mehr zurück.«

»Aber ich kann es nicht tun.«

»Du musst. Es ist offensichtlich, dass ich es jetzt nicht machen kann, also ist es an dir. Du hast zugestimmt.«

»Bitte, zwing mich nicht dazu, es zu tun.«

»Du kennst die Konsequenzen, wenn du es nicht zu Ende bringst.«

Phoebe glaubte, ein Schluchzen zu hören. Die Stimme wurde zu einem Murmeln. Phoebe wollte das Pferd vorwärtsdrängen, doch sie hatte Angst, das Klirren der Kandare würde sie verraten.

Dann hörte sie deutlich: »Hier ist die Waffe. Bereits geladen. Nimm sie. Lass uns nicht im Stich.«

Dann wurde eine Autotür geschlossen und sie hörte das Geräusch eines rückwärtsfahrenden Autos. Sie suchte nach einem Weg durch die Büsche, doch das Unterholz war zu dicht, um ein Pony hindurchzulenken. Bis sie einen Weg um die Büsche gefunden hatte, war der Weg schon verlassen und nur

Reifenspuren zeigten, dass die Szene gerade wirklich geschehen war.

Phoebes Herz klopfte wild. Sie hatte ihre Detektivarbeit und das Spionesuchen mit Alfie genossen, aber das war bisher vor allem ein Spiel und nichts anderes gewesen. Jetzt war eine geladene Waffe von einer Person an eine andere übergeben worden. Und diese Person war verängstigt. Wer waren sie und warum trafen sie sich hier in Farleigh? Sie musste es jemandem sagen. Wenn sie zu Pah ginge, würde er ihr wahrscheinlich nicht glauben. Mah wäre nicht interessiert. Pamela hätte sie es erzählen können, doch die war nicht da. Und Miss Gumble war den ganzen Tag zum Vogelgucken weg. Was stand auf dem Poster mit den sieben Regeln? *Melden Sie alles Verdächtige den Behörden.* Das meinte wahrscheinlich den Dorfpolizisten. Sie fand nicht, dass er sehr helle war, doch er konnte die Information zumindest an die richtigen Personen weiterleiten.

Sie musste Alfie finden und es ihm sagen. Er würde ihr glauben. Sie ritt zurück zum Cottage des Wildhüters, stieg ab und band Snowballs Zügel an einen Ast. Mrs Robbins sah unbehaglich und verlegen aus, als sie die Tür öffnete.

»Oh, Eure Ladyschaft, ist etwas passiert? Mr Robbins hat heute Morgen mal ausgeschlafen. Er ist noch in seiner Nachtwäsche und wir sind nicht auf Besucher eingestellt.«

»Entschuldigen Sie, aber ist Alfie wach? Ich würde gern ein Wort mit ihm wechseln«, sagte Phoebe.

»Er ist in der Küche und frühstückt. Ich gehe und hole ihn«, sagte sie.

Phoebe wartete und bald kam Alfie und wischte sich den Mund ab. »Sie macht großartigen Haferbrei. Sie ist eine wirklich gute Köchin.« Er grinste. »Was ist los? Du wirkst besorgt.«

»Das bin ich auch«, sagte Phoebe. »Ich weiß nicht, was ich tun soll. Ich war reiten, und ich habe ein Auto den alten Weg hinter dem Rhododendron hochkommen gehört und dann

Stimmen. Eine war eine Frau und sie war verängstigt, und der Mann sagte, sie müsste etwas tun, und gab ihr eine geladene Waffe.«

»Verflixt!«, sagte Alfie. »Wer war das?«

»Das ist das Problem. Ich saß auf Snowball und die Büsche sind dort so dicht. Bis ich einen Weg drum herum gefunden hatte, waren beide weg. Also, was, denkst du, sollen wir machen?«

»Es natürlich deinem Dad erzählen.«

»Ja, eigentlich schon. Aber er würde denken, dass ich mich verhört oder es mir ausgedacht habe. Ich frage mich, ob wir es Constable Jarvis sagen sollen.«

»Dem? Der ist doch blöd wie Gemüse«, sagte Alfie verächtlich.

»Aber er ist die Behörde, oder nicht? Mein Vater würde mir wahrscheinlich nicht glauben, meine Mutter würde mir nicht zuhören und Pamma ist nicht da.«

Alfie nickte. »In Ordnung. Wir gehen zu Constable Jarvis. Aber lass mich zuerst mein Frühstück aufessen.«

»Alfie, es ist dringend«, sagte Phoebe. »Zieh dich an. Ich bringe Snowball zurück zu den Ställen und wir treffen uns hier unten in einer halben Stunde.«

Sie trieb Snowball im widerwilligen Galopp den ganzen Weg zurück, sprang ab und übergab das Pony dem Stallburschen.

»Ist Miss Gumble schon zurück?«, fragte sie.

»Habe noch keine Spur von ihr gesehen, Eure Ladyschaft«, sagte der Stallbursche.

»Oh.« Phoebe war eben der Gedanke gekommen, dass Miss Gumble die richtige Anlaufstelle wäre. Sie würde Phoebe ernst nehmen und wissen, was zu tun war. Doch als sie die Freitreppe hinauf ins Haus ging, kam ihr ein anderer schrecklicher Gedanke. Ben Cresswell war misstrauisch wegen Miss Gumble gewesen, oder nicht? Er hatte nach ihrem Teleskop und ihren

Unterlagen gefragt. Ben war ein vernünftiger Kerl, und er und Pamela waren eilig irgendwo hingefahren. Das bedeutete, dass etwas los war. Phoebe überdachte ihren Plan. Vielleicht sollte sie zum Pfarrhaus gehen und sehen, ob er schon zurückgekommen war. Wenn nicht, dann würde sie ihm eine Nachricht hinterlassen. Er und Pamma würden spätestens zur Gartenparty wieder da sein. Wenn irgendwer wusste, was zu tun war, dann Ben.

Kein Familienmitglied war zu sehen, als sie in den Speiseraum ging und sich schnell eine Scheibe Toast mit Marmelade einverleibte. Sie wollte sich eine Tasse Tee einschenken, doch sie wusste, wenn Pah hereinkäme, würde sie Ärger bekommen, weil sie in Reitkleidung zum Frühstück gekommen war. Sie blickte auf, als sie Schritte vernahm, aber es war nur Pamelas Freundin Trixie, die gekommen war, um bei der Party auszuhelfen. Sie sah hübsch und elegant aus in ihrem sommerlichen Kleid und sie lächelte, als sie Phoebe sah.

»Hallo, junge Dame«, sagte sie. »Gehst du reiten? Ein wunderbarer Tag dafür. Wenn ich mich heute nicht für harte Arbeit gemeldet hätte, würde ich mich dir anschließen.«

»Eigentlich bin ich gerade zurückgekehrt«, sagte Phoebe. »Ich gehe mit Alfie ins Dorf runter. Würdest du das den anderen ausrichten, wenn du sie siehst?«

»Natürlich«, sagte Trixie. »Wer ist Alfie – dein Freund?« Sie warf Phoebe ein neckendes Lächeln zu.

Phoebe wurde rot. »Natürlich nicht. Er ist der Junge des Wildhüters. Aber wir sind Freunde. Und wir haben eine wichtige Aufgabe zu erledigen. Etwas, was ich gehört habe, muss gemeldet werden.«

»Gut so.« Trixie nickte und lächelte. »Bleib aber nicht zu lange weg, sonst wird deine Mutter nicht erfreut sein. Heute müssen alle Mann an Deck, wie du sicher weißt.«

»Keine Sorge. Ich bin gleich zurück«, sagte Phoebe und eilte nach draußen.

KAPITEL 38

Auf dem Rückweg von Somerset

Ben brachte das untermotorisierte Motorrad an seine Grenzen, als er zurück nach Kent fuhr. Er hielt die Handgriffe fest und blickte mit einem Ausdruck grimmiger Entschlossenheit voraus. Was, wenn man ihn ignorierte? Wie konnte er es nach Biggin Hill schaffen, bevor der Premierminister ankam? Und wenn er rechtzeitig war, was im Himmel konnte er tun?

Zumindest versprach es ein schöner Tag zu werden, strahlend klar. *Lady Westerham wird sich für ihre Gartenparty freuen,* dachte er. Natürlich musste er Pamela dafür nach Hause bringen. Noch eine Sache, die ihn beunruhigte. Pamela würde zweifelsohne Ärger bekommen, weil sie nicht da gewesen war, um ihrer Mutter bei den Vorbereitungen zu helfen. Aber sicherlich würden sie alle einsehen, dass das hier wichtiger war. Sie kamen an Stonehenge vorbei, ließen Hampshire hinter sich, fuhren durch die vornehmen Gärten von Surrey und kamen gegen Mittag in Biggin Hill an. Das Tor war geschlossen. Eine Wache kam zu ihnen heraus, als Ben seine Motorradbrille abnahm.

»Tut mir leid, die Zeremonie ist bereits vorbei«, sagte er.

»Ist der Premierminister da?«, bellte Ben.

»Schon weg, Kumpel«, sagte die Wache.

Ben gab einen erleichterten Seufzer von sich.

»Fährt er zurück nach London?«

Die Wache grinste. »Er erzählt mir seine Pläne nicht, mein Junge. Aber ich habe gehört, dass er bei seinem Haus vorbeiwollte. Kein Wunder, wenn man bedenkt, wie nah es ist.«

Chartwell, natürlich. *Einen Steinwurf entfernt,* dachte Ben. Sollte er dem Premierminister folgen?

»Was war es für eine Zeremonie?«, fragte Pamela, stieg aus dem Beiwagen und streckte sich, während sie sprach.

»Eine Gedenkfeier für unsere Jungs, die im letzten Jahr in der Luftschlacht um England gefallen sind. Und ein paar Medaillen wurden verliehen, das war alles. Die Moral hochhalten. Einer unserer Jungs war da, der gerade auf Heimaturlaub ist, nachdem er aus einem deutschen Gefangenenlager entkommen ist. Was der für eine Geschichte zu erzählen hatte! Er war der Einzige, der den Ausbruch überlebt hat. Er wurde angeschossen und hat sich tot gestellt, hat es aber dann den ganzen Weg durch Deutschland und Frankreich geschafft. Der Premierminister hat einen Riesenwirbel um ihn gemacht.«

»Wir kennen ihn«, rief Pamela aus. »Er ist ein guter Freund. Ist er noch hier?«

Der Wächter sah sich um. »Er hat sich gerade von seiner Familie verabschiedet, als ich ihn zuletzt gesehen habe«, sagte er. »Oh, da ist er, da drüben. Wartet, ich hole ihn. He, Schütze Davis. Noch mehr Freunde, die dich sehen wollen«, rief er.

Ein kleiner, drahtiger Mann kam auf sie zu. Er sah verwirrt aus, als er Ben und Pamela sah.

»Ja? Kann ich helfen?«, fragte er.

»Entschuldigen Sie«, sagte Ben. »Unser Fehler. Wir dachten, Sie wären unser Freund. Hauptmann der Luftwaffe Prescott. Er ist auch kürzlich aus einem deutschen Gefangenenlager entkommen.«

»Prescott?« Der Mann schüttelte den Kopf. »Der ist zurück in England? Nun, das gibt's doch gar nicht. Wir haben alle gedacht, er sei tot.«

»Nein, wenn es dasselbe Gefangenenlager war, dann hat er den Ausbruch überlebt, indem er sich tot gestellt hat, genau wie Sie«, sagte Pamela. »Er war verwundet, doch er hat es zurück nach England geschafft. Er war schrecklich mutig, wie Sie sicherlich auch.«

Der Mann kratzte sich am Kopf und schob seine Mütze zur Seite. »Das stimmt nicht, Miss. Lieutenant Prescott war zwar in demselben Lager, aber er war nicht an dem Ausbruch beteiligt. Er wurde ein paar Wochen vorher in einem deutschen Stabsfahrzeug weggebracht. Gestapo, da bin ich mir ziemlich sicher. Ehrlich gesagt, als die Deutschen uns in dem Wald erwarteten, wo wir aus dem Tunnel kamen, dachte ich, dass sie Prescott bestimmt gefoltert hatten und er es ihnen verraten hatte. Er ist also nach Hause gekommen? Ich frage mich, wie er das geschafft hat. Wir dachten wirklich, er sei todgeweiht.«

Ben blickte zu Pamela. Keiner von ihnen wusste, was er sagen sollte.

»Vielen Dank, Schütze Davis«, sagte Pamela schließlich. »Und Gratulation zu Ihrer Medaille. Wohlverdient.«

Ben blickte sie bewundernd an. Kein Wunder, dass die Leute die Oberschicht respektierten. Sie hatte gerade erst einen zweiten vernichtenden Schlag erlitten, doch sie blieb ruhig, gefasst, würdevoll. Verwirrte Gedanken schossen in seinem Kopf herum. Wenn Jeremy von den Deutschen aus dem Lager geholt worden war, wie im Himmel war er dann nach Hause gekommen? Aus einem Gefangenenlager zu entkommen war eine Sache. Der Gestapo zu entkommen etwas ganz anderes. Und warum hatte er gelogen und behauptet, dass er bei dem Ausbruch dabei war? Den Fluss hinabgeschwommen? Ben spähte verstohlen zu Pamela. Er hatte nur von der

401

Gestapo entkommen können, wenn sie ihn hatten gehen lassen. Ben fühlte sich auf einmal krank und kalt im Inneren. Jeremy war sein ganzes Leben lang sein bester Freund gewesen. Es war schwer zu glauben, dass er zum Verräter geworden war. Dafür musste es eine gute Erklärung geben.

Er fasste sich. Er hatte eine Aufgabe zu erfüllen. »Der Premierminister und seine Entourage sind also schon weg?«

Der Wachtposten nickte. »Das ist richtig.«

»Und sie fahren nach Chartwell?«, fragte Ben.

»Das war der ursprüngliche Plan, soweit ich gehört habe. Aber Mr Churchill hat es abgesagt, da er es nicht für richtig hielt, das Haus nur für ihn zu öffnen.«

Schütze Davis stand noch in der Nähe. »Ich hörte, dass sie zu einer Gartenparty wollen. Mrs Churchill hat zu Winston gesagt, dass sie nicht herumtrödeln sollten, sonst wären die Westerhams verärgert, wenn sie zu spät ankämen.«

Pamelas Gesicht war aschfahl, als sie zurück in den Beiwagen kletterte.

»Ich kann es nicht glauben.« Sie wandte sich von Ben ab. »Ich dachte, ich würde ihn kennen. Aber ich habe ihn überhaupt nicht gekannt.«

Dann begann sie: »Du glaubst doch nicht, dass ...«, doch sie konnte den Satz nicht zu Ende führen.

Phoebe und Alfie kamen aus dem Tor heraus und gingen in Richtung Dorf.

»Was glaubst du, wen sie mit dieser Waffe erschießen wollen?«, fragte Alfie.

»Mr Churchill, natürlich«, sagte Phoebe. »Er kommt heute zu der Gartenparty zu uns. Wir hatten die ganze Zeit recht, Alfie. Es muss einen deutschen Spion in der Nachbarschaft geben. Wenn wir nur herausfinden könnten, wer es ist.«

»Wir können es den Erwachsenen sagen. Dann ist es ihre Sache«, sagte Alfie. »Die Gartenparty sollte jedenfalls ziemlich sicher sein. Sie können Wachen ans Tor stellen. Es ist unmöglich, diese verdammte Mauer hochzuklettern.«

»Deine Ausdrucksweise hat sich noch nicht verbessert«, sagte Phoebe geziert. Dann sah sie ihn an. »Aber ich bin froh, dass du bei mir bist. Ich würde das nicht allein machen wollen.«

Sie hörten das Geräusch eines näher kommenden Fahrzeugs. Es war ein kleiner weißer Lieferwagen, der langsamer wurde und neben ihnen stehen blieb.

»Wohin des Wegs, ihr jungen Hüpfer?« Jeremy Prescott kurbelte das Fenster herunter.

»Oh, hallo, Jeremy«, sagte Phoebe. »Wir gehen ins Dorf, um etwas Ernstes zu melden.«

»Ernst? Hoffentlich keine Champagnerknappheit für die Party, oder?« Er lachte. »Mein Vater hat bereits sechs Flaschen geschickt.«

»Nein, wirklich ernst«, sagte Alfie. »Jemand erschießt heute Nachmittag vielleicht den Premierminister.«

»Was? Ist das ein Scherz?« Jeremy lächelte noch immer.

»Nein. Kein Scherz. Das ist wahr«, sagte Phoebe.

»Wie seid ihr denn darauf gekommen?«

»Phoebe hat es heute Morgen gehört.« Alfie kam näher an den Wagen, damit niemand zuhören konnte. »Ein Mann hat einer Frau gesagt, dass sie es tun muss, und er hat ihr eine geladene Waffe gegeben und sie war sehr aufgewühlt.«

»Du lieber Gott. Wirklich?« Jeremy lächelte nicht mehr. »Ihr habt recht. Das ist ernst. Wir sollten sofort los und es der Polizei sagen.« Er stieg aus und kam um den Lieferwagen herum. »Springt rein. Ich bring euch hin.«

Er hatte die Hintertür geöffnet. Sie krabbelten hinten in den Lieferwagen. Die Tür wurde hinter ihnen geschlossen.

»Hey, schließ uns hier nicht ein. Es ist dunkel hier drin«, rief Alfie, doch der Wagen fuhr bereits wieder.

Als er nach ein paar Minuten nicht langsamer wurde, flüsterte Phoebe Alfie zu: »Ich glaube nicht, dass wir zur Polizeiwache fahren, oder?«

»Nein. Wir springen besser raus, wenn er wieder langsamer wird. Okay?«

»Ja, das machen wir. Ich habe ein richtig schlechtes Gefühl.«

Sie rutschte zur Tür und fuhr mit den Händen darüber. »Es scheint keine Möglichkeit zu geben, sie von innen zu öffnen«, flüsterte sie. »Lass uns klopfen und schreien. Jemand wird uns schon hören.«

»Aber er wird uns auch vom Vordersitz hören. Er kommt vielleicht rum und bringt uns um«, sagte Alfie.

»Oh, sei nicht albern. Das ist Jeremy. Ich kenne ihn schon mein ganzes Leben. Er würde niemals …« Sie hielt inne. »Ich glaube nicht, dass er uns umbringen würde«, sagte sie mit leiser Stimme.

Der Lieferwagen fuhr schnell und die Kinder rutschten von einer Seite auf die andere. Schließlich wurde er langsamer und blieb stehen. Sie spürten, wie er erzitterte, als die Fahrertür zugeschlagen wurde.

»Jetzt!«, flüsterte Alfie Phoebe zu. »Schlag an die Wände und ruf. Fertig, los!«

»Hilfe!«, riefen sie. »Lasst uns raus!« Sie schlugen mit ihren Fäusten gegen die Seiten des Wagens.

Dann bemerkte Alfie etwas. »Er hat den Motor angelassen«, sagte er. »Hoffen wir nur, dass wir nicht in einer Garage sind, sonst überleben wir keine fünf Minuten.«

»Sag das nicht!« Phoebe legte ein Auge an den Schlitz, wo die beiden Hintertüren zusammenkamen, konnte aber nichts erkennen.

Alfie schluchzte plötzlich. »Oh Gott«, rief er. »Bring mich hier raus!«

Er hämmerte an die Tür des Wagens.

»Beruhige dich«, sagte Phoebe spitz. Sie legte ihm eine Hand auf den Rücken und spürte, wie er zitterte.

»Ich hasse es, so eingesperrt zu sein«, sagte er. »Seit die Tür in diesem Bunker eingebrochen war und wir nicht rauskonnten und alle schrien und ich dachte, wir würden alle sterben. Ich muss hier raus …«

Phoebe tätschelte ihm die Schulter. »Es wird alles gut, Alfie. Wir finden einen Weg.«

»Wie denn?«

Phoebe blickte sich um und wollte irgendetwas sagen, damit er sich besser fühlte. »Du bist ein Cockney«, sagte sie. »Wissen Leute wie du nicht, wie man Schlösser knackt?«

»Nicht alle Menschen in London sind Kriminelle.« Er klang jetzt leicht angesäuert, aber immerhin jammerte er nicht mehr.

»Tut mir leid, so habe ich das nicht gemeint. Ich meinte nur, dass du Dinge tun musstest, die wir nie getan haben. Sieh mal, ich habe Haarklammern im Haar«, sagte sie. Sie zog eine heraus und reichte sie ihm. »Versuch es mal.«

Sie hielt den Atem an, bis er sagte: »Das geht nicht. Das Schloss scheint auf der anderen Seite zu sein.«

»Menschenskind«, seufzte sie. »Mir fällt nichts ein, was wir sonst noch machen können, dir etwa?«

»Weiter hoffen, nehme ich an«, sagte er.

»Oh, Pamela, da bist du ja endlich, du ungezogenes Mädchen«, begrüßte Lady Westerham ihre Tochter, als das Motorrad vor Farleigh anhielt. »Du hattest versprochen, mir zu helfen. Margot und deine Freundin waren herausragend. So hilfreich. Und Dido auch.«

»Es tut mir leid, Mah. Es war eine Sache von großer Wichtigkeit, sonst wäre ich nie gegangen«, sagte Pamela. »Eine Sache von nationaler Sicherheit.«

»Was im Himmel hat die nationale Sicherheit mit dir zu tun?«, fragte Lady Westerham mit Geringschätzung. »Das ist nicht deine Angelegenheit. Überlass solche Dinge den Profis. Und um Gottes willen, geh und zieh dich um, bevor die Gäste kommen.«

Ben fühlte sich etwas besser, da sie jetzt wieder zurück in Farleigh waren. Er hatte ein Wort mit Colonel Pritchard gewechselt, der ihn ernst nahm, ihn aber ermahnte, sich keine Sorgen zu machen. Es waren genügend Soldaten da. Das Tor konnte bewacht werden, die Gäste durchsucht, bevor sie hereinkamen. *Doch was, wenn der Feind sich bereits innerhalb der Mauern befindet?*, sorgte sich Ben. Er blickte an seiner zerknitterten Hose herunter und bemerkte, dass er kaum angemessen für eine Gartenparty gekleidet war. Aber er hatte keine Zeit, um nach Hause zu fahren und sich umzuziehen. Er würde außer Sichtweite bleiben, im Hintergrund, und beobachten. Während er zum hinteren Rasen ging, sah er, dass Stühle und Tische unter die große Blutbuche gestellt worden waren. Ein langer Tisch stand auf dem Kies neben dem Haus. Champagner stand in Eiskübeln bereit. Tabletts mit Sandwiches und Gebäck waren mit weißen Servietten bedeckt. Eine große Schüssel Erdbeeren stand neben einem Krug mit Sahne. Zwei Dienstmädchen stellten Teekannen auf, während ein anderes ein Tablett mit Gläsern heraustrug.

Trixie und Margot kamen durch die geöffneten Glastüren nach draußen und trugen ein großes Blumengebinde. Trixie entdeckte Ben. »Oh, ihr seid zurück. Gott sei Dank. Lady Westerham war so wütend. Geht es euch gut?«

»Ja, danke«, sagte er. »Es tut mir leid, dass wir dir die ganze Arbeit aufgebürdet haben. Es ging nicht anders. Wir wurden von einem Gewitter überrascht.«

»Oh, wir sind gut zurechtgekommen«, sagte Margot. »Ich habe jede Sekunde genossen. Es ist wunderbar, Teil von so etwas zu sein. Normales Leben, wie es mal gewesen ist. Man schätzt es gar nicht, bis man es nicht mehr hat. Ich meine, schau dir all das Essen und die Getränke an. In Paris sind wir fast verhungert. Haben von Rübensuppe und schimmligem Brot gelebt.«

»Du musst so glücklich sein, dass du wieder zurück bist«, sagte Ben.

»Ich kann dir gar nicht sagen, wie sehr.« Ben sah sie an, doch Margot erwiderte seinen Blick nicht.

»Sie musste ihren Geliebten zurücklassen«, sagte Trixie. »Sie hat mir davon erzählt. Es ist furchtbar traurig.«

»Inzwischen ist er bestimmt schon tot«, sagte Margot. »Aber er war sehr mutig und wollte seine Freunde nicht verraten. Dafür bewundere ich ihn.«

Ben sah sie skeptisch an. Es gab Dinge, die sie nicht sagte, da war er sich sicher.

»Da du jetzt hier bist, mache ich dich für das Ausschenken des Champagners verantwortlich«, sagte Trixie. »Ich bin ein hoffnungsloser Fall beim Öffnen von Champagnerflaschen.«

»Ich bin darin selbst nicht allzu gut«, erwiderte Ben, »und ich bin für eine Party nicht gerade angemessen gekleidet. Wir sind vom West Country direkt hergekommen.«

»Habt ihr gefunden, was ihr gesucht habt?«, fragte sie. Ben war unbehaglich mit Margot neben sich.

»Nicht gerade. Falscher Alarm«, sagte er. »Es war nur ein altes Kloster, das von Cromwells Männern niedergebrannt wurde.«

»Worum ging es denn da? Irgendeine Art Schnitzeljagd?«, fragte Margot.

»Nein, wir haben versucht, für meinen Boss einen Ort von einer Fotografie ausfindig zu machen«, sagte Ben. »Ich glaube, es spielt jetzt gar keine Rolle mehr. Also, wo wollt ihr mich an die Arbeit bringen?«

»Ich glaube, die Mädchen werden Hilfe mit diesem Teekessel brauchen«, sagte Margot. »Er ist ziemlich schwer. Wir gehen hoch und ziehen uns um.«

Während er dabei half, einen Teekessel aufzustellen, blickte er sich um. Der Rasen, auf dem die Tische standen, war umgeben von einer Rosenpergola, hohen Zierhecken und Stauden. Viel Deckung für jemanden, der sich verstecken wollte. Als die anderen weggegangen waren, machte er eine Runde und begutachtete mögliche Verstecke mit leichtem Fluchtweg in den Wald. Anders als die Vorderseite des Hauses mit dem See und den Rasenflächen, die eine kilometerweite Sicht boten, führte die Rosenpergola zu einem abgeschlossenen Rosengarten und dann in den Küchengarten. Und dahinter gab es einen dichten Bestand an Eiben. Genug Möglichkeiten für einen schnellen Gewehrschuss. Er erschauerte. Warum im Himmel veranstalteten sie die Party nicht auf dem Vorderrasen? *Vielleicht, weil sie das Kommen und Gehen der West Kents ausblenden wollten,* dachte er. Um den Eindruck eines ruhigen Landhauses zu geben, weg von Gedanken an den Krieg, ausnahmsweise mal.

Pamela tauchte an seiner Seite auf und wirkte gelassen und hübsch in einem zitronengelben Chiffonkleid und einem großen weißen, gänseblümchenverzierten Hut. »Also, Trixie und Margot sind oben und ziehen sich jetzt gerade um. Trixie ist eine fabelhafte Hilfe gewesen. Weißt du, ich habe sie immer für ein kluges junges Ding gehalten, das in einer Krise nutzlos wäre, aber sie hat heute Morgen richtig hart gearbeitet. Und ist es nicht wunderbar, dass Margot zu Hause ist? Es ist ein Wunder, Ben. Du weißt gar nicht, wie sehr ich mich nach diesem Moment gesehnt habe.« Ben bemerkte, dass ihr Gesicht angestrengt war und ihre Blicke hin und her gingen. »Was kommt als Nächstes?«, fragte sie.

»Wir warten. Die Männer des Colonels sind am Tor. Niemand kann herein. Wir sollten in Sicherheit sein.«

Sie griff nach seiner Hand. »Gott, das hoffe ich. Ich habe solche Angst, Ben. Wenn Mr Churchill ermordet wird, wird das ganze Land auseinanderfallen, oder nicht?«

»Das ist es, was die Deutschen offenbar beabsichtigen. Wir müssen sichergehen …« Er unterbrach sich. Wie konnte er Pamela sagen, dass er ihre geliebte Schwester verdächtigte?

Lord und Lady Westerham kamen aus dem Haus. Sie hatte in ihrer violetten, geblümten Seide und dem federbesetzten violetten Hut fast etwas Königliches.

»Nun, ich denke, wir haben es geschafft«, sagte sie zu ihrem Mann. »Jetzt müssen wir nur noch auf die Gäste warten.«

In diesem Moment kamen die Hunde angelaufen und bellten hysterisch.

»Seid still! Platz, ihr dummen Tiere«, brüllte Lord Westerham. Er machte Soames, der in der Tür stand, ein Zeichen. »Bring sie nach drinnen und sperr sie ein. Ich weiß nicht, was in sie gefahren ist. Sie sind doch sonst so wohlerzogen.«

Die Gäste trafen einer nach dem anderen ein: Colonel und Mrs Huntley, die Miss Hamilton aus dem Dorf mitbrachten. Sir William und Lady Prescott. Die Musgroves. Colonel Pritchard von den West Kents.

Ben bemerkte, dass er heute bewaffnet war.

»Ich habe ein paar Männer mitgebracht, um auszuhelfen, wenn es nötig ist, Lady Westerham«, sagte er.

»Wie nett, aber ich glaube, wir haben alles unter Kontrolle«, sagte Esme.

Margot und Trixie kamen zusammen herunter. Margot trug ein helles, maßgeschneidertes, körperbetontes Kleid, das offenbar auf der Höhe der Pariser Mode war. Ben betrachtete sie genau und kam zu dem Schluss, dass sie nirgendwo eine Waffe versteckt haben konnte. Sie trug nicht einmal eine Handtasche.

Pamela ging hinüber zu Trixie. »Geht es dir gut? Du siehst ziemlich erschöpft aus.«

»Ich fühle mich nicht allzu prächtig, aber das wird schon wieder«, sagte Trixie. »Eine kleine Migräne. Vielleicht lege ich mich ein wenig hin, sobald die Party begonnen hat. Niemand wird mich vermissen.«

»Ich werde dich vermissen. Du warst wirklich toll«, sagte Pamela.

Trixie lächelte. »Das bin ich. Trixie die Tolle.«

»Ich werde auch verschwinden«, sagte Ben zu Pamela. »Ich kann nicht zulassen, dass der große Mann mich so sieht, wie ein ungepflegter Landarbeiter.«

»Ich finde, du siehst gut aus«, sagte Pamela und warf ihm ein bezauberndes Lächeln zu.

Ben glitt in die Schatten zwischen den Büschen. Eine Gestalt stand hinter der Rosenpergola. Eine Frau in einem leuchtend roten Schlafanzug. Ben schlich sich an. Es war Diana.

»Was machst du denn hier?«, fragte er.

Sie zuckte schuldbewusst zusammen. »Oh, du bist es nur, Ben«, sagte sie. »Wenn du es unbedingt wissen willst, ich rauche eine Zigarette. Pah weiß nicht, dass ich rauche. Aber ich brauchte wirklich etwas, um meine Nerven zu beruhigen, bevor ich allen gegenübertrete.«

Ben hob den Kopf. »Ich höre Stimmen«, sagte er. »Ich denke, der Premierminister ist angekommen. Du gehst besser und zeigst dich.«

Dido seufzte übertrieben. »Ich nehme an, wenn ich muss, dann muss ich wohl.«

Während Ben zusah, wie Diana in ihrem aufreizenden roten Schlafanzug davonging, hörte er jemanden durch den

Rosengarten kommen. Er fuhr herum und sah Guy Harcourt, der sich ihm näherte.

»Was machst du denn hier?« Bens Stimme war scharf.

»Ich habe doch gesagt, dass ich vielleicht uneingeladen vorbeikomme, oder?« Er grinste. »Ehrlich gesagt bin ich mit der Vorhut gekommen, um sicherzustellen, dass alles gut läuft für den Premier, alter Kumpel. Hast du ein Auge auf Lady Margot gehabt?«

»Sie trägt so ein knappes Kleid, dass sie keine Waffe bei sich haben kann«, sagte Ben. Er beobachtete Guy, während er sprach. War da nicht ein Holster unter Guys Jacke? Sollte er etwas sagen? Es schien alles ziemlich unwirklich. Er beschloss, dem Colonel zu sagen, dass er Guy im Auge behalten sollte.

»Oh, Champagner. Sehr gut«, sagte Guy. »Ich dachte mir doch, dass dieser Auftrag seine Vorzüge hat.«

Er ließ Ben stehen und ging zu dem Tisch, wo jetzt Champagner in Flöten eingeschenkt wurde. Applaus und Jubel kündigten die Ankunft von Winston Churchill an. Ben konnte den großen Mann um das Haus herumkommen sehen. Er ging mit Lord Westerham an seiner Seite zum hinteren Rasen. Clementine Churchill und Lady Esme folgten ihnen plaudernd.

Dann hörte Ben eine Stimme im Gebüsch hinter sich. »Bist du da?« Die Worte wurden gezischt, und es war unmöglich, zu erkennen, ob es ein Mann oder eine Frau war. Ben schlich gebückt in Richtung der Stimme. »Ich kann es nicht machen! Ich habe es dir doch schon gesagt.«

Ben umrundete vorsichtig einen großen blühenden Busch und sah Trixie auf der anderen Seite stehen. Sie hielt eine Waffe in der Hand, doch sie war vom Premierminister abgewandt und zitterte. »Nimm du sie. Ich will sie nicht. Ich will damit nichts zu tun haben.« Sie streckte die Waffe zu jemandem, der im dunklen Schatten stand. Da trat zu Bens Überraschung Jeremy hervor und nahm die Waffe.

Leise sagte er: »Du bist ein völliger Schwächling. Du bist keine von uns. Das wirst du noch bedauern.«

Er kam ganz aus dem Gebüsch hervor, um freies Schussfeld auf den näher kommenden Premierminister zu bekommen. Churchill war jetzt vollständig sichtbar, gut zwanzig Meter entfernt. Als Ben hörte, wie Jeremy den Abzug spannte, trat er vor und stellte sich vor ihn.

»Geh aus dem verdammten Weg. Ich will dich nicht erschießen, alter Junge«, sagte Jeremy. In seinem Blick lag etwas Wildes.

»Wenn du Churchill erschießen willst, dann musst du durch mich hindurchschießen«, erwiderte Ben.

»Jeremy, nein!« Ben hörte Pamela schreien, als sie zu ihnen stürzte. Jeremy schaute in ihre Richtung und konzentrierte sich für einen kurzen Moment nicht mehr auf den Premier. Ben nutzte die Gelegenheit und griff nach der Waffe, stieß sie nach oben, als sie losging. Er schrie auf, als die Wucht der Kugel ihn zu Boden warf.

Wie in Zeitlupe nahm er alles wahr. Pamela schrie: »Wie konntest du nur? Du hast uns alle verraten.« Sie fiel neben Ben auf die Knie. Guy und die Soldaten kamen zu ihnen gelaufen. Alle blickten auf ihn herab. Pamela strich ihm über das Haar.

»Stirb nicht«, flüsterte sie. »Bitte stirb nicht.«

»Ich werde schon wieder.« Ben lächelte tapfer. In Wahrheit verspürte er keine Schmerzen, alles wirkte nur seltsam und weit weg, zugleich war Pamelas Hand warm auf seiner Stirn. »Ich glaube, er hat nur meine Schulter gestreift.« Er versuchte, sich aufzurichten. »Ich muss hinter ihm her. Er darf nicht entkommen.« Dann wurde er ohnmächtig.

KAPITEL 39

In einem Lieferwagen im Wald von Farleigh

Phoebe und Alfie lagen ausgestreckt in dem abgesperrten Lieferwagen und schliefen. Sie hatten alles Mögliche versucht, um auf sich aufmerksam zu machen oder sich den Weg freizutreten, und hatten schließlich verzweifelt aufgegeben. Die Seitenwände des Wagens waren aus glattem Metall. Und niemand konnte sie hören. Der Wagen rappelte und brummte, während der Motor im Leerlauf war. Abgase stiegen auf, sodass ihnen die Augen tränten.

»Jemand wird merken, dass wir weg sind, und bald nach uns suchen«, sagte Phoebe und versuchte, ermutigend zu klingen.

»Aber was, wenn der Wagen kilometerweit weg geparkt ist? Was, wenn wir mitten auf einem Feld oder sogar in einer Garage stehen?«, fragte Alfie.

Phoebe hielt ihr Ohr an die Wand des Wagens. »Ich glaube nicht, dass wir in einem Gebäude sind. Ich glaube, ich kann Vögel hören.«

»Wie viel Luft haben wir noch, was glaubst du?«, fragte Alfie.

Phoebe blickte zu dem winzigen Streifen Tageslicht, da, wo die Türen schlossen. Sie glaubte nicht, dass es ihnen sehr viel half, doch sie wusste, es war ihre Aufgabe, ruhig und optimistisch zu bleiben. Sie war dazu erzogen worden, eine Anführerin zu sein. Und Anführer zeigten nicht, wenn sie sich fürchteten. »Ich glaube, wir kommen schon zurecht«, sagte sie. »Und es ist wahrscheinlich sogar besser, wenn keine Luft reinkommt, denn dann können auch die Abgase nicht rein.«

»Ein schöner Gedanke«, sagte Alfie und brachte sie trotz allem zum Lachen.

Einmal hatten sie sich echte Hoffnungen gemacht. Sie hatten Hunde gehört, die an dem Lieferwagen herumschnüffelten und dann bellten.

»Dieses Bellen klingt nach unseren Hunden. Brave Jungs«, rief Phoebe. »Geht und holt Hilfe.« Sie wandte sich zu Alfie. »Siehst du. Wir können nicht allzu weit entfernt sein. Womöglich sind wir sogar noch in Farleigh. Sie werden bald hier sein.«

Sie schlugen, traten und schrien erneut, doch niemand kam. Nach einer Weile wurden sie still. »Alfie, du schläfst doch nicht ein, oder?«, fragte Phoebe.

»Bin verdammt müde«, murmelte er. »Schaffe es nicht, wach zu bleiben.«

Phoebe schüttelte ihn. »Du darfst nicht einschlafen. Du darfst es nicht. Hörst du mich?«

Alfie murmelte etwas Unverständliches. Phoebe dröhnte ebenfalls der Kopf. »Darf nicht schlafen«, sagte sie immer wieder. Doch schließlich war auch sie eingeschlafen. Sie wurden aufgeschreckt vom Wackeln des Lieferwagens und einer Tür, die zugeschlagen wurde. Phoebe konnte sich für einen Augenblick nicht daran erinnern, wo sie war. Sie fühlte sich ganz benebelt, wie unter Drogen. Während sie versuchte, sich aufzusetzen, wurde sie gegen die Tür geworfen, als der Wagen losfuhr. Man spürte deutlich, dass er sehr schnell fuhr.

Dann traf etwas mit einem lauten Knall gegen die Rückseite des Wagens.

»Meine Güte, ich glaube, jemand schießt auf uns«, rief Phoebe und schüttelte Alfie. »Wach auf, aber bleib unten.«

Alfie murmelte wieder etwas, noch immer halb benommen. Sie drückten sich auf den Boden und wurden von einer Seite auf die andere geworfen, während der Lieferwagen um Kurven fuhr. Doch es folgten keine weiteren Schüsse. Alfie richtete sich auf und versuchte, sich hinzusetzen.

»Sieh nur«, sagte Alfie, der jetzt wach war und sich zur Tür schob. »Die Kugel hat ein Loch in die Tür gemacht. Das ist gut. Wir können frische Luft atmen!«

»Nicht, wenn wir weiter so herumgestoßen werden«, sagte Phoebe. »Meine Güte, ich hoffe, sie schießen nicht wieder auf uns. Mir ist ganz übel, dir nicht?«

»Ich fühle mich verdammt schrecklich«, murmelte er.

»Fluch nicht«, sagte Phoebe, insgeheim froh, dass er wach war und mit ihr sprach.

Die Fahrt schien endlos zu dauern.

»Glaubst du, er fährt zum Ärmelkanal, um ein deutsches UBoot zu treffen?«, fragte Alfie.

»Ich weiß es nicht. Wir wissen nicht, ob er der deutsche Spion ist, oder?«

»Was soll er sonst sein?«, meinte Alfie. »Er hat uns erst in den Wagen gesperrt, als er wusste, dass du das mit der Waffe gehört hast.«

Phoebe nickte. »Ja. Er muss es sein. Ich finde es so schwer zu glauben. Das ist Jeremy. Ich kenne ihn schon mein ganzes Leben. Er ist einer von uns. Wie kann er sich ernsthaft so verhalten?«

»Die Deutschen müssen ihn gezwungen haben, für sie zu arbeiten, als er in dem Gefangenenlager war.«

»Kein echter Engländer kann gezwungen werden, für die Deutschen zu arbeiten«, sagte Phoebe energisch. »Lieber sterben sie.«

»Hoffen wir nur, dass er jetzt nicht sterben will und vorhat, uns von einer Klippe zu stürzen«, sagte Alfie.

»Warum musst du nur immer so fröhlich sein?«, fuhr Phoebe ihn an.

Plötzlich gab es einen Knall, als sie gegen etwas fuhren. Der Wagen schaukelte, wurde aber nicht langsamer. Dann kam er quietschend zum Stehen. Eine Tür schlug zu. Die Hintertüren wurden aufgerissen. Strahlendes Tageslicht und frische Luft drangen herein. Sie setzten sich auf, nach Atem ringend und blinzelnd.

»Ihr lebt ja noch«, sagte Jeremy und klang eher überrascht und erleichtert als wütend. Er ergriff Phoebe an den Haaren und zerrte sie aus dem Wagen. »Na los. Du kommst mit mir.«

Sie schrie und blinzelte in dem hellen Licht, ihre Beine waren wacklig und wollten sie nicht tragen, als er sie hinstellte. Alfie griff nach ihrer Bluse, doch Jeremy stieß ihn um, dann zerrte er sie vorwärts. »Komm schon. Beweg dich. Schneller.«

Sie blickte sich um, während sie vorwärtsgetrieben wurde. Sie waren auf dem Rollfeld eines Flugplatzes.

»Hilfe!«, schrie sie. Jeremy hielt ihr eine Hand vor den Mund und zog sie weiter mit sich.

Alfie rappelte sich auf. Ihm war noch ganz schwindlig und er stakste wie ein Betrunkener hinter Phoebe her. Jeremy ging mit Phoebe auf eine der Spitfires zu, die neben dem Rollfeld aufgereiht waren. Mit höchster Anstrengung lief Alfie zu ihnen, warf sich auf Jeremy und versuchte, ihm die Beine wegzuhauen. »Lass sie los!«, schrie er.

Jeremy drehte sich und verpasste ihm einen bösen Schlag mit der Rückhand, der ihn heftig auf den Boden warf.

»Tu Alfie nicht weh, du schrecklicher Mann«, schrie Phoebe, als seine Hand von ihrem Mund rutschte. Sie ergriff die Hand und versenkte ihre Zähne in das weiche Fleisch seiner Handfläche. Jeremy gab einen lauten Schmerzensschrei von sich und riss instinktiv die Hand weg. Phoebe griff nach Alfie. »Schnell, lauf.«

Jeremy zog eine Pistole, hob sie und sagte: »Zum Teufel, dann lauft doch, ihr kleinen Gören. Jetzt kann mich sowieso keiner mehr aufhalten.«

Als die Kinder zu einer Reihe von Cottages liefen, begegneten sie einem Panzerwagen, der auf sie zugefahren kam. Er bremste quietschend ab und Piloten sprangen heraus. »Es sind zwei Kinder«, schrie einer von ihnen. »Was zum Teufel tut ihr hier?«

»Sie müssen ihn aufhalten«, keuchte Phoebe völlig außer Atem. »Jeremy Prescott. Er hat uns entführt. Er ist ein deutscher Spion.«

»Ach wirklich?«, grinste der erste Pilot. »Ist das eine Art von Mutprobe?«

»Nein. Natürlich nicht.« Phoebe blitzte ihn an. »Ich bin Lady Phoebe Sutton, Lord Westerhams Tochter, und wir wurden von Jeremy Prescott entführt, und wir glauben, dass er vorhatte, Winston Churchill zu erschießen. Sie können in Farleigh anrufen, wenn Sie mir nicht glauben, aber zuerst sollten Sie versuchen, Jeremy Prescott aufzuhalten, bevor er etwas Schreckliches tut. Er ist gerade zu diesen Flugzeugen da gelaufen.« Laute Männerstimmen ließen sie aufblicken. Eine Spitfire rollte zur Startbahn.

»Er hat ein Flugzeug gestohlen.« Ein Pilot kam angerannt. »Er hat einen von uns erschossen und eine Spitfire gekapert.«

Der Flugzeugmotor dröhnte jetzt laut auf, das Flugzeug raste die Startbahn entlang und erhob sich in den Himmel.

»Glauben Sie mir jetzt?«, fragte Phoebe triumphierend.

»Ihr Kinder wart sehr mutig«, sagte der Lagerkommandant, als sie ihre Geschichte zum sechsten oder siebten Mal wiederholt hatten. Sie saßen in seinem Büro und tranken tassenweise Tee. »Jetzt ist es vorbei. Es ist in Ordnung, wenn du weinst, kleine Dame.«

Phoebe blickte ihn mürrisch an und reckte ihr Kinn. »Mein Vater würde es nicht gutheißen, wenn ich in der Öffentlichkeit weinen würde. Wir müssen ein Beispiel geben.« Sie stand auf. »Glauben Sie, jemand könnte meine Eltern anrufen und uns bitte nach Hause fahren?«

Als sie zu Hause ankam, liefen ihr schließlich doch die Tränen übers Gesicht. Phoebe entdeckte, dass man sie nicht einmal vermisst hatte.

»Wir dachten, du bleibst lieber im Unterrichtszimmer, weil du heute Morgen nicht bei den Vorbereitungen mithelfen wolltest«, sagte Lady Esme. »Und weil du es nicht magst, höflich zu Fremden auf Partys zu sein.«

»Aber sind die Hunde nicht gekommen, um euch zu holen?«, fragte Phoebe, deren Schmerz angesichts ihrer ruhigen Mutter nun deutlich in ihrer Stimme zu hören war. »Ich war mir so sicher, dass sie das tun würden.«

Lady Westerham blickte sie erstaunt an. »Doch, die Hunde sind gekommen«, sagte sie. »Sie haben gebellt und einen schrecklichen Aufruhr gemacht, direkt bevor die Churchills angekommen sind. Ich habe Soames gebeten, sie nach drinnen zu bringen und einzuschließen.« Dann tat sie plötzlich etwas Ungewöhnliches und nahm Phoebe in die Arme. »Oh, mein armes kleines Mädchen«, sagte sie. »Du hättest sterben können.«

»Das bin ich fast«, sagte Phoebe. »Wenn Alfie nicht so mutig gewesen wäre und Jeremy angegriffen hätte, dann hätte er mich womöglich nach Deutschland geflogen. Oder er hätte mich umgebracht.« Und dann brach sie ohne Vorwarnung in Tränen aus.

Als sie sich beruhigt hatte und neben ihrer Mutter auf dem Sofa saß, fragte ihr Vater: »Mein liebes Kind, warum um Himmels willen bist du nicht zu uns gekommen, als du gedacht hast, dass jemand vorhat, den Premierminister zu erschießen?«

»Ich war mir nicht sicher, ob du mir glauben würdest«, sagte Phoebe. »Außerdem sollen wir alles Verdächtige den Behörden mitteilen. So heißt es.«

»Den Behörden?«, polterte Lord Westerham. »Dieser verdammte Idiot im Dorf würde einen Spion nicht mal erkennen, wenn er ihn in den Hintern beißen würde.«

»Fluche nicht vor den Kindern, Roddy«, sagte Lady Westerham.

»Das Kind ist verdammt noch mal von einem hundsgemeinen Verräter entführt worden und wäre fast gestorben, und du bist besorgt, dass sie ein Schimpfwort hört?«, wetterte er weiter. »Wir sollten sie wirklich auf ein gutes Internat schicken, wo sie weniger Freizeit hat.«

Phoebe spähte zu Diana hinüber und grinste.

»Wieso wird sie dafür belohnt, dass sie dumme Risiken eingeht?«, fragte Diana. »Wie wäre es damit, mich aufs Mädcheninternat zu schicken? Oder zumindest erlauben, dass ich einen Laster fahre.«

»Nur über meine Leiche«, entgegnete Lord Westerham. »Worauf es wahrscheinlich hinauslaufen würde, wenn dich irgendwer hinter ein Lenkrad setzen würde.«

Alfie hatte still und unbehaglich dabeigesessen und wünschte sich, er könnte nach Hause gehen. Es war seltsam, doch er empfand jetzt das Cottage des Wildhüters als Zuhause

419

und fragte sich, ob er jemals zurück zu seiner Mutter nach London wollte, selbst wenn der Krieg vorbei war.

Er stand auf. »Ich sollte zurückgehen. Mrs Robbins wird sich Sorgen machen.«

»Natürlich.« Lady Westerham blickte ihn freundlich an. »Dann geh nur. Du bist ein tapferer junger Mann. Vielen Dank. Gut gemacht.«

An der Tür blieb Alfie stehen und drehte sich um. »Ich habe das mit Baxters Hof herausgefunden. Wissen Sie, was er da baut? Särge. Ganz viele Särge.«

»In Vorbereitung auf die Invasion«, meinte Lord Westerham. »Was jetzt vielleicht noch ein wenig weiter in der Ferne liegt dank dem, was heute nicht geschehen ist.«

Lady Westerham sah sich um, als hätte sie gerade erst bemerkt, dass ihr Nachwuchs nicht vollzählig war.

»Ist Pamma noch bei Ben?«, fragte sie.

»Ja, sie ist noch im Krankenhaus«, sagte Margot. »Er war schrecklich mutig. Ich hoffe, er wird wieder ganz gesund.«

»Ich nehme an, er war froh, dass er endlich einmal etwas für sein Land hat tun können«, bemerkte Lord Westerham.

Pamela saß neben Bens Bett im Krankenhaus. Seine Schulter war verbunden. Sein Gesicht war weiß, doch er war aufgerichtet und hellwach.

»Ich kann das mit Trixie einfach nicht glauben«, sagte Pamela. »Es scheint, dass sie die ganze Zeit für die Deutschen gearbeitet hat. Sie hat in Bletchley Informationen gestohlen.«

»Ich frage mich nur, warum sie das getan hat«, sagte Ben.

»Ich denke, wegen des Nervenkitzels. Kein Zweifel, dass sie es uns bei Gelegenheit verraten wird. Ihr Vater ist wohl schon immer deutsch- und nazifreundlich gewesen. Aber Jeremy – was hat ihn dazu gebracht, uns so zu verraten? Glaubst du, sie haben ihn in Deutschland einer Gehirnwäsche unterzogen oder ihn gefoltert?«

»Ich frage mich, ob es nicht ein verdrehtes Verständnis von Patriotismus war. Soweit ich es verstehe, denken manche Leute, wenn sie den Krieg jetzt beenden, retten sie Großbritannien vor der Zerstörung unserer kostbarsten Monumente, selbst wenn das bedeutet, unter deutsche Herrschaft zu geraten.«

Pamela erschauerte. »Ich glaube nicht, dass wir es jemals herausfinden werden«, sagte sie. »Ob er mit diesem Flugzeug nach Deutschland geflogen ist? Ich nehme es an.«

Sie blickten auf, als Schritte über den gefliesten Boden kamen. Ein Vorhang wurde zurückgezogen und da stand Guy Harcourt.

»Oh, Verzeihung. Ich unterbreche doch kein Rendezvous, oder?«, fragte er mit einem verschmitzten Lächeln im Gesicht.

»Natürlich nicht. Komm rein, Guy«, sagte Pamela.

Guy stellte sich ans Fußende des Bettes. »Wie geht es dir, alter Junge?«

»Als hätte mich ein Esel gegen die Schulter getreten, aber sonst ganz okay. Mir wurde gesagt, dass ich Glück hatte, weil die Kugel nur durch Muskeln gegangen und wieder ausgetreten ist.«

»Verdammtes Glück. Ehrlich gesagt komme ich mit Neuigkeiten. Prescotts Flugzeug wurde über dem Kanal abgeschossen.«

»Unsere Spitfires haben ihn verfolgt und erwischt?«, fragte Ben.

Guy lächelte ironisch. »Nein, ganz im Gegenteil. Er wurde von Messerschmitts abgeschossen. Das ist Ironie des Schicksals, was?«

Ben griff nach Pamelas Hand. »Es tut mir leid«, sagte er.

»Der arme Jeremy«, seufzte Pamela. »Was für ein schreckliches Ende.«

»Ganz so, wie er es gewollt hätte – funkelnd wie ein Feuerwerk.« Ben blickte an ihr vorbei aus dem Krankenhausfenster. Trotz allem hatte Jeremy auch ihm etwas bedeutet, er war ein wichtiger Teil seines Lebens gewesen, ob es ihm gefiel oder nicht.

Sie blieben still. Im Hintergrund gingen die Geräusche des Krankenhausalltags weiter, das Geklapper eines Servierwagens, die forsche Stimme einer Krankenschwester, die Anweisungen gab.

»Ich frage mich, warum vorher niemand auf diesen Prescott gekommen ist«, sagte Guy. »Der Feind hat sich wohl darauf verlassen, dass niemand diesen Ausbruch überlebt hat und die Wahrheit über ihn erzählen konnte.«

»Also glaubst du, dass der Mann, der auf unsere Wiese gefallen ist, geschickt wurde, um ihm eine Nachricht zu überbringen?«, fragte Pamela.

»Zweifellos.« Ben blickte zu Guy und nickte. »Dass er nichts bei sich trug als den Schnappschuss, war ein deutlicher Hinweis darauf, dass er nicht weit zu gehen hatte. Er brauchte kein Geld oder eine Rationskarte oder Werkzeug. Wahrscheinlich hatte Jeremy bereits ein Versteck für ihn vorbereitet.«

»Und der Schnappschuss war die Genehmigung des Datums, an dem Churchill umgebracht werden sollte. Sie wurde geschickt, sobald ihre Agenten wussten, dass er einen Flugplatz in der Nähe besuchen würde.« Pamela setzte die letzten Puzzleteile zusammen.

»Woher haben sie von der Gartenparty in Farleigh gewusst?«, fragte Guy. »Den Premier auf einem Flugplatz zu erschießen wäre sicher ein riskantes Unterfangen.«

»Die Party sollte eigentlich in Chartwell stattfinden«, erklärte Ben. »Aber der Premier hat diese Pläne abgelehnt und so boten die Westerhams sich stattdessen an.«

»Die Nachricht muss schließlich auf anderem Weg übertragen bracht worden sein«, fuhr Pamela fort. »Vielleicht über eine dieser Radiobotschaften, die wir zu entschlüsseln versucht haben.«

»Er hat sogar die Fotografie gesehen«, sagte Ben. »Er ist an dem Tag zur Luftaufklärung gekommen, als ich auch da war und die Fotografie vergrößert auf dem Tisch lag.«

»Wann war das?«, fragte Guy.

»Vor ein paar Tagen.«

»Oh, ich glaube, er muss die ganze Sache früher geplant haben«, meinte Pamela. »Die Art, wie Trixie angeboten hat, zu kommen und bei der Party auszuhelfen … Es war alles schon vor einiger Zeit geplant worden.«

Guy nickte. »Da stimme ich zu. Wir glauben, dass es Teil eines größeren Plans war, dessen Umsetzung in dem Moment begann, als er nach England zurückkam – ein Plan, um die Invasion vorzubereiten, den Herzog von Windsor zurückzubringen und die königliche Familie zu ermorden. Mit Jeremy am Ruder.«

Pamela erschauerte. »Bitte nicht. Ich kann es nicht ertragen, daran zu denken.« Sie stand auf. »Ich sollte besser gehen. Die Familie wird sich schon Sorgen um mich machen. Vielleicht wird Pah Margot erlauben, dass sie mich mit dem Auto abholen kommt.«

»Ich könnte dich auch nach Hause fahren«, sagte Guy.

»Das ist sehr nett von dir.« Sie warf ihm jenes strahlende Lächeln zu, das Ben so entzückt hatte. »Ich geh nur noch schnell in den Waschraum. Ich bin mir sicher, dass ihr zwei über Dinge reden wollt, die ihr nicht vor mir sagen könnt.«

»Kluges Mädchen«, meinte Guy, als Pamela den Raum verlassen hatte. »Und eine Schönheit. Ich muss sagen, sie nimmt das Ganze bemerkenswert ruhig auf, wenn man bedenkt, dass sie seine Freundin war.«

»Ich glaube, diese Party hat ihr die Augen für seine wahre Natur geöffnet«, sagte Ben.

»Und jetzt kommst du und füllst das Vakuum.« Guy grinste.

»Da bin ich mir nicht so sicher. Sie sieht mich als einen Bruder.«

»Oh, ich glaube nicht, dass der Blick, den sie dir zugeworfen hat, irgendwie schwesterlich war«, sagte Guy. »Und auch nicht die Art, wie sie sich auf dich geworfen hat, als du angeschossen wurdest.«

Ben lag da, blickte an die Decke und verspürte eine innerliche Wärme. Es gab Hoffnung. Er hatte seine Zeit abgewartet, doch es gab wirklich Hoffnung.

Dann erinnerte er sich an die unbeantwortete Frage. »Margot – glaubst du, sie arbeitet für die Deutschen?«

Guy rückte näher zu ihm. »Ich sollte dir das eigentlich nicht sagen, aber sie arbeitet derzeit als Doppelagentin. Sie schickt Informationen zurück zu den Deutschen, infiltriert Treffen des Rings und hält uns dabei auf dem Laufenden über alles, was vor sich geht. Sie muss natürlich so tun, als würde sie bei ihren Plänen mitspielen. Oh, und sie ist gebeten worden, sich einem Sonderkommando anzuschließen. Sie wird zur Ausbildung nach Schottland fahren.«

»Meine Güte«, sagte Ben. »Ich bin so froh, dass sie nichts mit dem Attentat zu tun hatte.«

»Nun, es hätte viel schlimmer sein können. Die Deutschen haben versucht, sie dazu zu bringen, den König bei einer Gartenparty zu ermorden, die für dieses Wochenende geplant war. Der König und Churchill auf einen Schlag weg. Doch Buckingham Palace wurde bombardiert, weshalb die Veranstaltung abgesagt wurde. Und sie hatte natürlich nicht vor, den Auftrag auszuführen. Weil sie uns gewarnt hat, werden wir die Augen wegen eines möglichen zukünftigen Versuchs offen halten. Sie ist ein tapferes Mädchen. Eine echte Patriotin.«

Pamela kehrte zurück. »Sollen wir?«, fragte sie. Sie kam zu Ben, beugte sich vor, strich ihm das Haar zurück und küsste ihn auf die Stirn. »Ich komme morgen früh zurück«, flüsterte sie. Und Guy hatte recht. Der Blick, den sie ihm zuwarf, war nicht schwesterlich.

KAPITEL 40

In der Dorfkirche

Am Johannistag hielt Reverend Cresswell eine besondere Messe zum Gedenken an Seaman Robbins. Das ganze Dorf nahm teil, wie auch die Familie von Lord Westerham und das Personal von Farleigh. Mr und Mrs Robbins saßen in der ersten Kirchenbank, hielten sich an den Händen und blickten in ihre Gesangbücher, als der Chor und die Gemeinde sangen: »Du halfst uns, Herr, in frührer Zeit«. Alfie saß neben ihnen und war zugleich traurig und stolz.

In der Bank, die für die Bediensteten der Farleigh-Familie reserviert war, saß Miss Gumble tief in Gedanken versunken. Wenn Phoebe zur Schule geschickt würde – und sie hatte bereits ein paar erstklassige Mädchenschulen empfohlen, die das Beste aus Phoebes gutem Verstand machen würden –, dann würde sie hier nicht länger gebraucht werden. Sie hatte selbst einen schnellen Verstand und konnte vielleicht für ihr Land von Nutzen sein. Sie fragte sich, mit wem sie darüber sprechen konnte.

Ben war aus dem Krankenhaus entlassen worden und genas zu Hause, wo er von Mrs Finch verwöhnt wurde. Als er noch im Krankenhaus war, hatte er Besuch von Maxwell Knight persönlich erhalten und war für seine gute Arbeit gelobt worden.

»Ich möchte Sie auf meiner Liste behalten«, hatte Knight gesagt, »auch wenn Sie ein Oxford-Mann sind.«

Pamela war für den Anlass aus Bletchley vorbeigekommen. Sie hatte Trixie seit ihrer Verhaftung nicht mehr gesehen und fand es noch immer schwer, sich mit dem, was geschehen war, abzufinden. War Trixie schon vor dem Krieg rekrutiert worden und von vornherein als Spionin nach Bletchley gegangen? Oder hatte sie später die Seiten gewechselt oder war dazu gezwungen worden, während sie dort war? Pamela wurde klar, dass sie das vielleicht nie erfahren würde. Und was Jeremy betraf … Es war noch immer zu schmerzhaft, an ihn zu denken. Aber sie glaubte, dass die Wunde schließlich heilen würde. Instinktiv blickte sie hinüber zu Ben, bemerkte, dass er sie anblickte, und lächelte.

HISTORISCHE ANMERKUNGEN

Das vorliegende Buch ist ein fiktionales Werk, aber es hält sich eng an die Wahrheit.

Zu Beginn des Zweiten Weltkriegs gab es in England viele prodeutsche Gesellschaften und Organisationen. Eine der gefährlichsten war eine Gruppierung namens *The Link*. Sie bestand hauptsächlich aus Aristokraten, die glaubten, dass es in Großbritanniens bestem Interesse wäre, mit Deutschland Frieden zu schließen, bevor alle nationalen Güter zerstört wurden. Ob sie aktiv bei einer Invasion geholfen hätten, weiß niemand.

Maxwell Knight leitete tatsächlich eine geheime Abteilung des MI5 von seiner Wohnung am Dolphin Square aus, und zwar unter dem Namen Miss Copplestone. Joan Miller war wirklich seine Sekretärin und selbst eine hervorragende Spionin. Und tatsächlich hielt Knight Tiere in seinem Büro.

Bletchley Park war genauso, wie ich es beschrieben habe. Man kann es heute besuchen und sehen, unter welch spartanischen Umständen diese hervorragende Arbeit geleistet wurde.

Es gibt Ähnlichkeiten zwischen der Modedesignerin Gigi Armande und Coco Chanel, die im Ritz wohnen durfte und den Krieg überlebt hat, weil sie die Geliebte eines hochrangigen deutschen Offiziers war.

Lord Westerham und Farleigh existieren nur in meiner Fantasie, doch der Ort liegt in dem Teil von Kent, wo ich aufgewachsen und zur Schule gegangen bin. Außerdem habe ich mich bei zwei echten Anwesen in der Nachbarschaft bedient: Penshurst Place und Knole, die beide einen Besuch wert sind. Winston Churchills geliebtes Chartwell befindet sich in der Nähe.

Zeitfracht Medien GmbH
Ferdinand-Jühlke-Straße 7
99095 Erfurt, Deutschland
produktsicherheit@kolibri360.de

Druck:
CPI Druckdienstleistungen GmbH
im Auftrag der
Zeitfracht Medien GmbH
Ein Unternehmen der Zeitfracht - Gruppe
Ferdinand-Jühlke-Str. 7
99095 Erfurt